d

Philippe Djian
Sirenen
Roman
*Aus dem Französischen
von Uli Wittmann*

Diogenes

Titel der 2002 bei Éditions Gallimard,
Paris, erschienenen Originalausgabe:
›Ça, c'est un baiser‹
Copyright © 2002 Philippe Djian
und Éditions Gallimard
Umschlagzeichnung von
Tomi Ungerer

Alle deutschen Rechte vorbehalten
Copyright © 2003
Diogenes Verlag AG Zürich
www.diogenes.ch
200/03/44/1
ISBN 3 257 06374 1

Nathan

Man hatte ihr die Zähne kaputtgeschlagen. Erst hatte ich geglaubt, man habe sie ihr herausgerissen. Aber nein. Marie-Jo hatte recht.

»Na? Habe ich nicht recht gehabt?«

Ich stand auf. Mir tat das Knie weh.

Ich sagte seufzend: »Armes Mädchen. Wirklich, ein armes Mädchen. Gestern habe ich sie noch beim Joggen gesehen. Einmal ganz um den Park. Und das jeden Tag, den der liebe Gott geschaffen hat. Armes Mädchen.«

»Du meinst wohl, kleine Nutte.«

»Ich bitte dich. Sie hieß Jennifer.«

Marie-Jo und ich tauschten ein angedeutetes Lächeln aus. Dann gingen wir zu Mittag essen.

Nichts konnte ihr den Appetit verderben. Ein paar wirklich grauenhafte Dinge schnürten mir noch den Magen zu (und der Anblick dieses zerfetzten Mundes war nicht gerade erhebend, auch wenn es Schlimmeres gab). Aber Marie-Jo konnte nichts aus der Ruhe bringen.

»Woran denkst du?«

Ich dachte an nichts Besonderes. Ich war müde. Im

Handumdrehen hatte sie ein Omelett und einen Berg durchweichter Pommes verputzt.

Da sie den Blick nicht von mir wandte, fragte ich sie, ob Franck einen Augenblick Zeit für mich gefunden habe.

»Er hat dich nicht vergessen. Hab ein bißchen Geduld.«

Ich nickte. Sie bestellte einen Nachtisch.

»Aber mach dir keine allzu großen Illusionen.«

Ich nickte. Im Grunde machte ich mir nichts vor. Mir fiel es sogar schwer, mich ernsthaft mit der Sache zu beschäftigen.

»Nathan... Einer von einer Million schafft es vielleicht.«

»Einer von zehn Millionen.«

Sie schob die Hand unter den Tisch und streichelte mir den Schenkel. Ein verschwindend kleiner Prozentsatz.

Franck konnte sich an das Mädchen erinnern. Jennifer.

»Ja, sie war blond. Ich sehe sie noch vor mir. War sie nicht wegen einer Schilddrüsengeschichte da? Ich bin ihr sogar ein- oder zweimal im Park begegnet. Oder hellbraun. Das ist ja kaum zu fassen.«

Marie-Jo duschte sich. Auch sie joggte. Die halbe Stadt joggte von früh bis spät, ganz verbissen. Die andere Hälfte rackerte sich auf andere Weise ab, genauso verbissen.

Auf Francks Schreibtisch lagen Stapel von Hausarbeiten. Sein Haar war völlig zerzaust. Er hatte seine Brille auf der Brust hängen.

»Du mußt mir noch ein paar Tage Zeit lassen.«

»Franck, ich hab dir doch gesagt, *bei Gelegenheit*. Was kann ich damit wohl gemeint haben?«

»Laß mir zwei oder drei Tage.«

Feuchte, warme Luft drang durch ein Fenster in der Veranda herein, blieb in dem Raum hängen und erfüllte ihn mit einem säuerlichen Straßengeruch, obwohl draußen die Bäume blühten. Die roten Backsteingebäude der Universität wurden von der Sonne angestrahlt, die soeben den Horizont berührte. Sie verwandelten sich in ziselierte Kupferplatten, heiß wie geröstete Kastanien.

»Sie war nicht wegen einer Schilddrüsengeschichte da, sondern um ihre Miete zu bezahlen.«

»In einem Krankenhaus? Was, in einem *Krankenhaus*? Das soll wohl ein Witz sein.«

Marie-Jo war soweit. Während sie ihre Bluse in die Hose steckte, hatte ich den Eindruck, als habe sie in den letzten vierzehn Tagen zugenommen. Sie begegnete meinem Blick und geriet in Panik.

Dabei war mir das, ehrlich gesagt, völlig egal. Wenn ich sah, was für eine irrsinnige Mühe sie sich gab, um lumpige zwei Pfund abzunehmen, tat sie mir von Herzen leid. Wenn Sie gesehen hätten, wie sie mitten im Winter atemlos, mit schmerzhaft verzerrtem Gesicht und schweißgebadet aus einer eisigen Nebelwand auftauchte, nachdem sie kreuz und quer durch den Park gelaufen, die Steinstufen, die zu dem Becken führen, rauf und runter gerannt, im Zickzack zwischen Bäumen und mit einem Dreikilogewicht in jeder Hand über die Hecken gesprungen war, wenn Sie gesehen hätten, wie sie danach wankend auf die Waage zuging, die Augen schloß, sie kurz darauf öffnete und stolz verkündete, daß sie wieder unter der 90-Kilo-Grenze angelangt sei, dann hätte sie Ihnen bestimmt imponiert.

Ich mochte ihren Fahrstil. Sie fuhr sehr angenehm. Wenn ich mit halb geschlossenen Augen nachdachte, achtete sie immer darauf, nur durch ruhige Straßen oder über die Ringautobahn zu fahren, riß nie plötzlich das Steuer herum und trat auch nicht unvermittelt auf die Bremse, was mich nach vorn geschleudert hätte. Im letzten Frühjahr hatte sie eines Morgens eine Verfolgungsjagd begonnen, während ich an ihrer Seite weiterschlummerte. Meine Sorglosigkeit hatte sie erfreut. Und auch die Tatsache, daß ich so großes Vertrauen in sie hatte. Ihr Herz hatte vor Freude schneller geschlagen.

Ich hatte nichts gegen ihre Körperfülle einzuwenden. Sie machte einen ziemlichen Zirkus deswegen, war überzeugt, daß ich ihr die Sache nicht ins Gesicht zu sagen wagte, aber sie irrte sich.

»Okay. Sie war groß. Zugegeben. Und sie war schlank. Na und?«

»Ich verlange nur ein Minimum an Aufrichtigkeit, mehr will ich gar nicht.«

»Habe ich dir vielleicht etwas verheimlicht?«

Ich hatte es nicht einmal versucht. Das war mir gar nicht in den Sinn gekommen. Nicht eine Sekunde hatte ich daran gedacht. Ich war zu der Zeit ans Krankenhausbett gefesselt und langweilte mich fürchterlich. Ich hatte nichts Böses getan. Die meisten Leute, darunter auch strenggläubige Menschen, sahen solche Praktiken nicht einmal als Geschlechtsverkehr an. Ich war knapp vierzig. Nein, noch nicht einmal vierzig. Erst in acht Monaten. Noch acht Monate, ehe es abwärtsging, ehe die dunkle Seite der Existenz begann, wenn das stimmte, was man sagte.

»Nun antworte schon. Habe ich dir etwas verheimlicht?«
In dieser Hinsicht konnte sie mir nichts vorwerfen.

Jennifer hatte auch dafür gesorgt, daß ich nicht verdurstete. Denn das war eine Saubande in diesem Krankenhaus. Sie brachte mir diese kleinen Wunderpullen mit, die sie unter ihrer Kleidung versteckte, Zehnzentiliterfläschchen, ohne die ich verrückt geworden wäre. Armes Mädchen. Von meinem Fenster aus hatte ich ihr oft zugewinkt. Ich sah zu, wie sie in den Park lief, jeden Morgen, den der liebe Gott schuf, während ich die Fläschchen unter den Geranien versteckte. Sie war groß. Und sie war schlank wie eine Tanne.

»Kleine Nutte«, sagte Marie-Jo, »für solche Frauen hast du also eine Schwäche.«

Wir fuhren jetzt im Schrittempo am Fluß entlang, auf dem lange, schillernde Flächen und weißliche Schaumklumpen trieben, auch erleuchtete Schiffe, auf denen Cocktails aus Kristallgläsern getrunken wurden. Manchmal lief ein Schatten durch das Scheinwerferlicht und kletterte über die Sicherheitsabsperrung, um ans Ufer zu gelangen. Es war wie in Zürich zur Zeit des Letten. Mit dem Unterschied, daß hier alles größer war.

»Da liegst du wirklich falsch«, fügte ich hinzu. »Du bist so weit von der Wahrheit entfernt, daß es mich schon bald zum Lachen bringt. Soll ich dir mal was sagen? Dieses Mädchen war keineswegs unbedeutend. Willst du die Wahrheit wissen? Dieses Mädchen hatte ein paar ausgesprochen gute Seiten. Ich glaube, sie hätte dir wirklich imponiert, wenn du ein bißchen offener gewesen wärst. Wenn du dich für etwas anderes als ihre Taillenweite interessiert hättest.«

»*Wer* hat sich da für ihre Taillenweite interessiert?«

»Ab und zu begegnet man Leuten, die außergewöhnlich lebendig sind. Das kommt vor. Man trifft Leute, die in die richtige Richtung gehen, verstehst du? Das soll nicht heißen, daß ich eine Vorliebe für einen gewissen Typ von Frauen habe. Ich begreife nicht mal, wo du da einen Zusammenhang siehst. Manchmal kommst du wirklich auf komische Ideen.«

»Bin ich ihr etwa irgendwie in die Quere gekommen? Hab ich ihr etwas gesagt? War ich nicht völlig cool zu ihr, obwohl ich ihr die Sache hätte verdammt übelnehmen können, war ich nicht irrsinnig tolerant? Ich darf doch wohl noch sagen, was ich empfinde, oder nicht? Ich hoffe, das stört dich nicht. Ich habe schließlich das Recht, meine eigene Meinung zu haben. Und auch das Recht, nicht alles mit einem ekstatischen Lächeln zu schlucken. Meinst du nicht? Du mußt schon entschuldigen, aber wenn du mich für unterbelichtet hältst, dann habe ich doch wohl das Recht, mich zu wehren.«

Wohin sollte so ein Gespräch führen? Hatte ich die geringste Chance, Marie-Jo davon zu überzeugen, daß ich sie gut fand, so wie sie war? Wie sollte ich mich im übrigen selbst davon überzeugen? Und doch war es so. Ich war nicht imstande, irgendein Argument vorzubringen, das meine Aufrichtigkeit beweisen konnte, wenn sie mich mit dieser Sache in die Enge trieb, aber ich erzählte keine Märchen. Ich war absolut ehrlich. Ich war äußerst empfänglich für die Schönheit eines Gesichts (und Marie-Jos Doppelkinn tat dieser Schönheit in keiner Weise Abbruch), der Rest war mir im Grunde egal. Schwer zu glauben? Auf jeden Fall kam sie in regelmäßigen Abständen auf dieses Thema zurück. Wie ein störrischer Esel, der immer wieder auf den gleichen gähnenden Abgrund zurennt.

Meine Frau Chris hatte einen ziemlich großen Lieferwagen gemietet. Sie wartete auf uns. Sie hatte meinen Aufenthalt im Krankenhaus genutzt, um unsere Sachen zu sortieren und ihre in Kartons zu tun, die mitten im Wohnzimmer eine leicht wacklige Pyramide bildeten. Schlafzimmer und Flur boten das gleiche Bild.

»Ich schlage vor, daß wir uns sofort an die Arbeit machen«, sagte sie, »sonst haben wir nicht mehr den Mut dazu. Essen können wir hinterher.«

Das war allerdings weise.

Wir wohnten im zweiten Stock eines Zweifamilienhauses in der Vorstadt (mein Bruder Marc wohnte im ersten Stock über der Garage), und die Treppe war sehr steil. Eine schlecht gebaute, schlecht konzipierte Treppe, eine Folge von gebogenen schmalen Stufen. Ich hatte mir dort neulich abends das Rückgrat angeknackst und das Knie verletzt. Ich hatte schon immer prophezeit, daß Chris oder ich eines Tages wegen dieser beknackten Treppe im Krankenhaus landen würden, und ich hatte mich nicht getäuscht.

»Ich habe die Kartons nicht zugemacht, damit du alles überprüfen kannst.«

»Ich habe nicht vor, irgend etwas zu überprüfen. Du kannst sie zumachen.«

»Ich habe mir gedacht, daß ich einen Teil der Wäsche mitnehmen kann. Was meinst du?«

»Na klar. Natürlich kannst du das. Es wäre doch absurd, alles neu zu kaufen. Nimm, was du willst. Stell dich nicht so an. Nimm alles mit, was du brauchst.«

Während wir uns unterhielten, hatte Marie-Jo mit der mühsamen Kleinarbeit begonnen, die darin bestand, all das aus der Wohnung zu räumen, was Chris und ich in unserer Einfalt in fünf langen Jahren zusammengetragen hatten. Was wir hinaufgetragen hatten, mußte jetzt hinuntergetragen werden. Was wir ausgepackt hatten, mußte jetzt wieder eingepackt werden – allerdings ohne freudige Erregung. Und auch wenn ich einen Teil behielt, einen gewissen Teil, kam mir diese Arbeit jetzt weit unangenehmer vor, als ich mir das je vorgestellt hatte – es war schlimmer als in meinen schönsten Albträumen. Es übertraf einfach alles, würde ich sagen. Und hinzu kam noch diese verdammte Treppe.

Zwei Stunden später waren wir erschöpft, aschgrau und schweißüberströmt. Chris hatte sich den Knöchel verstaucht – sie verzog das Gesicht bei jedem Schritt und biß sich auf die Lippen, während sie zwischen ihren Kartons hin und her humpelte. Marie-Jo hatte sich bei einem kühnen Satz ins Innere des Lieferwagens die Kopfhaut aufgeschrammt – wobei ich erst bemerkte, daß es höchste Zeit war, daß sie ihr Haar neu färben ließ. Auch mein Knie wurde einer harten Prüfung unterworfen. Wir waren völlig außer Atem, unsere Taschentücher feucht. Aus einem Radio irgendwo in der Nähe erklang schlechte Musik, aber wir waren ja nicht da, um einem Konzert zu lauschen. Die Luft war feucht, mild und schwül, ideal für einen Umzug. Kurz gesagt, eine gewisse gereizte Stimmung erfaßte allmählich unser kleines Team, oder zumindest eine gewisse

Nachlässigkeit, eine leise Verzweiflung, die sich nicht zu erkennen geben wollte.

»Hört mal zu, ihr Hübschen. Wißt ihr, was wir machen? Soll ich euch mal sagen, was wir machen?«

Wir hatten das ganze Wochenende vor uns. Warum sollten wir uns abrackern, wo doch ein ganzes Wochenende am Horizont flimmerte wie ein blauer Nerzpelz? Wir hatten Zeit genug. Wie eine sternenübersäte Stola aus weichem Samt.

Vor Erschöpfung taumelnd erwiderte Chris, daß sie eigentlich vorgehabt habe, an diesen beiden Tagen die Wände ihrer neuen Wohnung abzuwaschen und sich mit dem Notwendigsten einzurichten. Ich antwortete: »Schon möglich. Wir verbringen unsere Zeit damit, Pläne zu schmieden. Aber die meisten scheitern kläglich.«

Schließlich schickten wir Marie-Jo nach Hause. Wir hatten zuvor die Sandwichs, die Chris zubereitet hatte, unter uns aufgeteilt und ihr eine gute Nacht gewünscht. Zweimal hatte Chris ihr schon gesagt, wie sehr sie ihre Hilfe schätze, vor allem bei so einer beschissenen Arbeit, bei so einer beknackten Sache. Und dann beugte sie sich noch einmal im fahlen Abendlicht zu meiner Kollegin herab, die gerade die Zündung einschaltete, und wiederholte, wie sehr sie ihre Hilfe schätze, vor allem bei so einer beschissenen, so beknackten, so dämlichen Sache. Bei Mondschein wurde Chris sentimental. Dann fragte man sich, wie das zu der fanatischen jungen Frau, der eiskalten Aktivistin, der Geißel der zivilisierten Welt, dem Schrecken der Mächtigen paßte. Na gut, was ich da sage, ist idiotisch. Aber man kann eben nicht umhin, sich das zu fragen und sie verblüfft anzustarren.

»Wenn sie so weitermacht, platzt sie demnächst.« Marie-Jo winkte uns noch einmal durch die offene Scheibe zu. »Meinst du nicht? Wenn sie nichts dagegen tut, wird es bald dramatisch. Dann zerplatzt sie in tausend Stücke.«

Wir stiegen mit schwerem Schritt die Treppe zur Wohnung hinauf.

»*Für wen* wird die Sache bald dramatisch?«

»Für sie natürlich.«

Wenigstens hatten wir die Kartons aus dem Wohnzimmer geräumt. Aber jetzt hatten wir keine Sitzgelegenheit mehr. Wir betrachteten stumm den Raum, ich war ein wenig bestürzt.

Nach einer Weile sagte sie seufzend: »Ich will jetzt erst mal staubsaugen.« Ich antwortete: »Gut, dann bringe ich den Lieferwagen in die Garage.«

Als ich wieder nach oben kam, hörte sie gerade ihr Handy auf neue Nachrichten ab und kritzelte ein paar Worte auf einen Notizblock aus Recyclingpapier (der ihr, wie ich hinzufügen könnte, *mit freundlicher Empfehlung ihres Bioladens* überreicht worden war – aber ich tue es nicht).

Ich duschte und kam dann wieder. Ende der Nachrichten.

»Na, was Neues?« fragte ich auf gut Glück.

Das vergangene Jahr hatte eine – schon fast sichtbare – Mauer zwischen uns entstehen lassen. Unsere Gespräche waren nicht mehr das, was sie früher einmal gewesen waren. Aufgrund unserer jeweiligen Beschäftigung waren unsere Standpunkte mehr oder weniger unvereinbar geworden. Wenn es etwas Neues gab, war ich vermutlich der letzte, der etwas davon erfuhr. Auch wenn es sich nur um die Geburt eines Kindes von Freunden handelte, von denen man immer seltener etwas hörte – zumindest ich. Sie hatte eine totale Informationssperre über mich verhängt, die ich als verletzend empfand. Ein Beweis dafür, daß die Bande zwischen uns gelöst waren. Jetzt trieben wir in entgegengesetzter Richtung durch die endlose Weite.

Ich fuhr also fort: »Jennifer Brennen. Sagt dir das was? Bis heute morgen wußte ich nicht mal, daß sie derselben Clique angehört wie du.«

Sie zuckte nicht mit der Wimper.

»Brennen? Das sagt mir etwas. Wie schreibt sich das?«

»Nebenbei gesagt, das Mädchen hat mir ganz schön imponiert. Nur, daß du's weißt.«

»Ich kenne die Schuhmarke. Meinst du die? Und gehören denen nicht auch irgendwelche Zeitungen? Ist nicht ein Teil der Presse in ihrem Besitz? Meinst du *diese* Brennen?«

Chris hätte besser auf das Scherzen verzichtet: Später bereute sie es. Ich erzählte ihr, daß wir das arme Mädchen erdrosselt und mit eingeschlagenen Zähnen auf dem Teppichboden gefunden hatten. Und daß ich ihre Telefonnummer in Jennifers Notizbuch gefunden hatte, so einfach war das.

»Ihr seid wirklich witzig«, sagte ich.

Jetzt ging sie duschen. Seit die Lüftung nicht mehr funktionierte, strömte ein großer Teil des Wasserdampfs ins Schlafzimmer und bildete seltsame Formen. Dann kam sie durch das Halbdunkel auf mich zu und setzte sich neben mich aufs Bett.

»Du bist nur ein winzig kleiner Bulle, Nathan. Auf deine Meinung können wir gut verzichten.«

»Ihr seid wirklich witzig. Nein, ihr seid nicht witzig, ihr macht mir eher angst. Ich weiß genau, daß du mich eines Tages anrufen wirst, um mir eine Katastrophe zu melden. Wollen wir wetten? Und an dem Tag, am Tag, an dem du mich anrufst, stehe ich vor einem großen Dilemma, das kann ich dir sagen. Vor einem großen Dilemma.«

»Wer soll dich anrufen? Glaubst du vielleicht, *ich* würde dich anrufen?«

»Ich möchte dich warnen. Hör zu. Jeder weiß, daß du meine Frau bist. Hör gut zu. Und daher zieht mich niemand mehr ins Vertrauen, stell dir nur vor. Man meidet mich, als hätte ich die Pest. Und wenn irgend etwas passieren sollte, kann ich nichts machen. Ich möchte dich nur warnen. Möglicherweise kann ich dann nichts mehr für dich tun.«

»Und wieso stehst du dann vor einem Dilemma?«

»Die Frage ist, ob ich dann gehorche oder den Gehorsam verweigere.«

»Und wo siehst du da ein Problem? Das ist doch der reinste Quatsch und nichts anderes.«

»Aus deiner Sicht vielleicht. Aus deiner elitären Sicht, aus deiner engstirnigen, elitären Sicht, die nur Verachtung für den normalen Menschen übrig hat. Aber der Idiot ohne jedes Bewußtsein, der von Tuten und Blasen keine Ahnung hat, wollte dich nur warnen, daß ... ach was, scheiß drauf. Hör zu, ich mache das Fenster zu, damit die Mükken nicht reinkommen.«

Sie wurden allmählich ziemlich fett, zahlreich und hinterlistig. Wenn ich mich nicht irre, waren sie der Gegenstand des letzten Streits gewesen, den ich mit Chris hatte.

Und zwar im vergangenen Monat. Im vergangenen Monat hatte mich die Wut gepackt, und ich habe so ein Ding zur Mückenbekämpfung mitgebracht, das man in eine Steckdose steckt. Millionen von Leuten tun das. Diese kleinen Apparate werden massenweise verkauft. Ich habe noch von keinem Versuch gehört, sie aus dem Verkehr zu ziehen. Sie haben noch niemanden getötet. Man braucht sie nur in eine Steckdose zu stecken. Na gut, wir legen uns also ins Bett, und ich fange an, in Ruhe zu lesen, wir haben schon seit langem beschlossen, uns zu trennen, aber wir haben vor, uns gütlich zu einigen, das klappt alles sehr gut, und wir schlafen sogar noch im selben Bett, so irre sich das auch anhören mag – ganz brav, wie Bruder und Schwester –, ich will sie nicht rausschmeißen, und sie läßt sich Zeit, wir befinden uns sozusagen im Stand-by, na gut, also ich will damit nur sagen, daß der Abend sehr friedlich zu verlaufen verspricht – wir warten darauf, uns um Mitternacht *Gladiator* im Kabelprogramm anzusehen –, als sie plötzlich neben mir in die Höhe schnellt. Sie richtet sich mit hellwachen Sinnen und ohne Vorwarnung mit einer schnellen Hüftbewegung auf und faßt sich mit einer Hand an die Kehle. Verblüfft betrachte ich ihr Gesicht, das sich zu einer häßlichen Grimasse verzieht. Anschließend richtet sie, nachdem sie eine Ewigkeit den Hals nach beiden Seiten gedreht hat, ihre Aufmerksamkeit auf mich. Je länger sie mich anstarrt, desto stärker spüre ich, daß ich anscheinend mit der Sache etwas zu tun habe. Ich begreife noch nicht, worum es geht, aber mein Instinkt sagt mir, daß ein Gewitter droht. Aber weshalb? Ich frage mich, ob *Gladiator* vielleicht auf einen anderen Tag verschoben worden ist – und wie groß ihre Vorliebe für Russell Crowe seit *The Insider* ist, ist mir weiß Gott bekannt –, als ihre Wut sich entlädt.

Ob ich keine Augen im Kopf habe, um ein Etikett zu lesen, hm? Ich besäße doch eine durchaus normale Intelligenz, oder etwa nicht? Und wie käme es dann, daß ich so etwas tun könne? Wie käme es, daß ich uns *Gift einatmen* ließe und dabei noch blöd grinse. Gift, eine *toxische* Materie, hier direkt vor unserer Nase. Scheiße. Wer hätte das vermuten können? Scheiße. Wie sich das erklären ließe?

Dieser Vorfall hatte ihren Auszug beschleunigt. Die Mückenaffäre überschritt unsere Toleranzgrenze. Sie kündigte das Ende unseres Zusammenlebens an.

Marie-Jo rief an: »Was macht ihr?«

»Nichts.«

»Und was höre ich da gerade?«

»Ich bin dabei, mich einzucremen.«

»Ich habe versucht, etwas über dieses Mädchen herauszufinden. Wenn sie ihren Vater hätte umbringen können, dann hätte sie es getan. Ich habe mich erkundigt. Ich weiß nicht, ob dich das interessiert.«

»Na sicher interessiert mich das, aber es ist schon spät.«

»Und das da, was ist das jetzt für ein Geräusch?«

»Ich stehe in der Küche und bin dabei, mit dem Stiel einer Gabel eine Tube auf dem Rand des Spülbeckens plattzuwalzen, um den Rest der Citronellasalbe herauszudrücken, die jetzt in diesem Augenblick endlich hervorquillt.«

»Die werden uns ganz schön unter Druck setzen. Du wirst schon sehen. Die Tochter von Paul Brennen. Das gibt einen Mordsstunk. Hörst du, was ich sage?«

»Warum gehst du nicht ins Bett? Hast du gesehen, wie spät es ist? Was machst du denn noch?«

»Ich weiß nicht. Ich hänge im Augenblick ziemlich durch. Ich hab das Gefühl, als könnte ich mich nicht mehr rühren.«

»Dafür kannst du nichts. Das kommt von der Stimmung, die zur Zeit überall herrscht. Nimm eine Schlaftablette und leg dich ins Bett. Tu mir den Gefallen. Ich mache das gleich auch.«

In Wirklichkeit nahm ich drei. Jennifer Brennen. Es hätte mir das Herz zerrissen, stundenlang an sie zu denken, und außerdem hätte mich das nicht weitergebracht. Armes Ding. Mit ihren weißen Söckchen und ihren Preisen in Euro. Ich sehe sie noch vor mir. Direkt nachdem sie mich versorgt hatte, rollte sie ihren weißen Kittel zusammen und steckte ihn in eine kleine Tasche – eine einfache, aber wirksame Verkleidung, die auf jeden Fall ausreichte, um die Saubande zu überlisten, die uns in diesem vorsintflutlichen Krankenhaus terrorisierte –, und dann rannte sie die Treppe hinab und ging mit leichtem, federndem, unbekümmertem Schritt auf den Park zu, während ich die Geranien hochhob, die in dem Blumenkasten verkümmerten, um meinen Vorrat Alkohol zu verstecken.

Man hatte Jennifer Brennen mit einem brutalen Fußtritt die Zähne aus dem Mund geschlagen. Warum? Das wußte niemand. Der Tritt war ihr nicht mit einem Turnschuh versetzt worden, sondern mit einem schweren Schuh, dessen Spitze mit Metall verstärkt war.

Franck war begierig auf solche Einzelheiten. Als er mit dem Unterricht fertig war, schleppte er mich sofort in die Cafeteria mit.

»Es gibt zwei Möglichkeiten. Zwei völlig unterschiedliche Fährten. Zwei verschiedene Frauen.«

»Ich weiß, Franck, ich weiß... Aber würde sich ein Schriftsteller, ein seriöser Schriftsteller, ich meine, ein guter Schriftsteller... würde der sich auf einen Kriminalroman einlassen? Da bin ich mir nicht sicher... Ein guter Schriftsteller, ein angesehener Schriftsteller, der sich Hals über Kopf auf ein zweitrangiges Genre stürzt? Franck, ich hab da meine Zweifel.«

»Davon verstehst du nichts. Hör zu. Du hast zwei Frauen in einer. Die Nutte und die Tochter reicher Eltern. Was willst du denn noch mehr? Wenn das kein Stoff für einen Roman ist! Mach die Augen auf!«

Franck genoß einen ausgezeichneten Ruf. Er wurde von den anderen Professoren geschätzt, und seine Studenten zollten ihm Respekt und Bewunderung. Wenn er meinte, daß ich nichts davon verstünde, hatte er vermutlich recht. Der Anzahl von Studenten nach zu urteilen, die sich drängelten, um sich in seinen Creative-Writing-Kurs einzuschreiben, mußte Franck wissen, was er sagte.

»Und was noch?«

»Ihr Vater hat ihr vor einiger Zeit den Geldhahn zugedreht. Aber Chris zufolge, du kennst ja Chris, war sie es eher, die nichts mehr von ihrem Vater annehmen wollte.«

»Und dann wichst sie irgendwelche Typen in einem Krankenhaus, um sich ein paar Pfennige zu verdienen. Findest du das nicht toll? Stell dir bloß vor, was Balzac daraus gemacht hätte. Stell dir Céline oder von mir aus Dostojewski vor. Natürlich ist der Vater eine Drecksau, eine Ausgeburt des großen Kapitals. Das ist doch herrlich! Und ich hatte angenommen, sie sei wegen einer Schilddrüsengeschichte dagewesen. Ich frage mich wirklich, wie ich darauf gekommen bin.«

Der Nachmittag ging mit langen rötlichen Sonnenstrahlen zu Ende. Da und dort dösten Studenten auf dem Rasen des Universitätsgeländes oder waren an ihrem Handy in ein Gespräch vertieft. Marie-Jo hatte Lasagne zubereitet und wartete mit dem Essen auf uns, aber Franck bestand darauf, daß wir erst im Leichenschauhaus vorbeifuhren.

»Ich bin nicht *sonderlich* genervt. Ich habe nur keinen Hunger.«

»Du hast keinen Hunger? Seit wann hast du keinen Hunger? Seit wann hast du keinen Hunger, wenn es Lasagne gibt? Hast du das gehört, Nathan?«

»Ich kann doch wohl noch Franck ins Leichenschauhaus mitnehmen, um seine Meinung zu hören. Warum sollte ich dafür nicht meine Gründe haben? Du hast keinen Grund, so besorgt zu sein. Aber wirklich.«

»Nun mal langsam. Wenn das so ist, dann vergessen wir das. Wenn ich mir die Probleme nur einbilde, dann reden wir nicht mehr darüber. So einfach ist das.«

»Niemand hat hier Probleme, Marie-Jo. Niemand. Du brauchst dir keine Sorgen zu machen. Wer sollte mir da schon reinreden? Den möchte ich mal sehen.«

»Ich habe doch sofort gemerkt, daß dich das genervt hat. Ich habe mir gesagt, auwei auwei, meiner kleinen Marie-Jo ist irgend etwas in der Kehle stecken geblieben.«

Plötzlich drehte sie sich um und ging in die Küche, um sich zu übergeben.

Franck und ich klammerten uns sprungbereit an die Sessellehnen und wechselten einen verblüfften Blick. Was war denn jetzt los? Konnte das wahr sein, was wir da sahen, mit offenem Mund anstarrten? Hörten wir wirklich dieses gräßliche Aufstoßen und das widerliche Platschen von weicher Materie auf die Chromstahlspüle?

»Nicht ein einziger Schnupfen in zehn Ehejahren«, seufzte Franck, als wir an den Tisch zurückkehrten, auf dem die Lasagne allmählich erkalteten. »Hast du schon mal erlebt, daß sie krank war? Daß sie sich über irgend etwas beklagt hat? Ich glaube, sie weiß nicht mal, was es heißt, Kopfschmerzen zu haben. Denk nur an das vergangene Jahr zurück: Alle hier im Viertel hatten Dünnschiß, nachdem sie Leitungswasser getrunken hatten. Alle hatte es erwischt, alle, bis auf sie. Und dabei trank sie literweise Wasser aus der Leitung. Stimmt's oder nicht? Sie füllte das Wasser in Flaschen ab und trank es, um mehr ausscheiden zu können.«

Natürlich erinnerte ich mich an diese Geschichte. Entlassene Arbeiter hatten ihr Unternehmen in die Luft gejagt, und verschiedene Produkte waren dabei ausgelaufen. Zu Hause stritten sich Chris und ihre Freunde jeden Abend über dieses Ereignis. Wenn sie in die Küche kam, um Getränke oder noch ein paar Sandwichs zu holen, erinnerte sie mich daran, daß nicht sie mich von der Diskussion ausgeschlossen hätte, sondern ich mich selbst, und dann ging sie schnell wieder zurück, um bloß nichts zu verpassen.

Bei Francks Worten fiel mir wieder ein, was sich damals abgespielt hatte – er lag mit Durchfall im Bett, und Chris war damit beschäftigt, die Welt umzukrempeln –, Umstände, die dazu geführt hatten, daß ich mich in Marie-Jos Armen wiederfand. Unsere erste gemeinsame Nacht in einem als Privatwagen getarnten Lieferwagen, in dem wir die Streikposten ausspionieren sollten. Ich war wütend. Das war nicht unsere Aufgabe. Ich war wütend und hatte schon angefangen zu trinken, schon bei Einbruch der Nacht, einer dunklen, aber unglaublich lauen Nacht, einer von diesen Nächten, in denen jeder den Kopf verliert.

Frauen weinten. Männer weinten. Wir wußten, daß sie ihre Drohung wahrmachen würden. Wir beobachteten sie durchs Fernglas. Wenn sie telefonierten, sollten wir ihre Gespräche abhören, aber meistens riefen sie bei sich zu Hause an, schluckten ihre Tränen hinunter und erkundigten sich, ob die Kinder im Bett waren, ob sie sich gewaschen und nicht zu lange ferngesehen hatten. Alle wußten, daß sie die Fabrik in die Luft jagen würden, und allen war es scheißegal.

Diese Frau in Uniform, ich habe sie gevögelt. Ich habe ihr den Kopfhörer weggerissen und sie auf den Boden geworfen. Riesige Titten. Ein unförmiger Slip, der ihr ins Fleisch schnitt. Und nicht eine Sekunde, nicht den Bruchteil einer Sekunde wandte sie die Augen von mir ab, während ich auf ihr lag. Sie sagte kein Wort. Und am nächsten Tag fingen wir wieder damit an, dann explodierte alles und das Torgitter flog über die Straße und prallte auf das Dach des Lieferwagens. So hat die Sache begonnen. Ein schmiedeeisernes Torgitter flog in der Dunkelheit durch die Luft, während zwei Polizeioffiziere mit heruntergelassenen Hosen die Freuden des bestialischen Geschlechtsverkehrs wiederentdeckten. Keine achtundvierzig Stunden später mußte Franck das Bett hüten, nachdem er verseuchtes Leitungswasser getrunken hatte, und Chris verwandelte unsere Wohnung in einen Bunker für Linksextremisten, ohne dabei zu merken, daß ich meine Nächte nicht mehr dort verbrachte. Unschlagbar. Ich bin unschlagbar, was die Ereignisse jener Zeit angeht. Ich kann Ihnen jede beliebige Frage nach den Mechanismen beantworten, die damals in Gang gesetzt worden sind. Das verblüfft mich selbst am meisten.

Franck machte sich daran, das Spülbecken zu reinigen, während ich die Lasagne wieder aufwärmte, aber wir hatten keinen rechten Appetit mehr.

»Findest du nicht, daß das abartig war? Hm? Das war abartig, sag's schon! Ich wäre besser nicht mitgekommen.

Ich habe mich benommen wie der Hinterletzte, hm, oder willst zu vielleicht das Gegenteil behaupten...? Das war richtig abartig. Dieser unwiderstehliche Drang, das Schubfach aufzumachen und mich über sie zu beugen. Hast du das gesehen? Ich bin eine alte Sau. Hat dich das nicht schokkiert?«

»Warum hätte mich das schockieren sollen? Das hast du doch gewollt, oder nicht?«

»Ja, natürlich. Aber du wunderst dich über gar nichts mehr. Du hast nicht mehr diese kindliche Neugier, diese Fähigkeit, unmittelbar zu reagieren. Das mußt du doch zugeben.«

»Ist das schlimm?«

»Ob das schlimm ist? Meiner Ansicht nach ist das kein Handikap, wenn man Würstchen an der Straßenecke verkaufen will. Na ja, um welche herzustellen wohl auch nicht.«

Marie-Jo

Ich wartete, bis Nathan gegangen war, ehe ich aufstand. Ich betrachtete mich im Badezimmerspiegel – ich danke Dir, mein Gott, für die Prüfung, die Du mir auferlegt hast, tausend Dank, ich danke Dir, daß Du mir die Augen geöffnet hast.

In meinem Magen kollerte es. Mein ganzer Körper war schweißnaß. Wenn das kein Erfolg war...

Und dieses Nachthemd, das ich anhatte. Es fehlte nicht viel, und ich wäre in Tränen ausgebrochen.

Franck blickte von seinem Stapel Hausarbeiten auf, als ich durchs Wohnzimmer ging. »Ist schon gut. Ich habe keine Lust, darüber zu reden«, sagte ich.

Ich ging in die Küche und trank eine ganze Flasche Mineralwasser. Ich setzte mich. Ich war niedergeschlagen.

Als ich den Begleitzettel noch einmal durchlas, stellte ich fest, daß ich das Dreifache der empfohlenen Dosis eingenommen hatte. Na und? War das verkehrt? Was gab es denn sonst für eine Lösung? Sollte ich vielleicht diesen ganzen Speck, angefangen bei den Schenkeln, mit einem Flammenwerfer verbrennen und dann die Fettwülste mit einer Axt und die Hängebacken mit einem Messer absäbeln? Ich hatte die Nase gestrichen voll.

Diese ganzen Mittel kosteten mich ein halbes Vermögen. Und sie schlugen mir auf den Magen. Die Typen, die hinter dieser Sache steckten, hätte ich umbringen können. Das ist kein Scherz. Ich hätte sie mit Vergnügen umgebracht. Ich habe nicht die Absicht, mich das ganze Leben lang bescheißen zu lassen. Ganz sicher nicht. Ich bin jetzt zweiunddreißig, und offen gestanden ist meine Geduld zu Ende. Ich habe wirklich die Schnauze voll.

»Ich bin sauer«, erklärte ich Franck. »Ich bin echt sauer.«

Manchmal mußte ich ihm einfach eins auswischen.

Chris hat endlich die Kurve gekratzt. Das wurde auch höchste Zeit. Das wurde schon bald zum Gag. Daraufhin meldete ich mich gleich beim Frisör an.

Derek meinte, jetzt sei es soweit: »Nein, da irrst du dich aber, Sinnead O'Connor hat keinen kahlen Kürbis. Mein armes Schätzchen, du spinnst wohl. Sinnead O'Connor? Nein, erzähl doch keinen Scheiß. Guckst du denn nicht mal ab und zu in die Zeitung? Nein, erzähl doch keinen *Scheiß*.«

»Was hat sie dann für eine Frisur? Einen Bürstenschnitt? Kannst du dir das vorstellen, ich, mit einem Zentimeter Haar auf dem Kopf? Derek, bist du eigentlich noch ganz klar?«

»Sinnead O'Connor mit einem kahlen Kürbis? Sag mal, meine Ärmste, du bist wohl völlig neben der Spur, nein so was. Oje oje.«

Derek, dieses kleine Arschloch. Dieses kleine Genie. Aber diesmal konnte ich ihn nicht einfach gewähren lassen. Dann schon lieber sterben. Ich habe seinem leicht ironischen, verächtlichen Blick standgehalten, ohne ihm eine Erklärung zu geben. Was, den gleichen Schnitt wie Jennifer Brennen? Was, den beknackten Spatzenschädel dieser magersüchtigen Tusse, diesen beschissenen Schnitt? Was, für *mich*? So tief war ich noch nicht gesunken, das können Sie mir glauben.

Was würde Nathan davon halten?

»Du kommst verdammt spät«, sagte er zu mir. »So ein Mist. Wir sind mal wieder die letzten.«

Er war nicht sonderlich gut gelaunt. Nachdem er sicher war, daß ich gesehen hatte, wie spät es war, schob er den Ärmel wieder über die Armbanduhr. Nebenbei gesagt, der reinste Wahnsinn. Seit zwei Monaten hatte ich nichts mehr auf dem Konto, und das ausgerechnet zu einem Zeitpunkt, wo ich versuchte, einen höheren Dispo auszuhandeln.

Die Sitzung dauerte über eine Stunde. Ein Briefing, in dem es ausschließlich um den Fall Brennen ging. Ein tödliches Briefing bezüglich Vater und Tochter Brennen. Zwei riesige Ventilatoren — die Klimaanlage ist für 2050 geplant, zumindest mit ein bißchen Glück — verbreiteten eine solch tödliche Langeweile, daß ich ununterbrochen gähnte und auf meinem Stuhl hin und her rutschte. Ich war kurz vorm Einschlafen. Ich bedachte die Leute links und rechts von mir mit einem betrübten Lächeln: meine Vorgesetzten, die Zivilfahnder, die Beamten in Uniform, den Typen, der den Wasserbehälter in der Eingangshalle wechselte, und mit einem albernen Lächeln den Ausgang, das Phantombild, das an der Wand hing, das vergitterte Fenster, während die Luft in dem Raum von einer nicht nur öden, sondern geradezu *stinklangweiligen* Litanei über Brennen und die ganze Brennen-Galaxie umgewälzt wurde. Und über die endlose Zahl von Samthandschuhen, mit denen wir die Sache aus naheliegenden Gründen anzufassen hätten, Gründen, die nicht weiter erläutert zu werden brauchten, es sei denn, wir stammten aus dem Urwald oder lebten noch in finsterster Eiszeit.

Mit verdrehten Augen und einer Hand an der Kehle zog ich Nathan am Ärmel hinter mir her, und wir überquerten im Laufschritt die Straße, während alle anderen die Kraft aufbrachten, noch dazubleiben, ihren Grips anzustrengen und weiterzudiskutieren, wobei sie das Foto der Brennen-Tochter mit einer lüsternen Falte im Mundwinkel von Hand zu Hand weiterreichten.

Wir ließen uns auf eine kühle Lederbank sinken, bestellten kühle Getränke, und ich lächelte in der kühlen Luft, die mir aus einem Gitter in der Decke entgegenkam. Sehr praktisch. Super.

Endlich konnten wir ein paar Worte wechseln.
»Ich helfe ihr beim Umzug.«
»Du hilfst ihr beim Umzug. Soso.«
»Ja, ich helfe ihr beim Umzug.«
»Und was machst du dabei genau?«
»Was weiß ich? Möbel rücken. Ich helfe ihr eben.«
»Einfach so. Und was meinst du, wie lange das noch dauert, dieser Mist? Schätzungsweise, nur so schätzungsweise.«
»Das ist schwer zu sagen.«
»Ach so, das ist schwer zu sagen. Es wird ja immer schöner.«
»Um ehrlich zu sein, das läßt sich unmöglich vorhersagen. Du weißt ja, es geht um Chris. Es geht nicht um irgendein Mädchen, das ich am Straßenrand aufgelesen habe. Hm, du siehst doch hoffentlich den Unterschied. Ich hoffe, du schmeißt nicht alles durcheinander. *In deinem kleinen Kopf.*«

Natürlich. Ich bin es mal wieder, die Scheiß macht. Und nicht nur das, sondern anscheinend bin ich nicht ganz normal. Ich sehe überall das Böse, wissen Sie. Ich muß wohl ein bißchen neben der Spur sein. Ich gehöre zu den Weibern, die sich immer etwas vormachen, verstehen Sie, was ich meine? Ich habe ihm fest in die Augen geblickt und gewartet, was dann kam. Was das heißen soll, fragen Sie? Sie kennen eben nicht den letzten Trumpf, den er unweigerlich aus dem Ärmel zieht, die unfehlbare Erwiderung. Es lohnt sich, die zu hören, wirklich. So etwas hört man nicht alle Tage.

»Das ist genau wie mit Franck und dir. Haargenau so. Siehst du das nicht?«

Sehen Sie?

Ich zog es vor aufzustehen. Ich nahm mein Glas und setzte mich an die Bar.

Anschließend brauchte er jemanden, der ihn fuhr. Der arme Kerl, das Knie tat ihm zu weh, um selbst zu fahren.

Als wir durch das chinesische Viertel fuhren, machte ich kurz halt, um Safranreis und Hähnchenspieße zu kaufen. Das mag er am liebsten. Und zum Nachtisch, ich weiß, das sollte ich eigentlich nicht – aber Yi zwang mich buchstäblich dazu, als ich zu ihm sagte, daß ich völlig mit den Nerven fertig sei –, in Sesamkörner gerollten türkischen Honig.

»Dabei hast du nur eins übersehen. Bei deinem Verdacht gegen Chris hast du eins vergessen – und das tut mir nebenbei gesagt für dich leid –, nämlich daß sie die Brennen-Tochter kannte. Verstehst du? Chris kannte sie. Kapiert?«

»So, so, die *Brennen-Tochter*. Nennst du sie jetzt nicht mehr *Jennifer*?«

»Also, während du dir da irgend etwas aus den Fingern saugst und weiß der Teufel was für Zeug erfindest, damit es dir auch ordentlich weh tut, ja, während du hier hockst und bis zum frühen Morgen nur mit den Zähnen knirschst, bin ich hier ernsthaft mit etwas beschäftigt. Im Gegensatz zu dir. Während du die ganze Sache nur noch komplizierter machst, vergesse ich im Gegensatz zu dir nicht eine Sekunde, daß ich einen Job zu erledigen habe. Nicht eine Sekunde.«

Er hielt einen halb abgegessenen Bratspieß in der Hand und zeigte damit auf meine Brust. Er gefiel sich in seiner Rolle. Mein Zeugnis war viel besser als seins. Die Qualität meiner Berichte – und ich verbrachte nicht stöhnend drei Stunden damit wie fast alle anderen – wurde oft als mustergültig hingestellt, aufgrund ihrer Genauigkeit und ihrer Klarheit. Ich war im Schießen besser als er. Ich kannte eine ganze Menge von Typen, die sich darum geprügelt hätten, mich in ihrem Team zu haben. Im Gegensatz zu ihm. Ich meine, niemand hätte sich darum geprügelt, *ihn* in seinem Team zu haben.

Ich seufzte und schob ihm einen kleinen Würfel türkischen Honig in den Mund. Weiter hinten hatte sich ein Typ mit einem Schild um den Hals auf den sonnenüberfluteten Bürgersteig gekniet, und die Leute wichen ihm mit einer geschickten Hüftdrehung aus.

»Na gut. Nehmen wir mal an, das würde stimmen. Nehmen wir an, du verbrächtest deine Nächte damit, Möbel zu rücken. Wenn dir das Spaß macht. Ich glaube dir kein Wort, aber nehmen wir mal an, das würde stimmen. Und was hat Chris dir erzählt?«

»Was meinst du, worüber?«

Ich ließ mich nicht abhängen, ich blieb ihm auf den Fersen. Trotz des Halbdunkels überwand ich alle Hindernisse. Ich kannte diesen Park wie meine Westentasche.

Ich nahm eine Abkürzung über den Spielplatz und lief dann wieder die mittlere Allee entlang, um ihm den Weg abzuschneiden, ehe er das Torgitter am westlichen Ausgang erreichte – denn wenn es ihm gelingen sollte, sich zwischen den Autos hindurchzuschlängeln, würde er mir unweigerlich entkommen. Ich rannte schneller, kletterte einen Hügel hinauf, den ich von Herzen verabscheute – jedesmal kam es mir vor, als hätte ich Blei an den Füßen, und wenn der Boden gefroren und glatt vom Rauhreif war, dann war das der reinste Horror, Golgatha in Miniaturformat. Aber na gut, als ich schließlich oben war, entdeckte ich ihn sogleich und berechnete den Schnittwinkel. Für alle Fälle zog ich die Waffe.

Als er mich wie ein Raubtier auf sich zu rennen sah, blieb er plötzlich stehen. Ich hatte den Eindruck, als würde er blaß.

Er machte kehrt. Ich verlangsamte das Tempo und schwenkte nach links ab, um ihn daran zu hindern, ins Dickicht zu fliehen. Ein junger Kerl, der insgesamt gesehen ziemlich leicht zu dirigieren war, ein mittelmäßiger Läufer, der nicht trainiert war, seine Kräfte nicht einzusetzen verstand und keinerlei *Ausdauer* besaß, die ich persönlich für das Nonplusultra halte. Er wurde schnell müde. Sein Atem war zu einem Rasseln geworden.

Nathan gab ihm den Rest. Mit einer in ein Wurfgeschoß verwandelten Mülltonne aus dem Park.

Als unser junger Freund wieder Luft kriegte, beschimpfte er uns als Arschlöcher. Er weigerte sich, mit uns zu reden. Ich besprengte mir das Gesicht an einem Brunnen.

Als ich gegen ein Uhr nachts nach Hause kam, war Franck gerade in einer angeregten Unterhaltung mit Ramon, einem der drei Studenten, die einen Stock tiefer wohnten. Ich sagte: »Ich bin abgespannt. Ich hätte jetzt gern ein bißchen Ruhe.« Und während sich Ramon verkrümelte, machte ich mir in der Küche ein Sandwich. Ich hatte Magenkrämpfe. Wenn ich aus irgendeinem Grund eine Mahlzeit auslassen muß, dann verdreht mir die Hand des Allmächtigen unverzüglich die Gedärme. So ist das nun mal. Ich habe aufgehört, Kerzen zu stiften.

»Ich dachte, du würdest später nach Hause kommen. Tut mir leid.«

»Habe ich dir vielleicht einen Vorwurf gemacht?«

Er ging nicht weiter darauf ein. Er holte zwei Stielgläser und schenkte uns mit sichtbar zufriedener Miene Wein ein. Dann setzte er sich mit übereinandergeschlagenen Beinen mir gegenüber. Er sah mit Anfang fünfzig noch halbwegs akzeptabel aus, wirkte für sein Alter noch relativ jung – aber wie lange noch?

»Gefällt mir gut«, sagte er, womit er meine Frisur meinte.

»Danke.«

»Gefällt mir wirklich gut.«

»Okay, danke.«

»Es sieht so aus, na ja. Es sieht so aus, als hättest du einen unangenehmen Tag hinter dir. Auch wenn das jedem mal passiert. Es sieht so aus, als hättest du keinen sehr witzigen Tag hinter dir. Hm, oder irre ich mich?«

»Wir haben den Typen geschnappt, der mit dieser jungen Frau zusammengelebt hat. Mehr kann ich dir im Moment nicht sagen, aber wir kommen gerade von ihm. Wir haben Bekanntschaft miteinander gemacht.«

»Soll das ein Scherz sein?«

»Ein junger Kerl, der Fernseher repariert. Und wenn ich es richtig verstanden habe, ein Typ, der in seiner Freizeit allen möglichen Scheiß im Internet verzapft. Wenn er nicht gerade Fernseher repariert. Er wußte nicht, daß er sich bei uns melden sollte.«

»Mit dieser einfältigen Miene, die sie dann aufsetzen, das brauchst du mir nicht zu erzählen. Mit dieser Miene seliger Unschuld. Na klar, ich kann mir das gut vorstellen. Das spricht Bände.«

»Er lebt mit einer Frau zusammen, die gerade ermordet worden ist, und er weiß nicht, daß er sich bei uns melden muß. Das hältst du nicht aus.«

Wir haben uns mit ihm auf eine Bank aus Skaileder gesetzt, die mir nach diesem blöden Wettlauf fürchterlich am Hintern klebte, und haben ihn in die Mangel genommen. Ich habe seine Papiere studiert, während Nathan ihm erklärte, daß niemand im Augenblick einen Rechtsanwalt brauche, es sei denn, er wolle weiterhin bei dieser negativen Haltung bleiben, die man schließlich immer irgendwann bedauert.

Eher intelligent, im übrigen. Ein Typ, kaum jünger als ich, der als erstes zu uns sagt, wir seien die Handlanger der Macht. Ich hab ihm gesagt, er solle sich am Riemen reißen. Ich hab ihm gesagt, daß auch er eine Drecksarbeit mache, denn das Fernsehen ist Opium für das Volk. Und hinzu käme noch, hab ich gesagt, daß man schwerlich mit einer Nutte leben konnte, ohne ein absolutes Arschloch zu sein. Zumindest ist das meine Meinung.

Nathan mußte zugeben, daß ich die richtigen Worte gefunden hatte.

Während der Typ anfing, mir sein Leben zu erzählen, machte sich Nathan Notizen und nickte dabei. Ich mache mir keine Notizen, das hindert mich daran, mich zu konzentrieren, aber Nathan macht sich seit dem letzten Winter, seit den Diskussionen, die er mit Franck gehabt hat –

und das ist wie die Geschichte vom Putzlappen, der die Flamme fragt, wo das Benzin zu finden sei, wenn Sie verstehen, was ich meine –, also Nathan macht sich massenhaft Notizen. Er kritzelt ganze Hefte voll.

Damals habe ich zu Franck gesagt: »Franck, du übertreibst. Ist das wirklich *gut*, was du da tust? Machst du ihm damit nicht falsche Hoffnungen?«

Aber Franck ist in dieser Hinsicht ein völliger Idiot. Ich weiß nicht, was für Flausen er ihm in den Kopf gesetzt hat – oder besser gesagt, ich weiß es schon, aber ich möchte nicht, daß es böse endet, ich möchte nicht, daß Nathan eine Enttäuschung erlebt wie früher oder später die meisten von ihnen, sonst muß ich es nachher noch ausbaden. Das könnte zu Spannungen in unserer Beziehung führen, die schon so nicht sonderlich einfach ist.

Als ich Nathan kennenlernte, war ich mitten in einer Depression. Es ging mir ziemlich dreckig. Und darum habe ich keine Lust, daß alles wieder von vorne anfängt. Ich habe schon genug durchgemacht, darum bleibe ich wachsam. Ich passe auf wie ein Luchs.

NATHAN

Ich fuhr am frühen Morgen zu Chris, um ihr mitzuteilen, daß es meinem Knie immer besser ginge, und ihr vorzuschlagen – warum eigentlich nicht –, daß sie mich zu einem Kaffee einladen könnte, wo ich schon die Croissants mitgebracht hatte. Meinem Knie ging es natürlich nicht *viel besser* als zwei Tage zuvor, aber ich kam gerade aus dem Fitneßcenter, wo ich eine Stunde lang von einem Gerät zum anderen gehetzt war, so daß ich guter Dinge war.

Das Geheimnis – vorausgesetzt man unterwirft sich einer gewissen Disziplin – besteht darin, das Gleichgewicht herzustellen zwischen einem ausschweifenden Lebenswandel, der in unseren Kreisen unvermeidlich ist, und dem ernsthaften Versuch, ein gesundes Leben zu führen: Fruchtsaft, Muskeltraining und den Kreislauf stimulierende Übungen, um den Tag zu beginnen und den Einstieg in die Vierziger zu schaffen, ohne sich wie ein müdes Wrack dahinzuschleppen.

Ich fuhr zu Chris, um ihr für die Hinweise zu danken, die sie mir gegeben hatte und die uns erlaubt hatten, den Fernsehtechniker in Rekordzeit zu fassen. Ein weiterer Grund.

Ich fuhr zu Chris, um zu sehen, ob alles in Ordnung war. Um zu sehen, ob alles so lief, wie sie es sich vorgestellt hatte. Um ihr zu zeigen, daß ich mich weiterhin für alles interessierte, was sie betraf.

Sie hatte sich ein ruhiges, etwas höher gelegenes Viertel ausgesucht, einen Sektor, der gegen die Luftverschmutzung besser gefeit war, mit mehr frischer Luft, Bäumen auf den Bürgersteigen und einer angenehmen Nachbarschaft – aber natürlich bekam man das alles nicht geschenkt, und ich zahlte die Hälfte davon, weil ich viel zu gutmütig bin.

Ich bin nicht immer so gutmütig gewesen, aber ich bin es geworden. Ich trinke keinen Schluck Alkohol mehr vor Einbruch der Dunkelheit und nie mehr in Gegenwart von Chris – oder höchstens mal ein Glas Wein, von dem ich die Hälfte stehenlasse.

Ich bin entgegenkommender geworden. Ich bin in vielen Dingen entgegenkommender geworden, und vor allem, vor allem habe ich mir eingehämmert, daß ihr Privatleben von dem Augenblick an, da wir beschlossen hatten, uns zu trennen, auch wenn wir immer noch unter demselben Dach wohnten, fortan für mich tabu sein mußte, ein Bereich, den ich, wie ich mir geschworen habe, nie betreten und der mir für immer unbekannt, unerforschbar und unzugänglich bleiben würde. Das habe ich mir zu einer Regel gemacht, die ich nie verletzt habe, zur Bedingung Nummer eins.

Chris wollte nichts allzu Feudales – aber auch nichts allzu Häßliches. Sie war von einer ganzen Clique umgeben, die die gleichen Vorlieben wie sie hatte und mit ihr ein reizendes, hübsches Haus aus dem vergangenen Jahrhundert sowie die Leidenschaft für eine freiere, bessere Welt teilte, für eine Welt, die vom Einfluß der Bösen befreit war. Fast alle fuhren Fahrrad oder Inliner und hatten in ihrem Rucksack Flugblätter, Vollkornbrot und die Standardausrüstung für den perfekten Straßenkämpfer. Sie schmückten ihre Balkons mit Blumen, bohnerten das Treppenhaus, manche verbrachten ihre Nächte am Computer, andere setzten die Rohrleitungen instand, und einige hielten Versammlungen ab. Alte und junge Leute, Theoretiker und Aktivisten, Männer und Frauen.

Ein gutes Dutzend von ihnen wohnte ständig in dem Haus. José, das Mädchen aus dem oberen Stockwerk, hatte Chris benachrichtigt, als eine Wohnung frei wurde — ein Paar, das in den siebziger Jahren zu den Radikalen gehörte, hatte eine kleine Erbschaft gemacht und ließ sich in Neuseeland nieder. José war für die Koordination verantwortlich und vögelte wie irre. Sie beherbergte gern für ein paar Nächte Typen, die mal eben vorbeikamen, Genossen auf der Durchreise oder linke Studenten, die ein Zimmer suchten, und vögelte mit ihnen wie irre.

Und Leute, die mal eben vorbeikamen, gab es mehr als genug. Ein bißchen zu viele für meinen Geschmack. Ganz selten Paare. Leute aus den unterschiedlichsten Kreisen, die ein paar Tage blieben, Typen, die urplötzlich hereinschneiten, keinerlei Bindungen hatten, sich in Dinge einmischten, die sie nichts angingen, und alles kaputtmachten.

Ungelogen. Ganz einfach. Eine Steinkugel in einer Welt aus Kristall.

Ich denke dabei an Wolf.

Ein Typ aus dem Norden. Ein Wikinger. Geradezu ein

Riese, und noch dazu von solch absoluter Schönheit, daß es sich nicht zu kämpfen lohnte.

Ich klingelte. Die Sonne drang in das Treppenhaus im zweiten Stock, und eine Fülle von Licht, eine Flut von warmem wohligem Licht strömte durch ein Fenster mit kunstvoll geschliffenen Scheiben, die einen sehr schönen, sehr erholsamen Anblick boten, während sich Chris hinter der Tür zu schaffen machte.

»Ich bin's«, sagte ich.

»Oh, *du bist es*?«

»Ja, ich bin's. Ja, Chris, ich bin es.«

»Nathan, bist *du* es?«

»Chris. Verdammt noch mal, was ist los?«

»*Nathan?*«

»Was ist los, verdammt noch mal? Chris.«

»Was sagst du?«

»Jetzt reicht's aber, Chris. Ich hab gesagt, was ist los, verdammte Scheiße.«

Ich fing an mit der Handfläche auf die Tür zu schlagen. Ich wußte nicht, was sich hinter dieser Tür abspielte, aber ich holte mehrere Male tief Luft, für alle Fälle sozusagen. Denn ich hörte, daß sie nicht allein war. José lächelte mir zu und hob grüßend die Hand, während sie die Treppe hinaufging. Ich erwiderte den Gruß nur ziemlich vage, da ich mit den Gedanken woanders war. Und da sich in meinem Kopf alles drehte, als würden meine Gedanken von einem Orkan gepeitscht, wie ein Musikpavillon, der im Wind ächzt und bebt.

Ich warf einen Blick auf meine Armbanduhr. 9:02 Uhr. Zu früh für einen normalen Besuch. Viel zu früh. Ganz zu schweigen von dieser schrecklichen Befürchtung, die mich durchzuckte, und dieser aus dem Magen kommenden sonnenklaren höheren Einsicht, die mir im Nacken kribbelte. Dabei bin ich sehr aufgeschlossen. Ich weiß, wie es zu so was kommt. Ich habe es unzählige Male ins Auge gefaßt. Unbewegt.

Als sie sich endlich entschloß, die Tür zu öffnen, suchte ich nach meinen Zigaretten.

Es war düster in dem Zimmer. Dann entfernte sich Wolf vom Fenster, und es wurde wieder hell. Schultern von seltener Breite.

»Na, was war denn mit der Tür los? Gab's Schwierigkeiten?« fragte ich in fröhlichem Ton.

Leicht nervös und möglicherweise etwas außer Atem strich Chris eine Strähne über dem Ohr glatt, eine feuchte, kompromittierende Strähne. Aber sie hielt meinem Blick stand. Dann machte sie uns miteinander bekannt.

»Wolf? Freut mich, dich kennenzulernen. Ein paar Tage Urlaub?«

Er hatte sie gerade gevögelt, da war ich mir ganz sicher, dafür würde ich die Hand ins Feuer legen. Er lächelte schlaff.

»Sag mal, ich vertreibe dich doch wohl nicht?« fügte ich hinzu, als ich sah, daß er den Kopf senkte, um durch die Tür zu gehen.

»Hm, ich habe ihn doch wohl nicht vertrieben?« sagte ich noch mal, diesmal zu Chris, während sich der sympathische Holzfäller wieder auf den Weg zu seinem Zauberwald machte.

In der Küche pfiff der Wasserkessel. Hatte Chris aufgrund einer plötzlichen Eingebung meine Ankunft vorausgesehen? Ich legte die Croissants auf den Tisch und reckte mich vor dem Fenster.

»Wolf ist Professor für Wirtschaftspolitik in Berlin. Hast du etwas gegen ihn?«

»Warum sollte ich etwas gegen ihn haben?«

»Nun sag schon. Sag wenigstens einmal, was du denkst.«

Ich dachte, daß uns dieses Frühstück angesichts der Wendung, die die Unterhaltung nahm, schwer im Magen liegenbleiben würde. Schade. Ein so schöner Morgen – schon verdorben. Dabei rieselte ein prächtiger Diamantregen vom Fenster des oberen Stockwerks hinab, wo José gerade ihre Pflanzen begoß – nebenbei gesagt, ein Kraut, das einen vom Hocker haute. Kinder spielten auf der Straße, Vögel zwitscherten in den Bäumen, und Chris saß da und rührte weder ihre Croissants noch ihre Rhabarbermarmelade mit Mandeln an, nein, Chris wurde immer ungeduldiger und starrte mich mit furchtbar hartem Blick an.

»Ich finde ihn reichlich groß.«

»Soso, du findest ihn reichlich groß. Du armer Irrer. Was soll das heißen, du findest ihn reichlich groß?«

»Hör zu, das ist der erste Gedanke, der mir gekommen ist. Das ist mein erster Eindruck. Du mußt zugeben, daß er keinem gängigen Modell entspricht. Gib's zu.«

»Was erzählst du da? Nathan, ist dir klar, was du da sagst? Das ist wirklich abscheulich. Wie kannst du nur jemanden nach seinem Aussehen beurteilen? Wie kannst du das nur tun?«

»Ich weiß nicht. Ich weiß wirklich nicht. Das kann ich mir auch nicht erklären.«

Ich kümmerte mich um das Frühstück. Ich schenkte den Kaffee ein und ließ dabei den Horizont nicht aus den Augen. Ein paar aufgetürmte Wolken mitten am Himmel nahmen die Konturen eines bestialischen Geschlechtsakts an.

»Hast du ihn gerade erst kennengelernt?« fragte ich.

Anstatt mir zu antworten, stieß sie einen Seufzer aus und blickte woanders hin.

»Pffff.«

»Mach nicht pffff, wenn ich dich etwas frage. Mach bitte nicht pffff. Ich glaube, ich habe Anrecht auf ein Minimum an Respekt. Ein Minimum, das ist nicht viel, und mehr erwarte ich gar nicht. Also, nun mal los, versuch mir eine Antwort zu geben. Nun mal los, gib dir einen Ruck. Und sieh mich dabei an.«

Jennifer Brennen und ihr Freund, die quer auf den Schienen liegen. Jennifer Brennen und ihr Freund, die Maispflanzen ausreißen. Jennifer Brennen und ihr Freund mit erhobener, geballter Faust auf dem Campus von Seattle.

»Du hast gute Arbeit geleistet, Édouard. Sag deiner Mutter, sie könne mir weiterhin ihre Strafzettel zuschicken. Aber sie soll es nicht übertreiben.«

»Soll ich weitersuchen?«

»Nein danke, das reicht. Aber sieh doch mal nach, ob du etwas über diesen Typen, diesen Wolf Petersen findest. Du leistest wirklich gute Arbeit, Édouard, habe ich dir das schon gesagt?«

Er errötete. Trotz der widerlichen Akne strahlte sein Gesicht regelrecht. Da ich zu den wenigen gehörte, die ihm eine gewisse Sympathie entgegenbrachten, hatte ich einen privilegierten und absolut vertraulichen Zugang zur Dokumentationsstelle und zum Archiv, einer dunklen, unverständlichen Welt, über die Édouard als unumstrittener Herrscher regierte. Ich hatte ihn gebeten, sich den anderen gegenüber nicht so effizient und großzügig zu verhalten und mir einen leichten Vorsprung zu lassen, damit ich die Ermittlungen in meinem Rhythmus durchführen konnte.

»Und noch etwas, Édouard. Nichts Ernstes, mach dir keine Sorgen. Aber könntest du deine Mutter bitten, ihr Auto nicht mehr auf Parkplätzen für Behinderte abzustellen? Meinst du, das ist möglich? Auf jeden Fall würde mir das die Sache erleichtern. Hm, sieh mal zu, was du tun kannst.«

Ich kehrte mit den Fotos in der Hand in mein Büro zurück – ein in Brusthöhe mit Plexiglas abgetrenntes Kabuff, das sich nicht von den anderen unterschied. Jennifer Brennen und ihr Freund, die ihre Ferien in einem paramilitärischen Ausbildungslager verbrachten. Sehr gut. Ausgezeichnet. Wirklich ausgezeichnet. Sehen wir uns das mal näher an.

Ich versuchte mich auf diese Dokumente zu konzentrieren, mußte aber sehr schnell zugeben, daß ich nicht dazu imstande war: Ständig tauchte Wolfs Bild vor mir auf. Ich rieb mir die Augen, trank einen Kaffee nach dem anderen, kniff mich heftig in die Wange, aber ohne Erfolg: Es kam immer wieder. Wolf. Wolf. Wolf und noch mal Wolf.

Was sollte ich tun?

Marie-Jo war über ihre Schreibmaschine gebeugt. Sie tippte. Und gleichzeitig hatte sie den Hörer ans Ohr geklemmt und führte ein Telefongespräch. Ich weiß, daß das unmöglich erscheint. Ich sagte ihr, daß ich kurz wegmüsse, und verschwand, ehe sie Zeit hatte, alles liegenzulassen und mir zu folgen.

Ich ging mitten am Nachmittag auf die Straße, mitten im grellen Tageslicht, mitten im Ausverkauf – die Leute rannten mit bleicher Miene in alle Richtungen. Die Sonne stand noch hoch am Himmel. Ich fragte mich, ob ich in eine Apotheke gehen sollte. Oder in eine Kultstätte. Um diese Uhrzeit, zu dieser Jahreszeit, in diesem Teil der Welt mußte man noch lange warten, bis es dunkel wurde. Ich ging auf und ab. Ein schmerzhaftes Hin und Her vor demselben Häuserblock. Ich konnte nichts anderes tun, als die Hände zu ringen. Alle meine Kräfte zu sammeln, um nicht schwach zu werden. Vor dem Eingang zur Bar eine Weile stehenzubleiben, ehe ich ganz schnell davonlief und dabei die Hände an die Brust drückte wie ein Verrückter. Zigaretten zu rauchen, ohne mich zu entschließen wegzugehen und zu versuchen, an etwas anderes zu denken, während mich nur ein einziges, furchtbares Bild verfolgte: Wolf, Wolf, Wolf und noch mal Wolf.

Ehrlich gesagt, etwas anderes blieb mir nicht übrig. Das meinte auch eine leicht angetrunkene Frau in einem tadellosen Kostüm, die an der Bar saß und für diese Geschichten mit der Uhrzeit nichts übrig hatte, wie sie erklärte, da die unangenehmen Dinge des Lebens meistens mitten am Tag passieren. Ich konnte ihr nur beipflichten und deutete ein zustimmendes Nicken an.

Nachdem ich die Bar wieder verlassen hatte, schloß ich mich in einer Telefonzelle ein und rief meinen jüngeren Bruder an.

»Gott sei Dank. Du bist wieder da.«
»Hör zu, ich bin nicht allein.«
»Das macht nichts. Weißt du, es freut mich wirklich, deine Stimme zu hören.«
»Mich auch.«
»Prima, hör mal zu, ich will dir nur ganz kurz was sagen. Chris hat einen Liebhaber.«
»Na und?«
»*Na und?*«
»Findest du das nicht normal?«
»Natürlich ist das normal. Ich finde das normal, natürlich. Nur erklär mir mal, warum mich das so nervt. Dabei dürfte es das nicht. Dabei ist das doch völlig normal. Kannst du mir nicht helfen, ein bißchen klarer zu sehen?«
»Wie geht's der Dicken?«
»Nenn sie nicht Dicke.«
»Ich helfe dir, ein bißchen klarer zu sehen.«

Was versteht man mit dreißig schon vom Leben? Was für eine Lehre kann man den anderen erteilen? Sah er diesen dichten Strom, der mich umgab, dieses Meer von rätselhaften Gesichtern, die in alle Richtungen strömten? Mit welchem Ziel? Mit welcher dunklen Bestimmung? Mit fast vierzig Jahren konnte ich noch immer nichts erklären. Ich verstand nichts. Ich verstand nicht einmal, weshalb eine so normale, natürliche Sache wie der Umstand, daß Chris einen anderen Mann begehrte, mich so aufbrachte. Das ergab keinen Sinn. Das war völlig absurd. Und mit Marc darüber zu sprechen und mir von ihm eine Erklärung zu erhoffen, war ebenso absurd. Ausgerechnet mit Marc, diesem beknackten kleinen Arsch.

Wolf Petersen besaß ein gewisses Charisma. Zugegeben. Er sprach ohne Mikrophon, und seine warme, bebende Stimme erfüllte den Hörsaal, auch wenn sie einen leicht metallischen Beiklang hatte – falls es erlaubt ist, eine bescheidene Einschränkung zu formulieren. Seine schönen, breiten, männlichen Hände, die mit strohblonden Härchen bedeckt waren, umklammerten so fest das Rednerpult, als wolle er daraus Kleinholz von Streichholzgröße machen. Hinter seiner Brille – ein superantiintellektuelles Modell mit durchsichtigem roten Plastikgestell – funkelten seine dunklen Augen, funkelten vor spöttischer Klugheit und Witz, funkelten vor Selbstsicherheit und aktivistischem Fieber – dunkle Augen, die man sich ohne Schwierigkeiten feucht und bezaubernd vorstellen konnte, das kam noch hinzu.

Chris saß hinter ihm, umgeben von einer ganzen Reihe von Professoren und Angehörigen verschiedener Organisationen, die der Ungerechtigkeit den Kampf angesagt hatten und stellvertretend dafür den Totengräbern der Dritten Welt, den Anhängern der Kernenergie, den pharmazeutischen Konzernen, den Mördern aus der Futtermittelindustrie, den Killern der Wale, den Banken, den Rentenfonds, Aids, dem IWF, der WTO und was weiß ich alles. Der Saal war knallvoll. Trotz der herrlichen Sonne, die draußen vor Ungeduld zitterte, über den trägen Rasen strich und ein verführerisch sanftes Lied säuselte, war der Hörsaal rammelvoll.

Mein Blick ging von Chris zu Wolf, während dieser die 4709 Patronen erwähnte, die die Ordnungskräfte in Quebec auf die Demonstranten der FTAA-Gegner verschossen hatten. Ich versuchte mir die beiden vorzustellen. In der

Wohnung von Chris, wo ich mehrere Abende lang die Möbel hin und her geschoben hatte, als sei das mein Lieblingssport. Ich versuchte sie mir auf dem Bett vorzustellen, bei offenem Fenster in der lauen Abendluft, während eine leichte Brise wie eine unsichtbare, lautlose Katze mit der ockerfarbenen Tüllgardine spielte.

Seit dem Vortag, seit auf einer Website behauptet wurde, Paul Brennen habe seine Tochter ermorden lassen, waren alle nervös: Die Brennens waren nervös, die Bullen waren nervös, die Journalisten waren nervös, die Studenten waren nervös, die politischen Aktivisten waren nervös. Und ich hatte meine persönlichen Gründe, gereizt zu sein. Wolf hatte seinen Vortrag inzwischen beendet und sich neben Chris gesetzt, die buchstäblich dahinzuschmelzen schien, während ihr Gesicht vor abgöttischer Verehrung strahlte und, darauf hätte ich wetten können – und zwar ohne jede verleumderische Absicht –, ihre Arschfalte schweißüberströmt und hellrot gefärbt war.

So weit war ich in meinen Überlegungen gekommen, als Marie-Jo, erfreut darüber, daß wir dichtgedrängt wie die Heringe saßen, die Sache ausnutzte, um mir den Arm um die Hüften zu legen.

Ich fand diese Situation grotesk. Fast unerträglich. Ich war der Ansicht, daß die Dinge eine ausgesprochen betrübliche Wendung nahmen. So weit war ich mit meinen Überlegungen gekommen. Daß Chris mit jedem Tag ein wenig mehr den Halt verlor.

Da merkte ich plötzlich, daß auf der Bühne Krawall entstand.

Abuse of Power Comes as No Surprise. Dieser Satz stand

auf dem T-Shirt einer jungen Frau, die ein Porträt von Jennifer Brennen hochhielt und mit wütender Stimme schrie, daß die Polizei die Mörder decke.

»Was hat sie gesagt?« fragte ich Marie-Jo mit gerunzelter Stirn.

Jetzt hatten zwei Typen sie gepackt und forderten sie auf, die Bühne zu verlassen. Ziemlich roh, das gebe ich zu, was im übrigen von den Zuhörern mit Pfiffen und Schimpfworten bedacht wurde und vor dem Notausgang, durch den die junge Frau und die beiden brutalen Kerle schnell verschwanden, ein bißchen Trubel auslöste.

Wenig später streckte ich mich im Schatten aus und verschränkte die Hände hinter dem Kopf. Ich träumte, ich sei wieder Student, hätte das Leben noch vor mir und könnte mir die Zukunft aussuchen. Marie-Jo war losgegangen, um eine Pizza zu holen. Ich wartete auf sie, während die letzten Zuhörer den Hörsaal verließen und sich in kleinen Gruppen entfernten oder noch einen Augenblick herumstanden. Ich zwang mich, an nichts mehr zu denken.

Dann stand plötzlich Chris neben mir und sagte: »Worauf hast du eigentlich gewartet, hm? Sag mal, worauf hast du gewartet, als sie diese Frau mißhandelt haben, hm? Ich möchte eine Antwort.«

»Chris, wovon sprichst du eigentlich?«

»Was glaubst du wohl? Was glaubst du wohl, wovon ich spreche?«

»Willst du dich nicht setzen? Hör zu, beruhige dich.«

»Mich beruhigen? Hast du sie eigentlich noch alle beisammen?«

»Hör zu, wenn du unangenehm werden willst, dann wend dich an jemand anders.«

»Dann sag mir mal eins. Das möchte ich doch gern wissen. Sag mir mal, an wen ich mich wenden soll, *hörst du*? Wenn zwei Idioten über eine Frau herfallen. Wen soll man dann rufen? Hast du eine Idee? Nein? Ich dachte, das sei dein Job. Hast du das vergessen?«

Ich schaute ihr kurz ins Gesicht, dann schloß ich die Augen.

»Das ist ein bißchen zu einfach«, sagte sie.

»Natürlich. Aber ich habe keine Lust, mich mit dir zu streiten. Weißt du, darauf bin ich wirklich nicht scharf.«

Nach kurzer Unschlüssigkeit setzte sie sich schließlich. Ich hätte eher gedacht, sie würde mich dem überlassen, was sie gern mein trauriges Sklavendasein nannte. Mein trauriges Dasein als williger Sklave, der sich darauf noch etwas einbildet.

»Ich habe manchmal so die Nase voll. Das macht mich ganz verrückt. Und das willst du einfach nicht begreifen.«

»Glaubst du vielleicht, ich hätte nie die Nase voll? Ich hoffe, das ist ein Scherz. Ich habe gerade das Buch von Naomi Klein gelesen.«

»Ach ja? Das ist gut. Glückwunsch. Und?«

»Und? Nun, ich hab mir gesagt, endlich mal eine Frau, die es geschafft hat, für ihre Sache zu kämpfen, ohne ihre Ehe dabei kaputtzumachen. Alle Achtung!«

»Weißt du, wie man das nennt, was du da gerade tust? Das nennt sich wiederkäuen. Sich im Kreis drehen. Du strengst dich kein bißchen an.«

»Du kennst mich doch. Mich und meine Faszination

vom Mißerfolg. Dein ewiges Gewäsch über meine angebliche Faszination vom Mißerfolg.«

Sie verkniff sich ein leises Lachen. Der Form halber. Ihre Beziehung zu Wolf war vielleicht der Grund, warum sie sich mir gegenüber nicht mehr ganz so kampflustig zeigte. Schwer zu sagen.

»Jedenfalls hast du gesehen, wie die Sache gelaufen ist. Das ist schon etwas.«

»Ich weiß, wie das läuft. Jeder weiß das.«

»Und wenn du herausfinden solltest, daß Paul Brennen jemanden bezahlt hat, um sich seine eigene Tochter vom Hals zu schaffen? Was machst du dann?«

»Weißt du, ich finde deine Frage ziemlich beleidigend. Aber andererseits ist sie nicht blöd. Naiv, aber nicht blöd.«

Diesmal lachte sie richtig. Dann stand sie auf.

»Sei so gut und wünsch mir das nicht.«

»Ich wünsche es dir nicht, Nathan.«

»Na gut. Danke für deinen Besuch.«

»Ich wünsche es dir wirklich nicht.«

Ich war froh, daß Marc wieder da war. Allein zu leben bereitete mir keine Schwierigkeiten, aber die Anwesenheit meines jüngeren Bruders in der Wohnung unter mir erleichterte mir ein wenig die Trennung von Chris.

Sein Auto stand vor dem Haus, ein nagelneues Audi Cabrio, das Marc völlig mutwillig mitten auf der Allee geparkt hatte, so daß ich mir ein Stück weiter einen Platz suchen mußte und mich, so gut es ging, hineinzwängte.

Bei einem blöden Sturz (eine wacklige Stufe, glaube ich) – ich kam aus einer Bar, in der ich einen meiner Informanten getroffen hatte –, war ich mit dem Kopf zuerst gegen einen kleinen Baum geflogen, der erst vor kurzem gepflanzt worden, aber doch schon kräftig war. Ich blutete. Es war nicht schlimm, aber ich blutete an der Stirn.

Ich zögerte vor seiner Tür auf der sternenverzierten Fußmatte. Aber nach kurzer Überlegung – unnötig, ihm ein schlechtes Beispiel zu geben – ging ich direkt zu mir hinauf, um mir erst das Blut abzuwischen. Um mein allgemeines Aussehen wieder in Ordnung zu bringen. Um einen Kaffee zu trinken und mir den Mund auszuspülen. Um einen entspannten Eindruck zu machen.

Das Mondlicht schimmerte auf dem Parkett im Wohnzimmer, in dem sich nicht ein einziges Möbelstück, nicht ein einziger Teppich befand. Ich besaß noch die Vorhänge, den Fernseher und ein Regal mit Büchern, die Chris ihrer neuen Bibliothek nicht für würdig befunden hatte. Einen Augenblick lang spürte ich, wie mir etwas auf den Schultern lastete. Eine weiche, durch die Leere hervorgebrachte Masse. Ich fragte mich, ob Marc mir nicht eine Grünpflanze oder eine bunte Lichterkette leihen könnte, aber an eine Frau hatte ich dabei nicht gedacht.

Ich stand mit nassem Haar und nacktem Oberkörper im Badezimmer und klebte mir gerade ein lächerliches Pflaster auf die Stirn, das an ein Zebrafell erinnern sollte (Chris kaufte nur solche ausgefallenen Sachen), als eine junge Frau hinter mir auftauchte.

Sie war sehr blaß. Die Frauen, mit denen Marc verkehrte, waren immer kurz davor, in Ohnmacht zu fallen – zumindest war das der Eindruck, den sie vermittelten.

Ein Flüstern kam über ihre Lippen: »Kann ich?«

Sie deutete dabei vage mit dem Kopf auf die Kloschüssel.

Ich nickte.

Da sie mit vor der Brust verschränkten Armen Platz nahm, den Kopf dabei fast auf die Knie legte und sogleich zu pissen begann, wobei sie etwa drei Meter wattiertes Klopapier abrollte – das dreimal so saugfähig war wie ein hochwertiges dreilagiges Papier – und da sie außerdem nicht sehr gesprächig war, überließ ich sie ihrer Beschäftigung.

Sie holte mich ein, als ich gerade auf dem Treppenabsatz vor Marcs Tür ankam. Mit ihren großen glanzlosen Augen und einer Miene, die unermeßliche Langeweile verriet, betrachtete sie mich von Kopf bis Fuß. »Hast du es immer so eilig?« flüsterte sie mit tonloser Stimme und drückte ihren kleinen Busen an mich, um sich an mir vorbeizudrängen und mit ihrem lüsternen, coolen und deprimierenden Gehabe voranzugehen.

Marc war mit seiner Chefin Ève Moravini zusammen. Sie hob den Kopf – an ihren Nasenflügeln klebte noch ein bißchen weißes Pulver – und sagte sogleich mit einem liebenswürdigen Lächeln zu mir: »Guten Abend, mein Schatz.«

»Guten Abend, Ève. Geht's gut?«

Sie nahm ein paar Zeichnungen, die auf dem niedrigen Tisch verstreut lagen, hielt sie mir hin und forderte mich mit einer Handbewegung auf, mich neben sie zu setzen.

»Was hältst du von der Arbeit deines Bruders? Was sagst du dazu?«

Ich verstand nichts von Konfektionskleidung. Ich nickte: »Toll.«

Dann hob Marc den Kopf und reichte mir den Strohhalm: »Wie ist denn das Junggesellenleben? Hast du Paula schon gesehen?«

Paula mixte uns Drinks in der Küche. Mir war, als hätte ich gesehen, wie sie von Hand Apfelsinen über einem Kochtopf ausquetschte, aber irgend etwas in mir sträubte sich, es zu glauben. Ich beugte mich über den niedrigen Tisch. Drinks. Sie hatte gesagt: »Ich mixe ein paar Drinks.« Drinks. Und dabei hörte sie Eminem.

»Ja, ich habe Paula gesehen.«

»Und?«

»Weißt du, das ist meine Sache. Da brauchst du dich nicht einzumischen, okay?«

»Aber hast du auch gesehen, was für eine klasse Frau das ist? Das hältst du nicht aus!«

Ich sniffte meine Straße und zog mir auch noch die nebenan sowie die herumliegenden Reste rein, und dann noch eine, ohne daß ich hätte sagen können, warum. Ich wäre nicht dazu imstande gewesen. Ich hätte nicht sagen können, ob ich mich gut oder schlecht fühlte, insbesondere da ich nicht den geringsten Grund hatte, so extreme Gefühle zu empfinden: Ève streichelte mir den Nacken, Marc tat sein Bestes, um mich glücklich zu machen, und Paula mixte Drinks. War es die Lektüre von Jack Kerouac – ich las gerade *Unterwegs*? War es die Trennung von Chris? War es mein Knie? War es die Luftverschmutzung. Waren es die *Drinks*?

»Ja, eine klasse Frau«, sagte ich.

»Und wie. Und wie. Ève, nun sag schon was.«

»Sie ist traumhaft. Das stimmt, Nathan, sie ist wirklich traumhaft. Aber sie vögelt wie eine lahme Ente. Das muß man einfach sagen. Sie vögelt wie die allerletzte lahme Ente. Das weißt du ja. Das wissen alle. Aber sonst ist sie toll. Und es ist nicht ausgeschlossen, daß sie noch etwas dazulernt. Bei mir persönlich hat das auch eine ganze Weile gedauert.«

»Ève. Vögeln ist eine Sache. Aber Klasse, das ist was anderes. Frauen, die gut im Bett sind, die gibt's doch wie Sand am Meer.«

»Was erzählst du da?« sagte ich. »Was erzählst du da für'n Scheiß?«

»Mein Schatz, du hast *vollkommen* recht. Auf dem Gebiet gibt es nichts, was angeboren wäre. Aber Erfahrung ist auch nicht alles. Nimm eine Frau wie Catherine Millet zum Beispiel. Glaubst du etwa, daß die gut im Bett ist? Nein, sag ich dir! Nie im Leben. Ganz bestimmt nicht. Nein, sag ich dir.«

Danach fiel ich in ein schwarzes Loch, bis wir uns in einem Nachtclub befanden, der gerade *in* war – man brauchte nur zu sehen, wie viele nörgelnde Typen vor dem Eingang standen, die Vater und Mutter umgebracht hätten, um einen Fuß ins Innere setzen zu können, und sei es nur für fünf Minuten, und schon war man sicher, daß man durch die richtige Tür gegangen war. Unter den Mädchen, die dort waren, war Paula nicht die blasseste, und die Frauentoiletten waren ständig besetzt. Der DJ kam aus Barcelona, die Dekoration (Tendenz post-nuklear) stammte von einem jungen Londoner Künstler, der an einen Rollstuhl gefesselt war, die Küche war japanisch, die Kellner schwul oder bisexuell, und die Adidas, Nike und Prada aus dem letzten Jahr waren durch Brennen aus blauem Wildleder zu zweihundertfünfzig Euro das Paar ersetzt worden.

Ève bestellte Sushi. Im Magen von Jennifer Brennen hatte man Sushi gefunden.

»Im Magen von Jennifer Brennen hat man Sushi gefunden«, sagte ich.

Ève, Marc und Paula waren damit beschäftigt, die Gesichter der Vorübergehenden zu mustern, wobei sie den Berühmtheiten von dauerhaftem oder flüchtigem Ruhm besondere Aufmerksamkeit schenkten, ohne daß sich dabei ihre gleichgültige Miene änderte. Manchmal zwinkerten sie, warfen jemandem eine Kußhand oder einen eisigen Blick über den Tisch zu.

»Im Magen von Jennifer Brennen hat man Sushi gefunden.«

»Soso«, sagte Marc. »Sushi. Na gut. Und warum erzählst du mir das?«

»Du hast mich gefragt, was es Neues gibt, darum erzähl ich es dir.«

Da merkte ich, daß Paula mich mit ziemlich entsetzter Miene anstarrte.

»Im Magen von Jennifer Brennen, hör gut zu, Paula, im Magen von Jennifer Brennen hat man Sushi gefunden.«

»Kann ich bei dir schlafen?«

»Natürlich kannst du bei ihm schlafen«, sagte Marc. »Kein Problem.«

Ich ging in Begleitung von Ève zu den Toiletten hinunter. Als wir an der Reihe waren, schlossen wir uns in der Telefonzelle ein. Ève braucht jeden Tag ihre Dosis.

»Man baut kein ganzes Reich auf, ohne sich die Hände schmutzig zu machen. Das glaube ich auch.«

»Ève, versetz dich mal an seine Stelle. Er weiß, daß seine

Tochter für ihn verloren ist. Er ist gezwungen, sich den Tatsachen zu beugen. Und was macht sie in der Zeit? Sie tut alles, um den Namen Brennen in den Schmutz zu ziehen. Sie bekämpft ihren Vater mit allen Mitteln. Sie nimmt an allen erdenklichen Aktionen gegen das Brennen-Imperium teil. Die Zeitungen waren voll davon. Ich habe die Artikel alle ausgeschnitten.«

»Seid fruchtbar und mehret euch, hat der Herr gesagt.«

Zwei Frauen klopften ununterbrochen gegen die Scheibe, um uns zur Eile anzutreiben. In der Zwischenzeit küßten sie sich leidenschaftlich. Die eine von ihnen, da hätte ich wetten können, war auf einem Werbeplakat abgebildet: Ein großer weißer Hund, über dessen Schädel eine Ledermaske gezogen war, war im Begriff sie zu bespringen. Völlig irre.

»Versetz dich an seine Stelle. Was soll er machen, hm?«

»Was weiß ich, mein Schatz?«

»Was meinst du, was er mit diesem abgestorbenen Arm, diesem schmerzhaften Arm, diesem verfaulten Arm macht, hm? Er hackt ihn ab.«

»Hat Paul Brennen einen verfaulten Arm?«

Wir haben kein Taxi gefunden. Da weder Paula noch ich imstande waren, zu Fuß nach Hause zu gehen – sie stolperte bei jedem Schritt und klammerte sich an meinen Arm, obwohl ich mich kaum auf den Beinen halten konnte –, tat ich etwas, das ich nicht gern tue und das ich als erster mißbillige, wenn man mir davon erzählt, als wäre das besonders witzig: Ich meine, ein Fahrzeug zu beschlagnahmen. Ich finde diese Praxis, zumindest wenn die Sache außer Dienst geschieht und es sich nicht gerade um ganz besondere Umstände wie etwa die Verfolgung eines Mörders oder eines Bankräubers handelt, also ich finde diese Praxis völlig unmoralisch. Eines Polizisten, der eine gewisse Achtung für seine Aufgabe hat, nicht würdig. Im allgemeinen vermeide ich es daher.

Ich stoppte einen Cherokee Grand Wagoneer, denn wenn ich schon die Wahl habe, sitze ich lieber hoch. Ich hielt ihm auf dem fast menschenleeren Boulevard meine Dienstmarke unter die Nase.

Es handelte sich um einen alten Mann in einem kurzärmligen Hemd und eine junge Beifahrerin, die knallrot wurde.

»Polizei«, sagte ich. »Los geht's.«

»Ich bin Arzt«, erwiderte der Mann und zog seinen Reißverschluß zu. »Ich fahre Sie ins Krankenhaus.«

»Wer hat hier etwas von Krankenhaus gesagt? Seien Sie nicht so aufdringlich, ja!«

Da ich Marie-Jos sichere, sanfte Fahrweise gewohnt war, forderte ich den alten Mann zur Vorsicht auf, während wir in Richtung meines Vororts fuhren, vor und hinter uns lauter Deppen, die im Schrittempo an den Bürgersteigen entlangschlichen oder mit hundertsechzig Sachen durch die Stadt rasten und sämtliche Ampeln bei Rot überfuhren. Ich sagte ihm, in welche Straßen er einbiegen, über welche Brücken er fahren und welche Fragen er nicht stellen sollte. Die junge Frau und er wirkten wie Vater und Tochter. Ein sehr alter Vater. Und ich fragte mich, ob ein Vater imstande war, so etwas zu tun, also die Bande, die ihn mit seinen Sprößlingen vereinten, zu kappen und sie zu töten. War das möglich? Konnte ein Mann, der aller Wahrscheinlichkeit nach geistig normal war, einen Killer damit beauftragen, seine eigene Tochter zu erdrosseln?

»Was ist denn mit Ihrer Stirn geschehen?« fragte mich der alte Arzt, als ich aus seinem Auto stieg.

Ich legte den Zeigefinger auf die Lippen und sagte: »Psst!«

Ich ging hinter Paula die Treppe hinauf, während der weißhaarige Mann den Motor in meiner dunklen Straße aufheulen ließ. Na ja, Paula hatte einen hübschen Hintern, das will ich nicht leugnen, aber die Frage, die ich mir hinsichtlich Paul Brennen stellte, nahm meine Gedanken völlig in Anspruch. Wenn mich mein Instinkt nicht täuschte, war die Antwort ja.

Paula ging schnurstracks auf das Schlafzimmer zu. Die Schwierigkeit lag darin, daß ich Paul Brennen gegenüber ziemlich machtlos war. Ich setzte mich auf die Bettkante und dachte an den furchtbaren Ärger, den ich mir zwangsläufig einhandeln würde, wenn ich meine Ermittlungen in diese Richtung vorantrieb. So daß sich eine andere Frage, die mit der ersten unmittelbar verbunden war, in diesen Worten stellte: Wollte ich wirklich auf eine so selbstzerstörerische Weise handeln? Und was würde dabei herauskommen?

»Wo sind die Kondome?«

Ich sah sie mit erloschenen, sexmüden Augen an. Dann blickte ich auf ihr Kleid hinab, das gerade vor meinen Füßen gelandet war, und mein Brustkorb schwoll an, bis sich ihm ein tiefer Seufzer entrang: »Hör zu, das verstehe ich nicht.«

»*Was* verstehst du nicht?«

»Warum gerade ich? All diese Typen haben dich mit den Augen verschlungen. Warum gerade ich?«

»Hast du welche oder nicht? Ja oder nein? Wenn nicht, tu ich's nicht.«

»Dann haben wir eben Pech gehabt, dann lassen wir's bleiben.«

»Warte mal! Nimmst du keine Gummihandschuhe, wenn du spülst?«

Ich starrte sie einen Augenblick an. War das Gerücht, das über die Qualität ihrer sexuellen Aktivitäten im Umlauf war, wirklich begründet? Und auf welchen Kriterien beruhte es?

Das Telefon klingelte.

»Wo warst du? Du machst mich noch verrückt. Hm, *wo warst du*?«

»Bei Marc. Wo soll ich sonst schon sein?«

»Ich habe bei Marc angerufen.«

»Du hast bei Marc angerufen?«

»Wo wart ihr? Hm, *wo wart ihr*?«

»Im Garten. Ève hat ihm ein neues Auto geschenkt. Das habe ich dir doch schon gesagt. Wir waren im Garten und sind um das Auto herumgelaufen wie zwei Blagen. Unten im Garten.«

»Ihr beide? Nur ihr beide?«

»Ja, sonst niemand. Nur zwei Brüder, die in einem Cabrio sitzen und den Himmel betrachten. Und Zigaretten rauchen. Das war schön. Wir haben beschlossen, das öfter zu tun. Das war richtig schön. Zwei nette Brüder, die unter dem Abendhimmel Löcher in die Luft gucken. Das hättest du sehen sollen. Aber sag mal, weißt du eigentlich, wie spät es ist?«

»Ich kann nicht schlafen. Ich wußte nicht, wo du warst.«

»Ich war natürlich unten. Im Garten.«

»Im Magen von Jennifer Brennen hat man Sushi gefunden.«

»Ja, ich weiß. Das Labor hat mich angerufen.«

»Wenn das Labor anruft, gehst du ans Telefon. Wenn es das Labor ist, bist du nicht im Garten. Stimmt's?«

»Nein, da bist du aber schwer im Irrtum.«

»So so, da bin ich schwer im Irrtum. Natürlich. Du alter Saftsack. Na ja, also gut. Ich habe das Restaurant gefunden, das ihr die Sushi geliefert hat.«

»Bravo. Herzlichen Glückwunsch.«

»Der Typ hat mir gesagt, sie hätten Essen für vier Personen geliefert. Interessant, nicht? Vielleicht sollten wir versuchen, die anderen drei zu finden. Hm, wenn du mal ein bißchen Zeit hast. Wenn du nicht bis drei Uhr im Garten bist und dich für Jack Kerouac hältst.«

»Ich halte mich nicht für Jack Kerouac. Was soll denn das schon wieder? Ich halte mich absolut nicht für Jack Kerouac.«

»Und warum guckst du dir dann die Sterne an, pichelst in einem Cabrio, schmiedest die wildesten Pläne, kritzelst Hefte voll, legst dir komische Manieren zu?«

»Okay, ich leg jetzt auf.«

»Nein, leg nicht auf.«

»Ich hab mir genug anhören müssen.«

»Na schön, es tut mir leid. Aber du machst mich verrückt.«

»Ich mach dich nicht verrückt. Du bist verrückt. Warum setzt du dich nicht sofort ins Auto und kommst her, um unter mein Bett zu gucken? Was hältst du davon?«

»Und was höre ich da, was ist das? Sag mal, was ist das?«

Ich drehte mich zu Paula um, die die Schubladen in der Küche durchwühlte. Ich schob die Tür mit dem Fuß zu.

»Was hörst du denn? Weißt du, eigentlich sollte ich es dir ja nicht sagen, aber da ist ein nacktes Mädchen in meiner Küche. Sie sucht nach Gummihandschuhen. Frag mich nicht warum, sonst flippst du noch aus.«

»Sei nicht so gemein zu mir. Sei nicht ungerecht.«

»Jack Kerouac. Das ist doch wohl der Gipfel. Aber eins will ich dir sagen. Die Beatniks. Wenn ich mich hier mal umschaue. Wenn ich sehe, was da geschieht. Wenn ich sehe, was die Leute aus ihrem Leben machen. Die Beatniks, das war doch was anderes. Jetzt weißt du, wie ich das sehe. Und nebenbei gesagt, vom literarischen Standpunkt aus, wenn man ihn mit den Mitläufern und den Idioten vergleicht, die danach kamen, spielt Kerouac in einer ganz anderen Liga. Jetzt weißt du, wie ich das sehe. Mehr habe ich dazu nicht zu sagen.«

In dem Augenblick, als ich auflegte, parkte Marc seinen Wagen in der Allee. Ich beugte mich aus dem Fenster, um ihm zuzuwinken und ein wenig frische Luft zu atmen. Er machte sich wohl Sorgen um mich, aber ich sorgte mich auch um ihn. Auf unbestimmte, verworrene Weise. Weil ich der Ältere war und weil ich außer ihm keine weiteren Angehörigen besaß. Meine Sorge gründete sich auf nichts Besonderes, nur auf die Grausamkeit der Welt, auf Unfälle und Krankheiten. Jedesmal wenn ich hörte, daß er heimkehrte, fühlte ich mich wie eine alte Mutter, spürte diesen sanften Stich im Herzen, diese stumme, einsame, flüchtige Freude, die man mit niemandem teilen kann.

»Ist Paula bei dir?«

Ich nickte.

»Super«, sagte er.

Sie lag splitternackt auf dem Bett. Während ich mich auszog, wandte sie nicht den Blick von mir ab. Ich legte mich neben sie und knipste das Licht aus.

»Nimm's mir nicht übel. Es hat nichts mit dir zu tun.«

»Soso.«

»Ich wünsche dir eine gute Nacht.«

»Soso.«

Marie-Jo

Ich nehme wieder Amphetamintabletten. Natürlich macht mich das ein wenig nervös und bewirkt, daß ich mich über die geringste Kleinigkeit aufrege, aber wenigstens komme ich dadurch mit einem leichten Mittagessen und abends mit ein bißchen Gemüse aus. Ich wiege jetzt (und ich bin fest entschlossen, noch weitere Fortschritte zu machen) neunundachtzig Kilo und sechshundert Gramm. Das hatte ich schon lange nicht mehr geschafft.

Ich teilte es Nathan mit, als er mich abholte. Ich stand unter der Dusche — mit teuflischem Hunger nach meinem halbstündigen Jogging im Park, aber in bester Laune. Ich bat ihn zu kommen, um sich das anzusehen. Er kam tatsächlich.

Ich dachte, daß er mich eines Tages zum Bett tragen könnte, aber so weit war es noch nicht. Natürlich wäre er dazu imstande, daran zweifle ich nicht, denn er ist stark wie ein Bär, trotz seiner schlanken Figur – das alte Ekel –, ein richtiger Muskelprotz. Ich will es aber nicht. Es ist mir peinlich. Es bringt mich gegen mich selbst auf.

Es gibt Besseres, als mit Nathan zu schlafen. Von der körperlichen Befriedigung her, meine ich. Um ehrlich zu sein, komme ich da besser allein zurecht. Das ist nicht seine Schuld. Mein G-Punkt ist eine persönliche Sache, möchte ich mal sagen. Dafür kann Nathan nichts. Den einzigen Orgasmus, den ich in meinem ganzen Leben gehabt habe, habe ich meinem Vater zu verdanken. Aber darüber möchte ich lieber nicht sprechen.

Dennoch tu ich es gern mit Nathan. Ich halte ihn gern in den Armen, drücke ihn an mich und bohre ihm dabei meine Fersen in die Hüften. Ich bin nicht sehr anspruchsvoll. Außerdem bin ich eine gute Schauspielerin. Wenn er mir die Hand auf den Mund legt, um meine Schreie zu dämpfen, muß ich innerlich lachen. Und schon bin ich befriedigt.

Wir sprangen vom Bett, als wir es klopfen hörten. Nathan zog sich blitzschnell an, und ich schlüpfte in einen Morgenmantel, ehe ich einen Blick durch den Spion in der Tür warf.

Uff! Es war nur Ramon, der Nachbar aus dem unteren Stock. Uff! Die Angst, überrascht zu werden. Was zwar keine furchtbaren Veränderungen nach sich gezogen hätte, das muß ich zugeben. Aber man tut als ob. Das Salz. Die Würze. Die verbotene Frucht. Das Adrenalin.

»Ramon. Was willst du?«

»Ist Franck nicht da?«

Das Unangenehme an dem Jungen: Er blickt einem nie ins Gesicht. Zumindest blickt er mir nie ins Gesicht: Er interessiert sich mehr für die dunkle Falte zwischen meinen Brüsten.

»Nein, er ist nicht da.«

Gut gekämmt, mit bis zum Hals zugeknöpftem Hemd

und frisch wie der junge Morgen tauchte Nathan mit völlig unschuldiger Miene hinter mir auf – »Hallo, Ramon« –, setzte sich in einen Sessel – »Hallo, Nathan« – und blätterte in einer Zeitschrift, die der gigantischen Erhöhung der Vorschußzahlungen gewidmet war, die unbekannten jungen Romanschriftstellern geleistet wurden.

»Also, Ramon. Wolltest du noch was anderes?«

»Wir waren verabredet. Ich warte schon seit einer Stunde.«

»Das kommt vor.«

»Wir hatten was vor. Eine Versammlung. Verdammt wichtig.«

»So so. Franck vergißt Pokerpartien nie. Hast du's auf seinem Handy probiert?«

»Die ganze Zeit. Da ist ständig besetzt.«

Ich spürte, wie mir etwas die Schenkel hinabbrann und verschränkte die Beine. Ich zuckte die Achseln und begann die Tür ein wenig zu schließen.

»Gut, Ramon. Wer ihn zuerst erreicht, ruft den anderen an, einverstanden? Das ist das einfachste. Kopf hoch, Ramon.«

Ich rannte ins Badezimmer – Nathan hat so unglaublich viel Samen, furchtbar. Als ich zurückkam, legte er gerade den Hörer auf. Keine Spur von Franck. Monsieur war nicht erreichbar. Monsieur hatte vermutlich was Besseres zu tun, aber was? Weiß der Henker. Zum Glück war ich nicht eifersüchtig. Wenn es um Franck ging, war ich kein bißchen eifersüchtig.

Die Büros von Paul Brennen sind über drei Stockwerke verstreut, das vierunddreißigste, das fünfunddreißigste und das sechsunddreißigste, im schönsten, verrücktesten, am meistbewunderten – von F. Gehry erbauten – Turm der Innenstadt. Man mußte unbedingt eine Sonnenbrille aufsetzen, um ihn zu betrachten. Türme, Wolkenkratzer und Hochhäuser, in denen das Brennen-Imperium waltete, gab es über fünfzig auf der ganzen Welt – eine wahre Armada aus Stahl, Glas, Stein und eigens gegen Graffiti behandeltem Marmor, eine Armada, die sich anschickte, die Welt zu erobern. Sehr eindrucksvoll.

Eine gigantische Fahne – eine kurze, gewellte gelbe Linie auf rotem Hintergrund – wehte auf dem Dach des Gebäudes vor einem herrlich blauen Himmel. Das Erdgeschoß, dessen Höhe einen schwindlig machen konnte, war für den Verkauf bestimmt (oh, Entschuldigung), war dazu bestimmt, einen Lebensstil zu propagieren, den sich nicht jeder leisten konnte – daher die extravaganten Preise (oh, Entschuldigung, tut mir wirklich leid), und daher auch ein ausgeklügeltes System, das erlaubte, unerwünschte Personen auszuschließen – Häretiker, Anarchisten und, ganz allgemein, alle, die knapp bei Kasse waren.

Ein Paar Brennen, das Aushängeschild der Marke, ein Paar Brennen von drei Meter Länge aus Titan thronte graziös auf einer blendenden gelben Neonleuchte mitten in der Halle wie eine mächtige Göttin, die voller Liebe und mit furchteinflößender Macht über die Seelen wacht. Die Verkäufer (gut, ich höre jetzt damit auf), die Priester waren jung, braungebrannt, ein wenig hochmütig und herablassend, erkennen konnte man sie – für den Fall, daß man sie für Yuppies halten sollte – an ihrer Tätowierung, dem berühmten zitronengelben ∼, das entweder an der Wade, auf dem Handrücken oder im Nacken getragen werden konnte. Sehr schick. Unentbehrlich. Und das alles unter Gangsta-Rap-Berieselung. Das alles – das gesamte Konfektionsprogramm – auf Regalen oder in Fächern angeordnet, die wie kostbare Schmuckkästchen hergerichtet waren. Das alles – und besonders die jungen Vorstadtkids mit ihren pfeilschnellen langen Fingern – unter dem finsteren Blick der Wächter in Zweireihern und den Kameras der Videoüberwachung. Sehr sympathisch. Gediegene Atmosphäre. Eine wundervolle Welt. Überwältigend. Ich hätte mich fast von einem gar nicht so üblen Trainingsanzug für den Sommer reizen lassen. Made in China. Auf mehreren flachen Bildschirmen, die in die Wände eingelassen waren, sah man Paul Brennen, wie er aus dem Geschäft kam, mit flatterndem Haar in einen Hubschrauber stieg, dann irgendwo landete, Reissäcke verteilte und ausgehungerte, halbnackte Kinder umarmte. Sehr ergreifend. Super.

Nathan inspizierte vorsichtig den Brennen Space – das allerneuste Modell mit einer Sohle aus Kompositmaterial mit integrierten Sensoren, die je nach Gewicht des Eigentümers und Bodenbeschaffenheit die Dichte des betreffenden Materials modifizierte, um den höchsten Nutzeffekt und größte Bequemlichkeit zu erzielen.

Ich fragte ihn, was er erreicht habe: »Na, was hast du erreicht?«

»Sie sind dabei, meine Bitte von Büro zu Büro weiterzuleiten.«

»Er empfängt dich garantiert nicht, Nathan.«

»Ich will nur mal sehen, wie sie reagieren. Um mir eine Vorstellung machen zu können. Das kostet nichts. Du solltest meinem Beispiel folgen. Du mußt ein bißchen die Atmosphäre auf dich einwirken lassen.«

»Das hab ich. Sie hat bereits auf mich eingewirkt.«

Nathan ist ein schlechter Polizist. Man könnte natürlich sagen, nicht viel schlechter als die meisten anderen, aber das ändert nichts daran. Er tut seinen Job. Er tut seinen Job, mehr nicht. Für alles andere, für alles, was darüber hinausgeht, was man uns auf der Schule beigebracht hat, ehe wir unsere Dienstmarke erhielten, für all das könnte man die Leitung genausogut einem stocktauben Blinden übertragen. Ich sage das ohne böse Absicht. Ich sage das, weil es die reine Wahrheit ist. Wenn er eine Eingebung hat, kann man sicher sein, daß er sich irrt. Jedesmal. Warum soll man das leugnen? Warum soll man daraus ein Geheimnis machen? Man braucht sich dafür nicht zu schämen. Ich kenne schlechte Polizisten, die sehr anständige Leute sind.

Andererseits hat er viel Glück.

Zum Beispiel, daß er auf der Stelle einen Termin mit Paul Brennen bekam, wieviel Punkte würden Sie ihm auf einer Zehnerskala dafür geben?

Ich war platt. Ramon rief an, während man uns unter Aufsicht zu einem Privataufzug begleitete – er wurde immer aufgeregter und schlug vor, *die Polizei anzurufen*. Ich forderte ihn auf, ruhig zu bleiben.

»Ich kann jetzt nicht mit dir sprechen, Ramon.«

»Meinst du nicht, wir sollten eine Suchmeldung aufgeben? Meinst du nicht?«

»Ich kann jetzt nicht mit dir sprechen, Ramon.«

»Das paßt überhaupt nicht zu ihm, sage ich dir. Da ist irgendwas faul. Findest du nicht, daß da irgendwas verdammt faul ist?«

»Ich *kann* jetzt nicht mit dir sprechen, Ramon.«

Ich war platt. In das Allerheiligste eingelassen zu werden, in den Schlupfwinkel eines Mannes eingelassen zu werden, der nur mit den Mächtigsten dieser Welt verkehrte, mit Königen Golf spielte, Präsidenten duzte, Prinzessinnen einen Kuß auf die Wange drückte, mit Schauspielerinnen schlief, Reis und Medikamente, deren Verfallsdatum überschritten war, an die Verdammten dieser Erde austeilte. In seine heilige Stätte eingelassen zu werden. Und mit welchem Zaubertrick? Nathan, der mit seinem schönsten Lächeln um eine Audienz beim Big Boss höchstpersönlich bittet. Ein winzigkleiner Bulle. Fragt ganz einfach, ob es möglich sei. Und die Antwort ist ja. Ja, es sei möglich. Es sei durchaus möglich. Ja. Kein Problem. Das nenne ich einen echten Zaubertrick.

Ich bin eine gute Polizistin. Ich bin eine Frau. Ich habe ein Gespür für die Dinge. Ich habe Nathan sofort gesagt: »Dieser Typ hat seine Tochter nicht ermorden lassen. Das kannst du mir glauben.« Aber er zuckte nur die Achseln, ehe er in sein Sandwich biß – ich dagegen stocherte in meinem grünen Salat an Zitronensaft herum.

»Ich sage dir, Paul Brennen hat einen Killer beauftragt, Jennifer Brennen umzulegen. Du wirst dich noch an meine Worte erinnern. Du wirst schon sehen, daß ich recht habe. Das sagt mir mein Instinkt. Paul Brennen hat einen Killer beauftragt, Jennifer Brennen umzulegen. Merk dir das!«

»Auf deinen Instinkt setze ich keine zwei Pfennige. Da kannst du sicher sein.«

»Daß ich nicht lache!«

»Dein Instinkt. Was meinst du damit?«

»Daß ich nicht lache!«

»Ich hab den Mann fünf Minuten gesehen. Oder nicht mal. Drei Minuten. Aber das reicht. Das ist mehr als genug. Also, hör zu. Und vergiß nicht, daß eine Frau dir das sagt: Paul Brennen ist die falsche Fährte. Hör zu: Ich habe ein Gespür für so was. Jedesmal, ich sage ganz bewußt, jedesmal hat sich herausgestellt, daß ich recht hatte. Stimmt's oder nicht? Jedesmal. Ich kann nichts dafür. Ich bin eine Frau. Ich habe ein *Gespür* für solche Dinge. Wollen wir wetten?«

»Was, ob ich wetten will? Du meine Fresse! Das laß ich mir nicht zweimal sagen. Na los.«

Plötzlich wurde er ganz aufgeregt. Mit einer heftigen Geste streifte er seine Armbanduhr vom Handgelenk und legte sie auf den Tisch.

»Du kannst nicht um deine Uhr wetten.«

»Ich wette, um was ich will.«

»Nein, nicht um die Uhr.«

»Ich wette um diese Uhr, verdammt noch mal.«

»Das kannst du nicht.«

»O doch, das kann ich. O doch.«

»Soll ich dir sagen, warum du das nicht kannst? Willst du das hören?«

Wir streiten uns manchmal bei der Arbeit. Das ist eher eine gesunde Reaktion, finde ich. Dabei ist Nathan nicht mal der schlimmste. Es gibt so viele Beknackte. So viele Beknackte auf der Welt. Typen, die einen Panzer aus Dummheit haben, der hundertmal so hart ist wie Stahlbeton, hundertmal so dick wie drei aufeinandergeschichtete Matratzen. Jede Frau gerät unweigerlich irgendwann an so einen Typen, ich habe von morgens bis abends mit ihnen zu tun. Diese Machos mit ihrer beknackten Machohaltung. Diese armen Kerle, die sich nicht mal vorstellen können, daß ich was im Kopf habe. Daß ich viel mehr im Kopf habe als sie, um es mal deutlich zu sagen. Selbst wenn ich einen dicken Hintern habe. Es gibt Schlimmeres, als einen dicken Hintern zu haben. Zum Beispiel so einen entsetzlichen Panzer aus Dummheit.

Ich meine damit nicht Nathan. Er hat nicht dieses ordinäre Lachen wie so viele andere, nicht diese bescheuerte herablassende Haltung oder das verächtliche Grinsen. Er behandelt mich wie seinesgleichen – was angesichts unserer unterschiedlichen geistigen Kapazitäten wohl das mindeste ist. Ich weiß. Aber ich habe mir verdammt viel bieten lassen müssen, daher bin ich aggressiv wie ein verletztes Tier. Ich weiß. Ich gehe manchmal etwas zu weit. Ich habe in meinem Leben lernen müssen, mich zu verteidigen. Ich weiß.

Ich möchte mich nicht gern mit Paul Brennen anlegen, um zum Thema zurückzukommen. Ich glaube sogar, daß er mich umbringen würde, wenn es zu einem Kampf mit nackten Fäusten zwischen uns käme. Davon bin ich überzeugt. Unsere Blicke sind sich zwei- oder dreimal begegnet, und er hat mir Angst eingejagt. Wie ich schon sagte, Frauen haben ein Gespür für solche Dinge. Zumindest für *gewisse* Dinge.

Er forderte uns nicht auf, Platz zu nehmen. Er blickte nicht sogleich zu uns auf. Er ließ sich Zeit. Ein Mann in einem hellgrauen Anzug, mit gebräuntem Gesicht (dreimal in der Woche Höhensonne?), silbergrauem Haar und blendend weißen Zähnen. Ein Mann, umgeben von Stahl und Mahagoni. Mit einem atemberaubenden Blick auf die Stadt, die von einer riesiggroßen Sonne in gleißendes Licht getaucht wurde.

Er schenkte uns drei Minuten Zeit. Eine davon war mit totalem, äußerst lastendem Schweigen ausgefüllt. Sein Blick glitt von Nathan zu mir. Offensichtlich fragte sich Paul Brennen, ob es irgend etwas gab, was ihm entgangen war oder was man ihm verheimlicht hatte. War er einer Halluzination zum Opfer gefallen? Sollte er wirklich glauben, daß zwei Gesetzeshüter – zwei winzigkleine Gesetzeshüter – vor ihm auf dem Teppich standen und die Absicht hatten, ihn zu befragen? Eine Sekunde lang glaubte ich, er wolle seine Digitalkamera nehmen, um den Augenblick festzuhalten. Ich dachte nur, auwei, auwei.

Auwei, auwei. Ich wußte, daß uns bald Hören und Sehen vergehen sollte. Unsere Kühnheit würde nicht ohne Folgen bleiben. Das brauchte man mir nicht lang und breit zu erklären. Ich sah schon, wie die hellblauen Augen von Francis Fenwick (unserem Chef) blaßblau wurden, ich sah schon, wie Francis Fenwick (unser Chef) die Faust ballte und auf den Schreibtisch schlug, so daß die darauf befindlichen Familienfotos zitterten, und hörte schon die harten, erniedrigenden Worte von Francis Fenwick – dem Mann, der uns gesagt hatte, wir sollten Paul Brennen mit Samthandschuhen anfassen, ihn wie ein rohes Ei behandeln und ihn nicht mit einem normalen Sterblichen verwechseln –, die wütenden, verletzenden Worte, die Francis Fenwick uns ins Gesicht schleudern würde, ich hörte sie schon.

Na ja. Wenigstens war es eine neue Erfahrung. Bestimmt nicht sehr gut für unsere Laufbahn, nein, nicht besonders gut, aber andererseits erlebte ich, was mir sehr wichtig war, mit Nathan so manches Schöne. Ich erlebte mit ihm Dinge, die, sagen wir mal, außergewöhnlich waren. Nathan brachte es immer fertig – ungewollt, ohne sich dessen bewußt zu sein –, mich dahin zu bringen, wohin mich niemand anders gebracht hätte. Manchmal rieb ich mir die Augen. Ich sagte mir, verdammt noch mal. Ich sagte mir, dieser Typ ist wirklich unglaublich. Herrgott noch mal. Ich glaubte, es liege an mir. Ich glaubte, ich sei so abgrundtief gesunken, daß es an mir liege und der erstbeste Typ mir den Kopf verdrehen konnte. Absolut nicht. Nicht eine Sekunde.

Wir waren in Paul Brennens Büro und blickten ihm scharf in die Augen. Bereit, ihn zur Rechenschaft zu ziehen. Herrlich. Ein großer Augenblick.

Ich beobachtete Nathan, wie er mit verträumter Miene sein Sandwich aufaß. Er hatte gerade eine große Dummheit gemacht, wenn er geglaubt hatte, er könne sich erlauben, einem Mann auf den Schlips zu treten, der gemeinsam mit ein paar Freunden das Weltruder in der Hand hatte. Und trotz allem, trotz der Gewitter, die sich ankündigten, war Nathan mit den Gedanken woanders. Er hatte die Beine unter dem Tisch ausgestreckt.

Ich beobachtete ihn und fühlte mich beklommen. Und in meiner Situation, ich meine, wenn man nicht wie ein

Model sondern eher wie eine behämmerte Hausfrau aussieht, fühlt man sich manchmal beklommen. Man betrachtet einen Mann und fängt bei dem Gedanken, man könne ihn verlieren, plötzlich fürchterlich an zu zittern, vor allem da sich nicht jeden Tag ein anderer einstellt. Man spürt ein unangenehmes Erschauern wie das ferne Echo von etwas, das einen umbringen könnte.

Ich stand unvermittelt auf, um auf andere Gedanken zu kommen. Wir schauten bei seiner Reinigung vorbei, und ich konnte nicht umhin, wieder die Augen auf ihn zu heften, während er sich mit der Chefin unterhielt – einer alten Chinesin, einer Großmutter mit dürren Armen, die ihn offen anhimmelte, als hätte sie noch eine Chance bei ihm, und deren Gesicht von einem Sonnenstrahl erhellt wurde, der durch das Laub fiel und mit einem warmen Hauch in den Laden drang. Ich fragte mich, ob ich ihm gewachsen war. Auch wenn ich ihm nichts vorzuwerfen hatte. Ob ich nicht beim geringsten Schock zusammenbrechen würde. Denn irgendwann kommt so ein Schock. Wie sollte es auch anders sein? Oder haben Sie vielleicht ein kleines Detail vergessen? Ich wiege neunundachtzig Kilo und ein paar Zerquetschte, ich sehe aus wie eine arme Irre, die durch einen Supermarkt läuft, zwischen Spülmitteln und billigen Kosmetikartikeln, die höchstens dazu taugen, den Lokus zu reinigen. Ich weiß. *Ich* weiß. Aber an dem Tag, an dem Sie an eine Tür gekreuzigt werden, sprechen wir uns wieder. Auch wenn ich ihm nichts vorzuwerfen habe.

Mein Telefon klingelte.

»Ja, Ramon.«

»Franck haben sie zu Brei geschlagen. Komm sofort her.«

»...«
»Hörst du, was ich sage? Hallo?«
»Wo bist du?«
»Ich bin bei dir zu Hause. Ich wage ihn nicht anzurühren. Was soll ich machen? Hallo? Hallo?«
»Mach bloß nichts. Ich komme sofort. Hallo? Rühr nichts an, Ramon.«

Ich atmete ein paarmal tief ein und aus. Dann packte ich Nathan am Ärmel, und wir sausten los.

Eine Rippe und zwei Finger gebrochen. Eine Platzwunde auf dem Schädel, die genäht werden mußte. Die Unterlippe gespalten. Am ganzen Leib lauter blaue Flecken – sein Gesicht würde bald auf doppelte Größe anschwellen, aber wenn man dem Kerl glauben wollte, der ihn in der Unfallstation untersucht und mit einer gelblichen Flüssigkeit eingepinselt hatte, gab es keinen Grund, sich ernsthaft Sorgen zu machen. Kurz gesagt, Franck hatten sie die Fresse poliert, und zwar ordentlich.

Als ich heimkam, mußte ich den Teppichboden säubern. Dann die Tür, dann den Treppenabsatz, dann die Stufen und das Geländer, dann den Eingangsflur, und gegen elf Uhr abends war ich noch immer dabei: völlig verschwitzt, hundemüde, am Ende meiner Kräfte. Überall Blut. Anstatt direkt ins Krankenhaus zu fahren. Ich war so wütend auf ihn, daß ich völligen Quatsch redete. Direkt ins Krankenhaus. Völliger Quatsch.

Inzwischen war es dunkel geworden. Mit dem Schrubber in der Hand stand ich im Eingang, neben dem Eimer mit blutverfärbtem Wasser, und warf einen Blick auf die

Treppenstufen, die ich gerade gescheuert hatte und die im Licht der Deckenbeleuchtung glänzten. Er hatte eine ordentliche Abreibung bekommen. Das konnte man wohl sagen. Man konnte sich gut vorstellen, wie er sich bis hierher geschleppt hatte, oder? Er hatte eine saftige Abreibung bekommen. Ich gönnte mir eine kurze Erholungspause. Rauchte eine Zigarette. Und nicht das geringste Lüftchen. Er war nicht fähig zu sprechen, nicht fähig, genauere Einzelheiten anzugeben – seine Lippen waren derart geschwollen, daß er nur lallte –, aber offensichtlich fiel er aus allen Wolken. Das brachte ihn fast zum Heulen. Tränen des Unverständnisses. Ein unverständlicher Überfall. Warum nicht? Mag ja sein. Scheißdreck. Warum nicht?

Ich hatte Nathan weggeschickt. Scheißdreck. Und ich war wirklich unangenehm zu Ramon gewesen, ich weiß, ich hatte ihm ins Gesicht gebrüllt, ihn in seine Bude zurückgedrängt, dabei wollte er mir nur helfen. Ich weiß. Aber ich wollte allein sein. Wirklich allein. Ich wollte keinen Schwanz in meiner Nähe. Nein danke. Das reichte mir für den heutigen Tag. Vielen Dank. Einen Tag, den ich damit beendete, ihre Scheiße zu beseitigen. Scheißdreck.

Nach der Zigarette ließ ich mir ein Bad ein. Lindenblüten und Mandeln. Die mag ich am liebsten. Ich kaufe sie bei Yi. Ich hatte zu ihm gesagt: »Ich will irgendwas zur Entspannung, aber ohne daß die Haut davon wie aus Karton wird.« Und die Mischung wirkte. Der Preis war korrekt. Für einen Euro achtundsechzig hatte ich genug für die ganze Woche. Mehr als genug. Ich kann sie nur empfehlen. Es gibt sie in Grün oder in Blau. Ich nehme die blaue. Warum, weiß ich auch nicht. Nur eins gefällt mir daran nicht, ich finde, sie hinterläßt irgendwas auf der Haut. Eine dünne Schicht. Aber ansonsten sehr angenehm. Ich bin imstande, mehrere Stunden darinzubleiben. Außerdem ist das keine dicke, klebrige Schicht. Sagen Sie sich *Lindenblüten und Mandeln*. Sagen Sie sich nicht *dick und klebrig*.

Ich ziehe mich aus. Ein weißer Schaumberg steigt allmählich aus der Badewanne in die Höhe, während ich das letzte Album von Marilyn Manson höre – das ich so lala finde, ich mag lieber Rap im Stil von Dr. Dre, weshalb Nathan übrigens findet, ich sei bescheuert, ich ließe mich von Typen einwickeln, die ständig *fuck, money, bitches, money, fuck* sagen, nein, er hört lieber Musik aus Nordeuropa, nein, Nathan hört lieber unheimlich komplizierte Sachen, zum Beispiel von Supersilent oder vom Label Rune Gramophon, typisch Nathan. Ich ziehe mich aus, ich betrachte mich, ich hole mir eine Frauenzeitschrift, ich nehme mir im Vorübergehen einen Apfel, ich kehre ins Badezimmer zurück, ich drehe den Wasserhahn zu, ich stelle die Musik ab, ich überprüfe die Wassertemperatur, ich pisse, ich seufze, ich gähne, dann klettere ich in die Badewanne, und die Welt um mich verschwindet, während ich mir das kleine aufblasbare Kopfkissen in den Nacken schiebe.

Vielleicht hatten sie es nur auf sein Geld abgesehen. Vielleicht hatten sie ihn im Parkhaus in die Mangel genommen, um ihn auszurauben und *mehr nicht*. Das ist gut möglich. Bald sind wir soweit, daß man uns in dieser Stadt an jeder Straßenecke bis aufs Hemd auszieht, wir sind auf dem besten Weg dazu. Am besten sollte man nur noch in Shorts, Sandalen und einem Metroticket in der Tasche herumlaufen, um den Schaden möglichst klein zu halten. Aber ich kenne Franck. Ich kann mir kaum vorstellen, daß er sich in einem Parkhaus in die Mangel nehmen läßt wie der letzte Idiot. Ich denke eher an etwas anderes. Ich nehme an, daß er in einem finsteren Winkel auf Anmache war. Manchmal findet man am frühen Morgen Typen, die stöhnend und halb bewußtlos in ihrem Blut und Erbrochenen liegen, ihrer Tätowierungen unwürdig, und später sind sie völlig erstaunt, daß sie eine in die Fresse bekommen haben, anstatt eine schöne Liebesnacht zu verbringen. Soll ich vielleicht Mitleid mit ihm haben? Das wär ja noch schöner. Ich wünschte mir, daß jedesmal, wenn er einem Mann nachschielt, eine Hand aus dem Himmel auftaucht, eine Faust in einem eisernen Handschuh, und daß diese Faust auf seinen Schädel einschlägt, damit er eine ordentliche Abreibung bekommt. Dieser Arsch hat mir schließlich das Leben versaut, oder etwa nicht? Ich habe doch wohl noch das Recht, ihm Böses zu wünschen, oder etwa nicht? Dieser Pimmellutscher. Dieser Arschficker. Dabei fällt mir ein, daß ich ihn anrufen muß. Ihn anrufen, um zu hören, wie es ihm geht. Er flennt. Es gehe ihm gut. Morgen könne er vermutlich nach Hause zurückkehren. Er bedaure es, daß er mir so viele Scherereien bereitet habe. Er flüstert, auf Wiedersehen, *mein Schatz*. Ja, ich habe richtig gehört. Der Idiot tut so, als ob die Zeit, in der er als junger Ehemann mit einer Frau am Arm herumspazierte, nicht längst vorbei sei. Der Idiot hat wohl eins über die Rübe gekriegt. Ich lege auf.

Er ist nicht tot, das ist die Hauptsache. Ich wünsche mir natürlich nicht, daß er stirbt. Er bleibt bestimmt als letzter übrig. Eine Frau sollte immer dafür sorgen, daß wenigstens einer übrigbleibt. Und in meiner Situation, mit meinen Verführungskünsten – lassen Sie Nathan bitte aus dem Spiel, Nathan ist ein Traum, Nathan ist ein unerklärliches Vorkommnis im natürlichen Gang der Dinge, Nathan ist eine *Abnormität*, Nathan wird mich früher oder später erstechen, denn irgendwann wird sich alles wieder einrenken –, wie gesagt, in meiner Situation, so wie die Dinge liegen, kann ich mir nicht leisten, sehr wählerisch zu sein. So ist das. Das ist klar. Zumindest einigermaßen klar. Und außerdem ist Franck keine totale Niete. Er hat auch seine guten Seiten. Er hat seine guten und seine schlechten Seiten.

Wie Sie wissen, braucht man nur etwas zu behaupten, um sogleich des Gegenteils belehrt zu werden. Haben Sie das auch schon bemerkt? Ich liege hier in meiner Wanne und beweine mein Schicksal, und was sehe ich plötzlich? Ich beklage das Schicksal der unattraktiven Frauen, ihre Unfähigkeit, Hinz und Kunz zu verführen, und was sehe ich plötzlich?

Ramon. Ich muß die Tür wohl nicht richtig geschlossen haben, denn auf einmal steht Ramon im dunklen Flur und starrt mich an.

Ramon ist um die fünfundzwanzig. Das Bad hat mich ziemlich aufgeweicht. Die Stille, die Ruhe und die sanfte Beleuchtung – ich habe eines Tages beschlossen, daß sich der Raum, in dem ich mich ausziehe, mit einer 20-Watt-Birne begnügen müsse – haben meine schlechte Laune verscheucht. Ich stelle sogar fest, daß ich mich in ausgesprochen guter Stimmung befinde. Ramon macht Stielaugen. Okay. Aber versetzt mich das in Wut? Habe ich wirklich

Lust, ihn rauszujagen, wie ich das normalerweise tue? Ich weiß nicht.

Ich betrachte ihn. Ich setze eine zerstreute Miene auf. Er sieht eigentlich gar nicht so schlecht aus, wenn man ihn sich mal richtig ansieht, wie ich es jetzt tue. Wenn man plötzlich merkt, daß er sich auch für Frauen interessiert. Und daher fühle ich mich natürlich geschmeichelt. Es tut gut, wenn man feststellt, daß ein junger Kerl in Topform mit Ihnen was im Sinn hat. Das tut manchmal verdammt gut. Und im übrigen ist das jetzt genau das richtige für mich. Wenn man mal ein bißchen darüber nachdenkt.

Ich richte mich in meinem Bad auf, setze mich hin. Wenn er dicke Titten mag, dann ist er bedient.

»Was machst du denn da, Ramon? Wartest du auf den Bus?«

Den jungen Kerlen muß man manchmal auf die Sprünge helfen.

Ich nahm ein großes Handtuch und breitete es im Wohnzimmer auf dem Teppich aus. Ich sagte ihm, so liefe die Sache ab, da gäbe es nichts zu diskutieren, ich täte es nicht im Schlafzimmer – aber er war so erregt, daß ich ihm den Besenschrank oder das Fensterbrett hätte vorschlagen können. Gutmütig wie ich bin, ließ ich mich darauf ein, die Nummer im Sessel zu beginnen, und er klemmte meine Beine hinter die Armlehnen. Mein dicker weißer Körper in der bläulichen Nacht. Ehrlich gesagt, ich war perplex.

Später nahm ich ein zweites Bad. Ich hatte rote Flecken am ganzen Körper, als hätte ich einen Ringkampf hinter mir, brennende rote Flecken. Ich war total erschöpft. Von

Kopf bis Fuß mit Schweiß und getrocknetem Zeug bedeckt, aber unentschieden, eins zu eins, meine ich jedenfalls. Ich hatte ihm gezeigt, daß auch ich in Wallung geraten, ihm eine Grimasse entreißen, ihn an den Haaren ziehen oder ihn auf den Boden pressen konnte, um ihn zu vögeln. Was glaubte er eigentlich? Daß ich noch zur Schule ging? Ich habe mich ordentlich ausgetobt. Das muß ich zugeben. Ich habe durchaus Lust dabei verspürt und mich kräftig abreagiert, wie man so schön sagt. Das muß ich zugeben. Aber jeden Tag würde ich das nicht machen.

Er trank jetzt sicher ein Bier auf mein Wohl, umgeben von seinen Mitmietern, die ihn über die Größe meiner Möse ausquetschten und wissen wollten, ob ich mich von hinten nehmen ließ oder ob ich den Samen runterschluckte. Ich konnte mir die Situation gut vorstellen. Aber was soll's. Nichts Außergewöhnliches. Ich hoffte sogar, daß sie sich gut amüsierten und etwas daraus lernten. Ich wäre gern dabeigewesen, um zu hören, was für einen Scheiß sie erzählten. Um nicht an ernstere Dinge denken zu müssen. Um mich von den beiden anderen vögeln zu lassen. Wie diese Frau. Catherine Millet. Haben Sie das mitgekriegt? Die spinnt wohl, oder? Die ist wohl nicht mehr ganz dicht.

Ramon hat einen krummen Pimmel, wenn Sie es genau wissen wollen. Ich hatte schon gehört, daß es so was gibt, aber noch nie einen gesehen. Ich muß mal mit Franck darüber sprechen. Wir müssen mal unsere Erfahrungen austauschen. Was diese Sache angeht. Jetzt können wir unsere Eindrücke austauschen, was diese Sache angeht. Oder? Oje, wenn ich nur daran denke, dann wird mir schon schlecht. Ich glaub, ich muß was essen.

Ich habe einen Mordshunger. Meine Härchen richten sich auf, wenn ich zum Kühlschrank gehe. Wußten Sie das nicht? Haben Sie so was noch nie gehört? Meine Härchen ringeln sich vor Lust, meine Schenkel reiben sich aneinander, die Spucke läuft mir über das Kinn. Wußten Sie das nicht?

Es ist noch ein Rest Ravioli da, den ich sogleich in die Mikrowelle stelle.

Nathan

Marie-Jo sah schlecht aus. Franck sah ebenfalls schlecht aus – sein Gesicht war grün und blau.

Ich lud die beiden zu einem Brunch in einem Restaurant am Fluß ein – man gab uns einen Tisch weit weg von den anderen Gästen, damit Franck, der mit seinem Kopf und seinen blutunterlaufenen Augen aussah, als habe er einen Autounfall gehabt, nicht die Kinder erschreckte.

Marie-Jo behauptete, sie habe wegen dieser Geschichte die ganze Nacht kein Auge zugetan und ich solle sie nicht so anstarren, als hätte ich sie noch nie gesehen. Franck hatte den Eindruck, daß einer seiner Schneidezähne locker war, denn er hatte Mühe, in ein frisches Croissant zu beißen, und sogar das Eiweiß machte ihm zu schaffen.

Ich dagegen war in Form. Paula war am frühen Morgen vorbeigekommen und hatte geputzt und gespült, während ich vorm offenen Fenster mein Bauchmuskeltraining machte. Ich hatte sie um nichts gebeten. Und da ich sie um nichts gebeten hatte, machte ich keine Bemerkung über das Ergebnis der Aktion, sagte ihr nicht, was ich von der Art und Weise hielt, wie sie mit dem Staubsauger umging – sie sah dabei aus, als irrte sie seit drei Tagen durch den Nebel – oder wie sie spülte, aber vielleicht war es das erste Mal, daß sie mit bloßen Händen einen Teller spülte. Nachdem ich mich in meinem leeren Wohnzimmer im Seilspringen geübt und gut hundert Liegestütze gemacht hatte, um die Ausschweifungen des kommenden Abends schon im voraus wettzumachen, schlug sie mir vor, mir ein Bad einzulassen, mir die Schultern zu massieren und mich anschließend mit einem Handschuh abzurubbeln. Oder sogar ohne Handschuh, wenn mir das lieber sei. Ich sagte in freundlichem Ton zu ihr, das sei nicht nötig.

Sie meinte, daß sie mich auf die Dauer schon rumkriegen würde. Ich nahm mir die Zeit, ihr zu erklären, daß ein Polizeibeamter ein sehr gefährliches, sehr unsicheres Leben führe und daß daher keine Frau, die nur halbwegs vernünftig war, versuchen würde, eine dauerhafte Beziehung mit einem Gesetzeshüter einzugehen, der mit einer Kollegin schlief.

»Das glaube ich nicht.«

»Was glaubst du nicht?«

»Daß du mit ihr schläfst.«

»Aber Paula! Und warum willst du mir das nicht glauben?«

»Marc hat mir gesagt, das sei Unsinn.«

»Wie du meinst, aber ich kann dir schwören, daß ich mit ihr schlafe.«

»Mit dieser dicken Frau?«

»Einer Frau mit wunderschönen grünen Augen. Hast

du das nicht bemerkt? Übrigens möchte ich, daß du mir nicht ständig hinterherläufst. Hm, was meinst du dazu? Ich weiß nicht, hast du nichts Besseres zu tun? Den ganzen Tag? Ich meine, außer zu schlafen?«

Ich hatte den Verdacht, daß sie mein Bett benutzte, wenn ich nicht da war. Ich hatte eine Schachtel Schlaftabletten in meinem Abfalleimer gefunden. Ehe ich aus dem Haus ging, sagte ich ihr, daß ich mir kein Urteil über sie erlaube. Ich sagte ihr, daß ich alles zurücknähme, was ich gesagt hatte, weil niemand behaupten könne, daß es etwas Besseres gäbe, als den ganzen Tag zu schlafen. Ich legte Wert darauf, daß wir uns darüber einig waren.

Marie-Jo machte ein Gesicht wie eine Frau, die soeben ihren Liebhaber betrogen hat. Und Franck fummelte mit betrübter Miene an seinem Zahn. Zwei Finger waren geschient und das Ganze mit einem Heftpflaster verklebt, das ihm ins geschwollene Fleisch des Handrückens schnitt.

»Na Franck, wie geht's?«

»Es geht so. Noch ein bißchen schwach, aber es wird schon wieder werden.«

Ein paar Spatzen flogen unter der gelbgestreiften Markise herein, die sich sanft auf und ab bewegte, und flatterten um die Tische. Sie stritten sich um die Brotkrumen. Eine Gruppe von Jugendlichen, die wie Kleiderschränke gebaut waren, vergnügte sich damit, Basketball zu spielen, aber Franck schaute ihnen nicht zu. Er versuchte sich auf seinem Stuhl möglichst klein zu machen.

»Und die Rippe, Franck? Diese verdammte Rippe?«

»Nicht besonders gut. Sie tut ziemlich weh.«

Marie-Jo stand auf, um auf die Toilette zu gehen. Sie

wollte möglichst schnell wieder nach Hause. Sie war verärgert, denn ich hatte ihr angekündigt, daß ich Chris wegen einer Unterschrift für die Krankenkasse sehen müsse, und das unbedingt am Wochenende. Sie schluckte im Moment zu viele Amphetamintabletten. Sie ging beim kleinsten bißchen an die Decke. Und in ihren smaragdgrünen Augen lag ein finsteres Glitzern.

»Aber trotzdem, Franck. Trotzdem. Ich finde, du machst ein komisches Gesicht.«

»So? Wirklich?«

»Du siehst aus, als wärst du sauer.«

»*Ich*, sauer? Warum sollte ich sauer sein? Worüber sollte ich sauer sein, was meinst du damit?«

In der Ferne die Sirene eines Krankenwagens. Am Himmel das Dröhnen eines Flugzeugmotors. Und manchmal eine leichte Brise in den Bäumen, die die Blätter erzittern ließ. Dann die Sirene der Feuerwehr. Und aus dem Fernseher, der über der Theke angebracht war, das seltsame, beklemmende Muhen einer vom Rinderwahn befallenen Kuh, die auf einem Hof in Kent mit dem Tode rang. Sie ließen sich kaum noch zählen. Man schenkte ihnen kaum noch Beachtung.

Sollte ich die Turteltäubchen in ihrem Liebesnest überraschen? Ich brauchte für irgend etwas (wer kapiert das schon?) die Unterschrift von Chris und hatte vierzehn Tage Zeit, um dieses Papier zurückzuschicken, ehe ich mir die größten Schereien einhandelte, wie sie mir deutlich zu verstehen gegeben hatten. Sollte ich einer krankhaften Neugier oder finsteren Gefühlen nachgeben, unfähig, den

Bruch zwischen Chris und mir zu akzeptieren? Dazu war ich durchaus fähig.

Ganz zu schweigen von der Stimmung der beiden anderen. Franck hatte unter dem Vorwand, die Sonne sei zu stark und löse bei ihm eine Migräne aus, die Vorhänge zugezogen. Marie-Jo sagte kein Wort. Ich blieb stehen. Franck fragte sich laut, ob es nicht Zeit sei, seine Medikamente einzunehmen, die eine Entzündung verhindern sollten. Marie-Jo stieß in der Küche einen Schrei aus und verfluchte laut einen Topf mit kochendem Wasser, dann wurde eine Schranktür mit einem Fußtritt zugeknallt. Franck ging hin, um zu sehen, was los war.

Im Gegensatz dazu herrschte bei Chris eine fieberhafte Betriebsamkeit, ein wie immer wildes, aber durchaus reizvolles Durcheinander: Ein Typ rannte mit einem drei Meter langen Fax die Treppen hinab, ein anderer folgte ihm auf den Fersen und brüllte dabei, der Zentralcomputer sei abgestürzt, zwei Mädchen hefteten im Flur das Poster von Barbara Kruger mit der Aufschrift *Your life is a perpetual insomnia* an die Wand – das drei Jahre über meinem Bett gehangen hatte –, die Türen der Wohnungen standen offen und Leute gingen überall ein und aus, Gesprächsfetzen waren zu hören, Leute kamen angerast, warfen ihr Fahrrad auf den Bürgersteig und liefen ins Haus, ein Wagen voller Bullen – dem ich diskret aus dem Weg gegangen war – parkte ein wenig weiter unten, José installierte einen Kaffeeautomaten auf dem Treppenabsatz im ersten Stock, ein Chinese wechselte Lampen aus, Aktenstapel wurden in alle Richtungen hin und her getragen, es roch nach Jasmintee und es war sogar ein Hund da, ein blöder Hund mit einem widerlichen Maul, der ein Seidentuch als Halsband hatte, und dieser blöde Hund griff mich an.

Als sie hörten, daß ich ein Bulle sei, sagten sie, ach so, dann ist das normal, und streichelten das Tier, das wie bekloppt mit dem Schwanz wedelte.

Wolf kam und erklärte, ich sei okay, und andere, die mich kannten, kamen ebenfalls und erklärten, ich sei okay, und José bestätigte oben aus dem Treppenhaus, ich sei tatsächlich einer, aber ich würde keinen Stunk machen.

Wolf war in Hemdsärmeln und betrachtete mich mit freundlicher Miene, während ich meine Kleidung in Ordnung brachte. Seine freundliche Miene ging mir ziemlich auf den Wecker. Ich malte mir aus, wie wir irgendwann mal in der Umgebung von Berlin gemeinsam Forellen angeln würden, uns dabei gute Witze erzählten und eine Flasche Wein zum Kühlen in den Fluß tauchten, aber irgend etwas daran stimmte nicht ganz.

»Na Wolf, wie geht's?«

Ich ignorierte seine ausgestreckte Hand.

»Ist Chris da? Ich muß mit Chris sprechen.«

»Unmöglich.«

»Erzähl mir nicht, das sei unmöglich, Wolf. Fang bloß nicht so an.«

»Guckst du nie CNN?«

»Hör zu, Wolf, bleib beim Thema. Keine billigen Ausreden.«

»Chris hat sich an das Gitter der Fabrik gekettet. Komm und sieh dir das an.«

»Der Fabrik? Welcher Fabrik? Woran gekettet? Drück dich bitte etwas deutlicher aus.«

Er nahm mich in die benachbarte Wohnung mit, in der sich eine Gruppe von Leuten eine Videokassette ansah und sie mit Pfiffen der Anerkennung und wildem Kopfnicken kommentierte. Wolf machte mir einen Platz vor dem Bildschirm frei. Während er die Kassette zurückspulte, ließ er seine Hand auf meiner Schulter liegen. Er mochte mich vermutlich gern. Vielleicht suchte er jemanden für einen Waldspaziergang.

Ich sah Chris erst am Abend des folgenden Tages wieder. Ich war den ganzen Tag hinter einem Typen hergewesen, der eine Post überfallen hatte, und schließlich war er uns doch noch durch die Lappen gegangen. Ich muß noch erwähnen, daß ich vor dieser elenden Verfolgungsjagd – ein Kollege hatte mit einem Schuß meine Windschutzscheibe zertrümmert – von Francis Fenwick vorgeladen worden war, unserem Chef. Einem Hypochonder.

»Weißt du«, hatte ich zu ihm gesagt, »daß in der Weltwirtschaft die ersten hundert Plätze von einundfünfzig Multis und von nur neunundvierzig Ländern eingenommen werden?«

Das wußte er natürlich nicht.

»Weißt du«, fuhr ich fort, »daß die supranationalen Unternehmen, die über ein Drittel der Weltproduktion verfügen, weltweit nur fünf Prozent der Arbeitsplätze stellen?«

Ich hatte jemanden vor mir, der von Tuten und Blasen keine Ahnung hatte.

»Weißt du«, fügte ich hinzu, »daß George Fisher, der Vorstandsvorsitzende von Eastman Kodak, um ein Beispiel anzuführen, 1997 mehr als zwanzigtausend Arbeitsplätze abgeschafft hat und im gleichen Jahr ein Aktienpaket erhalten hat, das auf sechzig Millionen Dollar geschätzt wird? Ich sag dir das nur, damit du dir vorstellen kannst, was für ein Mann Paul Brennen ist. Nein? Gibt dir das nicht zu denken?«

Ich ziehe es vor, auf seine Reaktion nicht weiter einzugehen. Ich war seinen Sarkasmus und seine Drohungen gewohnt und auch, daß er mir mal wieder ins Gesicht sagte, was er von mir und meinen Vorfahren hielt – eine katholische Mutter und ein jüdischer Vater, worauf wollte er nur hinaus? –, doch obwohl ich das von ihm gewohnt war, war ich beim Verlassen seines Büros diesmal noch fassungsloser als sonst. Ich ziehe es vor, nichts mehr darüber zu erzählen. Außer daß meine Laufbahn – »die miese Laufbahn eines kleinkarierten Idioten«, wie er sich ausdrückte – Gefahr lief, ein jähes Ende zu nehmen, falls ich nicht einen Umweg von, sagen wir mal, wenigstens einem Kilometer um Paul Brennen machte. Eine Auflage, die mir schwer einzuhalten erschien, aber ich hatte keine Lust, mit ihm über Einzelheiten zu streiten.

Die Sonne ging gerade unter, als ich die Werkstatt des Polizeipräsidiums mit einer neuen Windschutzscheibe verließ – und mit Marie-Jo, die eine Hand auf meinen Schenkel gelegt hatte und starr auf die lichtüberflutete Straße blickte. Ich machte einen Abstecher, um mich zu erkundigen, wie es Franck ging, dessen Gesicht von den Farben des Weltuntergangs gezeichnet war. Er versuchte mich zu überreden, eine Weile zu bleiben, um mit mir über eine gewisse Arbeit zu sprechen, die ich auf seinen Rat hin ausgeführt hatte und die er, wie er sagte, im Laufe des Nachmittags sorgfältig unter die Lupe genommen hatte. Ich machte mich um so schneller davon.

Seltsam, nicht? Eine unerwartete Reaktion meinerseits, die mich selbst am meisten erstaunte. Eine zutiefst physische Reaktion, wie mir schien, denn ich hatte keinerlei Grund, einem Gespräch mit ihm auszuweichen, um das ich ihn dringend gebeten hatte. Ich hatte keinerlei triftigen Grund, einen Rückzieher zu machen und mir nicht anhören zu wollen, was er mir über meinen Versuch zu sagen hatte. Und trotzdem lief es mir noch kalt den Rücken herunter, als ich die Treppe hinabstürmte. »Später, Franck, später«, hatte ich gestottert, als sei ich kurz davor, in Ohnmacht zu fallen. Können Sie sich das vorstellen? Und das wegen lächerlicher dreißig Seiten? Zustände zu kriegen, wie ein junges Mädchen? Kam das von der Literatur? Diese Röte und diese Hitze, die mir bis in die Ohren stieg, sobald von *meinem Text* die Rede war? Dieser Drang, mich sofort aus dem Staub zu machen? Dieses Gefühl der Anfälligkeit, von einem Tag auf den anderen überempfindlich zu werden? Das konnte ja noch heiter werden. Wenn es daher kam, dann konnte die Sache ja noch heiter werden, glauben Sie mir das.

Man sollte immer wissen, worauf man sich einläßt. Das ist meine Devise. Dabei würde man nie auf diesen Gedanken kommen, wenn man die Leute so sieht. Wenn man sie im Fernsehen sieht. Wie sie in aller Seelenruhe ihr Machwerk verkaufen. Wie sie mit zufriedener Miene über ihren letzten Roman sprechen. Mit derart zufriedener Miene, daß man felsenfest davon überzeugt ist, sie müßten mindestens zehntausend Euro im Monat verdienen. Stimmt's?

Man kann sich das kaum vorstellen. Man kann sich kaum vorstellen, daß es so schwierig ist. Das sieht alles so leicht aus, ist es aber nicht. Stimmt's? Plötzlich habe ich eine böse Vorahnung.

Ich genehmigte mir erst mal eine Bratwurst. Es wehte ein leichter, durchaus angenehmer Wind, der das fettige Papier, in das meine Wurst und der Senf gewickelt waren, hochhob und es auf meine Hand klatschen ließ. Ich benutzte schon die dritte Papierserviette, denn die ersten beiden waren davongewirbelt, in den von Abgasen bläulich schillernden Himmel. Ein guter Schriftsteller hätte daraus etwas gemacht. Das spürte ich genau. Ich sah den Weg, den ich zurückzulegen hatte, und war noch Lichtjahre vom Ziel entfernt. Haben Sie gute Schriftsteller gelesen? Sehr gute? Stellen Sie sich nur vor, was sie aus einer einfachen Bratwurst und der einbrechenden Dunkelheit an einer lauten, von gespenstisch blassen hohen Gebäuden gesäumten Kreuzung gemacht hätten.

Kurz und gut. Zwischen diesem frugalen Mahl und meinem Besuch bei Chris hatte ich ein paar Verabredungen mit meinen Informanten. An diesem wolkenlosen Wochenende schienen sie alle ein bißchen weggetreten, ein bißchen euphorisch zu sein, so daß ich sie mir ernsthaft vorknöpfen mußte. Ich fasse diese Idioten nicht mit Samthandschuhen an. Ich habe keinerlei Sympathie für sie. Ich bedrohe sie mit allen möglichen Sachen, die mir gerade in den Sinn kommen, und im allgemeinen funktioniert das recht gut. Alles in allem bin ich nicht unzufrieden mit diesen Idioten.

Immerhin hatte einer von ihnen davon gehört, daß Paul Brennen einen Killer beauftragt hätte, seine Tochter umzulegen. Die anderen aus dieser Bande von Idioten hatten keinen blassen Schimmer. Auch nicht den leisesten. Ich müsse mich irren. Sie nutzten die Gelegenheit, um sich über mich lustig zu machen, fast unverhohlen. Ein Auftrag an einen Killer? Was für einen Auftrag? Was meinst du damit, Alter? Ich mußte es ihnen manchmal einbläuen und ihnen die Wirklichkeit vor Augen halten. Ich knöpfte sie mir einzeln vor und machte ihnen klar, daß sie gut daran täten, mir was Konkretes zu liefern. Daß ich nicht zu Scherzen aufgelegt sei. Und daß sie es sonst besser ganz sein ließen. Sie täten gut daran, diese Idioten, die Ohren aufzusperren, wenn ich ihnen einen Rat geben dürfe.

Einer hatte jedenfalls was gehört. Ein totales Wrack, aber davon durfte man sich nicht täuschen lassen. Eine richtige Giftschlange, ein falscher Hund, der überall herumschnüffelte und den Marie-Jo wegen einer Sittengeschichte mit einem Minderjährigen in der Hand hatte. Ein widerlicher Säufer. Aber ein ausgezeichneter Informant.

Für eine Flasche Rum gab er mir den Hinweis. Weil ich Wert darauf legte. Weil ich zufrieden war, wenn sich mein Verdacht bestätigte – ein ungemein besänftigendes Gefühl, jeder Bulle kann Ihnen bestätigen, was für eine ungemeine Befriedigung das ist, wenn man ins Schwarze getroffen und den richtigen Riecher gehabt hat. Ich ließ ihn die Marke auswählen, während ich mir selbst eine Flasche Gin, ein vakuumverpacktes Fertiggericht aus Kalbfleisch mit Tomaten und Zwiebeln sowie eine Flasche Sojakakao kaufte.

Ja tatsächlich, es gäbe da so ein Gerücht.

»Ich hab's doch gewußt. Schieß los. Ich hab's doch gewußt.«

»Und was für ein Gerücht, das sag ich dir!«
»Paul Brennen. Dieser alte Arsch.«
»Und für eine saftige Stange Geld, das sag ich dir.«
»Wieviel, in Euro? Ich brauche Einzelheiten. Möglichst viele Einzelheiten, hörst du?«

Endlich kam der Stein ins Rollen. Die übliche Prozedur. In ein paar Tagen würden neue Einzelheiten ans Licht kommen. Sobald man ein Element in der Hand hatte, mußte man weitersuchen, sichten, sortieren, nachhaken, seinen Ärger hinunterschlucken, Geduld zeigen, unerschütterlich bleiben und angesichts der grotesken hysterischen Anfälle eines Vorgesetzten, der besser daran getan hätte, Däumchen zu drehen, den Kopf einziehen. Und nachdem die Finsternis immer bedrückender geworden war, blitzte plötzlich ein Licht auf. Das Licht quoll aus dem Mund dieser Idioten hervor, die siegreiche Stunde schlug, man brauchte nur noch langsam die Schlinge zuziehen. Für all die Stunden, die Tage, die Wochen, in denen man im Dunkeln getappt hatte, wurde man endlich belohnt. Der übliche Gang. Die Freuden und Leiden eines Polizeiinspektors. Durchschnittlich zweitausend Euro im Monat, aber mit flexibler Arbeitszeit.

Chris fiel mir um den Hals. Es war das erste Mal, daß sie sich an ein Gitter gekettet hatte.

»Ich hoffe, du bist stolz auf mich.«
»Darüber sprechen wir anschließend. Ist Wolf nicht da?«
»Er kommt gleich. Er probiert gerade eine neue Ausrüstung aus.«

Und in der gleichen Sekunde sah ich Wolf tatsächlich wie eine große Spinne, die an ihrem Faden hängt, vor dem Fenster herabgleiten.

»Wollt ihr eine Klettertour machen?«

»Nein, er trainiert das Abseilen. Er will ein Spruchband auf der Fassade eines Hochhauses entfalten. Mehr kann ich dir natürlich nicht verraten.«

»Mach dir keine Sorgen. Mehr möchte ich gar nicht wissen.«

»Vom zwanzigsten Stock. Wie hoch ist das ungefähr?«

»Och, das geht noch. Das ist halb so wild. Nicht so hoch, wie wenn er an einem Gummiseil herabspringen würde.«

»Er kennt sich mit dem Bungeejumping aus. Das hat er schon mindestens ein Dutzend Mal gemacht.«

»Ich bin schon mit dem Fallschirm abgesprungen.«

»Einmal.«

»Und im Bett? Ist er gut im Bett? Versucht er auch da einen Rekord zu brechen?«

»Da wären wir also wieder beim Thema.«

»Nein, ganz bestimmt nicht. Das Stadium habe ich schon längst überwunden, ob du es glaubst oder nicht. Ich wollte nur mal sehen, wie du reagierst. Reine Neugier.«

»Nathan, die Schwierigkeit mit dir liegt darin, daß du dich einfach nicht anpassen kannst. An diese Situation zum Beispiel. Aber mit dir ist das immer so, egal, worum es geht. Du kannst dich nicht anpassen, egal, worum es geht. Ich sag es noch mal. Ob an diese Situation oder an eine andere. Du bist unfähig dazu.«

Ich warf einen Blick aus dem Fenster, um zu sehen, ob Wolf nicht auf dem Bürgersteig zerschellt war. Er nickte mir zu, während er seine Gurte ablegte. Ich hatte mich geirrt, was das Forellenangeln betraf. Wolf hätte mich eher zu einem Balanceakt auf einer Wäscheleine über den Niagara-

oder den Victoriafällen mitgenommen. Was man auch tut, es gibt einfach Typen, mit denen man sich nie anfreunden kann. Über einem schäumenden schwarzen Abgrund oder noch was Schlimmerem. Meiner Ansicht nach war er nicht ganz dicht. Und ich gebe zu, ja, ich gebe zu, daß ich mir um Chris noch Sorgen machte – sie und Marc waren für mich ein ständiger Grund zur Unruhe, deren Ende ich nicht absehen konnte, nur mit dem Unterschied, daß Marc nicht einer Durchgeknallten in die Hände geraten war.

»Welche Situation meinst du? Und welche *andere* Situation?«

»Ich habe alles getan, um dich nicht zu verletzen. Ich habe alles getan, um nicht ungerecht zu sein. Ich habe getan, was ich konnte.«

»Das ist möglich. Es ist möglich, daß du alles getan hast, was du konntest. Es würde durchaus zu dir passen, daß du tust, was du tun mußt.«

»Wäre es dir lieber gewesen, wenn wir gemeinsam Schiffbruch erlitten hätten? Glaubst du, das hätte uns weitergebracht?«

»Das kann ich dir nicht sagen. Ich bin kein Hellseher.«

Und so ging das endlos weiter. Wir hatten schon oft solche Unterhaltungen gehabt, die zu nichts führten, außer daß wir beide immer gereizter wurden und ich das Gesicht vor Unwillen verzerrte. Aber darauf muß man sich eben einlassen, wenn man nicht alles verlieren will. Das glaube ich zumindest. Ich bin ein sehr empfindlicher Mensch.

»Auf jeden Fall«, sagte ich, »habe ich dir deinen Lieblingskuchen mitgebracht. Was meinst du, sollen wir auf Wolf warten?«

»Natürlich warten wir auf Wolf.«
»Na gut, dann warten wir auf Wolf.«
Auf einem Regal standen mehrere Flaschen Alkohol, und Chris machte wie üblich ein paar plumpe Anspielungen auf meine schlechte Angewohnheit – die inzwischen aber längst nicht mehr so ausgeprägt ist, das möchte ich klarstellen, und die sich nur noch auf ein paar Gläser beschränkt, und selbst das nicht vor Einbruch der Dunkelheit, ich glaube, das sollte noch einmal wiederholt werden. Die Dunkelheit brach an. Chris zog es vor, sich hinzusetzen, ehe sie den Kuchen auspackte, dessen Basis aus einem Rechteck aus Tortenbiskuit bestand, bedeckt von einer Lage puddingähnlicher Vanillecreme, darüber ganze Erdbeeren, einige davon mit Puderzucker bestreut, sehr viele Erdbeeren und natürlich Schlagsahne, sehr viel Schlagsahne, und darüber eine weitere Lage Tortenbiskuit, die mit einem köstlichen, leicht alkoholisierten Fruchtsirup getränkt war, und zur Krönung des Ganzen eine hauchdünne Schicht aus Krokant, die wie goldene Spitze wirkte, die in der Herbstsonne glitzert. Sie war verrückt nach diesem Kuchen. Aber man kann eben nicht umziehen und das ganze Viertel mitnehmen. Übrigens war sie jetzt gezwungen, kilometerweit zu fahren, um an ihrem Biostand einzukaufen, und in der Nähe ihres Hauses zu parken war eine Tortur, es stimmte zwar, daß die Luft dort besser, die Umgebung angenehm und es von Vorteil war, in höheren Lagen zu wohnen, falls eine Flutwelle die niedriger gelegenen Viertel unter sich begraben sollte, aber wie ich Chris schon mehrfach gesagt hatte: »Du kannst eben nicht alles haben. Tut mir leid, aber daran hättest du vorher denken

sollen. Da hast du's. So ist das nun mal, da kann man nichts machen. Tut mir leid, Chris.«

Die Spuren der Handschellen waren noch an ihren Handgelenken zu sehen. Sie waren blaurot verfärbt. Auf dem Videoband sah man, wie sie einen Schlag mit dem Gummiknüppel auf den Schädel bekam, aber ich habe mir nicht ihre Kopfhaut anschauen wollen. Und auch nicht ihren Arm, der brutal verdreht worden war, als sich der Bulle auf sie gesetzt hatte, um sie auf den Boden zu pressen.

»Also hör zu, Wolf, um es kurz zu machen. Ich finde das gar nicht witzig. Du magst es vielleicht witzig finden, aber ich finde das nicht zum Lachen.«

»Sie ist groß genug, um selbst zu wissen, was sie tut.«

»Und woher weißt du das, hm? Wie kommst du darauf, daß sie groß genug ist? Das soll wohl ein Witz sein.«

»Nathan, sprichst du etwa von mir? Warte eine Sekunde, Wolf, ich bitte dich. Sprichst du etwa von mir, Nathan?«

»Ich nehme an, daß ich noch das Recht habe, meine Meinung über gewisse Themen zu sagen, meinst du nicht? Oder glaubst du vielleicht, ich kenne dich nicht? So ein Scheiß. Hat es dir Spaß gemacht, verprügelt zu werden? Du bedauerst es sicher, daß sie dir nicht ein Bein gebrochen haben, hm? Möchtest du deine Nächte im Krankenhaus verbringen? Oder im Gefängnis?«

»Wenn es sein muß. Darüber entscheide ich selbst. Hast du was dagegen?«

Ich legte meine Hand auf Wolfs Unterarm – ein Stück trockenen Schinken.

»Wolf, verdammte Scheiße. Wie soll ich dir das sagen?«

»Ich weiß.«

»Nein, du weißt gar nichts. Später wirst du vielleicht mal was kapieren, aber im Augenblick weißt du rein gar nichts. Glaub mir das. Okay? Also Wolf, hör gut zu. Ich möchte dich um etwas bitten. Ich sehe, daß du an ihr hängst. Nick mit dem Kopf, damit ich sehe, daß du mich verstanden hast, denn ich habe nicht die Absicht, mich zu wiederholen.«

Es konnte mich nichts mehr halten, auch wenn ich einen Riesen vor mir hatte. Er war mir im übrigen offensichtlich nicht feindlich gesinnt. Er blickte mich mit fröhlicher, liebevoller Miene an, als bestände eine tiefe Freundschaft zwischen uns, entstanden im Laufe zahlreicher verlängerter Wochenenden auf dem Land in Deutschland oder in entlegenen Gegenden Afrikas oder Kanadas. Chris saß auf seinem Knie, und ich fragte mich, ob er sich nicht gewünscht hätte, daß ich mich auf das andere setze. Das wurde richtig widerlich.

»Wolf, verdammte Scheiße. Ich möchte nicht, daß ihr etwas passiert.«

»Okay.«

»Aber mir passiert schon nichts.«

»Ich rede nicht mit dir. Ich rede mit Wolf. Laß uns in Ruhe. Das geht nur Wolf und mich an. Wolf, sieh mir fest in die Augen. Ich will nicht, daß ihr etwas passiert. Chris, laß mich in Ruhe. Wolf, hast du verstanden?«

»Okay.«

»Das hast du schon mal gesagt. Ich bin nicht taub.«

Leider war mir klar, daß sie alle verrückt waren in diesem Saftladen. Ich wußte genau, daß meine Ermahnungen zur Vorsicht keinerlei Wirkung auf sie haben würden. Die

Befürchtungen, die ich ausdrückte, wurden sogar mit leichtem Ekel aufgenommen. Gab es ein Opfer, das zu groß für eine edle Sache war? Konnte jemand einen besseren Beweis für sein Engagement bringen – und deutlich zur Schau stellen –, als mit blutverschmiertem und mehr oder weniger zerrissenem Hemd ins Hauptquartier zurückzukehren?

Alle Demos arteten in Gewalt aus, seit sie zum Kampf gegen die Globalisierung aufriefen. Es gab Tote, Menschen, die den Rest ihres Lebens als Krüppel verbringen würden, regelrechte Straßenschlachten, zertrümmerte Schaufenster und Autos, die in Flammen aufgingen. Es gab mehr und mehr davon. In allen westlichen Ländern hagelte es Schläge, es pfiffen die Kugeln, und die Demonstranten, die von der Polizei aufgegriffen wurden, verbrachten ein paar unangenehme Stunden in einem Kellergeschoß, das anschließend mit einem Wasserstrahl und einem Roßhaarbesen gereinigt werden mußte. Und ich sollte mir keine Sorgen machen. Die Bullen überfuhren Verletzte oder wurden gelyncht, aber Wolf versicherte mir, alles sei okay.

»Nimm es mir nicht übel, wenn ich daran zweifle. Hm, nimm es mir nicht übel, wenn ich dir nicht aufs Wort glaube. Auf jeden Fall bist du in meinen Augen für die Sache verantwortlich. Und ich sag dir, Wolf, die Sache fängt nicht gut an. Hast du das gesehen? Hast du ihre Handgelenke gesehen? Weißt du, Wolf, die Sache fängt schlecht an, ich sag dir das.«

Ich betrachtete die beiden, wie sie plötzlich mit leerem Blick und stumm wie ein Fisch dasaßen. Sobald ich begriff, was sich da abspielte, bat ich Chris, zu mir zu kommen: »Chris, zeig mir mal deinen Schädel. Zeig ihn mir mal.«

Mit einem Schmollmund gab sie mir zu verstehen, daß sie nicht scharf darauf war. Aber ich setzte die flehende Miene auf, die bei ihr so oft Erfolg gehabt hatte, die Miene, von der ich nur bei seltenen Gelegenheiten und ausschließlich in dringenden Fällen Gebrauch machte. Und die Dringlichkeit – das Abscheuliche war mir urplötzlich klargeworden – die Dringlichkeit wurde diesmal durch die Tatsache verursacht, daß sie rittlings auf Wolfs Schenkel saß, buchstäblich rittlings.

Sie stand auf. Widerwillig, aber sie stand auf. Ehe sie einen Orgasmus bekam. Ehe sie vor meinen Augen einen Orgasmus bekam – wenigstens war sie auf dem besten Weg dazu, ein Irrtum war ausgeschlossen. Einen Orgasmus. Einen tadellosen Orgasmus, einfach so. Klammheimlich. Ich war sprachlos, wie vor den Kopf geschlagen, während sie sich zu mir vorbeugte, um mir ihren Schädel hinzuhalten, und Wolf sich räuspernd Gläser holte. Es war der reinste Dschungel. Die Finsternis. Wir lebten in einer Welt, in der alles erlaubt war. Die unmittelbare Befriedigung aller unserer Begierden war zur Regel geworden. Soweit war es mit uns gekommen. Vor meinen Augen. Ohne jeden Komplex. Eine Frau, für die ich mir die Hand hätte abhacken lassen. Eine Aktivistin, die mir vorwarf, daß es mir an Idealen und nötiger Größe fehle. Eine Frau, die sich herausnahm, mir moralische Lehren zu erteilen. Eine kleine Wichserin. Eine schamlose, hysterische Gans.

Ich drückte mit dem Finger auf ihre Wunde.

»Aua.«

»Von mir darfst du kein Mitleid erwarten. Du hättest es verdient, daß sich die Wunde entzündet.«

Ich wollte ihr gerade auch noch ein Scheidenleiden wünschen – was ein bißchen an den Haaren herbeigezogen war –, als José hereinplatzte, ohne anzuklopfen, als könne hier jeder ein- und ausgehen, wie es ihm gefiel. Sie trug weite Shorts und ein enganliegendes T-Shirt. Mehr brauchte man nicht zu sagen. Aber man konnte mich nicht von dem Gedanken abbringen, daß Chris in einer ungesunden Umgebung lebte, einer Art Wohngemeinschaft, so daß mit Entgleisungen aller Art zu rechnen war. All diese Globalisierungsgegner waren sexbesessen, ich war nicht blind. Um die perversen Auswirkungen des Kapitalismus zu bekämpfen, brauchte man massenweise Energie.

José hatte keine Tampons mehr. Wir halfen ihr aus, aber sie nahm Platz und fragte mich, wie ich es anstellen wolle, mich mit Paul Brennen anzulegen. Ich warf Chris einen gerührten Blick zu, um mich bei ihr für ihre diskrete Haltung zu bedanken. Noch bevor ich José antworten konnte, daß ich keine Ahnung habe, worauf sie anspiele, fügte sie schon hinzu, daß sie an allen Aktionen gegen Nike persönlich teilgenommen hatte.

»Nike oder Brennen, das ist genau dasselbe. Ihre Fabriken sind in Freizonen in den unterentwickelten Ländern angesiedelt. Sie beschäftigen sogar Kinder dort und zahlen ihnen ein oder zwei Dollar am Tag. Und niemand dort hat das Recht, sich gewerkschaftlich zu organisieren. Ich kann dir mehr dazu sagen, wenn es dich interessiert. Ich kann dir tonnenweise Material darüber liefern. Über diese Typen, die ihr Image pflegen. Über diese Typen, die schlimmer sind als alle anderen.«

»Ich verstehe, was du meinst.«

»Auch wenn du ein Bulle bist, kannst du deine eigene Meinung haben, nehme ich an. Sagt mal, was ist das denn für ein Kuchen? Auf jeden Fall, Nathan, wenn ich dir helfen kann, dann sagst du es mir. Ohne zu zögern. Ich stehe dir zu Diensten, Nathan. Ich bin gern bereit, dir zu helfen.«

Ich dankte ihr.

Chris war wie durch ein Wunder wieder auf Wolfs Knie gelandet.

Es war mir freigestellt, ob ich mich sofort davonmachte, um mir diesen traurigen Anblick zu ersparen, oder ob ich noch etwas länger blieb. Jetzt oder später, dachte ich, jetzt oder später, was macht das schon für einen Unterschied? Irgendwann, früher oder später, würde ich eine Tür öffnen und Zeuge einer solchen Szene werden oder vielleicht sogar einer Szene, die noch abscheulicher war. Warum also nicht jetzt? Warum später? José, den neuen Tampon hinters Ohr geklemmt, beugte sich mit vollem Mund zu mir vor und versicherte mir zwischen zwei Bissen, daß Jennifer Brennens Tod nicht vergessen war und gerächt werde, aber ich hörte ihr nicht richtig zu. Ich beobachtete durch die Blätter einer Grünpflanze hindurch, was auf der anderen Seite des Tisches geschah, einer Grünpflanze, die sehr gut positioniert war, wenn man die Sache vom Standpunkt der beiden betrachtete, und umklammerte so fest mein Schnapsglas – er hatte diesmal keine Brezeln mitgebracht –, daß meine Finger ganz weiß wurden, während Chris mich zu Tode quälte, mich ausbluten ließ, mit den Füßen auf mir herumtrampelte. Ein unangenehmer Augenblick, den ich da durchzustehen hatte.

Es gibt sehr harte Augenblicke, gegen die der Verstand machtlos ist.

Man weigert sich zu glauben, was man sieht. Man ist wie betäubt.

Denn früher, ehe es mit uns abwärtsging, hatten Chris und ich uns sexuell phantastisch verstanden. Phantastisch. Ich habe noch das Bild vor Augen, wie wir ganze Wochenenden im Bett verbrachten oder uns von einem Zimmer ins andere verfolgten, während die Welt, die uns umgab, in Flammen aufging – was für Jungvermählte wie uns im übrigen kaum von Bedeutung war. Das Porträt, das ich bisher von ihr gezeichnet habe, läßt sie wohl ein wenig kühl erscheinen, zu Unrecht, muß ich sagen, aber das liegt an dem Willen, die Welt retten zu wollen, den sie plötzlich entwickelt und der sie verändert hat, und vielleicht auch an ihrer neuen Vorliebe für Bioprodukte, ich weiß nicht, auf jeden Fall ist Chris keine introvertierte Frau, das wollte ich nur klarstellen. Chris ist alles andere als eine introvertierte Frau. Chris ist jemand, dem sexuelle Freuden immer etwas bedeutet haben, jemand, für den die Fleischeslust etwas Ernstzunehmendes war – und offensichtlich noch *ist* –, so oft wie möglich, egal wo und egal wie, den Beweis dafür hat sie ja gerade erbracht.

Die Atmosphäre war grotesk. Chris machte ein Gesicht, das unbeschreiblich war.

Ich beobachtete sie und konnte es nicht fassen.

Ich habe keine besondere Vorliebe für dicke Frauen. Marie-Jo war mir zufällig über den Weg gelaufen, als ich eine schwere Zeit durchmachte, und ich kann mich nicht darüber beklagen, im Gegenteil. In Wirklichkeit habe ich keine vorgefaßte Meinung in diesem Punkt. Marc sähe es gern, daß ich empfänglicher für gewisse allgemein anerkannte Kriterien wäre, aber ich bin dazu einfach nicht in der Lage. Ehrlich gesagt, habe ich Mühe, den Unterschied zu erkennen. Als ich noch jünger war, färbte die Meinung der anderen natürlich auf mich ab, und ich wäre nie mit einem dicken Mädchen gegangen. Als ich noch jünger war, habe ich die Dinge anders gesehen. Heute dagegen, seit Chris und ich eine Bauchlandung gemacht haben und sie mich in die Wüste geschickt hat, ist irgend etwas in mir in die Brüche gegangen. Na ja, vielleicht nicht direkt in die Brüche gegangen, sagen wir mal, irgend etwas ist mir jetzt abhanden gekommen. Alle Frauen reizen mich, und zugleich reizt mich keine. Ich könnte schon morgen mit Paula zusammensein, fünfzig Kilo in Abendkleidung mit Hut und Schuhen, eine Frau, die ich mit ausgestrecktem Arm hochheben könnte, und dennoch würde ich keinen Unterschied sehen. Nehmen wir mal an, man würde eine ganze Schar vor mir aufstellen und zu mir sagen, komm, such dir eine aus, nimm dir die Frau, die du willst, tja, ob Sie es glauben oder nicht, ich würde die Sache mit Hilfe einer Münze entscheiden, Wappen oder Zahl. Und das ist keine Marotte meinerseits, kein Zynismus, kein Versuch, mich für irgend etwas zu rächen. Sondern der Grund liegt einfach darin, daß ich nicht mehr weiß, woran ich bin. Was Frauen angeht, weiß ich überhaupt nicht mehr, woran ich bin. Oder ich weiß es viel zu gut.

Chris ist eher groß und schlank, hat außerdem einen schönen Hintern und einen nach meinen früheren Kriterien ausreichend entwickelten Busen. Eine scharfe Frau, würde ich mal sagen. Mit einem energischen, eher ausdrucksvollen, eher gutaussehenden Gesicht. Ich sah, wie es sich einen Meter vor mir angesichts der Umstände *diskret* verzerrte.

Aber heute weiß ich nicht mehr, woran ich bin.

Ich befinde mich in einer seltsamen Situation.

Währenddessen sah Wolf den Fliegen zu.

Danke, Wolf. Danke für den Schnaps. Ein Gesöff, das ich nicht gut kannte, ein Gesöff aus seinem Land, das ich nicht gut kannte. Er schmeckte nach Kräutern, hatte einen melancholischen Geschmack.

»Sag mal, Chris, möchtest du ein Stück Kuchen?« schlug ich ihr in dem Augenblick vor, als ich sah, daß sie im Begriff war abzuheben. »Von deinem Lieblingskuchen?« Sie schüttelte den Kopf. Sie schüttelte den Kopf in alle Richtungen. Schwer zu sagen, ob es ja oder nein bedeuten sollte.

Nehmen Sie mal eine Frau. Sie verbringen fünf Jahre mit ihr. In diesem Dschungel, in dieser abscheulichen Welt, in diesem riesigen Martersaal, und es gelingt Ihnen, in Kontakt mit ihr zu bleiben, Sie verhalten sich musterhaft. Und was bleibt? Sie haben sie umarmt, Sie haben sie liebkost, Sie haben sie gepflegt, Sie haben sie auf Reisen mitgenommen, Sie haben mit ihr gelacht, Sie haben dieser Frau Ihr Leben erzählt. Und was bleibt?

Am Ende dieser Sache lächelte sie uns nach einem anmutigen Schluckauf schüchtern zu, erhob sich wie ein müdes Pferd, ging auf einen Sessel zu und ließ sich hineinsinken, um sich CNN anzusehen, das ununterbrochen lief – man achtete schon gar nicht mehr darauf, es hätte genausogut MTV oder eine auf Schleife geschaltete Sendung über das Leben der Ameisen sein können.

»Sag uns Bescheid«, erklärte ich, »sag uns Bescheid, wenn es irgendwo ein Erdbeben gibt. Du kannst uns ruhig unterbrechen.«

Ich war ziemlich deprimiert. Nach der Anspannung, die die reizende Darbietung meiner Frau hervorgerufen hatte, war ich am Rand einer Depression.

Wolf kam auf mich zu und sagte: »Alles klar, Nathan?«

Ich nickte, um ihm zu verstehen zu geben, daß alles klar war. Wenn man das Gefühl hat, am Rand einer Depression zu sein, ist einem alles egal.

Er legte beide Hände auf meine Schultern, blickte mir fest in die Augen und sagte: »Wie wär's mit einem kleinen Ausflug?«

Bei all den trüben Gedanken konnte mir ein bißchen frische Luft nicht schaden.

Chris hatte eine Thermosflasche mit heißem Kaffee mitgebracht. Der Morgen begann zu dämmern. Wir hatten an einer Kreuzung auf dem fast menschenleeren Boulevard geparkt, einem großen Gebäude aus Sandstein gegenüber. Ich beobachtete den Sternenhimmel, und Chris goß uns Kaffee ein.

»Ich finde es völlig beknackt, daß du hier bist. Ich finde es völlig beknackt von ihm.«

»Wer von uns beiden ist der größere Idiot? Er oder ich?«

Drei Straßen weiter entluden mehrere Männer langsam einen Sattelschlepper vor einem Einkaufszentrum, dessen Fahnen im Wind flatterten. Gelbe Ampeln blinkten an den stillen Straßen, die Fahrbahn glänzte im Mondlicht. Verrückte Leuchtreklamen mit Sodaflaschen, Zigarettenschachteln, Turnschuhen und Eis am Stiel ragten hoch über den Dächern in den Himmel.

»Ich weiß nicht, ob dir wirklich klar ist, was das bedeutet. Das bedeutet, daß er dir echt vertraut. *Total* vertraut. Scheiße. Ich kann es kaum fassen.«

»Soll das heißen, daß ich jemand bin, der kein Vertrauen verdient? Meinst du das damit?«

»Das habe ich nicht gesagt.«

»Was meinst du dann damit?«

Meine Nervosität kam nicht nur daher, daß Chris mich gedemütigt und verletzt, mich ignoriert und sich geweigert hatte, mir den Platz einzuräumen, der mir ganz selbstverständlich zustand. Meine Nervosität hing auch mit dem Gerücht einer geplanten Demo zusammen, einer Megademo, wie sie sagten, für die die Vorbereitungen auf vollen Touren liefen, über die ich aber keine Einzelheiten hatte erfahren können.

War das vielleicht kein Grund, nervös zu werden, vor allem, seit sie sich an Fabrikgitter kettete?

Wie weit würde sie noch gehen, jetzt, wo sie mit einem Extremisten zusammen war, der an Hochhäusern hinaufkletterte und dessen Körper mit Narben übersät war? Er hatte sich in Berlin, in London, in Genua, in Seattle geschlagen, und Sie können nicht glauben, daß er mit Narben übersät ist? Doch er ist ein Felsblock. Ich zittere nicht um ihn. Aber er wird sie mir in krankenhausreifem Zustand zurückbringen. Das spüre ich. Er ist fähig, sie an eine Bohrinsel in der Nordsee zu ketten, und sie würde sich nicht weigern. Sie steht in seinem Bann. Sie ist wie hypnotisiert von ihrem Riesen.

Während ich sie verbittert anstarrte, standen die beiden in Funkverbindung. Ich hatte Chris zeigen müssen, wie man mit einem Walkie-talkie umgeht. Jämmerlich. Und so jemand konnte es gar nicht abwarten, sich mit ganzen Heerscharen von übermäßig ausgerüsteten, übertrainierten Bullen anzulegen. Es versprach ein Blutbad zu werden. Und ich war der letzte, auf den sie hören würde.

»Alles in Ordnung, nicht wahr?«

»Bestens.«

»Bist du sicher? Hast du nichts Ungewöhnliches bemerkt?«

»Du hast ihm doch gerade gesagt, es sei alles in Ordnung. Du hast ihm gesagt, die Luft sei rein oder etwa nicht?«

»Na und? Ich habe damit keine Erfahrung.«

Ich zog es vor, nichts darauf zu erwidern.

Aus einem Grund, den Wolf nicht erklären konnte – Chris zu imponieren war wohl der einzig triftige Grund –, hatte er beschlossen, bis Tagesanbruch zu warten, um sein gefährliches Unternehmen durchzuführen.

»Und worum geht es eigentlich genau bei dieser Demo?«

»Was? Was für eine Demo?«

Fünf lange Jahre, in denen man an der Seite einer Frau gelebt hat. Und jetzt verblaßte die Dunkelheit, die Sterne verschwanden, und Chris kaute an einem Fingernagel. Und wenn man bedenkt, daß das alles möglicherweise meine Schuld war. Seit wir uns getrennt hatten, wurde alles zu einem unglaublichen Wirrwarr. Mein Leben war ein gigantisches Durcheinander, und es war unmöglich, Ordnung in die Sache zu bringen.

Es konnte auch sein, daß mein Leben nie anders gewesen war, und daß ich es nur nicht gemerkt hatte. Ich müßte mal darüber nachdenken. Ich sollte vielleicht Selbstkritik üben. Die Tatsache, daß sich Chris plötzlich mit einer Hand an meinen Arm klammerte, änderte auch nichts daran.

»Da ist er«, erklärte sie und hüpfte auf ihrem Sitz in die Luft. »Da ist er. Da ist Wolf.«

Wer sollte es sonst sein? Wer sonst sollte da sein, zuoberst auf dem zwanzigstöckigen Hochhaus, das ein Sonnenstrahl an einem blau gewordenen Himmel rötlich färbte? Was hatte diese Erdölfirma nun schon wieder verbrochen – sie hatte bereits zu Beginn der neunziger Jahre blutige Unruhen in Nigeria ausgelöst –, damit uns Wolf seine Trapeznummer aufzwang?

Der Kerl war gerade aus dem obersten Fenster des Hochhauses gestiegen, was Chris dazu veranlaßte, meinen Unterarm mit den Fingernägeln zu traktieren, die durch das regelmäßige Einnehmen von Vitamin H stahlhart geworden waren.

»Das verschlägt mir den Atem.«

»Ich merke, daß es dir den Atem verschlägt. Ich merke es. In Wirklichkeit ist das ziemlich jämmerlich.«

Sie nahm das Fernglas und hielt es vor die Augen.

»Was jämmerlich ist, brauche ich dir nicht zu sagen, Nathan. Und das erspart mir, gemein zu dir zu sein. Also erzähl mir nicht, was *jämmerlich* ist. Erzähl mir das nicht. Sei so gut.«

»Aber er beeindruckt dich sehr, nicht?«

»O ja, er beeindruckt mich sehr. Haargenau.«

»Na, dann ist ja alles in Ordnung. Verdammte Scheiße. Alles in bester Ordnung.«

Wolf hatte das Spruchband am Balkon befestigt. Für unsere Augen war er nicht größer als ein kleiner Affe aus einem Miniaturzirkus. Er hing in der Luft und war mit irgend etwas beschäftigt, fummelte an dem Spruchband, das wie ein Schlafsack aufgerollt war, wie ein dicker Wulst. Fast wären wir doch sehr nervös geworden, ich lüge nicht. Dann entrollte sich das Spruchband mit einem Schlag wie die Zunge eines Chamäleons, mir schien, als hörte ich es gegen die Fassade klatschen, es entrollte sich in wunderschönem Licht wie bei einer Hollywoodproduktion und kam auf der Höhe des dritten Stocks zum Stillstand.

Es hatte gut geklappt. Chris hätte bestimmt am liebsten geklatscht. Ich bedauerte, daß ich nicht mein Megaphon mitgebracht hatte, denn dann hätte wir ihm ein paar aufmunternde Worte zurufen, ihn beglückwünschen und ihm sagen können, daß wir völlig platt waren.

»Ich glaube, ich mache ein Foto«, sagte ich.

»Nein. Keine Fotos.«

»Keine Fotos? Und warum?«

»Du darfst keine Fotos machen. Basta!«

»Und warum darf ich keine Fotos machen? Was soll denn das heißen?«

»Arbeitest du für eine Versicherung? Nein? Dann machst du keine Fotos. Tut mir leid.«

»So siehst du auch aus, so, als täte es dir leid. Da sagt man sich, endlich mal eine Frau, die es versteht, so auszusehen, als täte ihr etwas leid. Bei so einer Frau braucht man jedenfalls nicht zu befürchten, sich zu täuschen. Dir soll das leid tun? Das glaubst du doch selbst nicht!«

»Und trotzdem ist es so. Also hör jetzt damit auf.«

»Ich halt es nicht aus, Chris. Ganz ehrlich. Ich halt es im Kopf nicht aus. Sieh ihn dir nur an, wie er an dem Seil zappelt. Findest du das nicht lächerlich? Sind wir hier vielleicht im Zirkus, hm? Ganz ehrlich, Chris. Nun sag doch mal.«

»Also hör zu, jetzt reicht's. Halt den Mund. Nun halt endlich den Mund.«

»Als wären wir hier in einem beknackten Zirkus. Aber warum sollten wir uns daran stören, hm? Sag mal. Warum mache ich mir eigentlich Sorgen? Warum sollte ich mir Gedanken darüber machen, was dir passieren könnte? Wer bittet mich darum?«

»Niemand bittet dich darum.«

»Genau. Niemand bittet mich darum.«

Wolf begann mit dem Abstieg. Er war mit einem Bolzensetzgerät bewaffnet und befestigte das Spruchband an der Fassade. Ein Typ, der noch dazu geschickt und sehr gewissenhaft war. Und der etwas im Kopf hatte. Es hätte mich nicht gewundert, wenn eine Schar von Groupies aufgetaucht wäre, um ihm auf dem Bürgersteig einen festlichen Empfang zu bereiten.

Ich ließ den Motor an. Chris starrte immer noch mit offenem Mund nach oben. Während die frischen, klaren Farben der Morgensonne den Boulevard hinabkrochen und sich in die umliegenden Straßen ergossen, gab Wolf uns ein Zeichen und wechselte auf der Höhe des zehnten Stocks die Kartusche seines Geräts. Nicht das geringste Anzeichen von Schwindel. Nichts. Die Perfektion war seine Schwäche. Auf der anderen Straßenseite hielt ein Typ neben dem Parkstreifen und füllte einen Zeitungsautomaten.

Ich öffnete meine Tür und ging nach draußen, um mir eine Zeitung zu holen. Als ich zurückkam, waren sich Wolf und Chris mitten auf der Straße in die Arme gefallen und umschlangen sich wie wild. Ich steckte mir eine Zigarette an, setzte mich wieder ans Steuer und überflog die Schlagzeilen, bis meine Frau und ihr Liebhaber Platz zu nehmen geruhten.

»Habt ihr den Artikel über die Klone gelesen?« fragte ich, als sie sich auf der hinteren Sitzbank niederließen. »Habt ihr das gesehen? Was haltet ihr davon?«

Marie-jo

Ich kam von einer langen Joggingtour zurück: drei Runden um den Park. Der Tag brach an, aber die Straßen lagen noch im Dunkeln. Es war noch kühl. Meine Wangen waren kühl. Die Baumwipfel schienen in reiner Luft zu wogen.

Ich habe schon immer gesagt: Man erntet, was man gesät hat. Aber das setzt voraus, daß man sich daran erinnert, was man gesät hat.

Und ich muß ganz ehrlich sagen, daß ich an Ramon überhaupt nicht mehr gedacht hatte. Das schien schon sehr lange zurückzuliegen. Ich hatte mein möglichstes getan, um ihn zu vergessen. Ohne ihn völlig zu vergessen, denn im Grunde war es eine gar nicht so schlechte Erinnerung, aber ich wollte ihn zumindest eine Zeitlang vergessen.

Ich ging also die Treppe zu meiner Wohnung hinauf und trocknete mir den Schweiß von Nacken und Gesicht. Als ich an seiner Tür vorbeikam, öffnete sich diese plötzlich einen Spalt.

Ich hielt inne. Fragen Sie mich nicht warum. Ramon stand mit nacktem Oberkörper in der Türöffnung und winkte mich herein. Ich zögerte. Ich bin empfänglicher als andere

Frauen für das Interesse der Männer. Das läßt sich verstehen, oder? Außerdem waren alle meine Muskeln noch warm und mein ganzer Körper von sportlichem Elan erfüllt. Ich stieß einen Seufzer aus. Ich dachte daran, daß ich eines Tages alt und abstoßend sein würde. Daher ging ich hinein.

Die Vorhänge waren zugezogen. Die Wohnung war dunkel. Ramon zog mich an sich. Ich war, sagen wir mal, etwas unschlüssig und mit strenger Miene hineingegangen, aber ich muß zugeben, daß ich es keineswegs bereute. Während ich das Gesicht an seine Haut preßte und den Druck seiner Arme um meine Taille spürte, hätte ich fast vor Lust gestöhnt, was mir äußerst peinlich gewesen wäre.

Zwei Sekunden später glitt meine Trainingshose mit erschreckender Leichtigkeit an meinen Schenkeln hinab, und Ramon schob die Hände in meinen Slip. Damit war zu rechnen gewesen.

Ich hob ein Bein und stellte den Fuß auf einen Stapel Telefonbücher, der auf dem Boden lag. Warum sollten wir lange fackeln? Oder war es noch Zeit, mein Verhalten zu überdenken? Mit solchen Fragen ging ich Nathan auf den Geist, war ihm gegenüber noch dazu furchtbar eifersüchtig, und hier stand ich mit gespreizten Beinen und ließ mir von einem fünfundzwanzigjährigen Bengel drei Finger in die Möse stecken und die Titten ablutschen. Unglaublich. Je mehr ich darüber nachdachte, um so irrsinniger fand ich das. Ich mußte wohl vom Teufel besessen sein, oder ich war völlig meschugge. In Wirklichkeit steckte unter der Fettschicht nicht etwa ein junges Mädchen mit reinem Herzen, sondern eine ganz ordinäre Schlampe. Wenn Sie meine Meinung hören wollen.

Ramon zog mich ins Wohnzimmer, das geradezu die Karikatur einer Studentenbude war – Poster an den Wänden, Bierdosen auf dem Fernseher, über den Boden verstreute CDs, ein ausgeleiertes Sofa, hingeworfene Zeitungen, volle Aschenbecher, ein niedriger Tisch mit ein paar Flaschen Alkohol und einer Lampe, deren Ständer eine nackte Frau darstellte, mit einem Schirm aus imitierter Netzstrumpfseide. Ein Lichtstrahl, der durch die Vorhänge fiel, entriß dem Halbdunkel nur einen seltsam leeren Sessel, den Ramon wohl hastig abgeräumt hatte, nachdem er mich im Treppenhaus erspäht hatte, und ich sagte mir, soso, hier soll es also stattfinden, hier also, diese jungen Leute sind doch ganz schön unzivilisiert, sie haben wirklich keinen Sinn fürs Theatralische und keinerlei poetische Ader, diese jungen Leute, aber das ist zumindest mal was anderes, das sagt vielleicht etwas darüber aus, welchen Stellenwert man diesen Dingen einräumen sollte. Ramon schnallte seinen Gürtel auf, und nachdem seine Hose vor ihm auf den Boden gefallen war, nahm er in dem oben erwähnten Sessel Platz und ließ die Arme auf die Lehnen sinken. Auf seinen Lippen lag ein speichelfeuchtes Lächeln, in den Augen ein lüsterner Ausdruck, ein dunkler Glanz.

Und was erwartete er jetzt von mir? Hm, was erwartest du jetzt von mir, Ramon? *Das?* Ach so. Darauf wolltest du also hinaus, das hätte ich mir denken können. Und ich soll mich auf alle viere begeben, wenn ich richtig verstanden hab. Du kleiner Scheißer. Das wirst du mir büßen, Ramon. Ich setze mich gleich auf dein Gesicht. So ein degeneriertes Aas. Geilt sich doch tatsächlich daran auf, eine arme Hausfrau auf allen vieren anzustarren. Hm, du kleiner Scheißer.

Er trug eine Unterhose mit einem breiten Gummizug mit dem Aufdruck Calvin Klein, ich habe nichts gegen Calvin Klein, aber ehrlich gesagt finde ich das potthäßlich und total ungeil, völlig neben der Spur. Aber na ja. Durch den Schlitz holte er diesen komischen Pimmel raus, von dem ich Ihnen schon erzählt habe. Gräßlich, aber zugleich interessant. Im Mund kam mir das Ding ganz eigenartig vor. Ich hatte den Eindruck, daß es mir die Kehle runterrutschte. Wie eine eingeschlafene Schlange. Außerdem hatte er Eier, die sich durchaus sehen lassen konnten, was viel seltener ist, als man glaubt. Na ja, jedenfalls habe ich ihm mit ziemlicher Lust einen geblasen. Das muß ich zugeben. Und ich fing sogar schon an, naß zu werden.

Aber auf einmal wurde die Sache weniger witzig. Viel weniger witzig.

Ich spürte, daß mich jemand von hinten vögelte. Ungelogen. Ich war mit den Gedanken ganz woanders, und plötzlich spüre ich, wie mir irgend etwas unversehens zwischen die Beine gleitet und wumms, schon wird mir ein Prengel bis zum Anschlag reingerammt. Und noch ehe ich uff sagen kann, sagt Ramon zu mir: »Darf ich dir meinen Kumpel vorstellen?«

Ramon hat zwei Kumpels. Vom selben Schlag wie er. Franck pokert mit ihnen, man begegnet ihnen manchmal auf dem Unigelände – ich weiß nicht mal, was sie studieren –, und einmal haben sie mich in der Cafeteria zu einem Glas Bier eingeladen, aber ich kann nicht behaupten, sie wirklich zu kennen. Der Beweis dafür? Ich hätte nie geglaubt, daß sie zu so was fähig waren. Für den Bruchteil einer Sekunde war ich echt überrascht, echt erstaunt.

Was glaubten die eigentlich, wo sie hier waren? Verdammte Scheiße. Was stellten die sich eigentlich vor? Ich befreite mich mit einer Beckendrehung, sprang auf und sagte zu ihnen: »Tut mir leid, so nicht, nicht mit mir«, und zog dabei meine Trainingshose hoch. Ramon hielt sich an seinem Pimmel fest und starrte mich mit vor Frust und Wut verzerrtem Gesicht an. Die beiden anderen (der Typ, der mich gevögelt hatte, bemühte sich, seinen Apparat wieder in einem Minislip zu verstauen, der nicht dafür vorgesehen war) fragten sich, wie es nun weitergehen sollte. Diese beiden Idioten setzten eine bedrohliche Miene auf. Sie hatten zu viele Filme gesehen.

Der Kamerad im Minislip stand ganz in meiner Nähe. Ich wollte erneut ein paar Worte sagen, um sie zur Vernunft zu bringen, doch vorher haute ich ihm eine runter. Mit der flachen Hand, aber so heftig, daß er praktisch vom Boden abhob.

Als der andere das sah, stürzte er sich auf mich. Ich machte eine schnelle Drehung auf einem Bein, um seinem Angriff auszuweichen – ich bin erstaunlich schnell und gelenkig für mein Gewicht –, und als sich seine Arme in der Leere schlossen, schlug ich ihm mit voller Kraft in den Rücken. Mit dem Ellbogen. Ich glaube, ich habe ihm weh getan. Ich hoffte, das würde ihm eine Lehre sein.

Ramon dagegen wußte nicht, ob er lachen oder weinen sollte. Alles war so schnell gegangen, daß er noch wie festgenagelt in seinem Sessel saß.

»Sag mal, du spinnst wohl«, sagte ich zu ihm. »Ihr tickt wohl nicht mehr richtig.«

Er zog verärgert seine Hose hoch und schnallte mit gesenktem Kopf seinen Gürtel wieder zu. Die beiden anderen erholten sich langsam. Noch richtige Blagen. Ich nahm einen Stuhl und riet ihnen, sich in Zukunft ruhig zu verhalten. Wenn sie nicht wollten, daß ich ernsthaft sauer wurde.

Ich erzählte Franck nichts von dem Zwischenfall. Ich stellte mich sogleich unter die Dusche, und anschließend frühstückten wir gemeinsam, ehe er in die Uni fuhr. Ich wollte kein großes Theater darum machen.

Er war noch immer nervös und ängstlich. Wir kannten einen Biologieprofessor, der brutal verprügelt worden war, als er aus dem Auto stieg, und der fast ein Jahr gebraucht hatte, bis er wieder auf dem Damm war – er schreckte noch beim geringsten Geräusch zusammen, drehte sich ständig um, und seine Frau erzählte, daß er ab und zu noch immer schweißgebadet aufwachte.

Die Professoren, die mit ihren Studenten oder Studentinnen schlafen, bekommen im allgemeinen irgendwann Scherereien. Und die Typen, die in finsteren Straßen herumlungern, die Pimmellutscher, um es ganz deutlich zu sagen, die Männer mittleren Alters, die sich zu intensiv für die Jugend interessieren, werden irgendwann brutal zusammengeschlagen.

Franck nahm Beruhigungstabletten, sprach kaum, blickte sich prüfend im Spiegel an, kaute sehr vorsichtig, verschloß sorgfältig die Tür und kehrte sofort nach seinen Kursen nach Hause zurück. Das hatte er damit erreicht. Jetzt hatte er Schiß.

Ich hatte zu ihm gesagt: »Franck, hör zu. Ich weiß, daß du die Typen kennst, die das gemacht haben. Erzähl mir keine Märchen, okay? Ich werd sie mir vornehmen. Das ist mein Job. Ich werd sie mir vornehmen, aber dazu muß ich wissen, wer es war. Das mußt du mir sagen.«

Ich hatte nichts aus ihm rausbekommen. Andererseits wollte ich ihn auch nicht anflehen. Ich begriff nicht, weshalb er schwieg, aber ich wollte mich nicht jeden Morgen vor ihm auf die Knie werfen. Dann eben nicht. Vielleicht änderte er ja seine Meinung, wenn es noch mal dazu kommen sollte. Für mich war die Sache erledigt.

Diese lächerliche graumelierte Strähne, die ihm in die Stirn fiel. War ihm das eigentlich klar? Warum hatte er mich bloß geheiratet? Dieser Arsch. Warum hatte er mich geheiratet? Dieser Saftsack, der seine Nase über seine Tasse beugte und meinem Blick auswich, dieser Affenarsch von einem Professor, der seinen Kaffee aus einer Tasse trank, die zu meinem Service gehörte, zu dem potthäßlichen beschissenen Service, das er mir ein paar Tage nach unserer Hochzeit mitgebracht hatte. Warum hat er mich geheiratet? Und ich, warum habe ich ihn geheiratet? War das etwa für ihn oder für mich eine gute Partie? Hatte uns das vielleicht die Gelegenheit geboten, uns abzuseilen und eine ruhige Kugel zu schieben? Ich sah ihn an, während wir uns in der sonnigen Küche vor den Brotschnitten und Marmeladengläsern gegenübersaßen, und ich sagte mir, was für eine Scheiße, was für ein tristes, deprimierendes Leben haben wir uns da nur eingebrockt, hm, mein armer Franck? Ich weiß nicht mal, wonach du suchst. Ich habe nicht die geringste Ahnung. Und außerdem ist mir das vollkommen egal.

Ich bin zweiunddreißig und weiß nicht, wo ich stehe.

Ab und zu geht es mir ziemlich dreckig. Manchmal bedaure ich, daß ich nicht einen Crêpes-Stand in einem gottverlassenen Nest betreibe. Ich bedaure, daß ich überhaupt auf die Welt gekommen bin. Aber bevor ich Nathan kennenlernte, ging es mir noch dreckiger, darum höre ich jetzt auf, mich zu beklagen. Verglichen mit heute ging es mir damals wirklich dreckig. Heute geht es mir nicht *immer* dreckig. Es geht mir *ab und zu* dreckig. In meinen Augen ist das schon ein Fortschritt.

Nach einem Blick auf seine Armbanduhr sprang Franck plötzlich auf. Er schlüpfte in seine Jacke und beugte sich über den Tisch, um mir einen Kuß auf die Stirn zu drücken. Ich lächelte ihm zu. Die Tür fiel hinter ihm zu, und während ich hörte, wie er die Treppe hinabbrannte, stützte ich den Ellbogen auf den Tisch und legte die Wange auf die Faust, dann kniff ich eine Weile die Augen in der Sonne zusammen, die genau die richtige Wärme besaß. Was sollte ich anderes tun?

Auf dem Weg machte ich kurz halt wegen dieser Sushi-Geschichte. Ich kaufte ein paar für Nathan und mich, während ich auf den Typen wartete, der Jennifer Brennen am Abend, bevor sie starb, das Essen geliefert hatte. So bin ich nun mal, immer gründlich in meiner Arbeit. Ich überlasse nichts dem Zufall. Ich trank ein Sodawasser mit Passionsfruchtsirup.

Leider geriet ich an einen jungen Kerl, der sich an nichts erinnerte und daher nichts Besonderes bemerkt hatte. Als ich ihn aufforderte, mir seine Arbeitsgenehmigung zu zeigen, entsann er sich immerhin, daß die Brennen-Tochter ihn direkt in die Küche geführt und daß sie einen völlig normalen Eindruck gemacht hatte. Ein Typ – ein junger Weißer, über den er weiter nichts zu sagen wußte, außer daß er eine Schirmmütze umgekehrt auf dem Schädel sitzen hatte – war hinzugekommen, um die Rechnung zu bezahlen.

»Würdest du ihn wiedererkennen?« Ich weiß, daß für sie alle Weißen gleich aussehen, aber er begnügte sich damit, den Mundwinkel zu verziehen.

»Ich hätte gern eine deutlichere Antwort, wenn's möglich ist.« Sein Gesicht war scharf geschnitten, wie aus einem eiskalten gelben Marmorblock. Mir tun ihre Frauen leid.

»Also gut, hör zu. Ich zähle bis drei.«

Wen sollte er eigentlich wiedererkennen? Ich mußte immer noch lächeln, als ich zum Auto zurückging. Jennifer Brennens Tod hatte ziemlich viel Staub aufgewirbelt, und man erwartete von uns, daß wir alle Hebel in Bewegung setzten, ehe die Öffentlichkeit uns wieder als Faulenzer und Nieten bezeichnete. Aber wie weit waren wir eigentlich? Wieder am Ausgangspunkt und keinen Schritt weiter. Und Nathans Fixierung auf Paul Brennen? Eine Schnapsidee. Verlorene Zeit, glauben Sie mir das.

Trotz allem habe ich ihren Freund aufgesucht, den Fernsehtechniker. Ich bin sehr gründlich. Das habe ich von meinem Vater, der unsere Bettlaken und unsere Taschentücher bügelte, seit ihm die Frau weggelaufen war. Ich bat seinen Chef, ihn mir fünf Minuten zu überlassen, und nahm den Typen (Tony Richardsen heißt er) in ein Café auf der gegenüberliegenden Straßenseite mit, auf eine menschenleere, sonnengeschützte Terrasse, deren gestreifte Markise vom heißen Wind aufgebläht wurde und wie ein Segel knatterte – die Eisenstangen, die sie stützten, waren mit zweifarbigen Spiralen dekoriert.

Ich wollte wissen, was los war. Wollte wissen, was er wirklich dachte, und nicht diesen Stuß vom Vater, der seine Tochter umlegen läßt, ich wollte wissen, ob er mir Aufschluß darüber geben könne. Das frage ich mich. Ob es nicht nur Bluff gewesen sei und ob er wirklich etwas für dieses Mädchen empfunden habe, das solle er mir jetzt mal beweisen. Ich sagte ihm, daß ich bereit sei, mich mit der Sache zu beschäftigen, aber ich wolle es ernsthaft tun, und dabei müsse er mir helfen. Er müsse mir helfen, Licht in diese Angelegenheit zu bringen. Das müsse er für sie tun. Falls er je etwas für sie empfunden habe, wie er mir beim letzten Mal versichert hatte.

Er hatte eine dichte Mähne, die wie ultrageschmeidiges rötlichbraunes Roßhaar wirkte. Er schüttelte und schüttelte sie von links nach rechts, gab dabei ein murrendes Geräusch von sich und schlug mit der Faust auf den Tisch, so daß unsere Biergläser wackelten. Nein, nein und noch mal nein. Verdammte Scheiße. Nie im Leben. Verdammte Scheiße. Er wollte nichts davon wissen. Wollte sich nicht davon abbringen lassen. Er war überzeugt, daß Paul Brennen, dieser beknackte Arsch, dieser Schweinehund, der Mörder sei, verrecken solle er, und daß er allein für die Sache verantwortlich sei. Ob ich denn Scheiße im Kopf hätte. Ob ich keine Augen im Kopf hätte. Hm? Mit wem ich gevögelt hätte, um meine Dienstmarke zu bekommen?

Dabei schossen ihm die Tränen in die Augen. Was ihm ersparte, daß ich ihm links und rechts eine runterhaute, wie ich vermute. Es rührt mich immer, wenn ich sehe, daß jemand an einem anderen Menschen hängt. Schließlich bin ich eine Frau.

»Aber sag mal, Tony, was ist denn mit diesem Gerücht? Mit diesem Zeug im Internet? Daß er einen Killer auf seine Tochter angesetzt hat. Wo kommt denn das her, was meinst du? Von wem stammt das, Tony? Von wem stammt dieses Gerücht?«

Auf dem Bürgersteig waren junge Bäume angepflanzt worden. Das war gut. Das war ein Zeichen der Hoffnung.

Ich traf Nathan im Büro. Er las gerade die Zeitung. Ich stellte die Sushi vor ihn hin.

»Diese Geschichte über die Klone ist wirklich beunruhigend, findest du nicht?«

»Ich weiß nicht«, erwiderte ich.

»Wie kannst du so was sagen? Mal ehrlich.«

»Ich weiß nicht. Die Welt ist dermaßen verrückt.«

»Vielleicht sollten wir den Beruf wechseln. Weißt du, warum? Vielleicht sind sie schon unter uns.«

Ich berichtete ihm von den beiden Besuchen, die ich an diesem Vormittag gemacht hatte. Zum einen war ich der Ansicht, daß wir auf jeden Fall alles dransetzen mußten, um die Personen zu identifizieren, die bei Jennifer Brennens letzter Mahlzeit zugegen gewesen waren, auch wenn es sich, wie dieses Kamel behauptet hatte, nur um einen Abend unter Freunden gehandelt hatte. Und außerdem mußte ich ihm leider mitteilen, daß sich sein Verdacht hinsichtlich Paul Brennen nur auf die Wut unseres Freundes Tony gründete, anders gesagt: auf gar nichts.

»Auf gar nichts, hm? Und das glaubst du. Und das hast du ganz allein rausgefunden.«

»Wer nimmt das schon ernst, abgesehen von dir?«

»Viel mehr Leute, als du glaubst. Geh doch mal zu Chris und sperr die Ohren auf.«

»Ach ja. Auf die Idee wäre ich nicht gekommen.«

»Wir haben alles überprüft. Ihr Adreßbuch, ihren Zeitplan, wir haben alles überprüft. Wir haben ganze Tage damit verbracht, alles zu überprüfen, oder nicht? Oder übertreibe ich? Und hast du einen Verdächtigen gefunden? Hast du den geringsten Hinweis?«

»Die letzten Personen, die sie gesehen haben, als sie noch lebte. Man kann nie wissen.«

»Und anschließend? Wenn du nichts mehr vorzuschlagen hast? Wenn sich wieder alles im Kreis dreht? Willst du mir nicht endlich mal fünf Minuten zuhören?«

Er stand auf und ging zum Kaffeeautomaten. Auf den Schreibtischen nebenan klingelten die Telefone, Maschinen ratterten, Papiere flatterten in der Zugluft durch den Raum – alle Fenster waren geöffnet, und die Beamten in Uniform trugen kurzärmelige Hemden. Vom anderen Ende des Raums warf mir Nathan einen finsteren Blick zu.

Ich sah mir gähnend ein paar Fotos an, die auf seinem Schreibtisch lagen. Jennifer Brennens Beerdigung. Aufnahmen, die unsere Dienststelle sehr gewissenhaft gemacht hatte und die wir, Nathan hatte recht, stundenlang studiert hatten. Wir hatten die Familienangehörigen, Freunde, Bekannte, Mitstreiter und Liebhaber dieses Mädchens einen nach dem anderen identifiziert. Wir hatten alles überprüft. Vergeblich. Wir hatten die Ladenbesitzer aus ihrem Viertel befragt, die Hausmeisterin, ihren Arzt, Typen, die sie zu sich nach Hause kommen ließ, Typen, denen sie es im Krankenhaus besorgte, Leute, die regelmäßig in den Park gingen, Wirte, Kellner, Gäste, Transvestiten, Junkies und alles, was uns unter die Finger kam. Ohne Ergebnis. Dieses Mädchen kannte wirklich die halbe Welt.

Francis Fenwick (unser Chef) bestand darauf, eine Lagebesprechung mit uns zu machen. Nathan und ich sowie die anderen Inspektoren, die sich mit dem Fall beschäftigten, hörten ihm lange zu.

»Marie-Jo«, rief er mir zu. »Was ist los mit dir, Marie-Jo? Hörst du mir zu?«

Er bat mich, nach der Besprechung einen Augenblick dazubleiben. Ich dachte, er würde mich anschnauzen, weil ich während des Dienstes mit offenen Augen eingeschlafen war, aber das war es nicht. Er fragte mich, ob Nathan nicht eine seltsame Vorstellung hatte, was Paul Brennen anging. Ich erwiderte: »Was für eine Vorstellung, Monsieur Fenwick? Was meinen Sie damit?« Er mochte mich gern. Er hatte eine vierundzwanzigjährige Tochter, die unförmig war. Neben ihr war ich höchstens etwas füllig. »Ich möchte keine Scherereien«, fuhr er fort. »Ich bin im Bilde über die Gerüchte, die im Umlauf sind, und möchte keine Scherereien, hast du verstanden? Ich will diesen Quatsch nicht mehr hören. Wenn er glaubt, das sei nicht mein Ernst, dann gib ihm zu verstehen, daß es mir damit bitterernst ist. Ist das klar?«

In der Stadt wurden ständig irgendwelche Nutten überfallen, und wir waren dagegen machtlos. Verrückte liefen frei herum, tobsüchtige Verrückte, und außerdem alle möglichen Kranken, gewalttätige Kerle, Schwachköpfe und Mörder. Sobald es dunkel wurde, verwandelten sich manche Ecken in einen Sumpf, in dem man nur noch Krankenwagen und ausgehungerten Hunden begegnete. Diese Stadt erinnerte an eine Kloake, und niemand schien sich daran zu stören. Manchmal beglückwünschte uns der Bürgermeister, und währenddessen stand ein Teil der Stadt in Flammen. All das, nur um zu sagen, daß Jennifer Brennen mit ihrem nuttenhaften Verhalten nicht gerade in die besten Hände geraten war.

»Das weiß ich.«

»Das weißt du, aber du bist von deiner fixen Idee besessen. Du hast dir das in den Kopf gesetzt und kommst nicht davon ab. Dabei kann es jeder beliebige Bekloppte gemacht haben, das weißt du genausogut wie ich.«

»Diesmal nicht, Marie-Jo. Tut mir leid, aber diesmal nicht. Vergiß nicht, was ich dir sage.«

Mit einem leichten Lächeln auf den Lippen blickte er nach oben. Eine Feuerwehrleiter erhob sich vor der Fassade des Hochhauses, und ein Mann war damit beschäftigt, ein Spruchband abzureißen, auf dem gefordert wurde, mit dem Plündern der Ressourcen der Dritten Welt endlich Schluß zu machen. Auf der Kreuzung hatte sich eine Menschenmenge versammelt. Die Leute waren nicht damit einverstanden, daß das Spruchband abgenommen wurde. Die Leute schrien. Slogans. Schimpfwörter. Schatten zeichneten sich hinter den Fenstern ab. Beamte der Bereitschaftspolizei mit Helmen und Schlagstöcken bewachten den Eingang.

»Die Sache mit den Bolzen ist eine gute Idee. Eine ausgezeichnete Idee. Das wird Stunden dauern. Guck dir nur an, wie er sich abmüht. Hast du das gesehen?«

»Ich habe Hunger.«

»Natürlich hast du Hunger. Du hast immer Hunger. Aber kannst du nicht mal fünf Minuten warten?«

»Und was bringt das, fünf Minuten? Das dauert doch noch Stunden.«

»Die Idee mit den Bolzen ist wirklich ausgezeichnet.«

»Und Chris? Wie geht's Chris?«

»Sie hat sich fast in die Hose gemacht. Sie hat zugesehen, wie er da oben in der Luft hing und hat sich fast in die Hose gemacht. Und zugleich fand sie das unheimlich geil.«

»Natürlich hat sie das geil gefunden. Schließlich ist sie völlig verrückt nach ihm. Na ja. Das wurde auch höchste Zeit.«

»Sie hat sich da in ein Abenteuer gestürzt, das eine Nummer zu groß ist für sie. Und das ist beunruhigend. Ich mache mir Sorgen. Ich mache mir Sorgen um sie, verstehst du? Sie ist so verdammt idealistisch.«

Während Nathan nach oben blickte, warf ich einen Blick in die Runde und spürte eine zunehmende Spannung. Dabei fiel mir zufällig ein Mädchen auf. Auf dem Bürgersteig gegenüber. Eine ziemlich blasse Bohnenstange, ein bißchen ausgeflippt, aber von der schicken Sorte. Ich hatte den Eindruck, daß sie uns beobachtete und daß ich sie schon mal irgendwo gesehen hatte. Aber was soll's. Ein Beutel mit roter Farbe war soeben auf der Fassade zerplatzt. Eine Scheibe im ersten Stock zersplitterte. Nathan und ich entfernten uns ein wenig.

»Sie ist furchtbar leichtsinnig. Glaub mir. Ich weiß, was ich sage. An einen Typen wie Wolf zu geraten ist das Schlimmste, was ihr passieren konnte. Ein schlauer Kopf und ein Muskelpaket. Eine fatale Mischung. Die schlimmste, die ich mir vorstellen kann.«

»Hör auf damit. Ich bitte dich, *hör auf damit*. Wann fängst du endlich an, dich um deine eigenen Angelegenheiten zu kümmern? Das ist ja nicht zu fassen.«

»Nein, ich kümmere mich überhaupt nicht mehr um ihre Angelegenheiten. Da täuschst du dich. Ich kümmere mich um gar nichts mehr. Ich stelle nur fest, das ist alles. Ich sehe, was für eine Wendung die Sache nimmt.«

Einen Augenblick richteten wir unsere Aufmerksamkeit auf die Reibereien, zu denen es unten vor dem Hochhaus kam. Sowohl die eine als auch die andere Seite wirkte wie besessen, als hätten die Sonnenstrahlen und der reine blaue Himmel sie buchstäblich entflammt. Sie prügelten sich verbissen. Wir machten uns wieder auf den Weg.

»Weißt du, das ist so, als hätte ich eine etwas durchgeknallte Cousine. Eine Cousine, die geistig ein bißchen zurückgeblieben ist. Aber die Familienbande bringen eben gewisse Verpflichtungen mit sich, vergiß das nicht. Ob man will oder nicht, man wird in die Sache hineingezogen, Marie-Jo. Ob man will oder nicht.«

»Und wie weit hineingezogen? Das möchte ich gern wissen. Wie weit?«

»Das kommt darauf an. Was weiß ich. Das kommt darauf an. Für mich ist die Situation ja noch neu.«

Plötzlich hatte ich Lust auf einen Brownie. Ich hatte Lust auf was Süßes. Doch statt dessen bekamen wir den Auftrag, ein paar Kollegen bei der Überwältigung eines bewaffneten Tobsüchtigen im Judenviertel zu unterstützen – er drohte, aus seinem Fenster auf das italienische Viertel zu schießen, in dem, wie er behauptete, seine Frau verschwunden war. Wir verbrachten zwei Stunden im Treppenhaus, während zwei Stockwerke höher die Verhandlungen liefen. Ich bekam allmählich Magenkrämpfe. Ab und zu kam Nathan ein paar Stufen herab, um mir die Schultern zu massieren. Wenn er mich nervte, sorgte er im allgemeinen dafür, mich auf die eine oder andere Weise zu trösten, was in mir einen undefinierbaren, leicht lähmenden Gefühlsbrei auslöste.

Ich erwartete nicht von Nathan, daß er sich scheiden ließ, um mich zu heiraten und Kinder mit mir zu zeugen. Ich erwartete nichts. Ich wollte nur nicht, daß er fremdging. Daß er sich in Gedanken mit einer anderen Frau beschäftigte. Mehr wollte ich gar nicht. Keine zusätzliche Aufmerksamkeit oder Zärtlichkeit, nein, das war durchaus in Ordnung, ich verlangte nichts Unmögliches. Ich hatte nicht mal großes Theater wegen gewisser Verfehlungen gemacht, wie zum Beispiel den Sachen, die er mit der Brennen-Tochter angestellt hatte, so großherzig war ich. Nein. Das war mir fast egal. Aber seine Beziehung zu Chris, das war was anderes. Das ging mir auf die Nerven. Das konnte ich nur schlecht einschätzen und erst recht nicht unter Kontrolle halten. Das ließ sich nicht in den Griff kriegen. Auch wenn sie zu nichts mehr führen konnte, diese Beziehung, auch wenn sie nur sozusagen der tote Arm eines Flusses war, sie ließ mich nicht zur Ruhe kommen.
Als ich an jenem Abend meine Einkäufe machte, begegnete ich Rose Delarue. Sie ist Mitte fünfzig, nervenkrank,

dreimal geliftet, verbringt ihre Zeit in Fitneßcentern und grast Reformhäuser auf der Suche nach neuen Produkten ab. Ich tat alles, um ihr aus dem Weg zu gehen. Ihr Mann hatte einen Lehrstuhl für Semiotik an der Uni. Wir waren früher ziemlich oft mit ihnen zusammengekommen, aber irgendwann konnte ich Rose einfach nicht mehr ertragen, sie war einfach zu bescheuert. Ich wollte die beiden nicht mehr sehen. Diese alten Kotzbrocken. Wenn wir von einem Abend bei ihnen zurückkamen, war ich abgespannt, benommen und halb krank. Die Gespräche mit ihnen waren todlangweilig. Sie hatten noch nie etwas von *Sex and the City* gehört, hatten sich nie für Rap interessiert und waren gekleidet wie die letzten Dorftrottel – wenn Rose nicht gerade ihre glänzenden, fluoreszierenden Klamotten trug, ihre farbigen Brennen mit Leuchtsohlen und ihre Frottee-Armbänder, die sie manchmal auch als Stirnband trug –, sie lasen nie Romane, sahen nie fern – und als das World Trade Center vom Erdboden verschwand, riefen sie drei Tage später an, um uns zu fragen, was los sei –, sie interessierten sich für nichts, was mich hätte interessieren können, absolut für nichts, bis zu dem Tag, an dem mir der Semiotikprofessor an den Hintern faßte und mir sagte, daß ich ihn verrückt mache, daß mein Busen und mein Hintern ihn verrückt machen, da habe ich Franck Bescheid gegeben und zu ihm gesagt: »Franck, du hast deine Kumpels, und ich habe meine« – damals sah ich Derek viel öfter als heute, zu der Zeit hockte ich ständig in seinem Frisörsalon, ich kam, um mit ihm zu reden, dann gingen wir essen, und anschließend nahm er mich in eine Disco mit, und ich versuchte zu vergessen, daß mein Mann mit Männern vögelte, denn das war etwas, was ich nur schwer ertrug, das gebe ich zu. »Du hast deine Freunde, Franck, und ich habe meine« – das machte mich richtig krank, ich komme später vielleicht noch darauf zurück, und ohne Derek, ohne die Erleichterung, die mir seine Gegenwart verschaffte, weiß ich nicht, was damals aus mir geworden wäre. »Also Franck, von jetzt an will ich von diesen beiden nichts mehr hören. Ich finde, ich habe schon genug einstecken müssen.«

Rose blockierte meinen Einkaufswagen mit ihrem – ich hätte fast meine Waffe gezogen und ihr eine runtergehauen, aber es war viel Betrieb in dem Laden, und Bullen sind immer im Unrecht. Sie fiel mir um den Hals, dann blickte sie mich an und fragte mich, ob ich nicht zugenommen hätte, diese Zicke, diese alte Zicke, die sich die Haut vom Arsch ins Gesicht verpflanzen ließ und tonnenweise Hormone fraß.

»Nein, ich habe nicht ein Gramm zugenommen, aber du siehst ganz schön blaß aus, meine liebe Rose. Oder irre ich mich da?«

»Sei bloß still. Ich habe eine Harnröhrenentzündung.«

»So?«

Sie war überzeugt, daß sie sich das auf einem Sattel oder auf dem Sitz einer Rudermaschine geholt hatte, dabei war es in der Halle vorgeschrieben, ein Handtuch zu benutzen. Sie habe zwar nichts gegen die Menschen anderer Rassen. Aber die Hygienevorschriften gälten nun mal für alle und würden nicht mehr respektiert.

Ich hörte ihr mit einem Ohr zu, während ich mir gleichzeitig einen Nagellack ansah, der die Nägel härter machen sollte und der aus einem Extrakt von Tochublättern und koreanischen Karotten hergestellt war. Diese Frau redete wie ein Wasserfall. Nach einem anstrengenden Arbeitstag, zu einem Zeitpunkt, an dem der Streß nachließ und man nur noch den Wunsch verspürte, barfuß über den Teppich zu laufen, sich ein Glas einzuschenken, sich in einen Sessel sinken zu lassen und sich einen Fernsehfilm anzusehen, während sich die Seele in ein sanftes Halbdunkel zurückzog, also zu solch einem Zeitpunkt Rose zu begegnen, war so, als würde man eins über die Rübe kriegen.

Schließlich füllte sich mein Einkaufswagen, im Gegensatz zu ihrem. Sie und ihr Mann hätten sich einen Wagen mit Allradantrieb gekauft, um am Wochenende aufs Land zu fahren. Sie hätte neue Gardinen bestellt. Sie und ihr Mann nähmen seit drei Wochen DHEA. Sie hätten eine neue Alarmanlage in ihrem Haus installieren lassen. Diesmal würden sie vielleicht die Konservativen wählen. Sie hätte eine Mammographie machen lassen. Die Attentate verursachten ihr Albträume. Sie spendeten Geld für den Bau einer Schule in Tibet. Sie hätten Mick Jagger auf einer Abendveranstaltung getroffen. Sie sei überzeugt, daß man von einer zu faserreichen Kost Dünnschiß bekäme. Sie dankten dem Himmel, daß sie keine Kinder hätten, denn die Zukunft käme ihr schrecklich vor. Sie verzehre keine Milchprodukte mehr. Und mitten in diesem Durcheinander fragt sie mich plötzlich, ob Franck mit seinen Nachforschungen Erfolg gehabt habe. Ich blicke sie an und frage: »Nachforschungen worüber?«

»Aber das weißt du doch. Über dieses Mädchen.«

Auf einmal interessiert sie mich. Ganz nebenbei erfahre

ich, daß Franck lieber anderen sein Herz öffnet als mir. Über so was freut man sich immer.

»Meinst du Jennifer Brennen?«

»Wußtest du das nicht?«

»Und ob ich das weiß. Er hat sich in den Kopf gesetzt, mir beizubringen, wie meine Arbeit auszusehen hat. Stell dir vor. Das ist seine letzte Schnapsidee. Und ob ich das weiß.«

Ich schlug ihr vor, in der Cafeteria ein Glas mit mir zu trinken. Die Dunkelheit brach an. Der Himmel über dem Parkplatz war mit roten Streifen durchzogen, und in der Dämmerung flackerten die Lichter der Tankstelle auf, wo sich Frauen über den Kofferraum ihres Autos oder über einen Babysitz beugten.

»Du weißt ja, wie sie sind, Rose, sie erzählen uns nicht viel. Man muß ihnen die Würmer aus der Nase ziehen.«

»Manchmal sind sie wirklich abscheulich. Sie sind überzeugt, daß sie uns überlegen sind. Aber wir haben keine andere Wahl: entweder das oder du stehst auf der Straße. Das ist genau wie mit den Grundrechten. Da mußt du wählen. Ich höre immer wieder, daß irgendwelche Leute ihren Grundrechten nachweinen. Wir leben eben in einer Welt, die sehr gefährlich ist. Findest du nicht?«

»Ganz und gar, Rose. Aber davon mal abgesehen, was hat er dir erzählt?«

»Ach, mir hat er nichts erzählt, das kannst du dir ja denken. Er hat mit Georges darüber gesprochen.«

»Diese Geheimniskrämerei. Diese ewige Geheimniskrämerei. Sie können es einfach nicht lassen, ganz ehrlich. Komm Rose, jetzt erzähl mal.«

Franck half mir, das Abendessen vorzubereiten. Ich machte den Mund nicht auf. Bei Tisch sagte ich kein Wort. Ich tat, als sei er nicht da.

»Bist du sauer?« fragte er, während er einen Apfel schälte.

Ich stand auf, um abzuräumen. Ohne ihm zu antworten.

Er kam, um mir beim Spülen zu helfen.

»Na gut. Ich war in der letzten Zeit nicht sehr witzig. Das tut mir leid.«

»Du bist nie sehr witzig. Weißt du das nicht?«

Ich hielt ihm einen Teller hin, damit er ihn nachspülte.

»Du hältst dich wohl für besonders schlau, nicht?«

»Meinst du. Was habe ich denn jetzt schon wieder falsch gemacht? Ich kann nur sagen, daß meine Kurse an der Uni bald zu Ende gehen und daß ich ziemlich überlastet bin, aber egal, ich kann ja mal raten, worum es geht.«

»Die Mühe kannst du dir sparen. Ich habe mit Rose gesprochen.«

»Du hast mit Rose gesprochen. Ich verstehe. Und wie immer, wenn du mit Rose gesprochen hast, kommst du mit einer Stinklaune nach Hause. Das hätte ich mir gleich denken sollen.«

Ich blickte ihn eine Sekunde an, dann drehte ich mich auf dem Absatz um, nachdem ich ihn gebeten hatte, nicht stundenlang das warme Wasser laufenzulassen – meinten Sie etwa, daß Franck das Geschirr mit kaltem Wasser nachspült? Soll das ein Witz sein?

Ich zog mir die Schuhe aus. Ich warf meine Sachen in den Wäschekorb und schlüpfte in eines dieser T-Shirts, die mir bis zu den Knien reichen und meine dicken Schenkel verhüllen, deren Haut, nebenbei gesagt, außergewöhnlich zart ist. Lindenblüten und Mandeln, das ist das ganze Geheimnis. Dann ließ ich mich in einen Sessel sinken.

Ich sah den Mond von meinem Platz aus. Ein paar Sterne. Und die Dächer der Universität, an der ich studiert und mich über beide Ohren in einen Professor verliebt hatte, der meine Hoffnungen enttäuscht hatte und der jetzt das Geschirr hinter mir einräumte und sich den Kopf zerbrach, welchen Blödsinn er wohl seiner lieben Frau erzählen könne, die er wirklich für eine Bekloppte hielt. Er unterrichtete damals Literatur. Ich verdanke ihm Dostojewski, Hemingway und Nabokov. Und außerdem zwanzig zusätzliche Kilo und einen Krankenhausaufenthalt wegen eines Selbstmordversuchs, der völlig danebengegangen war. Ich frage mich, ob ich etwas dabei gewonnen habe. Aber Nabokov ist es ja vielleicht wert, oder?

Wenigstens hatte er staubgesaugt. Der Teppichflor war noch halb aufgerichtet, zeigte sein schönstes Profil und leuchtete wie am ersten Tag. Ich bohrte meine Zehen in diesen rauhen Pelz und beschloß, die Dinge mit Gleichmut zu nehmen.

Ich ließ Franck das Wort: »Rose geht mir allmählich auf den Geist. Bestimmt. Doch, doch. Ich neige allmählich dazu, dir recht zu geben. Rose ist wirklich ein Miststück.«

»Das habe ich dir doch immer gesagt.«

»Aber mach dir keine Sorgen. Ich habe vor, mir mit Privatstunden etwas hinzuzuverdienen, um meine Schulden abzuzahlen. In diesem Jahr sind die Studenten wirklich sauschlecht. Aber läßt sich Mut erlernen?«

»Okay.«

»Ich sage zu ihnen: ›Wenn Sie keinen Mut haben, was suchen Sie dann hier in meinem Kurs? Was glauben Sie eigentlich, was Literatur ist? Daß Sie hier sind, um sich zu amüsieren?‹«

Er zündete sich eine Zigarette an. Er verscheuchte den Rauch mit einer Hand. Er versuchte meine Gedanken zu erraten.

»Habe ich recht oder nicht?«

»Hör zu, Franck. Es hat eine Zeit gegeben, da haben wir uns offen ausgesprochen. Das machte die Sache einfacher. Viel einfacher. Das jedenfalls hatten wir beibehalten.«

»Tut mir leid, das tun wir heute noch. Tut mir wirklich sehr leid.«

»Aber du hast mir nichts von diesem Mädchen erzählt. Du hast mir nicht gesagt, daß du Detektiv spielst. Oder hast du mir das vielleicht gesagt? Ich glaube nicht, Franck. Ich glaube, du hast mir kein Wort davon gesagt.«

Wir blickten uns eine Weile an, dann stand ich auf. Ich schenkte mir ein Glas Cola light ein. Ich fragte ihn, ob er etwas trinken wollte. Ich mußte die Ohren spitzen, um seine Antwort zu hören. Seine Antwort war, nein danke. Mit ganz leiser Stimme.

NATHAN

Ève Moravini wohnte in einer Maisonettewohnung mit einem herrlichen Blick auf die Stadt. Sie hatte viel Geld verdient. Auf jeden Fall genug, um eine weltweite Rezession von über zwei Jahren zu überstehen, ohne sich einschränken zu müssen. Ich war gern in dieser Wohnung aufgewacht. Ehe ich Chris heiratete, waren Ève und ich eng befreundet gewesen – vor allem im Bett hatten wir uns gut verstanden –, und ich besuchte sie damals ziemlich oft. Ich wachte in kostbaren weichen, seidigen Laken auf, und Ève betätigte mit einem Knopfdruck den elektrischen Antrieb riesiger Vorhänge, die sich vor den Wolken öffneten – achtzehnter Stock, ein Aufzug aus Rüsternholz – und die den Blick freigaben auf die in einem seltsam rötlich gefärbten Morgennebel liegenden Vorstädte in der Ferne. Ich liebte das. Genoß es, mich in diesem skandalösen, durchaus erträglichen Luxus zu räkeln. Ich hätte mir gut vorstellen können, dort meine alten Tage zu verbringen.

Noch heute hatte ich ab und zu erotische Träume, die sich auf diese Zeit bezogen – Ève, die mit nacktem Hintern die Treppe heraufkam und ein Tablett mit Croissants und allen möglichen Milchsemmeln mitbrachte (der Portier übernahm den Zimmerservice gegen ein horrendes Entgelt), und dazu frisch gepreßten Orangensaft, ausgezeichneten, nach alter Art gerösteten Kaffee, Marmeladen, eingemachte Früchte, weiche Eier und die Tageszeitung. Das waren noch Zeiten. Ein gesunder Appetit, tiefer Schlaf, eine sorglose Sexualität, verbotenes Zeug in Hülle und Fülle, Frieden im ganzen Land und ein frisch abgelegtes Polizeioffiziersdiplom, das war wirklich spitze. Das genaue Gegenteil von dieser krankhaften Atmosphäre, in der wir heute lebten. Von diesem Gefühl der ständigen Unsicherheit und des Rückschritts, das uns immer stärker belastet. Aber wen trifft die Schuld?

Marc war schon auf den Beinen, als ich die Augen aufschlug. Ich verzog stumm das Gesicht im grellen Tageslicht und legte vorsichtig die Hand in den Nacken. Paula lag quer auf mir.

Ich schob sie sanft zur Seite, ohne sie zu wecken. Genervt über mich selbst blieb ich einen Augenblick mit geschlossenen Augen auf der Bettkante sitzen – am Morgen nach einem Besäufnis mache ich mir immer Vorwürfe. Dann ging ich zu Marc hinüber und stellte dabei fest, wie ungern ich hier war, vermutlich wegen all des Ärgers, den ich zur Zeit hatte. Oder wegen vergangener Zeiten – ein Zeichen, daß es allmählich abwärtsgeht, wenn man in die Vierziger kommt.

Ich öffnete mehrere Schranktüren.

»Das Aspirin liegt rechts«, sagte Marc, der auf einem Barhocker saß.

»Ich komme zu spät zur Arbeit.«

»Ja mein Lieber, das sieht ganz so aus.«

»Oje, oje. Ich komme zu spät zur Arbeit.«

Paula war mit einem Satz auf den Beinen. Sie sah sich nach mir um, dann erklärte sie: »Ich begleite dich«, ehe sie sich ihr Kleid schnappte und ins Badezimmer lief. Ich blickte auf mein Glas hinab, in dem zwei Brausetabletten schwammen.

Ich seufzte mit belegter Stimme: »Wohin will sie mich begleiten?«

»Ich weiß nicht, wie du das machst, aber die Frauen sind völlig verrückt nach dir.«

»Wohin will sie mich begleiten? Ich fahre zur Arbeit.«

»Du hättest sehen sollen, wie sie sich um dich gekümmert hat. Frag Ève. Du konntest dich nicht mehr auf den Beinen halten.«

»Ja, aber was will sie denn eigentlich? Du kennst sie doch, Marc. Hm, du kennst sie doch? Manchmal wache ich mitten in der Nacht auf, und sie ist da. Neben mir. Liegt neben mir und schläft. Ich habe sie nicht mal reinkommen hören, und da ist sie und hat mir den Arm um den Hals gelegt. Verdammte Scheiße.«

»Na und? Stört dich das?«

»Ob mich das stört? Du fragst mich, ob mich das stört?«

»Kennst du viele Männer, die das stören würde? Mein Lieber, du hast verdammtes Glück. Mehr kann ich dazu nicht sagen. So hat sie noch niemand erlebt. Ich bin stolz auf dich, glaub mir das.«

Statt mich zu besänftigen, taten mir seine Worte weh. Ich blickte zu Ève auf, die im Höschen die Treppe herunterkam. Herrgott! Herrgott, dachte ich, was tust du uns nur an! Wenn ich an diesen festen, geschmeidigen Frauenkörper zurückdachte, den ich früher in den Armen gehalten hatte. Herr Jesus! Und jetzt ging mein jüngerer Bruder Marc mit ihr ins Bett. Ich fand das irgendwie schade. Sowohl für ihn wie für sie. Èves Gespenst stand neben mir, das Gespenst einer Frau, die ich früher so gut gekannt hatte, und wir waren zutiefst bedrückt darüber, sie zusammen zu sehen, vor allem beim Aufstehen, er in einer Unterhose und sie in einem lila Spitzenhöschen und mit einem von den Jahren gedemütigten Körper. Ich spürte, daß ich starke Kopfschmerzen bekommen würde. Ich spürte, daß ich dem nicht entgehen konnte.

Ève rieb sich die Augen, dann küßte sie mich auf die

Wangen. Sie hielt sich kerzengerade und streckte den Busen vor, aber die Illusion war nicht vollkommen.

»Wir sprachen gerade von Paula«, sagte Marc. »Von Nathan und Paula.«

»Sie will mich begleiten, wenn ich zur Arbeit fahre? Das darf doch wohl nicht wahr sein«, seufzte ich.

»Mein Schatz, du hast ihren Mutterinstinkt geweckt. Ich sehe das so. Anders kann ich mir das nicht erklären.«

»*Was* habe ich geweckt? Sag das noch mal.«

In diesem Augenblick tauchte Paula voller Energie aus dem Badezimmer auf, wie ein Hai vor einer Gruppe von friedlichen Anglern. Sie war zum Aufbruch bereit. Frisch wie der junge Morgen. Seit dem Aufwachen fühlte ich mich alt, spürte, wie meine Kräfte schwanden. Marc hatte recht: Ich hätte mich eigentlich über das, was da abging, freuen sollen. Es war, als hätte mich eine beliebte junge Schauspielerin aus einer Menge, die ihr schmachtend zu Füßen lag, ein für allemal erwählt und das noch, wie Sie gemerkt haben dürften, ohne daß ich den kleinen Finger gerührt hatte, ohne die geringste Anstrengung meinerseits und noch dazu, ohne daß ich etwas verlangt hatte. Jeder blöde Arsch würde sich über so ein unverhofftes Glück freuen. Ich dagegen stellte mir Fragen über Fragen, versuchte den verborgenen Sinn unserer Handlungen zu ergründen, wunderte mich, grübelte nach und wurde immer störrischer, dabei müssen wir alle eines Tages auf die eine oder andere Weise abtreten.

Doch es war stärker als ich. Die Geschichte mit Paula kam zu ungelegener Zeit. Es ist nichts vollkommen auf dieser Welt.

»Paula, es ist nichts vollkommen auf dieser Welt. Die

Welt ist eine Quelle von Ungerechtigkeiten, denen wir hilflos ausgeliefert sind. Das wollte ich dir nur sagen.«

»Kommst du spät heim?«

Sie schmiegte sich an mich in dem Taxi, das durch den gesprenkelten Schatten von sonnenüberfluteten Bäumen in Richtung Stadtmitte fuhr, und mehr schien sie nicht zu brauchen, um glücklich zu sein. Sie strahlte vor Freude.

»Paula, ich habe nicht die Absicht, dir Einzelheiten über meinen Zeitplan zu verraten. Damit wir uns recht verstehen, es kann sein, daß ich heute abend nach Hause komme, es kann aber auch sein, daß ich nicht komme. Damit die Sache klar ist, Paula. Ist das klar?«

»Ich habe Lust, mit ihr zu reden.«

»Wie bitte? Was hast du da gesagt?«

»Ich glaube, ich sollte mich mal ernsthaft mit ihr unterhalten. Ich habe Lust, ihr die Wahrheit zu sagen.«

»Was für eine Wahrheit? Was willst du ihr denn für eine Wahrheit sagen? Sei nicht blöd. Wir haben es noch nicht mal getan, soviel ich weiß. Tut mir leid. Haben wir es vielleicht getan? Nein, tut mir leid.«

»Das ist mir völlig egal. Ob wir es getan haben oder nicht ist mir wirklich einerlei, wenn du es genau wissen willst.«

»Zu meiner Zeit lief das aber anders, das sag ich dir. Zuerst wurde gevögelt, anschließend diskutiert. Entschuldige, daß ich das so vulgär ausdrücke, aber so war das nun mal. Man erzählte nicht, daß man mit jemandem zusammen war, solange die Sache noch nicht stattgefunden hatte. Und auch heute noch scheint mir das eine Selbstverständlichkeit zu sein. Ich finde, das ist das wenigste, was man erwarten darf. Sonst weiß man gar nicht mehr, woran man ist, verstehst du? Sonst bricht alles zusammen.«

Ich ließ das Taxi in einer Seitenstraße halten. Paula kurbelte das Seitenfenster herunter. Ich beugte mich zu ihr hinab.

»Versteh mich nicht falsch, Paula. Ich will mich nicht beklagen. Verstehst du? Die Welt ist eben unvollkommen, das ist alles.«

»Unvollkommen ist geschmeichelt. Aber kennst du eine andere? Ich nicht. Und darum tue ich, was ich kann.«

»Ich weiß. Das geht uns allen so. Man möchte am liebsten beim Einschlafen das Licht brennen lassen, stimmt's? Ich weiß. Glaub nicht, daß du die einzige bist.«

»Na gut. Ich gehe jetzt und kaufe einen Tisch.«

»Gute Idee. Ich komme mal vorbei und seh ihn mir an.«

»Einen Tisch für deine Wohnung. Ich habe genug davon, in der Küche zu essen.«

»Was? Hör zu, ich brauche keinen Tisch. Wenn ich einen Tisch brauchte, dann hätte ich mir schon einen besorgt. Ist das klar?«

»Habe ich nicht das Recht, einen Tisch zu kaufen?«

»Nein. Ich möchte nicht, daß du dein Geld ausgibst, um mir einen Tisch zu kaufen, verstanden?«

»Mach dir keine Sorgen um das Geld. Ich verdiene eine ganze Menge. Viel mehr als du.«

»Das ist möglich, aber darum geht es nicht. Ich will nicht, daß du mir irgendwas kaufst. Weder Tisch noch Stühle noch sonst irgendwas. Ich will überhaupt nichts. Hast du das verstanden?«

Der Taxifahrer wickelte einen widerlich aussehenden

Hamburger aus, ohne uns im Rückspiegel aus den Augen zu lassen. Paula starrte mich jetzt mit halb pathetischer, halb kratzbürstiger Miene an. Ihre gute Laune war inzwischen völlig verflogen.

»Und *sie*? Warum hat sie das Recht?«

»Was soll das heißen?«

»Sie hat das Recht, dir eine Armbanduhr zu kaufen. Kann ich dir eine Armbanduhr kaufen?«

»Ich habe es dir doch gerade erklärt. Ich schlafe mit ihr. Das ist der Unterschied. Hör zu, Paula, sie war vor dir da. Was soll ich sonst noch sagen? Du bist vielleicht witzig. Sie ist schon seit Monaten da. Ich schlafe seit Monaten mit ihr. Ich war schon lange mit ihr zusammen, als du plötzlich aufgetaucht bist, oder etwa nicht?«

»Das ist mir egal. Das ist mir scheißegal.«

»Habe ich dir vielleicht gesagt, ich sei frei? Antworte mir!«

»Ich kaufe jetzt einen Tisch.«

»Wenn du einen Tisch kaufst, Paula, wenn du einen Tisch kaufst, dann nehme ich ihn und schmeiß ihn aus dem Fenster. Das garantiere ich dir.«

»Das ist mir egal.«

Sie sagte zu dem Fahrer, er solle losfahren.

»Paula, ich warne dich. Kauf bloß keinen Tisch, sonst landet er auf dem Bürgersteig. Das schwöre ich dir.«

»Das ist mir egal.«

Sie wollte unbedingt ihren Dickkopf durchsetzen. Sie war störrisch wie ein Esel. Sie blickte mir durch die Heckscheibe nach, während sich das Taxi in einer weißen Rauchwolke entfernte. Es war einfach zu blöd. Dabei war ich wirklich nett zu ihr, erlaubte ihr, zu kommen und zu gehen, wann sie wollte, schlief sogar auf der Seite, um ihr Platz in meinem Bett zu machen, und das ohne ein lautes Wort. Und wer begleitete sie in alle möglichen Privatclubs, wer ging mit ihr auf verrückte Partys und ließ sich geduldig ihren Freunden vorstellen – Mannequins, Schauspielern, ausgeflippten Typen, bescheuerten Zicken –, ohne zu murren? Und was war der Dank dafür?

Ich verbrachte den ganzen Tag mit Marie-Jo. Zunächst mehrere Stunden im Büro, um unsere mühsame Kleinarbeit unter dem strengen, kühlen Blick unseres Chefs Francis Fenwick fortzusetzen, der erneut Probleme mit seiner Tochter hatte – sie war wieder einmal in einem besetzten Haus im Vorort dabei geschnappt worden, wie sie mit ihren lesbischen Freundinnen Crack rauchte. Unter ihnen befanden sich noch dazu die Tochter eines Ministers und die eines bekannten Schriftstellers, der für den Nobelpreis vorgeschlagen worden war, was Fenwick dazu zwang, im Büro zu bleiben, um möglichen Indiskretionen zuvorzukommen, und auf seine übliche Partie Golf zu verzichten, so daß wir ihn den ganzen Tag auf der Pelle hatten. Anschließend, am späten Nachmittag, hielten Marie-Jo und ich es nicht mehr aus und nahmen uns ein Hotelzimmer mit Klimaanlage und vögelten eine knappe Stunde.

Das war eine vorzügliche Idee gewesen. Wenige Stockwerke tiefer ging das Treiben auf der Straße mit dem gleichen unbarmherzigen Lärm ununterbrochen weiter, während Marie-Jo und ich, einen Arm in den Nacken gelegt, den Blick auf die Decke gerichtet und eine Zigarette im

Mund, allmählich wieder zu Atem kamen. Wie viele Männer in dieser Stadt, sagte ich mir, wie viele Männer in dieser Stadt konnten sich rühmen, eine befriedigende Beziehung zu einer Frau zu haben? Eine Beziehung wie die, die ich zu Marie-Jo hatte? Wie viele von ihnen rauften sich die Haare, schrien wie am Spieß, krochen winselnd auf den Knien, demütigten sich gegenseitig, schlugen aufeinander ein, packten ihre Koffer oder flüchteten über die Dächer? Alle kritisierten mich. Alle drängten mich, mir eine andere zu suchen, dabei hatte ich keinerlei Grund dazu. Vor allem, da wir abgesehen von allen anderen Erwägungen ein Team bildeten. Das können Sie nicht verstehen. Ich kann das nicht erklären. Kugeln sind uns um die Ohren geflogen. Wir haben die Türen von gemeingefährlichen Gewalttätern eingeschlagen, die bis zu den Zähnen bewaffnet waren. Wir haben mit zweihundert Sachen ein Auto verfolgt, wobei sie am Steuer saß. Wir haben in Flugzeugen über dem Ozean eingegriffen, in Hochgeschwindigkeitszügen, in Wolkenkratzern, in Abwasserkanälen, in Kellergeschossen, in denen verrottete Matratzen am Boden lagen und Killer uns als Zielscheibe benutzten. Das können Sie nicht verstehen. Manchmal liegt mein Leben in ihren Händen. Wenn wir miteinander vögeln, wenn wir aufeinander im Bett hin und her rollen, besänftigt sich die Welt ringsumher allmählich, jedenfalls für mich. Dann denke ich an nichts mehr. Dann lasse ich sie spotten. Meine Dicke mit den grünen Augen.

Wir aßen Falafel und gefüllte *kebbé* im arabischen Viertel, wo Marie-Jo die Bewunderung aller Männer erweckte. Dort kam einer meiner Informanten auf uns zu und berichtete mir, daß er kaum etwas Neues erfahren hatte bis auf die Tatsache, daß Paul Brennen Geld auf ein Geheimkonto in der Schweiz überwiesen hatte.

»Glaubst du, das beweist etwas?«

»Ich dachte, du wolltest wissen, ob er irgend jemandem Geld gegeben hat.«

»Und bist du nicht auf die Idee gekommen, du armer Irrer, daß Paul Brennen das jeden Tag tut? Daß sie alle ihre Ersparnisse in Sicherheit bringen? Und du kommst, um mir etwas zu erzählen, was jeder weiß? Hast du die Absicht, morgen wiederzukommen, um mir ins Ohr zu flüstern, daß ungeheure Reichtümer auf dem Elend der Welt gründen? Oder daß kleine zehnjährige Mädchen nachts arbeiten, um seine Scheißschuhe herzustellen?«

Ich warf ihm eine Handvoll Kichererbsen an den Kopf, während er sich davonmachte und in seiner Hast einen Tisch zur Seite stieß, an dem ein paar alte Männer unter einem Eurotunnel-Werbeplakat für Ferien in Kent Karten spielten.

Ich blickte Marie-Jo in die Augen, um zu sehen, ob sie ihren Senf dazugeben und sich über meine Hitzköpfigkeit beklagen wollte, die in ihren Augen völlig idiotisch und absurd war, aber wir hatten eine knappe Stunde zuvor gevögelt, und daher zog sie es vor zu lächeln. Ich bestellte einen einheimischen Alkohol.

»Ich habe etwas Seltsames erfahren«, sagte sie. »Ich habe etwas äußerst Seltsames erfahren. Es betrifft Franck.«

»Ich komme in den nächsten Tagen mal bei ihm vorbei. Wir müssen uns diese Sache noch gemeinsam ansehen. Sag ihm, daß ich es nicht vergessen habe.«

»Franck hat auf eigene Faust Ermittlungen bezüglich

Jennifer Brennen angestellt. Er hat alle möglichen Leute befragt. Er hat seine Nase in Dinge gesteckt, die ihn nichts angehen.«

»Ehrlich? Das hat er getan?«

»Das ist kein Scherz. Findest du nicht auch, daß das seltsam ist?«

Sie war außerdem der Ansicht, daß der Überfall auf Franck möglicherweise mit der Sache zusammenhing. Ich machte mich ein wenig über diese für Bullen typische Manie lustig, sich rund um die Uhr das Gehirn zu zermartern und sich ständig zu bemühen, Querverbindungen zwischen einzelnen Elementen herzustellen, selbst wenn diese noch so weit hergeholt waren. Aber natürlich war nichts unmöglich. Ich erklärte sogar, daß man Franck, falls er die Fährte Paul Brennen verfolgt haben sollte, bestimmt zu verstehen gegeben hatte, daß er auf dem Holzweg sei.

»Nicht ausschließlich bei der Fährte Paul Brennen«, sagte sie nachdrücklich.

»Nicht ausschließlich bei der Fährte Paul Brennen, wenn es dir Spaß macht.«

Ich wäre fast direkt nach Hause gefahren, nachdem ich mich von Marie-Jo verabschiedet hatte. Sie küßte mich im Auto so lange und leidenschaftlich wie zu der Zeit, als wir uns gerade erst kennengelernt hatten und unsere Küsse mehr als fünf Minuten dauerten, bis wir fast tot umfielen. Sie hatte manchmal unbeherrschbare Aufwallungen, die wer weiß woher kamen und mich meistens völlig unvorbereitet trafen. Anschließend war ich dann total aufgelöst und hatte Mühe, mich auf den Beinen zu halten, wie ein

Schiffbrüchiger, der von gurgelnden, dunklen Fluten ans Ufer gespült wird.

Ich trank also noch ein paar Gibson in der Bar eines großen Hotels, das sich wie ein erleuchteter Diamant im Stadtzentrum erhob, seit seine Scheiben zertrümmert und durch neue ersetzt worden waren. Die Bars der großen Hotels sind ideale Orte, um etwas zu trinken. Zu meiner Rechten saß ein abgewrackter Ganove, der philosophische Weisheiten über den Sinn des Lebens von sich gab und dabei Oliven aß. Zu meiner Linken eine Frau mittleren Alters, die ihre Schenkel zeigte – für alle Fälle. Und hinter mir in einem tiefen Sessel aus Büffelleder, in dem sicher schon Hemingway oder Scott Fitzgerald einst ihren Hintern hatten ruhen lassen – es werden nicht nur Gräber geschändet –, saß unter dem freundlichen Schein des von prachtvollen rohseidenen Lampenschirmen gedämpften Lichts Paul Brennen höchstpersönlich.

Ich beobachtete ihn, ohne mich umzudrehen, in aller Ruhe im Spiegel, er thronte hinter mir wie ein furchterregender Engel. Von einem Engel hatte er die stolze Haltung, die makellose perlweiße Jacke, das Jersey-T-Shirt und das strahlendweiße Lächeln – er war Mitte fünfzig, schlank und muskulös, wirkte topfit, reich und gesund. Drei hübsche Frauen umgaben ihn sowie ein junger Typ, der lebhaft mit dem Kopf nickte, sobald der Mörder den Mund öffnete. Und furchterregend war er ohne jeden Zweifel. Hunderte Millionen von Menschen, eine riesige Herde, die sich von einem Kontinent zum anderen ausbreitete, trug seine Marke. Er hätte ein Heer aufstellen können. Eine Stadt erbauen können. Kinder zum Frühstück essen können. Aber er hatte einen Fehler gemacht. Seine Tochter zu beseitigen, war ein großer Fehler. Von meinem Standpunkt aus.

Irgendwann begegneten sich unsere Blicke. Ich hatte ihm nur eine Sache entgegenzusetzen, eine einfache Sache, aber sie war nicht ohne, das schwöre ich Ihnen. Ich hatte an sie geglaubt und glaubte noch immer an sie. Hin und wieder. Vermutlich fiel es mir immer schwerer, je mehr ich sah, wie die Welt beschaffen war, aber sie offenbarte sich noch als leuchtende kleine Fee, die von einem anderen Stern kam, und ich hatte weiterhin Lust, zumindest manchmal, dann und wann, sie nicht zu enttäuschen. Diese Sache. Diese unsagbare Sache, die mich an dem Tag erfüllt hatte, als ich meinen Eid geleistet hatte. Diese Sache, deren Macht Paul Brennen nicht zu ermessen schien, während er versuchte mich in die Enge zu treiben: Ich war ein Stellvertreter des Gesetzes. Und das war sein zweiter Fehler. Denn was vertrat Paul Brennen, wenn man einmal tiefer darüber nachdachte? Was vertrat *er* eigentlich? Nichts und niemand steht über dem Gesetz. Das darf man nicht vergessen. Und das Gesetz war ich. Über mir stand nichts. Da waren nur der Himmel und die Sterne. Das darf man nicht vergessen.

Ich schaltete auf der Heimfahrt meine Sirene ein, um den Verkehrsstaus zu entgehen. Marc hatte mir von einer Party in einem Loft mit Blick auf den Fluß im Westen des Schwulenviertels erzählt, die anläßlich des Erscheinens einer neuen Zeitschrift für unverheiratete Männer und Frauen unter vierzig gegeben wurde, aber ich verlangsamte nicht, als ich an dem Haus vorbeifuhr, oder höchstens ein wenig, um einen Blick auf die erleuchteten Fenster zu werfen und mich zu überzeugen, daß ich nicht viel verpaßte.

Zehn Jahre zuvor hätte ich ohne zu zögern gehalten, wäre hingegangen, und Paula wäre jetzt tot. Auf dem Weg zum Krankenhaus dachte ich die ganze Zeit daran. Stell dir vor, sagte ich immer wieder zu mir, stell dir vor, dein Interesse für solche lächerlichen Veranstaltungen wäre noch genauso groß gewesen wie früher, tja, mein Lieber, dann würdest du jetzt auf dem Weg zum Leichenschauhaus sein. Eine Stunde später, und sie wäre bereits kalt gewesen. Wenn du eine Stunde später nach Hause gekommen wärst, hätte es Paula nicht mehr gegeben.

Ich verließ ihr Zimmer am frühen Morgen mit einer beruhigenden Nachricht. Nichts ist wirklich beruhigend in dieser Zeit voller Krisen, Ungewißheiten, Rassenkonflikten und Kämpfen an den inneren und äußeren Fronten, aber wenn ich den Ärzten glauben durfte, die es nie dulden, daß man ihre Worte in Frage stellt, befand sich Paula nicht mehr in Lebensgefahr.

Eine frische Morgendämmerung, leicht wie ein Musselinschleier, sanft wie der Flaum eines Kükens, berieselt von den städtischen Spreng- und Kehrmaschinen, die in der Ferne Zeitungen und Abfälle aufwirbeln ließen, eine Morgendämmerung, wie ich sie liebe, zurückhaltend und zugleich konzentriert, erwartete mich am Fuß der Steintreppe auf dem Bürgersteig. Ich war in kaltem Schweiß gebadet, dessen unangenehmen Geruch ich durch mein blutbeflecktes Hemd hindurch wahrnahm. Die Sonne tauchte zwischen zwei Straßen auf, als ich mein Auto erreichte. Ich setzte mich auf einen Kotflügel, schloß die Augen und atmete tief durch.

»Scheiße. Und wie ist das passiert?« fragte Marc, während er mir alten Zwieback und geräucherten Zuchtfisch anbot, der noch blasser und vergifteter war als normaler Fisch (Chris hatte mir stundenlange Lektionen über dieses Thema erteilt).

»Wie das passiert ist? Was weiß ich. Sie hat ein Rasiermesser genommen. So einfach ist das.«

»Habt ihr euch gestritten?«

»Nein, wir haben uns nicht gestritten. Ich habe mich nur geweigert, einen Tisch von ihr anzunehmen. Das ist alles. Das ist schließlich mein Recht oder etwa nicht?«

»Aber warum mußt du auch ständig auf ihr rumhacken? Was hast du dagegen, daß sie dir einen Tisch kauft? Nathan, was machst du für einen Scheiß?«

»Ist das vielleicht ein Grund, sich die Pulsadern aufzuschneiden? Nur weil ich diesen verdammten Tisch nicht haben will? Was soll das heißen?«

Ich besuchte sie am Vormittag noch einmal – ich sagte zu Marie-Jo, ich müsse zum Zahnarzt, wobei ich die Zunge gegen die Wange schob.

Marc saß an ihrem Bett, begleitet von zwei Mädchen, die einer Krypta entstiegen zu sein schienen und zerrissene Klamotten trugen. Ich kannte sie vom Sehen – eine von ihnen war ein paar Tage zuvor auf einer feuchtfröhlichen Party in Ohnmacht gefallen, und der Notarzt war erfreut, die Ursache des Problems gleich erkannt zu haben, als er fünf halb aufgelöste Ecstasytabletten unter der Zunge der Unglücklichen fand. Bei meiner Ankunft sahen sie mich mit vorwurfsvollen Augen an. Ich setzte sie alle vor die Tür.

Da ich die ganze Nacht nicht geschlafen hatte, ließ ich

mich auf einen Stuhl fallen. Paula verzog den Mundwinkel zu einem leichten schmerzlichen Lächeln. Sie streckte mir die Hand entgegen, die ich etwas zögernd drückte.

»Na?« flüsterte sie mit schwacher Stimme. »Wie findest du ihn?«

»Hatten sie keinen zum Ausziehen?«

»Oh, das weiß ich nicht. Aber wir können ihn umtauschen, wenn du willst.«

»Nein, ist schon gut. Er macht einen stabilen Eindruck.«

»Es freut mich, daß er dir paßt. Ich hatte Angst, er würde dir nicht gefallen.«

»Ich finde ihn sehr gut. Das ist eine gute Wahl.«

»Er stammt aus der Zeit gegen Ende des neunzehnten Jahrhunderts.«

»Ich werde ihn regelmäßig polieren. Mach dir keine Sorgen.«

Ich wollte ihr sagen, was ich von einer Frau hielt, die sich wegen eines blöden Tisches die Pulsadern aufschnitt, aber ich brachte es nicht fertig. Sie tat mir zu leid, als ich sie in ihrem Krankenbett liegen sah, an einen Tropf angeschlossen und mit diesen gräßlichen Verbänden an den Handgelenken, ihre Hand in meiner, ihr schüchternes Lächeln, ihre Blässe, die diesmal natürlich war, ihr kleines Fleckchen Himmel über einer fensterlosen Backsteinwand, ihre Flasche Mineralwasser und ihre Angst vor meiner Reaktion.

Sie dachte wohl, daß ich wütend war und sie womöglich zum Teufel schicken würde, denn die meisten Männer nehmen Reißaus, wenn eine Frau so weit geht wie sie, wohl wissend, daß sich nach so einem Zirkus die Dinge nicht wieder einrenken, sondern im Gegenteil viel komplizierter, verdammt viel komplizierter werden. Und sie haben recht. Nichts zwingt uns, einen steinigen Weg zu wählen, wo das Leben doch so kurz ist. Warum sollte es nicht ein einfaches Leben voller ruhiger Glücksmomente geben, ein Leben in gutem Einvernehmen, ohne größere Konflikte, ohne ständigen Kampf, ohne Dramen?

Die Vernunft riet mir, mich von Paula zu trennen und anderen die Aufgabe zu überlassen, herauszufinden, was mit ihr nicht in Ordnung war. Ich wollte keine Scherereien haben und mich vor allem nicht um sie kümmern müssen, dazu hatte ich keine Zeit.

Andererseits... Andererseits, wie kann man mit einer Sache Schluß machen, die noch gar nicht begonnen hat? Was konnte mir schon passieren? Inwiefern war ich betroffen?

Nach meinem Besuch fuhr ich unverzüglich zu dem Antiquitätenhändler, um diesen Tisch von meinem eigenen Geld zu bezahlen. Der Mann war einverstanden. Leider scheiterte die Sache jedoch, und ich steckte mein Scheckheft wieder ein, denn meine bescheidenen Mittel reichten nicht aus.

Aber was soll's. Paula wurde am nächsten Morgen entlassen. Nach längerer Überlegung beschloß ich, sie nicht abzuholen. Ich beschäftigte mich ernsthaft mit dem Mord an Jennifer Brennen. Ich zog Karteien zu Rate, besorgte mir hier und dort Informationen, stellte Vergleiche an, rief Interpol an, bat Édouard – er behandelte seine Akne jetzt mit einer glänzenden gelben Salbe, die einen verblüffenden Effekt erzielte –, mir die Porträts aller Typen aus der Unterwelt zu geben, die sich in der Stadt herumtrieben, ich studierte ihre Methoden, unterhielt mich mit Kollegen, die kurz vor der Pensionierung standen und so gut wie alles erlebt hatten, ich sah mir lange ein Foto von Paul Brennen an, auf dem er starr ins Objektiv blickte, ging in ein Schuhgeschäft und ließ mir ein Paar Doc Martens mit metallverstärkter Spitze zeigen, dann kehrte ich ins Labor zurück und sah noch einmal das ganze Material durch, das wir über Jennifer besaßen – ihr Leben als politische Aktivistin und ihr Leben als Nutte –, ich ignorierte Marie-Jo, die mich beobachtete und sich mit dem Finger an die Stirn tippte, ich fluchte über meine Spitzel, rüttelte am Kaffeeautomaten, sah zu, wie es draußen dunkel wurde und das Laub sich goldrot färbte, während zugleich ein leichter Duft nach Waffeln durch die Fenster hereindrang, ich schrieb Namen auf ein leeres Blatt Papier, das sich nach und nach mit immer mehr Fragezeichen füllte.

Für fünftausend Euro konnte man jemanden finden, der bereit war, jemand anderen umzulegen. Das war die Schwierigkeit. Und für die Hälfte dieser Summe fand man schon eine ganze Reihe, wenn man sich mit Verrückten, Drogenabhängigen oder gescheiterten Existenzen zufriedengab, deren Anzahl merklich zugenommen hatte, im gleichen Rhythmus wie die Börsenkräche, die illegalen Standortverlagerungen ins Ausland, die sozialen oder ethnischen Konflikte, die Stadtguerillas, die Probleme, die mit der Armut verbunden waren, und all die anderen bestürzenden Dinge, die man jeden Tag erlebte. Sie wollen jemanden umbringen lassen? Kein Problem, die Typen rennen Ihnen die Bude ein und drücken die Preise, um den Auftrag zu bekommen. Deshalb kam ich auf keinen grünen Zweig. Die Anzahl der

Leute, die mich zu Paul Brennen führen könnten, war unüberschaubar.

Aber ich verstand es, mich mit Geduld zu wappnen, wenn es nötig war. Ich ließ nie locker. Ich verlor nie die Zuversicht im Verlauf einer Ermittlung. Vor einigen Jahren hatte mir Francis Fenwick noch freundschaftlich die Hand auf die Schulter gelegt und mich als Vorbild hingestellt. Damals war Chris noch stolz auf mich gewesen. Sie lief mit vorgestrecktem Bauch durch die Gegend, watschelte wie eine Ente, und zu der Zeit hätte sie nie behauptet, ich sei nur ein winzigkleiner Bulle. Ganz im Gegenteil. Sie sah voll Bewunderung zu mir auf.

Bewunderung. Annie Oublanski war ebenfalls von Bewunderung für mich erfüllt, als ich vierzehn war und beim Hundertmeterlauf mit 10,42 Sekunden abschnitt. Sie bewunderte mich so sehr, daß sie sich mir in der Turnhalle des Gymnasiums auf den eiskalten Fliesen des Duschraums hingab – meine erste Penetration mit anschließender Ejakulation – und damit eine neue Ära einleitete, in der ich sehr bald auf den Wettlauf verzichtete. Annie Oublanski. Wir hatten uns aus den Augen verloren. Doch wie durch ein Wunder wurde sie zur gleichen Zeit Polizeioffizier wie ich. Wir legten am gleichen Tag den Eid ab. Annie Oublanski. Wer hätte das gedacht!

Ich stattete ihr einen Besuch ab. Bei meinen Untersuchungen an jenem Nachmittag hatte ich herausgefunden, daß sich Paul Brennen seine Leibwächter über eine Agentur vermitteln ließ, die auf Personenschutz spezialisiert war. Eine Agentur, die Annie drei Jahre zuvor gegründet hatte, nachdem sie sich bei einer Razzia in Extremistenkreisen Milzbrand zugezogen hatte – was sie dazu bewog, ihre Kündigung einzureichen, um weiteren Dramen vorzubeugen, wie sie sagte, denn einen Monat zuvor hatte sie eine Kugel in den Schenkel und eine andere in den Hintern bekommen.

»Nathan, alter Halunke.«
»Annie. Laß dich umarmen!«

Annie war eine etwas männlich wirkende Frau mit gebleichtem blonden Haar und scharfer Zunge. Sie trug ein Kostüm, das an den Schultern und der Taille in den Nähten ächzte. Ich ging auf sie zu, damit sie mich in ihre weit geöffneten Arme schließen und meine beiden Wangen mit Lippenstift vollschmieren konnte.

»Na, alter Halunke?«
»Schön, dich zu sehen, Annie.«

Wir hatten uns seit mehreren Monaten nicht mehr gesehen. Sie erzählte mir, daß ihr Mann Pat ein Magengeschwür hatte, seit ihr ältester Sohn mit einer Anhängerin der Zeugen Jehovas zusammenlebte, sie erzählte mir von dem Orkan, der das Dach ihres Hauses auf dem Land und ihre beiden Hunde mit sich fortgerissen hatte, von einem jungen Liebhaber, der sie verlassen und zutiefst verletzt hatte, dem sie aber trotz allem unglaubliche, unvergeßliche Orgasmen verdankte. Ich informierte sie meinerseits über meinen endgültigen Bruch mit Chris, den ich wie eine zweite Trennung empfand, eine Sache, auf die ich gern verzichtet hätte, vor allem da sie mit einem Halbverrückten zusammen war, den ich nicht aus den Augen lassen durfte, als hätte ich nichts Besseres zu tun. Ich sagte ihr, daß Marie-Jo in bester Verfassung war, sie grüßen ließ und mich beauftragt hatte, ein Essen mit Pat zu organisieren, um endlich mal wieder einen Abend unter Freunden zu verbringen und diesem beknackten Leben, das uns voneinander entfernte, eins auszuwischen.

»Und außerdem bin ich hergekommen, um dich um etwas zu bitten, Annie.«

»Dann schieß mal los, alter Halunke.«

»Ich möchte, daß du mir die Wahrheit sagst. Es geht um Paul Brennen. Um die Typen, die du an ihn vermittelst.«

»Und was möchtest du wissen, Kumpel?«

»Ich möchte wissen, ob diese Typen – wir wissen ja beide, Annie, daß du nicht dafür verantwortlich bist, auf was für Gedanken die kommen können – ich möchte nur wissen, ob diese Typen deiner Meinung nach imstande sind, für Geld einen Mord zu begehen.«

»Für viel Geld?«

»Eine ganze Stange.«

»Dann ist die Antwort ja, was soll ich dir sonst sagen. Ich frage sie nicht mehr, ob sie vorbestraft sind, das kannst du dir ja denken. Wer will diesen Job heute noch tun, hm? Das ist wie bei den Piloten oder den Geldtransportfahrern.«

»Und den Postangestellten.«

»Die Welt ist wirklich zum Kotzen, das muß man schon sagen.«

»Kann ich ihre Namen haben?«

Als ich heimkam, schlief Paula tief und fest.

»Wer ist denn dieses Mädchen?« fragte Chris.

»Ach, nichts.«

»Und was ist das für ein Tisch?«

»Ach, nichts.«

Sie hatte eine verkniffene Miene. Sie war gekommen, um unsere Küchenmaschine, eine Kenwood aus Chromstahl, zu holen, weil sie überzeugt war, daß ich sie nicht jeden Tag benutzte. Sie fügte hinzu, daß sie die Absicht habe, ein paar ausgefallene Dinge für Wolf zu kochen, der ein ausgesprochener Feinschmecker sei – wir hatten unser Eheabenteuer mit Tiefkühlgerichten und Pizzas von Pizza Hut beendet –, und nutzte die Gelegenheit, sich ein wenig umzusehen, doch was sie sah, schien sie aus der Fassung zu bringen.

Was sie sah, entsprach nicht der Wirklichkeit: Paula war nicht bei mir eingezogen. Auch wenn der Schein gegen mich sprach.

»Aber Nathan, du brauchst dich nicht zu rechtfertigen.«

»Ich weiß, ich will dir die Sache nur erklären.«

Sie ging jetzt um den Tisch herum und strich mit den Fingerspitzen leicht über die Tischplatte.

»Sag mal, ihr habt wohl im Lotto gewonnen. Das ist ein kostbares altes Stück. Ich wußte gar nicht, daß du dich für solche Dinge interessierst. Das ist neu.«

»Das ist wie mit dem Kochen bei dir. Wenn du es so nimmst.«

Da waren auch noch ein paar von Paulas Kleidungsstücken, die auf Bügeln an einem rollbaren Kleiderständer hingen. Chris begutachtete sie im Vorübergehen und verzog den Mundwinkel ein wenig verächtlich.

»Was ist das für ein Mädchen? Eine Kreatur aus einem Modekatalog?«

»Was schätzt du?«

Ich bugsierte sie in die Küche und schloß die Tür. Ich

hockte mich nieder und holte die Küchenmaschine und diverses Zubehör aus einem Schrank, während sie die Hände in die Hüften stützte, sich umsah und dabei so tat, als besichtige sie die Wohnung zum ersten Mal.

»Hast du dir eine Putzfrau genommen oder macht sie das?«

»Was geht dich das an, hm? Ob sie das macht oder nicht? Habe ich dich vielleicht gefragt, ob Wolf bei dir staubsaugt?«

Sie trug einen ziemlich kurzen Rock. Sehen Sie sich diese Frau nur mal an. Es war stärker als ich. Sie machte mich einfach verrückt. Sehen Sie sich diese Schenkel an. Es waren nicht die einzigen Schenkel auf dieser Welt, zugegeben. Aber es waren die einzigen, die mich scharf machten, in mir eine nicht zu unterdrückende Begierde weckten. Ich hatte Lust, ihre Schenkel abzulecken, sie gegen meine Wange zu pressen.

In den letzten Monaten hatten wir vermutlich nicht mehr gevögelt, aber damals war die Situation auch anders. Irgend etwas beschützte mich. Doch jetzt, seit sie mich verlassen hatte, litt ich fast unter Hitzewallungen. Ich mußte mich wohl ärztlich behandeln lassen.

»Möchtest du auch die Napfkuchenform?«

»Kennst du sie schon seit langem?«

»Hör zu, verdammt noch mal. Versteh die Sache nicht falsch.«

»Wie dem auch sei, mir ist das völlig einerlei.«

Kann mir jemand erklären, warum es ihr scheißegal war, daß ich mit Marie-Jo schlief, während Paula sie anscheinend nervte? Denn sie war ganz offensichtlich genervt, gereizt, auf jeden Fall war ihre Gleichgültigkeit nur gespielt. Genauer gesagt, eine unsichtbare Hormonwolke umgab sie. Sie lehnte mit dem Hintern an der Spüle, den Schamberg vorgestreckt, den Busen herausgedrückt, das Haar nach hinten geworfen, und auf ihren Lippen lag ein leichtes Lächeln. Man begriff sehr schnell, daß sich zwei Frauen in dieser Wohnung befanden – auch wenn eine der beiden schlief, halb verblutet war und von meinem Standpunkt aus kaum sexuelle Reize besaß.

Ohne nachzudenken, schob ich die Hand unter ihren Rock und legte sie auf ihre Möse. In aller Seelenruhe.

»Aber Nathan«, sagte sie in belustigtem Ton. »Was soll das?«

»Warum nicht?«

»Darum!«

»Bist du sicher?«

»Völlig sicher.«

Ich zog die Hand zurück.

»Entschuldige. Ich hatte mir nichts Böses dabei gedacht.«

»Hör zu. So einfach ist das nicht, das weißt du genau, Nathan. Das weißt du ganz genau.«

Von der Küche gelangte man auf einen Balkon von zwei Quadratmetern, auf den wir irgendwann einen Plastiktisch und zwei Stühle gestellt hatten. Dort setzten wir uns hin, um zur Erfrischung einen Multivitaminsaft zu trinken, den ich aus dem Kühlschrank geholt hatte. Die Stille der lauen Nacht wurde nur von einem Hubschrauber gestört, der seine Kreise zog und das Viertel mit Infrarotkameras absuchte.

»Versuch dich mal an meine Stelle zu versetzen«, erklärte ich. »Ich mach dir keine Vorwürfe, aber versuch dich mal an meine Stelle zu versetzen.«

»Ich glaube, du hast noch nicht die Richtige gefunden. Aber das wird schon kommen.«

»Da bin ich mir nicht so sicher. Leider. Da habe ich gewisse Zweifel, Chris. Ich begegne jeden Tag einer ganzen Menge Frauen, allen möglichen Frauen, aber keine übt eine solche Wirkung auf mich aus. Du bist die einzige. Wie soll man schon daraus schlau werden?«

»Hör zu, ich kann mir durchaus vorstellen, daß es nicht sehr witzig ist, aber was läßt sich dagegen tun?«

»Es läßt sich nichts dagegen tun. Das ist mir völlig klar.«

»Vielleicht sollte ich mich anders anziehen. Vielleicht sollte ich Hosen tragen, wenn wir uns sehen.«

»Das ändert auch nichts. Das ist nett von dir, ich danke dir, aber das bringt nichts. Das ist unnötig. Nein, weißt du, ich habe praktisch alle Hoffnung aufgegeben. Selbst wenn du dir einen Kartoffelsack überstreifen würdest, käme das aufs gleiche hinaus. Weißt du, als ich eben deine Schenkel betrachtet habe, habe ich gespürt, wie mein Verstand plötzlich zum Stillstand kam. Verstehst du?«

»Entschuldige. Das ist mein Fehler. Ich habe Scheiß gemacht.«

»Nein, das ist nicht dein Fehler. Das ist nun einmal so. Keine andere Frau reizt mich. Auf jeden Fall nicht so wie du. Ja, ich weiß. Natürlich. Ich weiß, was du mir entgegenhalten wirst. Natürlich. Daß es auch noch andere Dinge im Leben gibt. Aber das ist ein Irrtum.«

»Ich weiß, daß wir uns gut verstanden haben. Ich habe nie das Gegenteil behauptet.«

»*Gut verstanden?* Ich habe es damals nicht mal für nötig gehalten, mich zurückzuziehen. Hast du das vergessen? Wir haben uns nicht mal die Zeit genommen, Atem zu holen, und sofort wieder angefangen.«

»Ich habe absolut nichts vergessen.«

»Und wir haben zweimal am Tag die Laken gewechselt.«

»Das weiß ich noch genau.«

»Dann sag nicht, wir hätten uns gut verstanden. Da mußt du dir was anderes einfallen lassen. Wir sind hier nur zu zweit auf dem Balkon, nur du und ich.«

»Nathan. Hör zu. Wir sind hier nicht nur zu zweit auf dem Balkon.«

»Wie bitte?«

»Du hast richtig gehört.«

MARIE-JO

Sie heißt Paula Cortes-Acari. Paula Consuelo Cortes-Acari. Sie ist achtundzwanzig. Sie ist Fotomodell. Man kann ihren hübschen Hintern auf allen Schickimicki-Veranstaltungen bewundern.

Vor sechs Monaten wohnte sie noch bei ihrer Schwester Lisa-Laure Cortes-Acari. Bis diese sie rauswarf. Weil die besagte Paula allen auf den Wecker fiel. Und jetzt fällt sie mir auf den Wecker.

Ich weiß sozusagen alles über diese Schlampe. Dafür habe ich kaum fünf Minuten gebraucht.

Ich wollte wissen, warum sie uns folgte. Daher bin ich ihr gefolgt. Eines Morgens.

Nathan und ich parkten vor dem Polizeipräsidium und frühstückten, wobei wir Radio hörten – nicht den Polizeifunk, sondern einen ziemlich verrückten neuen Sender, der Ratschläge von ausgesprochen schlechtem Geschmack erteilt, zum Beispiel *Wie man einen Atomschutzbunker in sechs Tagen baut* oder *Wie man seiner Gasmaske eine persönliche Note verleiht.*

Als ich den Kopf hob, sah ich dieses Mädchen. Zum dritten Mal. Da entschloß ich mich. Ich blickte Nathan mit verzogenem Gesicht an, legte die Hand auf den Bauch und täuschte ihm eine schmerzhafte Regel vor. Ich sagte ihm, ich nähme mir den Vormittag frei.

Ich stieg aus dem Auto, blieb in gebückter Haltung stehen und gab Nathan ein Zeichen, daß alles in Ordnung sei und er losfahren könne, wobei ich darauf achtete, daß mich das Mädchen nicht sah.

Wissen Sie, was diese Mädels den ganzen Tag machen? Sie trödeln herum. Sie bummeln durch die Stadt und gehen zum Shopping in irgendwelche Boutiquen, und manchmal probieren sie Schuhe oder Klamotten an oder auch Sonnenbrillen mit dunklen Gläsern. Kurz gesagt, sie trödeln herum. Sie langweilen sich zu Tode. Sie warten darauf, daß es Abend wird. Ich habe sie fotografiert, während sie das Schaufenster eines Antiquitätenladens betrachtete, und anschließend mal hier, mal dort. Ich bin Die unsichtbare Frau.

Gegen Mittag nahm sie den Bus, da kein Taxi in der Nähe war. Die Arme. Eine Außerirdische. Und schon fuhren wir quer durch die Stadt, entfernten uns vom Zentrum, überquerten den Fluß, der die Farbe eines schaumigen Milchkaffees hatte, wobei wir Rücken an Rücken in einem Fahrzeug saßen, das bis auf den letzten Zentimeter mit Graffitis und obszönen Sprüchen dekoriert war, im freundlichen Junilicht sanft auf und ab schaukelte und uns einem unbekannten Ziel entgegenbrachte. Zumindest, was mich anging. Wir fuhren nach Westen, in Richtung der Außenviertel.

Als wir die Brücke über die Ringautobahn erreichten, wo sich eine Schnellstraße über unseren Köpfen zu einem stadteinwärts führenden Tunnel hinabsenkt – ein kompliziertes, luftiges Gebilde aus Stahlbeton –, stand das Mädchen auf, und ich sagte mir, na, so was, was für ein seltsamer Zufall.

Und als ich ihr zwei Minuten später auf dem gegenüberliegenden Bürgersteig folgte, sagte ich mir, was hat denn das zu bedeuten?

Marcs Wagen parkte in der Allee. Einen Augenblick blieb ich mitten auf der Straße stehen und kratzte mich am Kopf. Was war denn das für eine Geschichte?

Ich machte kehrt und ging langsam zurück. Leicht benommen. Ich setzte mich in ein Café, um ein Sandwich zu essen, während meine Fotos entwickelt wurden, aber dieses Mädchen hatte mir fast den Appetit verdorben. Ich war so sehr mit meinen Gedanken beschäftigt, daß mir jeder Bissen in der Kehle steckenzubleiben drohte. Ich verfügte über eine Menge Einzelheiten, die nicht zueinander paßten und mir aus den Fingern glitten, sobald ich sie zu fassen versuchte, Einzelheiten, die sich nicht in Einklang bringen lassen wollten, sondern ein wildes Durcheinander bildeten.

Schließlich rief ich Nathan an, um mich nicht unnötig aufzuregen, denn ich wäre fast zurückgegangen, um mir dieses Mädchen vorzuknöpfen und aus ihr herauszubekommen, was sie dort machte.

Wir trafen uns am Auto. Er wollte, daß ich mich ans Steuer setzte, aber ich sagte nein. An der ersten roten Ampel hielt ich ihm das Foto des Mädchens vor die Nase und fragte: »Kennst du die?«

Er sollte bloß aufpassen. Falls er auf den Gedanken kam, mich zu belügen, würde ich es sofort merken. Ich bin eine

Frau. Die leiseste Verwirrung, das geringste Zögern, ein Mucks und schon hatte ich ihn, dann saß er in der Falle, der Hund.

Aber er zog sich glänzend aus der Schlinge. Er erklärte sofort: »Natürlich kenn ich die.«

Er zog sich sogar so gut aus der Schlinge, daß es mir den Atem verschlug, denn er fuhr sogleich fort: »Das ist Paula, eine Freundin von Marc. Natürlich kenne ich sie.«

Ich wandte den Kopf zur Seite. Ich ärgerte mich über mich selbst. Ich ärgerte mich zutiefst über mich selbst. Warum war ich bloß immer so mißtrauisch, immer bereit, mich zu streiten, immer überzeugt, daß man mich reinlegen will? Das war auf die Dauer ganz schön anstrengend.

»Worum geht's? Was machst du mit ihrem Foto?«

Ich wandte mich ihm wieder zu und sagte seufzend: »Dieses Mädchen verfolgt uns seit mehreren Tagen.«

»Sie verfolgt uns? Und warum sollte sie uns verfolgen? Was erzählst du da? Sie verfolgt uns, sagst du?«

»Auf jeden Fall beobachtet sie uns.«

»Nun mal langsam. Schön langsam. Das ist was anderes. Das ist was *völlig* anderes.«

»Eine Freundin von Marc? Und seit wann ist sie eine Freundin von Marc?«

»Willst du dich über mich lustig machen? Wie soll ich das wissen? Die geben sich die Klinke in die Hand, von morgens bis abends. Das weißt du doch genau. Du weißt doch genau, was für ein Leben er führt. Und wo soll das hinführen? Das sag mir mal. So ein ausschweifendes Leben. Und glaubst du vielleicht, er würde auf mich hören?«

»Und wie kommt es, daß du sie kennst?«

»Wie das kommt? Was glaubst du wohl, wie das kommt, hm? Denk doch mal ein bißchen nach. Ich begegne ihr im Treppenhaus, so einfach ist das. Und da sie bei meinem Bruder ein- und ausgeht und ich ein zivilisierter Mensch bin, sage ich guten Morgen und guten Abend zu ihr und frage sogar, wie's ihr geht. Daher kenne ich sie. Also fang bloß nicht so an!«

»Wohnt sie bei ihm?«

»Auf jeden Fall nicht bei mir, das steht fest.«

Er war ziemlich sauer. Ich hatte ihn gelöchert, zugegeben. Das wurde mir klar. Und eines Tages würde er die Nase voll haben, und dann konnte ich mir ausrechnen, wem ich das zu verdanken hatte. Aber die Männer, ganz allgemein, haben mich dermaßen enttäuscht! Wie soll ich ihnen da noch Vertrauen schenken? Derjenige, der mich gezeugt hat, und der, der mich geheiratet hat, waren Drecksäcke. Warum sollten die anderen besser sein? Versetzen Sie sich mal an meine Stelle. Wenn die beiden Männer, die am meisten in meinem Leben gezählt hatten, mich mit Füßen getreten hatten. Hatte ich da nicht ein Anrecht auf mildernde Umstände?

Paula Consuelo Cortes-Acari. Ich nahm mir vor, diskret zu sein. Ich hatte Édouard, der mir die Hinweise über dieses Mädchen gegeben hatte, freundlich gewarnt, daß jemand es bereuen würde, falls Nathan auch nur ein Wort von unserem Gespräch erfahren sollte. Ich glaube, er hat verstanden, was ich damit meinte. Seit dem Tag, an dem ich ihn in den Toiletten im Kellergeschoß – die Damentoiletten in unserem Stockwerk waren noch infolge eines Bombenalarms gesperrt – mit einer *Hustler*-Nummer in der Hand überrascht hatte, konnte ich mit ihm machen, was ich wollte.

Wenn ich nicht im Dienst bin, steht es mir frei, zu tun und zu lassen, was ich will. Zu besuchen, wen ich will. Dazu brauche ich keine Sondergenehmigung.

Und folglich habe ich dafür gesorgt, daß ich mit Marc ins Gespräch kam.

»Störe ich dich?«

»Ja, du störst mich ein bißchen.«

»Nicht allzu sehr, hoffe ich?«

Er mochte mich nicht. Er hatte mich noch nie gemocht. Aber das konnte ich verstehen. Ich war ihm deshalb nicht böse. Auch ich mag keine dicken Frauen.

Ich wußte, daß mein überraschender Besuch an seiner Arbeitsstätte im Haute-Couture-Atelier, wo das Auftauchen einer Frau meines Kalibers jeden mit Bestürzung erfüllte, ihm zu verstehen geben würde, daß mit mir nicht zu spaßen war.

Als Chris noch da war, haben wir uns noch einigermaßen verstanden. Nathan war sowieso für ihn verloren. Nathan war verheiratet, und Chris war nicht die Frau, die in Gesellschaft einer Bande hirnverbrannter *fashion victims* die Nachtclubs bis zum frühen Morgen abgraste. Als ich dann auftauchte und Nathan uns gegenseitig vorstellte, fand er das noch ziemlich witzig. Ich hatte zwar einen dicken Hintern, war aber nicht so zum Kotzen, wie er geglaubt hatte. Mehrere Monate lang ließ er mich gelten.

Aber eines Abends, als wir im Begriff waren, gemeinsam auf eine höchst exklusive Veranstaltung zu gehen, von der er schon seit Tagen sprach, begutachtete er mich plötzlich von Kopf bis Fuß – ich wog zu dieser Zeit dreiundneunzig Kilo, war gerade in einer euphorischen Phase und trug eine gelbe, buntgeblümte Strumpfhose, ich weiß auch nicht, was mich dazu veranlaßt hatte, so ein Ding zu tragen, ich muß wohl verrückt gewesen sein. Kurz und gut, ich fragte ihn, was los sei, ob ich einen Pickel oder sonst was Abstoßendes habe, aber statt mir zu antworten, senkte er den Kopf und biß sich auf die Lippe. Eine bleierne Stille breitete sich im Raum aus. Nathan, der in einer Frauenzeitschrift blätterte, blickte auf und sah uns stirnrunzelnd an. Da glitt Marc von seinem Barhocker herab und sagte: »Nein. Das geht nicht, verdammte Scheiße.« Ich fragte: »Was geht denn nicht, verdammte Scheiße?« Aber er hatte schon seine Jacke angezogen und schlug die Tür hinter sich zu, während Nathan und ich uns sprachlos anstarrten.

Von diesem Tag an wurde unsere Beziehung merklich kühler. Okay, ich hätte mir natürlich selbst sagen können, daß ich nicht der Typ von Frau war, die man überallhin mitnehmen konnte. Aber das erforderte eine verdammte Charakterstärke. Das setzte voraus, daß ich keinerlei Hoffnung auf eine bessere Welt hatte, auf eine Welt, die auf ästhetische Erwägungen verzichtete, keinerlei Hoffnung auf eine Welt, an die wir, die Dicken und die Häßlichen, glaubten – auch wenn man es uns als Schwäche, als schmerzhafte Schwäche auslegen mochte –, solange man uns die Wirklichkeit noch nicht um die Ohren gehauen hatte, denn so eine Welt gibt es nicht und wird es nie geben, es findet sich immer irgendein Macker, der uns sagt, daß er damit einverstanden ist, sich den Schwanz von uns ablutschen zu lassen, aber nicht damit, uns einen auszugeben, kapiert?

»Hast du ein bißchen Zeit oder ist es dir lieber, wenn ich warte? Ich kann mich hier einen Augenblick hinsetzen.«

»Nein, ist schon gut. Womit kann ich dir behilflich sein?«

»Marc, eins möchte ich dir vorweg sagen: Stell dich bitte nicht dumm, okay? Glaubst du, daß das möglich ist?«

»Ich weiß nicht. Das werden wir ja sehen.«

»Ich wollte nur wissen, ob du versuchst, mich auf die linke Tour auszutricksen. Weißt du, an was für eine Art von Trick ich denke?«

»Nein, keine Ahnung. An was für eine?«

»Ehrlich gesagt weiß ich das auch nicht so genau. Das ist eher eine Art Vorahnung. Ziemlich vage. So eine Art ausgemergelte Bohnenstange. So wie Paula. Ich versteh das nicht so recht.«

Ich verstand jedoch, daß die beiden Brüder zusammenhielten. Dieselbe Version, eine völlig eindeutige Situation, kein gemeiner Trick in Sicht: Paula war eine Freundin von Marc, und er beherbergte sie.

Entweder sagte er die Wahrheit, oder Nathan und er führten mich an der Nase herum. Und was würde das bedeuten? Daß Nathan sie vögelte und mich für blöd verkaufte. Wie sollte ich mich dazu stellen?

Als ich mit Derek darüber sprach, sagte er zu mir: »Warum denkst du eigentlich immer gleich an Bettgeschichten? Das ist ja richtig zwanghaft. Glaubst du etwa, die Leute dächten nur daran zu vögeln, sobald du ihnen den Rücken kehrst? Das ist eine Zwangsvorstellung, meine Liebe. Ist dir das klar?«

»Glaubst du vielleicht, sie dächten an was anderes? Was

erzählst du da bloß, du Knallkopf! Warum kannst du ausnahmsweise nicht mal was Vernünftiges von dir geben?«

Ob Zwangsvorstellung oder nicht, ich hatte neben meinen persönlichen Angelegenheiten auch noch ein paar andere Dinge zu regeln. Während Nathan, natürlich ohne Erfolg, die ganze Stadt auf den Kopf stellte, um irgendeinen Hinweis zu bekommen, daß Paul Brennen in die Sache verwickelt war – und dabei unter allen unseren Spitzeln ein ziemliches Durcheinander und Auflehnung auslöste –, hatte ich beschlossen, mich für Francks Arbeit etwas näher zu interessieren. Nicht für seine Bemühungen, eine Schar von Studenten in Turnschuhen und Baggy Jeans, die die Literatur in einer Wundertüte zu finden hofften, in Schriftsteller zu verwandeln, sondern für sein Talent als Ermittler.

Da er sich strikt weigerte, darüber zu sprechen – sobald ich das Thema anschnitt, wurde er käseweiß, verlegen und ließ mich abblitzen –, hatte ich beschlossen, auf ihn zu verzichten. Ich versuchte sein Vorgehen nachzuvollziehen.

Ich habe es nicht gern, wenn man mir etwas verheimlicht. Ich bin schon immer so gewesen. Selbstverständlich hat niemand es gern, wenn hinter seinem Rücken etwas angestellt wird. Aber wer geht schon so weit, seine Nase in diese Dinge zu stecken? Wer bemüht sich schon, der Wahrheit auf die Spur zu kommen, ohne sich um die Folgen Sorgen zu machen? Ich kenne viele, die lieber die Finger davon lassen. Ich habe Frauen gekannt, die eher die Beweise der Untreue – es ist zwanghaft bei mir, nicht wahr? – ihres Typen zerstört hätten, als ihnen ins Gesicht zu sehen, und zwar nicht wenige. Und dennoch haben alle Männer ihr kleines Geheimnis. Was glauben Sie, wie ich entdeckt habe, was Franck machte, ehe er zu mir ins Bett kam und mir einen Kuß auf die Stirn drückte? Glauben Sie, ich hätte Däumchen gedreht und an die Zimmerdecke gestarrt? Oder ich hätte Angst gehabt vor dem, was ich herausfinden würde? Das hat mich vielleicht ins Krankenhaus gebracht und völlig fertiggemacht, aber wenn ich wieder davorstände, würde ich es noch mal tun. Ich ertrage nicht, daß man mir etwas verheimlicht. So bin ich nun mal. Allein der Gedanke daran macht mich verrückt. Und über diese Geschichte mit Paula werde ich mir auch noch Klarheit verschaffen. Darauf können Sie sich verlassen.

Aber erst mal muß ich mich um Franck kümmern, sagte ich mir. Mal sehen, wie er die Sache angegangen ist. Paula kommt anschließend dran. Außerdem wohnten Nathan und Marc im selben Haus und konnten mich daher leicht hinters Licht führen. Paula konnte durchaus bei Marc wohnen und die meiste Zeit ein Stockwerk höher verbringen. Was sollte sie daran hindern? Was konnte ich tun, um die beiden zu erwischen? Das würde nicht so einfach sein.

Unterdessen durchsuchte ich gründlich Francks Schreibtisch. Eines Morgens stellte ich, kurz nachdem er aus dem Haus gegangen war, seinen Computer an und sah mir seine Notizen an. Dann fand ich seine Hefte, mehrere Haufen vollgekritzelter Papiere, lose Blätter und überflog alles, was von seiner Hand angemerkt war, und so bekam ich allmählich eine Vorstellung davon, welchen Fährten er gefolgt war. Der Vorteil bei einem Typen, der sich mit Literatur beschäftigt, liegt darin, daß er nichts wegwirft – was nebenbei gesagt ziemlich grotesk ist und unweigerlich zu Stapeln von

Kartons, Plastikkisten, Schuhkartons und anderen Archivelementen führt, die für die Ausstattung eines Wohnzimmers sehr nützlich sind.

Ich setzte mich vor den weit geöffneten Fenstern auf den Teppich in die Sonne und breitete das Ergebnis meiner Nachforschungen vor mir aus.

Ich seufzte entmutigt. Sowohl weil ich feststellen mußte, daß in diesem wilden Durcheinander einige Elemente, die ich mir bei der flüchtigen Durchsicht nicht näher betrachtet hatte, nichts mit seinen Ermittlungen über Jennifer Brennen zu tun hatten. Da waren zum Beispiel gewisse Verabredungen, gewisse Namen, gewisse Mitteilungen, die eher seine widerwärtigen sexuellen Verirrungen dokumentierten. Es gab eine ganze Menge davon. Aber ich seufzte auch, weil das notwendige Sortieren des Materials viel Arbeit erforderte und draußen trotz unserer hartnäckigen Anstrengungen, die Welt zu massakrieren, zu zerstören, zu verwüsten, sie unter unserem Dreck, unserer Dummheit, unserem Haß zu ersticken, trotz all unserer verfluchten Anstrengungen, sie zu verschmutzen und unter unseren Bomben zu begraben, draußen trotz allem ein Himmel von absoluter Schönheit strahlte, der mich nicht zum Arbeiten anstachelte.

Ich streckte mich auf dem Teppich aus, das Gesicht vom Licht überströmt, den Kopf auf den Ellbogen gestützt, als hätte ich eine Wespentaille und läge im Bikini am Strand. Ich hatte die Nase voll von der Stadt. Ich hatte die Nase voll davon, bei den Bullen zu sein. Ich hatte die Nase voll davon, Leute zu sehen, die sich schlugen, Leute, die sich gegenseitig umbrachten, einander Leid zufügten, einander haßten, sich gegenseitig reinlegten, aufeinander eifersüchtig waren, alles kaputtmachten, was sie anfaßten, alles an sich rissen und Verrat begingen, ich hatte genug davon. Ich fühlte mich so wohl auf diesem Teppich. Ich wünschte mir, sie würden einfach verschwinden.

Fast hätte ich die Augen geschlossen und mich bräunen lassen. Ich holte mir zwei Amphetamintabletten und einen Brownie, setzte mich wieder in die Sonne und leerte ein großes Glas Orangensaft. Ich sagte mir, daß ich unbedingt eine Möglichkeit finden mußte, ein ganzes Wochenende mit Nathan wegzufahren. Wenn ich mich entspannen wollte und ein wenig Honig zu schlecken suchte, sagte ich mir, daß ich unbedingt eine Möglichkeit finden mußte, ein ganzes Wochenende mit Nathan wegzufahren, und das beschäftigte meine Gedanken auf angenehme Weise. Es versteht sich von selbst, daß es uns nie gelungen war, zumindest nicht ein ganzes Wochenende. Aber man soll die Hoffnung nie aufgeben.

Und genau in diesem Augenblick rief er mich an: »Marie-Jo, bist du zu Hause? Was machst du denn bloß?«

»Ich war gerade damit beschäftigt, unser nächstes Wochenende zu planen.«

»Das ist doch wohl ein Scherz. Was wollen wir machen?«

»Warum kommst du nicht vorbei? Komm doch vorbei.«

Ich gebe zu, daß ich mich mit dieser Sprungfedermatratze hatte reinlegen lassen. Darauf zu vögeln war so, als würde man ein Schild ins Treppenhaus hängen, um alle darauf aufmerksam zu machen. Ein Heidenlärm. Franck und ich hatten einen ganzen Vormittag in einem Bettengeschäft am

Stadtrand verbracht, um verschiedene Modelle auszuprobieren, bis schließlich ein gutaussehender, sympathischer Verkäufer auftauchte, ein liebenswürdiger braunhaariger junger Mann, der sich unser annahm.

»Ich möchte Ihnen eine grundsätzliche Frage stellen«, erklärte er und blickte uns dabei fest in die Augen. »Es gibt nur eine Frage, die wirklich von Bedeutung ist: Wozu soll diese Matratze dienen? Bitte antworten Sie mir ehrlich, liebe Freunde. Wozu soll sie genau dienen?«

Zu dieser Zeit hatten Franck und ich schon keinen Geschlechtsverkehr mehr. Die bloße Erwähnung der Sache ekelte mich an, ob mit ihm oder mit jemand anderem. Daher gab ich dem Typen zur Antwort, wir brauchten sie ganz einfach zum Schlafen, während Franck woandershin blickte. »Ich hoffe, wir haben uns richtig verstanden«, sagte dieser scheußliche Dreckskerl mit einem ironischen Lächeln, das mir das Blut in die Wangen trieb. »Sie wollen also wirklich eine Matratze *zum Schlafen* haben, habe ich Sie da richtig verstanden?«

Ich nickte düster.

In diesem Fall waren ihm zufolge Sprungfedern die beste Lösung. Für ruhige, erholsame, wohltuende Nächte waren Sprungfedern der Rolls-Royce der traditionellen Matratzen, vorausgesetzt man sprang nicht mit beiden Füßen auf sie.

Seitdem war leider viel Wasser den Berg hinuntergeflossen.

Als der Idiot aus dem Stockwerk unter uns gegen die Decke hämmerte, hielt Nathan inne und spitzte die Ohren. Ich sagte ihm, er solle weitermachen und nicht darauf achten. Wenn ich ihn zwischen den Schenkeln hielt, ließ ich ihn nicht laufen – ich umklammerte ihn an diesem Morgen sogar so fest, daß er klagte, ich würde ihn ersticken. Er hätte mich eben nicht auf solche Gedanken bringen sollen.

Nachdem ich mit einem Handtuch die kleine Schweinerei aufgewischt hatte, schlüpfte ich in einen Morgenrock mit japanischen Motiven – ein Porträt der kleinen Chihiro von Miyazaki – und ging hinunter und trommelte an Ramons Tür, während Nathan noch sanft in den Laken stöhnte.

»Hör zu. Verdammte Scheiße. Ich war gerade dabei, etwas für die Uni zu pauken. Dir ist wohl nicht klar, was das heißt.«

»Ist das vielleicht ein Grund, Ramon?«

Er hatte sich eben wohl aufspielen wollen, aber jetzt war er ziemlich kleinlaut. Mit einem Blick vergewisserte ich mich, daß er allein war. Ich starrte einen Augenblick auf die Pornozeitschriften, die auf dem Boden lagen.

»Und was genau hast du gepaukt?«

»Wie bitte? Was ich gepaukt habe?«

»Du hast mir doch gerade gesagt, daß du dabei warst zu pauken. Daß ich dich daran gehindert habe zu pauken. Ist das nicht so? Ich bin gekommen, um zu hören, was du zu meckern hast.«

Ich lächelte ihm zu und schürte dadurch sein Mißtrauen.

»Dieses Hämmern an die Decke mit dem Besenstil, Ramon, was hatte das zu bedeuten? Daß ich nicht machen kann, was ich will? Daß du etwas dagegen hast?«

»Na ja, was soll ich sagen? Ich konnte nicht anders, was soll ich sagen?«

»Ramon, ich habe eine Sprungfedermatratze. Und ich finde das auch nicht sehr witzig, verstehst du das?«

»Ich schwöre dir. Das hat mich einfach verrückt gemacht. Okay?«

Ich muß dazu sagen, daß er mich mit glühendem Blick anstarrte, wofür ich ihn nicht zu tadeln wagte. Ich machte offensichtlich Eindruck auf ihn, kein Zweifel. Fand er denn auf dem Campus nicht das, was er suchte? Ein hübscher Junge wie er, auch wenn er etwas hinterhältig wirkte? Aber das kam vielleicht, wenn man sich das genau überlegte, von übermäßiger Schüchternheit und einem schwer zu bändigenden Sexualtrieb, was bei einem jungen Mann seines Alters durchaus verständlich war. Die strotzen doch vor Energie, stimmt's? Was mich an Ramon störte, war nur die Tatsache, daß er mit Franck irgendwelche Dinge machte, über die ich lieber nichts Näheres erfahren wollte – die aber gut bezahlt waren, wenn die Summen stimmten, die in der Rubrik »Diverses« in einem Heft aufgeführt waren, das ich in den Polstern seines Sessels entdeckt hatte –, aber trotz des erbärmlichen Hinterhalts, in den er mich neulich gelockt hatte, hatte dieser Junge in meinen Augen durchaus nicht nur negative Seiten. Um ehrlich zu sein, hing das im wesentlichen von meiner jeweiligen Laune ab.

»Das hat dich also richtig wild gemacht, Ramon? Ja?«

»Ja. Ich hab's einfach nicht mehr ausgehalten, verstehst du?«

Ich zog mir den Morgenrock enger um den Busen. Was machte ich bloß? War ich total verrückt geworden oder was? Nathan hatte es mir gerade kräftig besorgt, meine Haut war noch ganz rosig, und nun stand ich hier und versuchte meinen kleinen Nachbarn aus dem unteren Stockwerk zu bezirzen. Ich tickte wohl nicht mehr richtig. Waren das die Amphetamintabletten oder meine Eierstöcke? Ich befand mich doch wohl nicht auf dem absteigenden Ast? Mit zweiunddreißig? Kann man mit zweiunddreißig zu einer Sexbesessenen werden?

Ich ging schnell wieder nach oben. Ich beendete abrupt das Gespräch mit Ramon, der sich anfing zu fragen, worauf ich hinauswollte. Ich sagte ihm, die Sache sei erledigt, ich nähme es ihm nicht übel, verdrängte meine neu erwachten niederen Instinkte und machte mich blitzschnell aus dem Staub.

»Nimm mich in die Arme«, sagte ich zu Nathan.

»Ich soll dich in die Arme nehmen? Was ist denn nun los?«

»Tu, was ich dir sage.«

Ich war wahnsinnig nett zu ihm. Ich briet uns zwei Steaks.

Anschließend ging ich mit ihm auf den Rasen vor der Uni, und wir ließen uns schäkernd in Gras fallen.

»He, sag mal. Nennst du das arbeiten? Sag mal. Wir haben den ganzen Tag nichts getan, mein Herzchen.«

»Was soll das heißen, wir haben nichts getan?«

»Ich meine in unserer Funktion als Polizeioffiziere. Dem Steuerzahler gegenüber.«

»Aber Nathan, wir haben das Leben ausgekostet. So mußt du die Sache sehen. Wenn man nicht ab und zu der Welt den Rücken kehrt, wie soll man sie dann ertragen? Wie soll man von morgens bis abends diese Raserei ertragen? Kennst du ein anderes Mittel?«

Während ich das zu ihm sagte, strich ich ihm mit einem Grashalm übers Gesicht, leicht abgelenkt durch das Kommen und Gehen ringsumher. Sobald die Studenten die strenge Kontrolle am Eingang passiert hatten, wo überprüft wurde, ob sie keine Waffen oder andere Geräte bei sich hatten, mit denen sie die Gebäude in die Luft jagen konnten, verstreuten sich die Gruppen auf dem Campus wie in früheren Zeiten.

»Weißt du, was ich glaube? Ich glaube, Franck hat etwas herausgefunden.«

»Wir finden nichts, und er findet etwas. Das darf doch wohl nicht wahr sein. Das wär ja noch schöner.«

»Und zwar hier. Nicht anderswo. Er ist hier auf dem Campus auf die richtige Spur gekommen.«

Nathan kniff die Augen zusammen und sah mich halb belustigt, halb neugierig an. Er war schön wie ein junger Gott in seiner weichen, feinen Lederjacke und seinen hautengen Jeans – die alte Schule –, in die er den Saum seiner T-Shirts steckt, ohne die Hose aufzuknöpfen, was ich nicht kann, weil mir der Gürtel im allgemeinen ins Fleisch schneidet und ich daher gezwungen bin, zunächst mein T-Shirt zu straffen und erst anschließend die Hose hochzuziehen und sie mit angehaltenem Atem zuzuknöpfen, was bewirkt, daß mich Nathans Methode mit Ärger und einem Gefühl der Ungerechtigkeit erfüllt, das mich dazu veranlaßt hat, meine T-Shirts seit einiger Zeit nicht mehr in der Hose, sondern drüber zu tragen, und wie das Leben so spielt, trägt man es jetzt, wie ich sehe, eher drüber, das habe ich nicht selbst erfunden, Glück muß der Mensch haben.

Aber was soll's. Sie wissen ja, daß er gut aussieht, das sage ich Ihnen schon die ganze Zeit. Und ich kann es immer noch nicht richtig fassen, beobachte ihn die ganze Zeit aus den Augenwinkeln und kneife mich völlig ungläubig ins Fleisch, um den Bann zu brechen und wieder festen Boden unter die Füße zu kriegen. Aber was soll's. Ich möchte mich nicht zu lange darüber auslassen. Ich war also gerade dabei, anzukündigen oder, besser gesagt, zu behaupten, daß Franck Ermittlungen in Universitätskreisen angestellt hatte und nicht leer ausgegangen war.

Ich hatte das Bedürfnis, diese Meinung laut auszusprechen. Nicht etwa in der Hoffnung, Nathan zu bekehren, sondern nur weil ich selbst das Bedürfnis hatte zu sehen, wie sich das anhörte.

Und das klang gut. Ganz ehrlich, das hörte sich nach was an. Meine Stimme war fest und überzeugend gewesen, erstaunlich klar und ließ sich nicht so leicht in Zweifel ziehen. Ich sah darin ein Zeichen dafür, daß ich mich nicht irrte. Die Sache brauchte nur ausgesprochen zu werden, und sogleich nahm sie Form an und verfestigte sich. Nein, ich war nicht unzufrieden mit dieser Wirkung. Ich hatte gut daran getan, Nathan hierher mitzunehmen. Hier waren wir in der geeigneten Atmosphäre. Ich ließ meinen Blick umherwandern, sah Studenten über den Campus laufen und dachte daran, daß einige von ihnen Franck auf eine Spur gebracht hatten, die vermutlich ernst zu nehmen war. Das spürte ich. Es waren ein paar Heimlichtuer unter ihnen, das war völlig klar. Das machte mich ganz aufgeregt.

»Wir dürfen eines nicht vergessen. Hm, wir dürfen nicht

aus den Augen verlieren, daß sie sich oft hier aufgehalten hat. Die Meetings. Die politischen Veranstaltungen. Die Demos. Sie war fast immer dabei. Das sollten wir nicht vergessen.«

»Und weiter? Was meinst du genau? Franck interessiert sich ein bißchen zu sehr für Jennifer Brennen, und das hat zur Folge, daß er im Krankenhaus landet. Das meinst du doch damit, oder? Franck war im Begriff, die Mörder zu entlarven, wenn ich dich richtig verstehe. Er hat sich also nicht nur um seine eigenen Angelegenheiten gekümmert, die im übrigen nicht ganz ungefährlich sind, wie du weißt. Sie sind immerhin etwas anrüchig, wenn ich das mal so sagen darf.«

»Diesmal aber nicht.«

»So? Und woher willst du das wissen? Das mußt du mir schon näher erklären.«

»Nun, wir sind eben anders. Ich bin eine Frau.«

Ohne das Gespräch zu unterbrechen, machten wir uns auf den Weg zur Cafeteria, wo ich lange auf eine Apfeltorte unter einer Glasglocke schielte, ehe ich mich mit einem Espresso ohne Zucker begnügte.

»Hast du den Eindruck, daß das an den Haaren herbeigezogen ist? Kommt dir das unmöglich vor?«

»Nein, das kommt mir nicht unmöglich vor. Bis auf die Tatsache, daß alle Wege zu Paul Brennen führen, ob dir das gefällt oder nicht. Ob dir und den anderen das gefällt oder nicht.«

Alle Mädchen blickten ihm nach, aber er lächelte nur mir zu. Das haute mich einfach um. Er war vermutlich nicht ganz dicht. Andererseits wußte ich nicht, ob er nicht ein Verhältnis mit dieser Paula Dingsbums hatte, was mich daran hinderte, ihm um den Hals zu fallen, um ihm für Augenblicke wie diesen zu danken, in denen ich mich wie durch ein Wunder ziemlich wohl fühlte in meiner Haut. Ich war bereit zu hoffen, daß er mit Paul Brennen recht hatte. Daß er allein recht hatte und die anderen nicht. Vielleicht hatte er es verdient. Vielleicht gab es da doch noch einen Mann auf dieser Erde, der nicht ganz so blöd war wie die anderen. Abgesehen von Derek – der einer besonderen Kategorie angehört – kannte ich keinen zweiten.

Dann stießen wir plötzlich auf Franck. Durch einen ausgesprochenen Zufall. Er hatte ein paar Minuten Zeit vor seinem nächsten Kurs und konnte kaum noch sprechen, nachdem er versucht hatte, über eine Stunde lang versucht hatte, einer Horde von Nichtsnutzen verständlich zu machen, daß das Versetzen eines Kommas eine moralische Angelegenheit war, und starb daher fast vor Durst. Die Jacke unterm Arm, das Hemd voller Schweißränder, das Haar wie elektrisiert, ließ er sich neben uns auf einen Stuhl sinken und winkte einen Typen herbei, der als Kellner fungierte und ein halbes Dutzend Ringe in den Ohren und einen in der Nase hatte, und dann fragte er uns, was wir hier suchten.

»Wir sind hergekommen, um zu sehen, was sich in deinen Kreisen tut. Wir wollten wissen, ob man hier nicht irgendwelche Vibrationen spürt. Verstehst du, was ich meine?«

Er zuckte ostentativ die Achseln.

»Ich hab's dir doch gesagt«, sagte ich zu Nathan. »Er hat beschlossen, sich dumm zu stellen. Er ist völlig kindisch.«

»Stellst du dich dumm, Franck? Stimmt das, was sie sagt?«

»*Ich* stelle mich dumm. *Du* stellst dich dumm. Und *sie* stellt sich dumm. Was tut man im allgemeinen schon anderes? Findest du nicht?«

»Franck, darin muß ich dir recht geben.«

»Soso. Darin gibst du ihm recht. Soso.«

Man brachte ihm eine Orangeade – der Ring in der Nase des Typen funkelte wie ein Blitz in dem gleißenden Sonnenlicht, das uns durch die riesigen Fenster liebkoste. Franck nahm das Glas mit einem leisen lustvollen Stöhnen in die Hand, ehe er es an die Lippen setzte, die tatsächlich blaß und trocken waren und an Pappe erinnerten.

»Ich werde all die Typen, die du befragt hast, aufspüren«, sagte ich zu Franck. »Ich weiß, wie dein Hirn funktioniert. Wollen wir wetten, daß ich das tue?«

»Willst du, daß wir uns im ganzen Institut lächerlich machen? Willst du das? An meiner Arbeitsstätte, Marie-Jo?«

»Die Entscheidung liegt bei dir. Wäg das Für und Wider ab. Das mußt du wissen. Die Entscheidung liegt bei dir.«

»Wenn das so ist, werden wir beide für deinen Starrsinn büßen müssen. Dann darfst du dich hinterher nicht beklagen. Komm mir dann bloß nicht an und sag, ich hätte dich nicht gewarnt.«

»Und warum sollten wir dafür büßen müssen, und wofür eigentlich? Wovon redest du? Von deiner Karriere?«

»Was würdest du denn sagen, wenn ich in deinem Büro auftauchte und dir irgendwelche blöden Fragen stellte? Glaubst du, das fändest du witzig?«

Ich wollte ihm gerade antworten, daß ich nichts dazu sagen konnte, solange er es nicht versucht hatte, als ich plötzlich merkte, daß Nathan seine Aufmerksamkeit auf drei Mädchen gerichtet hatte, die ein paar Tische weiter angeregt diskutierten. Ich fragte ihn, ob wir ihn störten.

Er schüttelte den Kopf und erwiderte: »Sie sprechen im Augenblick über nichts anderes.«

»Warum *im Augenblick*?« sagte ich mit gespieltem Erstaunen. »Sie sprechen seit Urzeiten über nichts anderes. Das ist eine Frage des Alters, meinst du nicht? Aber das ist kein Grund, sie zu bespitzeln.«

»Sie fragen sich gerade, ob sie an dieser besagten Demo teilnehmen sollen oder nicht. Der Freund der Blonden hat angeblich 2001 in Genua ein Ohr verloren, und das schreckt sie etwas ab.«

»Ich weiß nicht, ob ich mit einem Typen gehen könnte, der nur ein Ohr hat. Das muß ziemlich häßlich aussehen.«

»Ich mache mir Sorgen um Chris, das weißt du ja. Ist Franck im Bild? Franck, bist du im Bild über die Sache mit Chris? Sie lebt mit einem politischen Aktivisten zusammen. Der Kerl ist am ganzen Körper mit Narben übersät. Das ist ein Typ, der die Massen aufwiegelt, wenn du verstehst, was ich meine. Oder der an Wolkenkratzern hochklettert.«

»Ich habe schon immer gesagt, daß Fukuyama auf dem Holzweg ist. Die Weltgeschichte ist nicht zu Ende, im Gegenteil, sie explodiert an allen Ecken und Enden. Wir müssen mit ansehen, wie es zu einem Kampf zwischen der Demokratie und der wirtschaftlichen Macht kommt. Das ist ganz einfach.«

»Franck. Ich habe Gelegenheit gehabt, die neue Ausrüstung der Bereitschaftspolizei zu sehen. Das meine ich nur damit. Ich mache mir Sorgen um Chris. Er wickelt ihr Pappe um die Arme, setzt ihr eine Wollmütze auf, und damit ist für ihn die Sache geritzt. Das macht mich ganz krank. Ich bete darum, daß sie sich vor dem Tag X ein Bein bricht, ganz ehrlich.«

»Hör auf«, sagte ich. »Hör auf, sonst rührst du uns noch zu Tränen.«

NATHAN

»Ich weiß nicht, ob ich dich zu Tränen rühre, auf jeden Fall hat Chris dir nie etwas getan. Du hast nicht den geringsten Grund, ihr etwas Schlechtes zu wünschen. Oder irre ich mich da, Franck?«

»Haben wir Lust, in einer Welt zu leben, in der nur noch das Vergnügen und der Konsum zählen, während der größte Teil der Menschheit vor allem Elend, Hunger, Krankheit und Krieg kennt? Das ist die eigentliche Frage.«

»Mag sein. Aber das ändert nichts daran, daß Chris für den Straßenkampf nicht geeignet ist. Weißt du übrigens, daß sie sich neuerdings an Eisengitter kettet? Kannst du dir das vorstellen, Franck? Meinst du, das sei kein Grund, sich Sorgen zu machen?«

»Wann hörst du endlich damit auf, Franck die Ohren vollzuquatschen? Und sag nicht, Chris hätte mir nie etwas getan. Das kannst du gar nicht wissen. Du kannst nicht wissen, was sich zwischen zwei Frauen abspielt, und das brauchst du auch gar nicht zu wissen. Aber wie dem auch sei, ich wünsche ihr nichts Schlechtes. Also erzähl mir bitte nicht so einen Quatsch. Ich versuche nur, dir verstehen zu geben, daß ihr nicht mehr zusammenlebt, Chris und du, und daß sie sich einen anderen gesucht hat, der sich um sie kümmert. Oder irre ich mich da vielleicht? Ich bin mir nicht sicher, ob dir das richtig klar ist.«

»Das ist mir schon klar, aber ich sehe nicht, was das ändern sollte.«

»Du siehst nicht, was das ändern sollte? Hast du das gehört, Franck? Nathan sieht da keinen Unterschied. Kannst du ihm das nicht mal klarmachen?«

Es gab eine amüsante Parallele in dieser Geschichte: Ich hatte Stunden damit verbracht, Chris zu erklären, daß Marie-Jo eine tolle Frau sei, und jetzt verbrachte ich Stunden damit, Marie-Jo zu sagen, daß auch Chris eine tolle Frau sei. Dabei wollte anscheinend weder die eine noch die andere hören, was ich zu sagen hatte. Daß ich sie beide toll fand.

Mit Paula war das eine andere Sache. Als ich abends nach Hause kam, wäre mir beinah schwindlig geworden: »Was ist denn das, Paula?« sagte ich mit zusammengebissenen Zähnen. »Sag mal, Paula, was sind denn das für Stühle, verdammt noch mal, kannst du mir das sagen?«

»Gefallen sie dir nicht?«

Es verschlug mir die Sprache. Ich spürte, wie sich mein Magen zusammenzog.

Ich hatte gerade in einer ziemlich lauten Kneipe am Flußufer mit Vincent Bolti ein paar Gläser geleert und wünschte mir etwas Ruhe. Wir hatten alte Erinnerungen aufleben lassen, die ich mir notierte, während die Dunkelheit anbrach und die Kneipe sich mit einer bunt gemischten Schar von Menschen füllte – schwer zu sagen, ob es sich um eine Bar oder um den Treffpunkt aller Zombies des Viertels handelte – und ich hatte den Stoff von Vincents Anzug befühlt und ihm erklärt, daß es Leute gäbe, die sich nichts versagten und die es verständen zu leben.

Er widersprach mir nicht. Er war mit diesem Job als Leibwächter, den ihm Annie Oublanski verschafft hatte, mehr als zufrieden. Er war elegant, muskulös, gut rasiert, trug Lackschuhe, und sein kohlschwarzes, fast bläulich schimmerndes Haar, militärisch gestutzt auf drei Millimeter, verlieh ihm ein beunruhigendes Äußeres. Wir haben viel gelacht. Wir haben gelacht, als ich ihn daran erinnerte, was für ein kleiner Rowdy er damals gewesen war. Sein langes, schmutziges Haar. Seine löcherigen Jeans. Seine blasse Gesichtsfarbe. Sein ungesundes Aussehen. Dieser kleine Ganove. Wir haben herzlich gelacht. Denn stellen Sie sich nur vor, Vincent Bolti war der erste Typ, den ich festgenommen hatte. Ja, meine erste Festnahme. Die einzige, die im Leben eines Bullen wirklich zählt. Ein richtig befriedigender Augenblick. Denn dieser Arsch hatte mir ganz schön zu schaffen gemacht. Er erinnerte sich noch genau daran, wie wir wie die Bekloppten über die Dächer gerannt und mit akrobatischen Sätzen über dunkle Gassen gesprungen waren und ich ihn völlig atemlos aufgefordert hatte, sich zu ergeben, während er sich hinter einem rauchenden Schornstein versteckt hatte (der Winter war vorzeitig angebrochen) und anfing, auf mich zu ballern.

Wir haben angestoßen. Ich hatte ihm in die Wade geschossen. Er zeigte mir die Narbe. Er hatte mir den kleinen Finger gebrochen. Damals wartete Chris noch im Wohnzimmer auf mich, wenn ich spät nach Hause kam, und half mir, mich auszuziehen, sie küßte mich auf die Stirn und auf die Schultern und schloß mich in die Arme. Als sie mich ankommen sah, musterte sie mich von Kopf bis Fuß, während ihr Gesicht aufleuchtete: »Du«, erklärte sie und zog mich zärtlich am Kragen an sich, »du, mein geliebter Mann, heute hast du einen geschnappt, das sehe ich dir an.« Ich war gewaltig stolz. Francis Fenwick, mein Chef, prophezeite mir, daß ich es weit bringen würde.

»Hast du nicht vor, dich finanziell zu verbessern?« fragte mich Vincent und schnippte mit den Fingern, damit man unsere Gläser wieder füllte.

»Ich habe gar nichts vor.«

»Brauchst du Geld?«

»Nein, vielen Dank. Ich wollte mir eigentlich Stühle kaufen, aber ich warte noch damit.«

Er verdiente gut. Paul Brennen war sehr großzügig und bezahlte die Überstunden in bar, was Annie wahnsinnig wütend machte. Vincent schätzte, daß er um die sechstausendfünfhundert Euro im Monat verdiente, wovon er nur einen verschwindend geringen Teil versteuerte. Ich gab zu, daß das nicht schlecht war.

»Ich habe drei Jahre gebraucht, bis ich mir einen Urlaub in einem Ferienclub leisten konnte«, seufzte ich. »So sieht es bei uns aus.«

Er wollte mir unbedingt aushelfen, aber ich lasse mich selten auf solche Dinge ein. Vor allem da dieses Geld, wie ich mir sagte, womöglich mit Jennifer Brennens Blut befleckt war. Ich konnte mir durchaus vorstellen, daß Vincent Bolti mit seinem Auftreten eines jungen sportlichen Angestellten fähig war, die Tochter seines Chefs ohne mit der Wimper zu zucken umzulegen.

»Ja, es stimmt, daß sie uns das Leben ziemlich schwergemacht hat«, gab er zu, als ich ihn ganz selbstverständlich auf dieses Thema brachte. »Sie ist uns ganz schön auf der Nase herumgetanzt.«

Ringsumher in der drückenden, aufgeheizten Atmosphäre, die durch eine Panne der Klimaanlage verstärkt wurde – das wurde geradezu zu einer Epidemie – räkelten sich die Gäste auf knallroten Velourssofas, deren goldgelbe Tressen mit Eicheln verziert und die Rückenlehnen mit Stickern bedeckt waren, die nihilistische oder total obszöne Aufschriften trugen. Die Gäste, die keine Sitzplätze gefunden hatten, streiften sich leicht im Vorübergehen oder sahen sich gegenseitig frech ins Gesicht. Ab und zu strich eine Hand über einen Schenkel, ein Transvestit lachte aus vollem Hals oder versetzte jemandem auf gut Glück eine Backpfeife. Alle schienen sich zu fragen, wo sie hingehen, was sie erfinden sollten, um einen gelungenen Abend zu verleben, oder was sie tun konnten, um die triste Eintönigkeit des Tages zu vergessen. Eine Küchenschabe lief über den Bildschirm des an der Wand angebrachten Fernsehers, der einen der üblichen Clips mit einer brünstigen Sängerin zeigte.

»Ihr Vater hatte die Schnauze voll von ihr. Nein, glaub mir, sie machte ihn verrückt.«

Wie oft hatte Vincent sie irgendwo aufgelesen, um einen

Skandal zu vermeiden – sie tauchte urplötzlich in der Lobby eines Hotels auf, in der sich Minister trafen, verschaffte sich Zutritt zu Versammlungen, erschien als ungebetener Gast auf einer Galaveranstaltung und begann ihren Vater zu beschimpfen, ehe man sie schnell aus dem Saal entfernte –, wie oft? Ganz zu schweigen von den verrufensten Lokalen, wo sie betrunken hereinschneite und lautstark verkündete, daß sie Jennifer Brennen sei, die Tochter des Ausbeuters, die Tochter des Profitjägers, des Schiebers, des Spekulanten, und daß man sie, Jennifer Brennen, für zwanzig Euro ficken könne, während ihr Vater Tausende von Menschen in den Sweat-Shops für den gleichen Preis fickte. Ob ich mir ein Bild von der Atmosphäre machen könne? Ob ich mir vorstellen könne, wie alle ins Schwitzen gerieten, sobald dieses Mädchen irgendwo auftauchte?

Ich nickte. Ein paar Frauen mittleren Alters scharwenzelten um uns herum. Ein Typ zwinkerte mir vom anderen Ende der Theke zu. Er hielt sich mit zitternden Händen an seinem Glas fest. Ich blickte ihn an, ohne ihn zu sehen, denn ich dachte an dieses Mädchen, Jennifer Brennen, die einen so guten Eindruck auf mich gemacht und mich auch mit gutem Alkohol versorgt und mir auch zwei- oder dreimal einen geblasen hatte, als ich mich unnütz und allein gefühlt hatte, und die so nett gewesen war, ein paar Worte mit mir zu wechseln und mir ein wenig Zeit zu widmen, obwohl ihr Leben so kompliziert, so stürmisch und vielleicht wirklich schwer zu ertragen war. Ich wollte nicht, daß ihr Tod ungesühnt blieb. Ich hatte Lust ihr zu sagen, daß ich da war.

Ich lächelte Vincent zu und sagte: »Vincent, alter Freund, ich hoffe, du verstehst, daß ich dein Alibi überprüfen muß.«

Er lächelte ebenfalls und erwiderte: »Du bist mir vielleicht einer. Ich habe den Eindruck, du hast dich nicht verändert. Immer am Ball.«

»Weißt du, ich interessiere mich nicht so sehr für den Typen, der sie umgelegt hat, sondern viel mehr für den, der sie hat umlegen lassen. Aber ich muß meinen Job tun. Ich verbringe meine Zeit damit, Dinge zu überprüfen. Das ist nicht die angenehmste Seite dieses Berufs. Furchtbar viel Papierkram. Und das, nebenbei gesagt, für ein Gehalt, das dir lächerlich vorkommen muß.«

»Ich war bei meiner Mutter, wenn du es genau wissen willst.«

»Du hast Glück, daß du noch eine Mutter hast.«

Ich notierte mir seine Erklärung und freute mich, daß ich ein paar weitere Seiten in meinem Heft geschwärzt hatte, von derem Nutzen ich trotz allem noch nicht überzeugt war. Was das Literarische angeht, versteht sich. Aber im Grunde erforderte das keine allzu große Anstrengung. Ich fragte mich, ob Jack Kerouac sich Notizen gemacht hatte.

»Warum kaufst du dir nicht ein kleines Diktaphon?« erkundigte sich Vincent.

»Warum ich mir nicht ein kleines Diktaphon kaufe? Das kann ich dir genau sagen, warum ich mir nicht ein kleines Diktaphon kaufe. Manche Dinge haben nichts mit Technik zu tun. Manche Dinge werden dadurch bedeutender, daß sie der Technik entgehen. Glaub mir das.«

Vincent hatte sich nicht geändert. Sein Aussehen hatte sich geändert, aber er war immer noch derselbe Arsch, den ich auf den Dächern in die Enge getrieben hatte, der Arsch, dem ich oft genug auf meinem Weg begegnet war – im

Laufe der Zeit begegnet man in meinem Beruf letztendlich immer wieder den gleichen Typen und man sagt sich, sieh an, er schon wieder, und hat das Gefühl, noch etwas älter geworden zu sein. Vincent hat sich nicht geändert, dieser Arsch. Er sah mich mit völlig ausdruckslosem Blick an.

»Du verstehst nicht, was ich dir sage, nicht wahr, Vincent? Für dich besteht die Welt aus dem, was du siehst, nicht wahr? Ob das wirklich erträglich ist, das weiß ich nicht.«

Ich klappte mein Heft zu und schenkte meinem Gegenüber ein freundliches Lächeln, als ich plötzlich spürte, wie eine Hand über meinen Hintern strich.

Ich drehte mich um und sah hinter mir den Typen stehen, der mir eben zugezwinkert hatte. Er hatte strohblondes Haar, eine glänzende Stirn, kleine helle Augen, eine normale Nase, einen Mund, ein spitzes Kinn, rote durchscheinende Ohren und eine leicht verdutzte Miene, sehen Sie ihn vor sich? Man konnte ihn sich gut auf einem Jahrmarkt vorstellen, mit erleuchteten Ständen in seinem Rücken und dem Riesenrad, das seine Lichtblitze verschickt, während er den Kragen seines Regenmantels hochklappt, Mörder oder Opfer, das war schwer zu entscheiden. Sehen Sie ihn vor sich?

Ich erklärte ihm, daß ich heterosexuell sei. Daß ich gewisse Berührungen in meiner Jugend nicht sehr überzeugend gefunden hatte.

»Das habe ich auch immer gesagt«, erwiderte der Typ.

»Sie wollen mir wohl angst machen, was?«

»He, du schwule Sau. Du alte Tunte. Hau ab, du Arsch«, knurrte Vincent ihn an.

Der Mann zog sich wieder in sein Schneckenhaus zurück und blieb ruhig an der Theke stehen.

Ich wandte mich zu Vincent um und sagte: »Kannst du nicht mal ab und zu eine menschliche Regung zeigen? Ist das zuviel verlangt?«

»Und wozu?«

»Magst du Sushi?«

Nich so wahnsinnig, nee, so wahnsinnig nich. Das waren seine Worte. Ich hätte es lieber gesehen, wenn er Sushi gemocht hätte, das versteht sich. Man wünscht sich von ganzem Herzen, daß eine reine Melodie aus dem Chaos erklingt, die Mechanik wie geölt funktioniert, alles unter Dach und Fach ist und man dem Himmel dafür danken kann, daß er einem die Einzelteile des Puzzles in die Hand gegeben hat und alles wie am Schnürchen läuft, aber das ist sehr selten. Irgendwo hapert's immer. Im allgemeinen ist es zwecklos, sich darüber Gedanken zu machen – zumindest in einer Welt, die in ihren Grundfesten erschüttert worden ist.

Als wir nach draußen gingen, zerschmetterte der Typ eine Flasche auf Vincents Schädel. Dabei hatte ich mich so darüber gefreut, Feierabend zu haben, und mich, als ich die Tür öffnete, so erleichtert gefühlt, endlich dieser stickigen Atmosphäre zu entkommen und die sanfte Nachtluft auf meinen Wangen zu spüren.

Aber was soll's. Eine Stunde später war ich immer noch dort, wartete auf den Krankenwagen und die Kollegen von der Streife. In einer leeren Kneipe mit einer Sondersendung über Britney Spears auf MTV – ich begriff nicht so recht, welchen Sinn es haben sollte, einen String über eine

Hose zu ziehen, wenn man schon den Mund in Form einer Möse hatte (war das vielleicht der Grund, warum sie so schlecht sang?) und wie eine geile Mieze aussah. Vincent saß blutüberströmt auf einem Stuhl und stöhnte. Ich hatte den anderen Kerl mit Handschellen an ein Heizungsrohr gekettet. Ich war erschöpft.

Ich saß vor einem letzten Glas hinten im Raum und sann darüber nach, wie sehr sich die Beziehungen zwischen den Menschen, ganz allgemein gesehen, verschlechtert hatten. Zwischen den verschiedenen sexuellen oder religiösen Gemeinschaften. Beim geringsten Funken loderte es auf. Der beste Beweis dafür waren die letzte Gay Pride, die in Krawall ausgeartet war, und die Zunahme der Grenzkonflikte, die sich kaum noch zählen ließen. Ja, die Zukunft war düster. Die Wälder standen in Flammen. Das Wasser war verschmutzt. Gott hatte uns verlassen.

Vincent kam wieder zu sich und fragte, was passiert sei, aber ich hatte nicht den Mut, ihm zu antworten. Außerdem hatte er immer noch seine Mutter. Er zumindest war keine Waise.

Auf dem Rückweg machte ich halt, um in Begleitung zweier uniformierter Kollegen, die ihre Streife begannen, eine Wurst an einem Stand zu essen. Wir sprachen im wesentlichen über den Skandal, den das Einfrieren unserer Renten und die Tyrannei unserer Frauen darstellte – Roger, ein kräftiger Rothaariger, der für seine Brutalität allgemein bekannt war, war von seiner Frau zu einer Vasektomie gezwungen worden, nachdem sie ihn mit einem sechsmonatigen, auf unbegrenzte Zeit angedrohten Sexualstreik weichgekriegt hatte.

Zwei knapp zwanzigjährige, kahlgeschorene, dreiste Mädchen, die aus dem nebenan liegenden Laden eines Tätowierers kamen, zeigten uns fröhlich ihre Schenkel, die jetzt mit entzückenden unauslöschlichen Strichcodes verziert waren. Wir gratulierten ihnen dazu. Ein Stück weiter betteten sich Leute auf Kartons, andere streckten sich zwischen den Pfeilern der Hochbahn, deren Vibrationen bis in unsere Füße zu spüren war, einfach auf dem Boden aus. Es herrschte dichter, erstickender Verkehr. In der Luft lag ein süßlicher Geruch nach Fett, eine unsichtbare Wolke. Ein paar Vollidioten mit Skateboards und Deppen mit Inlinern flitzten an uns vorbei, beide Daumen hinter die Träger ihres Rucksacks geklemmt, eine so lächerliche, altmodische Haltung, daß man den Eindruck hatte, sie brächen, mit Feinrippslips zum Wechseln oder den guten alten schlabbrigen, nach Chlor duftenden Baumwollunterhosen ausgerüstet, zu einer Wanderung durch Tirol auf. Erstaunlicherweise wirkten die Bäume gesund und ragten in den wolkenlosen Himmel von recht schönem Schwarz, dem Schwarz einer Juninacht, wie man es bei Temperaturen sehen kann, die einer Hitzewelle nahe kommen, diesem Schwarz, das uns unter seiner Glocke hielt, während meine Freunde und ich uns im Zentrum der Stadt befanden, dieser Stadt, die ich trotz allem nicht verlassen konnte, dieser Stadt, die ich trotz allem hinnahm, denn, verstehen Sie mich richtig, ich spreche über die besondere Beziehung, die ich als Polizeioffizier, als Bürger und als Mann mit ihr unterhalte, diese Beziehung, die bewirkt, daß ich sie trotz allem nie hassen könnte, und nicht nur das, sondern die auch bewirkt, daß ich ihr alle abscheulichen Dinge verzeihe, die sie vor meinen Augen ausbreitet. Wir tranken ein paar Dosen Bier – meine Freunde versteckten sich hinter einem Strauch, der an einer Straßenecke gepflanzt war, hinter einem Drahtzaun, der seitlich geneigt war und einen Teil des Bürgersteigs hochhob, wo Unkraut wuchs. Wir rauchten ein paar Zigaretten. Ich war erschöpft. Aber ich war immer bereit, ein paar Worte mit Kollegen zu wechseln, wenn ich nach Einbruch der Nacht auf dem Heimweg war und sie mich ablösten. Ich bin nicht sicher, ob Sie das verstehen können. Wenn ich nach Einbruch der Nacht erschöpft und mit blutverschmiertem Hemd heimkehrte – es war zwar nur selten mein eigenes Blut, aber ich erhielt verdammt hohe Rechnungen von der Reinigung, das Blut meiner Mitmenschen kostete mich einen Haufen Geld.

Ich ließ mich wie ein Stein auf die erstbeste Sitzgelegenheit fallen und sagte stöhnend: »Paula. Ich bitte dich. Das darf doch wohl nicht wahr sein!«

»Sie haben verchromte Beine.«

»Das sehe ich selbst, daß sie verchromte Beine haben. Paula. Glaubst du vielleicht, ich bin blind? Sag mal, das darf doch wohl nicht wahr sein!«

»Ich konnte einfach nicht anders.«

»Ja natürlich. Das kenne ich auch. Aber weißt du, Paula, du machst mir angst. Ungelogen. Du machst mir angst, Paula.«

»Ich will dir keine angst machen. Im Gegenteil.«

»Auf jeden Fall hast du es geschafft. Sieh mich nur an. Du hast es geschafft, hab ich recht? Wirke ich vielleicht völlig entspannt? Völlig relaxed?«

»Könntest du nicht mal etwas netter zu mir sein? Bin ich vielleicht nicht nett zu dir?«

»Hab ich das je gesagt? Nein, das hab ich nie gesagt.«

»Gibt es irgend etwas an mir, was du nicht magst?«

»Vom Aussehen her? Nein, nein, damit hat das nichts zu tun. Das weißt du genau, damit hat das nichts zu tun.«

»Und womit hat das was zu tun?«

Verbundene Handgelenke, hohle Wangen, Schatten unter den Augen, so saß sie mir gegenüber und blickte mir tief in die Augen, ihre Knie stießen gegen meine. Auf bequemen Stühlen, überzogen mit rot marmoriertem Skai. In mein Leben hereingeplatzt auf eine unerklärliche Weise. War immer noch da. Aufgrund welchen Geheimnisses? Schlief neben mir. Hielt das Haus in Ordnung. Senkte den Kopf. Paula mit ihrem Tisch und ihren Stühlen.

Ich stand auf. Eines Tages würde ich vielleicht nicht mehr aufstehen können. So stirbt man. Begraben unter der Last der Dinge, die man auf unsere Schultern häuft.

Ich setzte mich aufs Bett. Erschöpft zog ich Jacke, T-Shirt, Schuhe, Hose und Socken aus, behielt jedoch die Unterhose an. Dann ließ ich mich nach hinten fallen, starrte an die Decke, den Arm über die Stirn gewinkelt, die Beine lang ausgestreckt. Total ausgepumpt.

Sie kam und setzte sich neben mich.

»Dein Parfum«, sagte ich. »Ich mag den Duft nach Jasmin. Damit du's weißt.«

»Das nehme ich schon, seit ich klein bin.«

»Da hast du recht. Das paßt gut zu dir.«

Sie legte ihre Hand auf meine. Das wurde völlig verrückt.

»Weißt du, worauf ich Lust habe, Paula?«
»Ja, ich glaub, das weiß ich.«
»Dann tu's. Bitte. Das würde mir unheimlich gut tun.«
Sie drückte ganz fest meine Hand.
»Ich glaub, wir waren auf Seite 498«, erklärte ich. »Als sie Denver verlassen und nach Colorado sausen. Ihr Freund ist von einem Insekt in den Arm gestochen worden.«
»Genau.«
»Und das schwillt zusehends an.«

Der nächste Morgen war ein Samstagmorgen. Sie schlief noch. Und da geschah ein Wunder.
Stellen Sie sich das vor. Als ich am Fenster vorbeiging, nachdem ich den Blick eine Weile auf Paulas Hintern hatte ruhen lassen, der wirklich nicht häßlich war – diese Geschichte, daß sie vögelte wie eine lahme Ente, kam mir immer fragwürdiger vor –, und gähnend zum Badezimmer ging, hatte ich plötzlich den Eindruck, auf einen scharfkantigen spitzen Glassplitter zu treten.
Es versetzte mir einen Stich ins Herz. Es hätte auch von einem starken elektrischen Schlag kommen können, denn die Wirkung war ganz ähnlich. Ich war wie erstarrt. Dabei sah ich Marie-Jo jeden Tag.
Ein Wunder. Verdammte Scheiße. Dieser kurze Blick auf die Straße, genau in dem Augenblick, in dem Marie-Jo sich bemühte, ihren Wagen vor meiner Haustür zu parken, das nenne ich ein Wunder, ein wundertätiges Wunder.
Dann stockte mir das Blut in den Adern.
Zum Glück – und ich schwor mir sogleich, es ihm nie wieder vorzuwerfen – hatte Marc mal wieder unmöglich

geparkt, so daß Marie-Jo Mühe hatte, sich in die Parkplatzreihe längs des Bürgersteigs zu quetschen.

Ich atmete tief ein. Dann schoß ich wie eine Rakete zum Bett, schnappte mir Paula und rannte mit ihr in den Armen durch die Wohnung. Mit einer Hand sammelte ich gleichzeitig ihre ganzen Klamotten und sonstige persönliche Gegenstände ein und raste die Treppe hinunter, wobei ich mehrere Stufen auf einmal nahm, obwohl diese so ausgetreten sind, daß ich mich noch heute frage, wie ich es geschafft habe, mir nicht wieder das Knie zu brechen. »Es ist alles okay, mein Schatz«, sagte ich zu Paula, die mir aus dem Kleiderwust besorgt zulächelte, dann öffnete ich mit einem kräftigen Schlag mit der Schulter die Tür zur Wohnung meines Bruders.

»Ich hab keine Zeit, dir irgendwas zu erklären, es ist eine Katastrophe. Marie-Jo ist unten, es ist eine Katastrophe, ich hab keine Zeit, dir irgendwas zu erklären, schnell, streng deinen Kopf an, oje oje oje, schließ dich ein und stell mir um Himmels willen keine Fragen, schnell, es ist eine echte Katastrophe.«

Ich legte ihm Paula in die Arme und raste wie ein Irrer nach oben, während sich unten die Haustür öffnete.

Mit klopfendem Herzen zog ich die Tür hinter mir zu. Einen Augenblick lehnte ich mich an die Wand, um die Lage zu überblicken. Um meinen Parcours festzulegen. Anschließend raste ich mit zusammengebissenen Zähnen von einem Zimmer ins andere, sammelte die kompromittierenden Beweisstücke auf und schloß sie in den Besenschrank ein, dessen Schlüssel ich durchs Fenster nach draußen warf.

Ich lag im Bett, als Marie-Jo hereinkam. Ich schlief wie ein Murmeltier – auch wenn ich Mühe hatte, regelmäßig zu atmen.

Sie berührte meine Stirn.

Ich öffnete die Augen, während sie in die Küche ging, ein paar Schränke aufmachte, den Wasserhahn aufdrehte, und als sie zurückkam, schloß ich sie wieder.

»Hier, trink das«, sagte sie.

»Marie-Jo? Was ist los? Wo bin ich? Wieviel Uhr ist es? Bist du's, Marie-Jo?«

»Trink das.«

»Was ist das? Ach, du bist es, Marie-Jo. Hat mein Wekker nicht geklingelt? Sind wir zu spät dran?«

»Aspirin. Du schwitzt wie ein Pferd. Trink das.«

»Dabei habe ich geschlafen wie ein Engel. Volle zehn Stunden. Als hätte mir jemand eins auf die Birne gegeben.«

Sie lächelte so halb. Das war ein gutes Zeichen.

»Ich möchte jetzt erst mal schön duschen«, fuhr ich fort. »Noch bin ich nicht tot.«

Ich stand auf und hüllte meinen nackten Körper in das Laken, das ich wie eine Schleppe aus lila Satin hinter mir herschleifte.

»Wie ich sehe, hast du einen neuen Tisch«, erklärte sie, während ich den Duschvorhang öffnete und den Fuß in das aus einem Stück gegossene Duschbecken aus Acryl setzte, das genau wie die Seifenschale und die Klobürste ein Design von Starck war.

»Ja, ich habe einen neuen Tisch, das stimmt. Und auch ein paar Stühle. Aber ich gehe die Sache langsam an. Ich habe vor, mich nach und nach neu einzurichten.«

Ich stellte die Spiegeltüren des Arzneischränkchens so, daß ich beobachten konnte, wie sie mit vorgestrecktem Kopf und den bebenden Nasenflügeln eines auf der Lauer liegenden Raubtiers die Wohnung inspizierte. Ich lächelte. Ich bekam im nachhinein einen leichten Ständer, als ich an die Katastrophe dachte, die ich gerade verhindert hatte. Ein Glück, daß ich so billig davongekommen war. Ich stellte die Wassertemperatur auf lauwarm ein.

Als sie den mit durchsichtigen Luftblasen versehenen Duschvorhang zur Seite schob, grinste ich gerade wie ein Idiot, aber zum Glück wandte ich ihr den Rücken zu.

»Im Schlafzimmer riecht's nach Jasmin.«

»Ja, ich habe das mal ausprobiert. Aber ich zögere noch, mir das unter die Achseln zu reiben.«

Ich stellte das Wasser ab und nahm mir ein Handtuch.

»Das ist mir doch ein bißchen zu weiblich«, fügte ich hinzu. »Auch wenn Marc sagt, das sei nicht wahr, aber ich bin mir da nicht so sicher. Ich hab ihm gesagt, ich würd's mir überlegen.«

Ich begegnete kurz Marie-Jos Blick und fand darin die Bestätigung, daß die Operation ein voller Erfolg war. In einem Anflug von Übermut hätte ich fast meinen Sieg ausgenutzt, um sie damit zu foppen, daß sie vielleicht versucht habe, mich auf frischer Tat zu ertappen, aber nach kurzer Überlegung sagte ich mir, daß ich noch unverdächtiger, noch unschuldiger dastand, wenn ich so tat, als sei ich nicht mal auf diesen Gedanken gekommen. Aber was für ein wahnsinniger Wettlauf mit der Zeit das gewesen war. Was für eine Glanzleistung. Mir zitterten davon noch die Waden.

»Wie ist das Wetter?« fragte ich.

»Ich hab mir gedacht, wir könnten vielleicht picknikken. Franck ist dabei, Brote zu schmieren.«

»Ja. Ein Picknick. Natürlich. Das ist eine gute Idee. Ein bißchen frische Luft schnappen.«

Ich erklärte, daß ich mich um die Getränke kümmern und in einer Stunde bei ihnen sein würde, nach meinem Fitneßtraining. Ich küßte ihre schönen fleischigen Lippen. Sie war in gewisser Hinsicht enttäuscht, aber auf der anderen Seite? Sicher, das war ein Schuß in den Ofen, aber war das nicht besser so?

Ich stellte mich hinter die Gardine und wartete, bis sie auf der von gleißendem Licht und blauem Himmel erfüllten Straße verschwunden war. Ich grüßte den Nachbarn, der eine Parabolantenne auf seinem Dach anbrachte – seine Frau hatte nachlässig den Fuß auf eine der Leitersprossen gesetzt und blätterte in einer Zeitschrift, was dazu dienen sollte, mißlichen Ereignissen vorzubeugen.

Ich ging wieder zu Marc hinunter.

»Alles in Ordnung, meine Lieben. Alles in Ordnung«, beruhigte ich sie. »Das war aber verdammt knapp. Stimmt's? Meine Güte. Um ein Haar wär's geschehen, hm?«

Sie bereiteten schweigend ihr Frühstück vor. Sie waren nicht gerade ausgesprochen fröhlich. Marc knurrte sogar eine Reihe von Schimpfworten, als er entdeckte, daß eine verkohlte Scheibe Brot aus dem Toaster sprang.

Ich versprach, den PIN-Code an der Haustür ändern zu lassen und in kürzester Zeit gewisse Maßnahmen zu treffen.

»Was für Maßnahmen?« sagte Marc mit einer Grimasse. »Was für Scheißmaßnahmen?«

Da ich nicht sogleich antwortete, verließ er den Raum, nachdem er mir ins Ohr geflüstert hatte, daß er mir an Paulas Stelle die Augen ausgekratzt hätte, was mich ziemlich verblüffte.

Sie sagte nichts. Sie hatte den Kopf über ihre Kaffeetasse gebeugt. Ihre Sachen lagen in wildem Durcheinander auf einem Stuhl. Ein Kleid war auf die Erde gefallen. Ich hob es auf.

»Paula. Es tut mir leid, was da eben passiert ist. Das konnte ich nicht ahnen. Tut mir wirklich leid. Hörst du?«

Natürlich hörte sie, was ich sagte. Natürlich war das nicht sehr witzig. Niemand fand das witzig, das war sonnenklar. Aber gab es heute überhaupt noch Leute, die lächelten, es sei denn, sie waren eine Sekunde unaufmerksam oder nahmen die Glückspille?

Ich betrachtete ihre Kleider, leicht gerührt von der seltsamen Traurigkeit, die von der mangelnden Sorgfalt ausging, der sie zum Opfer gefallen waren, so total vernachlässigt auf einem Haufen. Ich hob sie einzeln auf und faltete sie behutsam, fast zärtlich auf meinem Arm.

»Sei unbesorgt. Ich räume alles weg. Und wenn nötig, bügle ich sie kurz.«

Sie nickte, ohne mich anzublicken. Sie hatte große Füße. Sie waren nackt und ruhten auf den sonnigen Fliesen in der Küche, und außerdem hatte sie lange Beine. Man konnte sie in dem neuen Herbst-Winter-Katalog von Wolford sehen.

»Das kriegen wir schon wieder hin«, fügte ich hinzu.

Ich wollte mich gerade auf den Zehenspitzen zurückziehen, weil ich fürchtete, die Angelegenheit, so wie die

Dinge standen, nur noch schlimmer zu machen, als ihre Stimme durch den Vorhang ihres Haars drang, das ihr Gesicht verhüllte, da sie weiterhin den Kopf in unbeteiligter Haltung über ihre Kaffeetasse gebeugt hielt.

»Nathan? Wie hast du mich eben genannt?«

»Hm? Wie bitte?«

»Du hast mich ›mein Schatz‹ genannt. Du hast gesagt: ›Es ist alles okay, *mein Schatz*.‹«

»Ach du lieber Himmel. Das tut mir leid. Nimm's mir nicht übel. Wie lächerlich von mir.«

»Das hat mich gerührt.«

»Das hat dich gerührt?«

Sie hob den Kopf und blickte mich sanft an. Das wurde ja immer schöner.

Es gab eine Stelle im Park, die Marie-Jo besonders mochte. Es handelte sich um einen Hügel, der mit saftigem Gras bedeckt war, das wegen der hohen Lage kaum niedergetreten und ziemlich einladend war, einen Hügel, der weit von den Boulevards entfernt war, die an der Umzäunung entlangführten, und den Marie-Jo für eine Oase der Ruhe und reiner Luft hielt. Ich muß zugeben, daß man von den Autos, die mit erbitterter und buchstäblich umwerfender Penetranz herumfuhren, kaum etwas hörte und praktisch nichts von ihren Abgasen spürte, die sich in der Luft ausbreiteten und die Leute vergifteten. Wenn Sie die Augen schließen würden, wozu Marie-Jo Sie bestimmt aufgefordert hätte, könnten Sie mit ein bißchen Phantasie tatsächlich glauben, auf dem Land zu sein.

Sie hatte ein großes kariertes Tischtuch ausgebreitet, das

als Unterlage für einen prachtvollen Weidenkorb diente, in dem das Geschirr und der ganze Krempel mit allem, was dazugehört, für ein piekfeines Picknick untergebracht war, ein total kitschiges Ding in der Art, wie Franck sie ihr zu Beginn ihrer Ehe geschenkt hatte, zu einer Zeit, als für die beiden noch alles in bester Ordnung war, wie ich mir habe sagen lassen. Sie trug einen kurzen Rock, der ihre dicken Schenkel umhüllte. Es ist wichtig, daß ich das erwähne. Denn zum ersten Mal *sah* ich, ja, sah ich, daß Marie-Jo dicke Schenkel hatte. Das ließ sich nicht leugnen. Ich, dem das bisher scheißegal gewesen war. Ich, der ich geglaubt hatte, ich könne nie mehr ein Urteil über die Schönheit der Frauen und ihre Körpermaße abgeben. Ich, der ich geglaubt hatte, daß ich mir für immer den blöden Ärger vom Hals geschafft hatte, nach Kriterien, die mich nicht mehr interessierten, eine Wahl treffen zu müssen. Ich will damit sagen, daß ich zum ersten Mal, zum ersten Mal seit dem Tag, an dem Chris und ich kopfüber in ein tiefes Loch gestürzt waren, die Beine der Frauen verglich. Die Beine, die ich vor Augen hatte, und die, die ich heute morgen gesehen hatte. Es ist wichtig, daß ich das erwähne. Ich wußte nicht mal, ob die einen besser waren als die anderen. Dazu war es noch zu früh. Aber zum ersten Mal sah ich, daß es einen Unterschied gab. Ich notierte mir das im übrigen in meinem Heft. *Marie-Jo hat dicke Schenkel. Paula nicht. Was ist bloß mit dir los, Alter?*

Franck hatte Brote für ein ganzes Heer geschmiert. Er trug ein weißes T-Shirt und schälte eine Gurke. Ich muß allerdings dazu sagen, daß Marie-Jo mich nicht gleichgültig ließ. Ich hatte Lust, ihr die Hand unter den Rock zu schieben, während Franck anderswohin blickte, zu den Basketballspielern, deren Haut von der Anstrengung glänzte.

»Nathan, ich will ehrlich zu dir sein. Ich bin von deiner Arbeit nicht überzeugt. Ich frage mich sogar, ob du überhaupt eine Chance hast.«

Dieser Arsch. Was verstand er schon davon?

»Nathan«, fuhr er fort, »die meisten sind Kleinbürger, die davon träumen, Aristokraten zu werden. Und es gelingt ihnen nie. Weißt du warum?« Ich schüttelte den Kopf und versuchte Marie-Jos Schenkel, die von ein paar Grashalmen gekitzelt wurden, nicht aus den Augen zu verlieren.

»Es gelingt ihnen nie, weil es eine Gerechtigkeit gibt, das ist alles. Sie bleiben Kleinbürger bis zum Schluß, und niemand weint ihnen nach. Aber ich möchte dir trotzdem eine Frage stellen. Hat dir diese Übung Spaß gemacht? Ich meine echten Spaß, oder sagen wir besser, unbändige Freude?«

»Unbändige Freude«, kicherte Marie-Jo. »Sag mal Franck, als wäre die unbändige Freude nicht den Größten vorbehalten. Franck, wie soll er denn schon beim ersten Versuch eine irgendwie geartete Freude empfinden? Du übertreibst ein bißchen.«

»Vielleicht keine unbändige Freude«, erklärte ich. »Hätte ich das empfinden sollen?«

»Hör ihm nicht zu. Er entmutigt alle seine Studenten. Aber sag mal, Nathan, ich habe mich gefragt, was das bloß für ein Tisch ist.«

»Das ist ein Tisch aus der Zeit gegen Ende des neunzehnten Jahrhunderts.«

»Ja, daß das ein Tisch aus der Zeit gegen Ende des neunzehnten Jahrhunderts ist, hab ich gesehen.«

»Entschuldige, Marie-Jo, aber ich habe Nathan eine Frage gestellt und will, daß er mir antwortet, mein Schatz. Mal abgesehen von der unbändigen Freude. Was meinst du, Nathan? Hat dir diese kleine Schreibübung Spaß gemacht oder nicht?«

»Spaß ist nicht das richtige Wort.«

Er blickte mich ziemlich eindringlich an, während Marie-Jo mir mit ihren leuchtend rot lackierten Zehen heimlich die Hüfte streichelte.

»Spaß ist nicht das richtige Wort«, sagte ich noch einmal.

Ein Drachen knatterte am Himmel. Ein ganzes Stück höher warb ein Zeppelin für die Marke eines Sprays, das sämtliche Insekten im Haus vertilgt.

»Du mußt dich auf wahnsinnig viel Arbeit einstellen«, sagte er seufzend. »Die Plackerei geht erst richtig los, ich kann dich nur warnen. Und selbst dann verspreche ich dir nichts.«

»Wahnsinnig viel Arbeit? Ich habe nicht den Eindruck, daß sie insgesamt gesehen wahnsinnig viel arbeiten.«

»Das ist wahr. Ja, das ist leider wahr. Aber weißt du, wenn ein Student so eine Bemerkung macht, so eine Bemerkung, wie du sie gerade gemacht hast, wenn er glaubt, er könne sich auf die faule Haut legen und sich mit Scheißliteratur begnügen, wenn er glaubt, die Literatur erfordere es nicht, daß man sich Mühe gibt, die Literatur *verdiene* es nicht, daß man sich die allergrößte Mühe gibt, tja, in dem Fall stehe ich auf, ohne ein Wort zu sagen. Hör gut zu. In dem Fall packe ich ihn am Kragen, hörst du? In dem Fall packe ich ihn am Kragen, werfe seine Sachen aus dem Fenster und setze ihn vor die Tür. Schluß, aus. Die Sache ist erledigt.«

»Das verstehe ich sehr gut, Franck.«

»Ich bin immer für ein Späßchen zu haben, du kennst mich ja. Aber irgendwo hört's auf. Man braucht wenigstens eine Sache, an die man sich halten kann. Denk gut über das nach, was ich dir sage.«

Marie-Jo verteilte die Sandwichs, wobei sie mich mit ihren Brüsten streifte. Ich blickte mich suchend nach einer Stelle um, wo wir es später machen könnten, falls wir es nicht mehr aushalten sollten, aber ich entdeckte nur links ein kleines Gehölz und einen hohlen Baum. Nur im äußersten Notfall zu benutzen, sagte ich mir. Ich öffnete die Bierflaschen, die ich mitgebracht hatte, chinesisches Bier – der Laden war gerade überfallen worden, und der Typ hatte keinen Cent Wechselgeld mehr, so daß die Flaschen lauwarm waren, als wir das Problem endlich geregelt hatten.

»Mach dir erst mal weiter Notizen. Zwing dich, so viele Seiten wie möglich vollzukritzeln. Stell dir vor, es sei wie beim Gewichtheben. Es ist gut fürs Herz.«

»Mach dir deswegen keine Sorgen. Ich nehme die Sache ernst. Mach dir deswegen keine Sorgen, Franck.«

»Anstatt jeden Morgen wie ein Bekloppter diese Dinger hochzuheben und deine Bizepse zu trainieren, schreib lieber kilometerlange Texte.«

»Ich kenne einen, der das gemacht hat. Auf Papierrollen.«

»Das ist die einzige Schule, die was bringt. Du mußt verdammt viel Energie aufbringen, Nathan. Du mußt erst Blut und Wasser schwitzen, ehe du imstande bist, eine einzige Seite zu schreiben, die einigermaßen annehmbar ist. Ich will dir lieber keine falschen Hoffnungen machen.«

»Ich möchte auch nicht, daß du mir falsche Hoffnungen machst, Franck. Das erwarte ich nicht von dir.«

»Dann sind wir uns ja völlig einig. Hör zu, was ich dir sage. Hör zu, was ich dir sage, du wirst es nicht bereuen. Ich bin nur auf eine Sache stolz auf dieser Erde. Ich glaube, ich kann behaupten, ein guter Lehrer zu sein.«

Seine Sandwichs waren gut. Sein Gurkensalat, den er mit Sahne und Weinessig begossen hatte, ließ sich essen. In gewisser Weise war ich erleichtert. Ich hatte dieses Gespräch so lange wie möglich hinausgeschoben. Jetzt hatte es stattgefunden. Jetzt wußte ich, woran ich war. Er hatte mir nicht den Arm um die Schultern gelegt, mich mit Küssen überhäuft und an die Brust gedrückt und dabei alle Komplimente dieser Welt gestottert. Das hätte ich ihm sowieso nicht abgenommen, vermute ich mal, aber das hätte mich trotzdem gefreut. Das Problem mit dem Schreiben liegt darin, daß man schließlich an die Sache glaubt. Und das ist eine Falle.

Marie-Jo kniff die Augen in der Sonne zusammen. Sie sagte mir, sie kenne den betreffenden Lebensmittelladen sehr gut, ein Typ, der Hautkrebs hatte und Hawaiihemden trug, und es sei bereits das dritte Mal seit Anfang des Jahres. Haargenau, erwiderte ich und sah zu, wie sie mit einer Scheibe Schinken kämpfte.

»Und weißt du, womit sie ihn bedroht haben? Mit einer Bazooka.«

»Wie die anderen Male? O *shit*. Dann müssen wir uns wohl darum kümmern.«

Aber ich hatte nicht genug daran gearbeitet. Franck hatte recht. Ich hatte mir nicht die nötige Mühe gegeben. Das hatte ich leider schon geahnt. Wir waren damals mit einer Lösegeldaffäre beschäftigt, einer Bande, die einen Supermarkt oder eine Grundschule in die Luft zu jagen drohte, ich weiß nicht mehr genau, ich kehrte abends erst spät heim, und Chris hatte nichts zu essen vorbereitet, sie hielt ein Meeting oder eine Versammlung im Wohnzimmer ab, so daß ich nicht die nötige Muße fand, um mich der Sache mit ganzem Herzen zu widmen. Im Schlafzimmer hatte ich nichts, um zu arbeiten, und so setzte ich mich in die Küche und mußte jedesmal meinen Stuhl wegrücken und, so gut es ging, meine Blätter zusammensammeln, wenn einer dieser Fanatiker kam und den Kühlschrank öffnete, um mein Bier zu trinken oder mein Brot und meine Butter zu essen und nörgelte, wenn kein Käse mehr da war. Eine Zeit, die sich nicht gut zum Schreiben eignete.

»Suchst du eine Ausrede? Machst du dich vielleicht über mich lustig? Wenn es etwas gibt, mit dem man nicht geizen darf, dann ist es die Zeit. Du mußt sein wie ein Mönch in einem Kloster. Du mußt dich nächtelang auf der Erde wälzen, wenn du einem Satz nachjagst. Erzähl mir nicht, du hättest nicht genug Zeit gehabt. Oder man hätte dich gestört. Solchen Quatsch höre ich tausendmal am Tag.«

»Da hast du recht, Franck, aber sie wollten *wirklich* eine Bombe hochgehen lassen. Es war eine schreckliche Zeit, Marie-Jo kann es dir bestätigen, und hinzu kam noch die Geschichte dieser Frau, die sich für den Unabomber hielt und Sprengstoffpakete an all ihre Liebhaber verschickte, erinnerst du dich? Wir hatten zu Beginn des Frühlings alle Hände voll zu tun. Sie wollten immerhin einen ganzen Häuserblock in die Luft sprengen. Mitsamt Bewohnern.«

»Hast du dich schon mal gefragt, was für Schäden ein schlechter Schriftsteller anrichten kann? Und vergiß nicht, daß es Zehntausende davon gibt. Rechne dir das mal aus.«

Weiter unten stand eine kleine Holzbude, die früher ein Marionettentheater beherbergt hatte, aber die Türen waren herausgerissen worden. Und sonst gab es in der Nähe nur noch das Pissoir. Wir hatten es einmal mitten im Winter benutzt – wir gingen damals zu Fuß durch den Park, denn ein richtiger Orkan tobte über der Stadt und lähmte den gesamten Verkehr – und hatten feststellen müssen, wie begrenzt der Komfort dort war. Sonst sah ich keine weitere Möglichkeit.

Ich blickte Marie-Jo an. Sie zuckte die Achseln.

Ein paar Minuten später folgte ich ihr und ließ Franck seine Apfeltorte anschneiden, von der ein starker Duft nach Zimt ausging und die bestimmt besser schmeckte, wenn man sie noch eine Weile abkühlen ließ. Marie-Jo war schon in einer der Kabinen. Sie hatte schon den Rock hochgehoben und den Schlüpfer herabgestreift.

»Was für ein widerlicher Gestank«, stöhnte sie. »Das schnürt einem die Kehle zu.«

»Ach, das ist Ammoniak. Das verdammte Ammoniak.«

Sie hatte eine Handvoll Papierservietten mitgebracht. Sie denkt an alles. Als sie die Beine spreizte, stellte ich wieder fest, daß sie dicke Schenkel hatte. Eine simple Feststellung. Kein Werturteil. Ganz einfach dicke Schenkel.

Ein paar Minuten später, nachdem wir unsere Sache geregelt hatten und im Begriff waren, uns einen Weg durch eine Gruppe von Läufern in glänzenden, farbenprächtigen Trikots zu bahnen – die meisten von ihnen trugen die berühmten Brennen Space, Schuhe, wie Nietzsche sie sich gewünscht hätte, wenn man den Werbespots Glauben schenken durfte, Objekte, die für eine neue Menschenrasse bestimmt waren, Objekte, die bezeugten, daß man ein höheres Bewußtseinsniveau erreicht hatte –, als wir also im Begriff waren, uns durch die Gruppe zu drängen, entdeckte ich Wolf, der aus einer Kurve kam und wie eine Lokomotive, deren Bremsen auf einer schwindelerregenden Gefällstrecke versagt hatten, zum Spurt in der Geraden ansetzte, wie immer mit einem Lächeln auf den Lippen.

Er blieb trotz allem stehen, dieser Muskelprotz, und zwar ganz mühelos, diese Bestie. Ich suchte vergeblich nach dem geringsten Anzeichen von Atemlosigkeit, der geringsten Spur von Ermüdung bei diesem beneidenswerten Wundertier. Ich schwitzte sogar stärker als er.

Ich machte die beiden miteinander bekannt. Marie-Jo wirkte neben ihm geradezu schmächtig. Als er erklärte, daß er im Durchschnitt zwanzig Runden im Park drehte, glaubte ich, ich würde Marie-Jo verlieren.

Ich wunderte mich, daß Chris nicht mitgekommen war, und sei es nur, um ihn anzufeuern oder ihre Yogaübungen in irgendeinem Winkel zu machen.

»Sie ist doch nicht krank?«

»Nein, sie ist nicht krank. Sie ist nur schlecht gelaunt.«

»Chris schlecht gelaunt? Das kann ich kaum glauben, Wolf.«

Das war eine ausgezeichnete Nachricht. Und der Tag sollte nicht mit weiteren guten Nachrichten geizen, denn Wolf kündigte mir gleich darauf an, daß er am folgenden Morgen nach Berlin reise.

»Nicht für immer, hoffe ich«, sagte ich im Scherz.

Einen Moment lang blickte er mich fragend an. Dann beugte er sich mit durchgedrückten Beinen hinab, bis seine Stirn die Knie berührte. Er war unglaublich gelenkig und plötzlich stumm wie ein Grab.

»Entschuldige, Wolf. Ich wollte nicht neugierig sein.«

Auch wenn er das Gegenteil zu glauben schien, war es mir scheißegal, wohin er fuhr. Sollte er doch ruhig in alle Städte Europas reisen, um die letzten Einzelheiten für den Tag X zu regeln, wenn ihm das Spaß machte – und bei dieser Gelegenheit dem gegenwärtigen Albtraum noch einen weiteren hinzufügen, das hatte ich ihm schon mal während eines improvisierten Abendessens in ihrer Küche gesagt, worauf er entgegnete, daß Gott die Halbherzigen hasse, es war ein grauenhafter Abend, bei dem mir die beneidenswerte Rolle dessen zufiel, der angesichts der Ungerechtigkeit und allem, was dazugehört, mit verschränkten Armen sitzen bleibt, was darauf hinauslaufe, sie zu unterstützen, ob ich es wolle oder nicht, und daß er, Wolf, mich nicht widerspruchslos behaupten lassen könne, daß der Kampf gegen die Unterdrückung nur bedeute, dem gegenwärtigen Albtraum noch einen weiteren hinzuzufügen, nein, Scheiße, tut mir leid, woraufhin auch Chris sich einmischte, Nathan, was sagst du da für einen Scheiß, was erzählst du da, du Idiot, und dann warf mir Chris der Reihe nach mein unzulängliches Engagement, meinen Egozentrismus, meine Unwissenheit, meine Zugehörigkeit zu den niederträchtigen Ordnungskräften, meine kriecherische Haltung, meine Gleichgültigkeit, meine blöden Öko-Scherze, meine Oberflächlichkeit und meine elende Miesmacherei vor, wonach ich völlig angewidert mit zwei großen Gläsern Martini-Gin direkt ins Bett ging.

Als er sich wieder aufrichtete, lächelte er mir zu, klopfte mir auf die Schulter und versicherte mir, es sei alles in Ordnung, aber je weniger ich wisse desto besser. Der Arsch.

»Ich hatte geglaubt, du hättest Vertrauen in mich, Wolf.«

»Hör zu, Nathan. Chris ist da anderer Meinung.«

»Chris ist da anderer Meinung? Kannst du mir das noch mal sagen?«

Er zuckte fröhlich die Achseln, ehe er seine Lockerungsübungen wiederaufnahm. Der Saftsack.

»Also Chris hat kein Vertrauen in mich. Toll. Und du bist nicht alt genug, um dir deine eigene Meinung zu bilden. Wenn sie dir sagen würde, du sollst aus dem Fenster springen, dann würdest du das tun. Du bist vielleicht Professor für Wirtschaftspolitik oder was weiß ich, aber anscheinend sind deine grauen Zellen nicht gerade in Topform.«

Er richtete sich wieder auf. Ich kannte Leute, die dabei einen Krampf bekommen hatten. Er lächelte wieder. Ich kannte Leute, die sich dabei einen Krampf geholt hatten, mit einer fürchterlichen Grimasse und verzogenem Mund.

»Ihr habt vielleicht noch ein paar Probleme zu regeln, Chris und du. Den Eindruck habe ich. Aber ich würde mich da gern raushalten, wenn's möglich ist.«

»Ich habe überhaupt kein Problem mit Chris zu regeln. Wie kommst du eigentlich darauf?«

»Soso, es freut mich, das zu hören«, sagte Marie-Jo. »Haben Sie das gehört, Wolf?«

Ich wandte mich ihr zu. Die Unersättliche. Vor Wolf zog sie den Bauch ein.

»Das wird allmählich zu einer fixen Idee«, sagte ich mit einem höhnischen Lachen. »Probleme mit Chris? Ich habe keine Probleme mit Chris zu regeln. Wir hatten welche, aber die haben wir geregelt. Außerdem geht euch das nichts an, weder dich noch dich. Wo habt ihr denn das her, daß ich Probleme mit Chris habe? Ihr habt euch wohl abgesprochen, was? Wollt ihr mir noch lange damit auf den Sack gehen?«

»Es nervt dich, daß wir darüber sprechen, stimmt's? Wolf, haben Sie gesehen?«

»Im Gegenteil. Darüber können wir sprechen, solange ihr wollt. Das ist ein Zeitvertreib wie jeder andere.«

»Hör zu, Nathan«, seufzte Wolf. »Wir sollten uns mal zusammensetzen, du und ich. Wir sollten über ein paar Dinge reden. Unter vier Augen.«

»Und worüber sollen wir reden? Worüber denn? Sollen wir vielleicht Rezepte austauschen? Jetzt wird's mir aber wirklich zu bunt. Sag mal, bist du verrückt oder was ist mit dir? Das glaubst du doch wohl selbst nicht! Worüber sollen wir denn reden, hm?«

Franck stand oben auf dem Hügel und winkte uns mit erhobenen Armen herbei. Wir luden Wolf zu einer Tasse Kaffee ein. Während wir den Hang hinaufgingen und dabei höllisch aufpaßten, daß wir nicht auf eine Spritze oder ein blutiges Messer traten, fragte ich Wolf, wie zum Teufel er es schaffte, sich neben seiner Forschungsarbeit, seinen Kursen an der Uni, seinem politischen Kampf und seinem Liebesleben körperlich so gut in Form zu halten. Ich fragte ihn, ob er regelmäßig Steroide einnahm. Aber dieser Typ hat absolut keinen Humor. Ich hätte mich besser mit einem Italiener oder sogar mit einem Engländer verstanden, auch wenn die Engländer neben den verdammten Spaniern die schlimmsten unter uns sind.

Franck und Marie-Jo waren hingerissen von Wolf, von Wolf und seinem ganzen Körper, der, wie ich gern zugebe, vollkommen ist – trotz seiner Schwierigkeit, aufrecht durch eine Türöffnung zu gehen. Aber vollkommen bedeutete nicht, daß er übers Wasser laufen konnte. Vollkommen bedeutete nicht in solchem Maß vollkommen, daß Chris ihm rund um die Uhr zu Füßen lag. Sie war, wie es schien, schlecht gelaunt. Ich dachte: »Jetzt schon.«

»Franck«, sagte ich, »deine Apfeltorte ist einmalig.«

»Und mit richtigen Äpfeln«, fügte er hinzu.

Es war inzwischen dunkel geworden. Ich sagte zu Paula: »Etwas weiter links, glaube ich.«

Vom Küchenbalkon aus überwachte ich ihre Suche. Mit einer Taschenlampe in der Hand durchkämmte sie das hohe Gras – Marc und ich hatten uns noch immer nicht einigen können, wer von uns beiden den Rasen mähen sollte, seit Chris sich nicht mehr um den Garten kümmerte.

»Ich habe hier an dieser Stelle gestanden«, fügte ich hinzu. »Ich hatte den Schlüssel in der linken Hand und habe ihn so geworfen. Jawohl. Genau in diese Richtung. Meiner Ansicht nach müßtest du mit der Nase draufstoßen.«

Während meiner Abwesenheit hatte sie Tagliatelle und eine Pfanne frischer, fein geschnittener Pilze zubereitet, bestreut mit Parmesan, den sie mit Hilfe eines von Starck entworfenen Kartoffelschälmessers gehobelt hatte.

»Gehen wir nicht aus?« hatte ich sie gefragt. »Hat Marc

uns nicht von einem neuen Club in den Lagerhallen erzählt? Ein seltsames, von heterosexuellen Typen geführtes Lokal?«

Wir gingen nicht aus, da ich all ihre Schuhe im Besenschrank eingeschlossen hatte.

Als ich entdeckte, daß sie fixte, habe ich kein Drama daraus gemacht. Wir hatten einen ausgezeichneten Abend damit verbracht, uns Filme auf einem Kabelkanal anzusehen und die CDs anzuhören, die ich auf dem Rückweg vom Picknick gekauft hatte – nachdem ich eine gute Stunde die Regale für importierte Experimentalmusik durchforstet hatte –, darunter eine von Captain Beefheart und eine von Eugene Chadbourne, die mir in meiner Sammlung gefehlt hatten. Ich nutzte es aus, endlich mal mit einer Frau zusammenzusein, die meine musikalischen Vorlieben teilte. Wir räkelten uns auf dem Bett. Der Wecker zeigte zwei Uhr morgens an, und weil ich ein bißchen getrunken hatte, erklärte ich Paula, daß ich Minderwertigkeitskomplexe Wolf gegenüber hatte, der am folgenden Morgen eine Reise durch halb Europa antrat, um Vorträge über die Zukunft der Welt und die damit verbundenen politischen und wirtschaftlichen Konsequenzen zu halten, während ich nur ein armer kleiner Bulle war, der von Ereignissen hin und her geworfen wurde, die ich nicht zu analysieren imstande war, und als Krönung des Ganzen Francks Erklärung, daß ich auch fürs Schreiben nicht mehr Talent besäße, was die vage Hoffnung. auf eine Revanche entschwinden ließ, die alle Versager nähren, ehe sie sich in ihr Schicksal fügen.

Paula fand, daß ich übertrieb. Sie irrte sich. Wolf übertraf mich in jeder Hinsicht. Und um mich endgültig davon zu überzeugen, nachdem ich mir nachgeschenkt hatte und wieder zu Kräften kam, begann ich die Punkte einzeln aufzuzählen und sie nach und nach zu notieren. Eine lange, ermüdende Aufgabe, und heraus kam eine fürchterliche Liste von Mißerfolgen und reumütigen Bekenntnissen, unzumutbar nicht nur für mich, sondern mehr noch für alle, die damit konfrontiert werden sollten.

Paula nutzte die Gelegenheit, um ins Badezimmer zu schleichen. Ich bin nicht der Typ, der sich wundert, wenn eine Frau im Badezimmer verschwindet. Vor allem, da Paula sehr sauber ist und ich in einem Alter bin, in dem solche Sachen zählen. Dabei hörte ich ein Stück von Captain Beefheart, bei dem sich einem die Härchen auf den Armen, auf der Brust und auf den Beinen aufrichten. Wie bei manchen alten Aufnahmen von Elvis. Oder noch besser: Scott Dunbar. Was für beknackte Minderwertigkeitskomplexe entwickelte ich nur Professor Wolf gegenüber! Das nahm beunruhigende Ausmaße an. Vor allem, wenn man sie in dieser Form schwarz auf weiß geschrieben sah, mehrfach unterstrichen, in einer Liste zusammengestellt, addiert, numeriert, vor allem in dieser Form. Dann traf es einen verdammt hart. Dann stolperte man am Rand eines spiralförmigen, schwindelerregenden Abgrunds entlang, der einen geradezu hypnotisch anzog.

Ich glaube, ich hatte das Bedürfnis, eine solche Menge von Ungerechtigkeiten jemandem zu zeigen – nicht die allgemeinen, sondern die persönlichen Ungerechtigkeiten, die einem das Leben zufügt, während es Menschen gibt, denen alles gelingt, Menschen, die als Gewinner zur Welt kommen, einem immer überlegen bleiben und in allen Disziplinen eine Länge voraus sind. Ich drehte mich um, doch sie war nicht mehr da.

Ich stand auf, um nachzusehen, was sie machte. Ging durchs Wohnzimmer, wo die Tischplatte im Halbdunkel vornehm glänzte, und strich mit der Hand darüber, was nicht unangenehm war. Auch die Stühle waren gut. Ich beugte mich in dem Augenblick aus dem Fenster, als Marc heimkehrte, ein glücklicher Zufall. Ève warf mir eine Kußhand zu, ehe sie im Zickzack auf den Eingang zusteuerte. Marc war immer noch sauer auf mich, aber ich war froh, daß er heil nach Hause gekommen war. Ich war erleichtert. Er antwortete nicht, als ich ihm eine gute Nacht wünschte und ihn aufforderte, den schönen Himmel voller Sterne zu bewundern, und ihn informierte, daß unser Nachbar eine Parabolantenne auf seinem Dach angebracht hatte.

Sie war weder in der Küche noch auf der Toilette. Sie war im Badezimmer. Saß auf dem Rand der Badewanne, den Gürtel zwischen die Zähne geklemmt.

»Das solltest du aber nicht machen«, sagte ich zu ihr.

»Jetzt ist es aber schon passiert«, antwortete sie.

Ich kehrte ins Schlafzimmer zurück und setzte mich aufs Bett.

»Was ist, hast du was dagegen?« fuhr sie spöttisch fort, als sie ins Zimmer trat.

Ich sagte nichts.

»Was macht das schon?« fragte sie mit gerunzelter Stirn.

»Pah, das ist nicht gerade ratsam oder?«

»Och, ich mach das nur ab und zu. Gelegentlich. Ich weiß, was ich tue.«

»Wenn ich dein Vater wäre, würde ich sagen, du weißt nicht, was du tust. Aber ich bin zu jung, um dein Vater zu sein.«

Sie versuchte sich das Leben zu nehmen und fixte: Ein Glück, daß ich nicht ihr Vater war.

»Ich bin total gut drauf«, seufzte sie. »Können wir nicht vögeln?«

»Paula, wie oft soll ich dir das noch sagen? Paula, wenn wir in diese Sache reinschlittern, bereuen wir es anschließend. Tu nicht so, als wüßtest du das nicht.«

»Nur einziges Mal.«

»Ihr Frauen seid wirklich witzig. Das ist kaum zu glauben. Ihr schert euch einen Dreck um die Folgen. Ihr seid bereit, die Welt aus den Angeln zu heben, um die Sterne vom Himmel zu holen, das ist kaum zu glauben. Bereit, in der Gosse zu landen, nur um fünf Minuten vor Lust die Augen zu schließen. Ist das nicht ein bißchen zu teuer bezahlt? Ist das nicht ein bißchen zu hoch gegriffen? Nur ein einziges Mal. Was soll das heißen, nur ein einziges Mal? Meinst du, das kann uns vor irgend etwas schützen, nur ein einziges Mal? Paula, glaubst du das wirklich?«

Da sie dennoch versuchte, ihre Hand in meine Unterhose zu schieben, stand ich auf und stellte mich vors Fenster. Ein Bulle beobachtet immer gern eine schlafende Stadt, selbst wenn ein leichter Feuerschein in der Ferne flackert, selbst wenn sich streunende Hunde zwischen den Mülltonnen einen erbitterten Kampf liefern, selbst wenn Typen über den Bürgersteig galoppieren und mit einem Satz über die Autos springen.

»Wenn wir nicht da wären, wäre in dieser Stadt schon

seit langem der Teufel los«, erklärte ich. »Niemand könnte mehr ein Auge zutun. Weißt du das?«

Sie kam und schlang den Arm um meine Hüfte. Ich legte ihr meinen auf die Schulter.

»Schade, daß wir nicht einen Ort daraus haben machen können, wo niemand gezwungen ist, zu fixen oder Bomben zu legen. Sieh dich nur mal um: Könnten die Dinge nicht einigermaßen harmonisch verlaufen? Es gibt so viel Schönes auf dieser Welt. Den Himmel. Die Sterne. Warum haben wir es nicht geschafft? Ich meine die Menschen ganz allgemein und alle Generationen, die uns vorausgegangen und aufeinander gefolgt sind. Warum haben wir es nicht geschafft, kannst du mir das sagen?«

»Nathan, nur ein einziges Mal.«

»Ich glaube, daß Männer wie Paul Brennen die Sache unmöglich gemacht haben. Nein, sei nicht so starrsinnig. Weder einmal noch zweimal noch dreimal. Ich glaube, daß Männer wie Paul Brennen das Licht ein für allemal verdunkelt haben. Ja, das glaube ich. Sollen wir nicht irgendwo noch etwas trinken? Was hältst du davon? Jetzt wo du deine Schuhe wieder hast. Paula, sollen wir nicht zu deinen Kumpels fahren? Ich frag mich, wie ein Lokal aussieht, das von Heterosexuellen geführt wird. Das ist doch bestimmt total irre, meinst du nicht?«

Marie-jo

Sich auf dem Campus herumzutreiben ist interessant. Die Augen und Ohren auf dem Campus aufzusperren ist sehr aufschlußreich. Man sollte immer jung bleiben. Man sollte eine weiche Haut, schöne Zähne, gesundes dichtes Haar, biegsame Gelenke und eine gewisse Naivität behalten.

Endlich mal etwas anderes als diese Typen mit ihren abstoßenden Visagen, mit denen ich normalerweise zu tun hatte – und ich meine damit nicht nur die Leute, denen ich auf den Fersen war –, ein paar freudestrahlende, blühende, unverbrauchte, im allgemeinen noch nicht allzusehr gezeichnete Gesichter von jungen Menschen, die völlig neben der Spur waren, das war für mich wirklich mal etwas anderes. Ich sah mehrere, die ganz einfach auf einer Wolke schwebten und in einer Traumwelt inmitten des allgemeinen Albtraums lebten, andere, die ganz einfach alles ändern wollten, und wieder andere, die sich alles auf einen Schlag reinziehen wollten, und dann ein paar, die dealten, und andere, die bloß nach Sex dürsteten. Aber glauben Sie mir, sich ein wenig unter denen umzusehen, die neben der Spur sind, ist eine verdammt erholsame Sache. Man nimmt einen anderen Rhythmus an.

Ich verteile Flugblätter. Ich sammle Unterschriften für eine Petition. Ich trage eine Plakette, auf der in Gelb POLICE GAY & LESBIAN LIAISON OFFICER auf einem lila und grün schillernden Untergrund steht. Ich glaube, ich habe da eine tolle Idee gehabt. Ich habe mir überlegt, wie sich die Präsenz eines Bullen in diesem heiligen Hain rechtfertigen ließ. Man kannte mich. Man kannte uns, Franck und mich. Den Professor und seine Frau. Man war uns in der Cafeteria begegnet, als ich in meiner Beschränktheit geglaubt hatte, ich hätte einen Ehemann und müßte ihm zwischen zwei Kursen Gesellschaft leisten, also zu einer Zeit, als auch ich noch völlig neben der Spur war.

Ich sprach mit Rose Delarue darüber. Ich brauchte eine ausgefallene Idee. Dann kam Georges hinzu und sprach über die Dekadenz in Australien, von diesen Australiern, die *wie die wilden Tiere* auf ihrer Insel lebten. Rose rannte ständig zur Toilette, weil sie ein energiespendendes kohlensäurehaltiges Getränk zu sich genommen hatte, das für Hochleistungssportler, insbesondere Radrennfahrer gedacht war, aber sie war mit Georges einer Meinung. Neulich hatte sie ein Taxi genommen, und als sie in dem fraglichen Viertel in einen Stau gerieten, hatte der Taxifahrer zu ihr gesagt, er habe gerade das Evangelium gelesen und darin werde klar verkündet, daß am Tag, an dem sich die Männer auf der Straße küßten, das Ende der Welt nicht mehr fern sei.

Sie wollten mich zum Essen dabehalten. Rose hatte sich einen Hometrainer liefern lassen. Sie wollte vor dem Sommer acht Pfund abnehmen, dabei bestand sie jetzt schon nur aus Haut und Knochen. Während sie mit finsterem

Blick und in die Hüfte gestemmten Armen um das Gerät herumging, half mir Georges, Kontakt zu den Australiern aufzunehmen – ich hatte vorgegeben, daß ich Informationen über einen möglichen Austausch mit der Polizei aus Sydney brauche. Rose war auf das Gerät geklettert und knabberte Hirseplätzchen. Georges versuchte mich in die Küche zu lotsen. Er schwor mir, daß ich ihn immer noch genauso verrückt mache. Die beiden waren wirklich unerträglich. Und was gab es überhaupt zu essen? Georges kratzte sich am Kopf, während er den Inhalt des Gefrierschranks untersuchte. Außer Atem riet ihm Rose, das kalte Hähnchen herauszunehmen. Ausgerechnet kaltes Hähnchen, wenn es etwas auf der Welt gibt, das ich hasse, dann das. Ich machte mich aus dem Staub. Sie riefen hinter mir her, als ich die sonnenüberflutete, von üppigem Grün gesäumte Straße überquerte, aber ich blickte mich nicht um. Ich habe einen Horror vor kaltem Hähnchen.

Ich trage eine Plakette mit der Aufschrift POLICE GAY & LESBIAN LIAISON OFFICER. Sie waren sehr nett zu mir. Zwei junge Frauen und ein Typ, alle drei uniformiert, lächelnd und muskulös. Gemeinsam hatten sie bereits an den Londoner Unis für die gerechte Sache geworben, und jetzt waren sie für ein paar Tage hier, anschließend fuhren sie nach Madrid, dann nach Lissabon, um im Land von Fernando Pessoa (Franck hatte ihm mehrere maßgebliche Artikel gewidmet) ihre Europatournee zu beenden, die das Ziel verfolgte, in der Öffentlichkeit Sympathie für ihren Kampf zu wecken, der die Transvestiten und Transsexuellen mit einbezog, deren Zukunft, wie ich mir vorstellen konnte, äußerst beunruhigend war.

Ich verteile ihre Flugblätter. Ich gehe mal hier mal dort hin, stelle mich auf einen Flur, erkläre, daß die Polizei den Minoritäten Gehör schenkt und sich verpflichtet, keinerlei Angriffe, weder körperlicher noch verbaler Art, auf all diese Kranken mehr zu dulden. Ich gebe ihnen die Telefonnummer des Polizeipräsidiums – eine Freecall-Nummer –, damit sie den geringsten Übergriff melden können. Ich sammle Unterschriften gegen die Diskriminierung. Ich verkünde lauthals, daß sich die Dinge ändern müssen. Daß die Polizei dabei ist, sich zu ändern.

Als ich Franck kennenlernte, kämpfte ich für das Verbot von Tierversuchen – ich hatte das Bedürfnis, gegen irgendetwas anzuschreien und spät heimzukommen, um die Begegnungen mit meinem Vater zu vermeiden, die so unangenehm verliefen, daß ich ihn schließlich mit einem Messer bedrohte, die Atmosphäre war nicht immer sehr fröhlich gewesen, wenn ich daran zurückdenke. Ich kämpfte dafür, daß man endlich aufhörte, die armen Tiere zu quälen, dabei war ich selbst genauso arm dran, kein bißchen besser. Das war doch eine gute Idee, oder?

Und das hatte mir Spaß gemacht. Ich ging auf den Rasenflächen zwischen den Gebäuden auf und ab, verteilte Flugblätter, sammelte Unterschriften für Petitionen. Ich lernte Leute kennen. Ich konnte Gespräche mit ihnen über dieses Thema führen, ohne daß sie gleich die Flucht ergriffen. Ohne daß sie mich aufgrund meines dicken Hinterns für ein Monster hielten, mit dem man besser nicht spricht. Und erst recht nicht ausgeht. Ohne daß sie die Flucht ergriffen, als hätte ich die Pest.

Das war nicht schlecht. Das half mir, auf andere Gedanken zu kommen. Die Sauereien meines Vaters hatten zehn Jahre gedauert. Seit ein paar Monaten wußte er, daß ich fähig war, ihn umzubringen. Daß er besser daran tat, mich in Ruhe zu lassen. Und Franck war ein junger Professor – jung für einen Professor – und schon sehr brillant, und so lernten wir uns kennen. Ich glich mit meinem kurzen Haar einem Jungen. Und wenn ich es mir richtig überlege, flüchtete ich vor meinem Vater direkt in Francks Arme. So was nennt man Pech.

Heute bin ich der neue Verbindungsoffizier für Schwule und Lesben – ganz zu schweigen von ihren Unterarten. Nathan ist jemand, der sich auch mal an den Hintern fassen läßt, ich dagegen nicht. Aber leider ziehe ich sie an. Ich bin hier, um Ermittlungen anzustellen, und schon habe ich drei Lesben auf der Pelle.

Sie haben den Eindruck, ich habe Spaß an dem, was ich tue. Sie haben mich schon gestern abend beobachtet und sich gesagt, das ist eine Frau, die den Eindruck macht, Spaß an dem zu haben, was sie tut.

Mir bereitet die Sache tatsächlich großes Vergnügen, das habe ich Ihnen ja schon gesagt. Ich habe das Gefühl, jünger zu werden. Es ist so schön, jung zu sein – manchmal fühle ich mich mit meinen zweiunddreißig Jahren schon alt und verschrumpelt. Der einzige Unterschied zu damals besteht darin, daß meine Flugblätter nicht mehr ein gehäutetes Wiesel darstellen, sondern zwei junge Männer, die sich zärtlich umarmen – ich habe keine andere Wahl.

Das Vertrauen der Leute gewinnen. Ich finde das zum Kotzen. Trotzdem gehört das zu unserem Beruf. Das lehrt man uns.

Ich stand in der prallen, wunderbar heißen Sonne. Sie brachten mir etwas zu trinken. Und später holten sie mich ab, und wir gingen gemeinsam in die Cafeteria.

Rita, die kleinste von ihnen, die griechisch-römisches Ringen trainierte, hatte Jennifer Brennen gut gekannt. Da haben Sie ein Beispiel. Man gewinnt das Vertrauen der Leute, und anschließend saugt man sie aus. Man entlockt ihnen mühelos Dinge, als wären es Seiten, die man aus einem Buch herausreißt. Man bemüht sich, sympathisch zu wirken, pflichtet ihnen bei, und bald darauf hat man sie in der Hand. Nicht gerade etwas, auf das man stolz sein kann.

Voller Scham vertraute ich ihnen meine Privatnummer an, falls sie jemals von der Polizei brutal behandelt werden sollten – unter den Lesben kursierten finstere Gerüchte über widernatürliche Vereinigungen, zu denen man sie in den Mauern der Polizeireviere zwang.

»Witzig, daß du von Jennifer Brennen sprichst«, erklärte Rita, »denn ich habe sie sehr gut gekannt. Und auch diesen beknackten Michel, diesen beknackten Albino.«

Der besagte Michel war einer von Francks Studenten. Ich versuchte schon seit dem frühen Vormittag, ihn in die Finger zu kriegen. Er war der erste auf meiner Liste. Vielleicht sogar der erste, den Franck befragt hatte.

»Weißt du, daß ich verrückt nach Jennifer Brennen war?« seufzte Rita. »Weißt du, daß sie mir das Herz gebrochen hat?«

Die beiden anderen, die sich während des ganzen Essens befummelt hatten, wandten sich mit einer angewiderten Grimasse Rita zu.

»Ich vögle mit niemandem mehr«, erklärte mir Rita.

»Sie sind sauer auf mich, weil ich mit niemandem mehr vögle. Ich zeig dir gleich meine Tätowierung, dann verstehst du warum.«

Ritas Wohnung war nur ein paar Schritte entfernt. Sie war sonnig, spartanisch eingerichtet und in Beigetönen gehalten. Ich hatte mein Paket Flugblätter und die Petition in den Flur gelegt und Nathan benachrichtigt, daß ich weiter auf dem Campus herumschnüffelte – er selbst interessierte sich vor allem für Paul Brennens Leibwächter, jeder ging seiner eigenen Spur nach –, ließ mich auf den Futon sinken und erklärte Rita, daß es hübsch bei ihr sei.

»Mach's dir bequem«, sagte sie zu mir. »Ich hole die Fotos. Aber vorher hole ich uns was zu trinken.«

Sie kam mit einer Flasche Wein zurück. Dabei trinke ich tagsüber nie Alkohol, nur schon ein Glas Bier haut mich sofort um. Und draußen war es so heiß, daß die Schnalle meines Gürtels, den ich als Verbindungsoffizier für Schwule und Lesben trug – machen Sie sich nicht über mich lustig, ich war in Galauniform –, mir noch auf der Haut brannte, und draußen war es so heiß, daß Weintrinken bestimmt das letzte war, was man tun konnte.

»Ich hole die Fotos. Mach's dir bequem«, sagte sie noch mal und verschwand im Schlafzimmer.

Ich legte meine Schirmmütze auf den Beistelltisch und lockerte die Krawatte. Rita kam im Slip und mit nackten Titten wieder.

»Mach dir keine Sorgen«, erklärte sie. »Ich vögle mit niemandem mehr.«

Sie hatte tatsächlich eine eindrucksvolle Tätowierung auf

dem Schenkel, einen von der aufgehenden Sonne beschienenen Grabstein, auf dem man in feuerroten Lettern die Inschrift RITA & JENNIFER lesen konnte, die, um sie plastisch hervortreten zu lassen, in subkutane Implantate graviert war. Rita hatte mir die Tätowierung schon in der Cafeteria gezeigt, was die beiden anderen zu einem glucksenden Lachen veranlaßt hatte.

»Das hat mich zweitausend Euro gekostet«, hatte sie hinzugefügt. »Und das auch nur, weil Derek ein guter Freund von mir ist.«

»Du kennst Derek?«

»Ob ich Derek kenne? Hört ihr das? Ob *ich* Derek kenne?«

Ich hatte noch nie ein so glatt rasiertes weibliches Geschlechtsteil gesehen. Sie trug ein durchsichtiges Höschen. Sie hatte sehr muskulöse Arme und Beine. In einer Ecke des Zimmers befanden sich Hanteln, ein Expander, eine eingerollte Gymnastikmatte und eine Reckstange. Anstelle eines Bauches hatte Rita mehrere Reihen Muskeln.

»Sieh mich mal an«, seufzte ich. »Wer käme schon auf die Idee, daß ich jeden Morgen eine Stunde jogge?«

»Du siehst prima aus. Du würdest eine gute Ringerin abgeben. Du müßtest nur, sagen wir mal, dreißig Pfund abnehmen.«

»Rita, ich würde alles dafür hergeben, um dreißig Pfund abzunehmen.«

»Soll ich das in die Hand nehmen?«

»Ach, weißt du, ich bin furchtbar beschäftigt. Ich bin ständig unterwegs, weißt du. Aber wenn ich's trotzdem machen wollte, wie lange würde das dauern?«

»Laß mich mal überlegen. Ich würde sagen, etwa sechs Monate.«

Sechs Monate. In sechs Monaten konnte ich mindestens zwanzigmal sterben. Es wurde fast jeden Tag auf uns geschossen. Ganze Horden von Arschlöchern benutzten uns regelmäßig als Zielscheibe. Ohne jeden Grund machten sie auf der Ringautobahn auf uns Jagd und verwickelten uns in abenteuerliche Wettfahrten, von denen man graue Haare kriegte. Die Überfälle wurden mit Bazookas ausgeführt. Ihre Rechtsanwälte lachten uns frech ins Gesicht. Sie schluckten irgendwelche Mittel, die sie in wilde Tiere verwandelte. Sie sprachen nicht mehr davon, uns den Arsch zu versohlen oder uns mit einer Keule eins überzuziehen, wie in der guten alten Zeit – der Sprung ins Jahr 2000, das muß man schon sagen, hatte uns nicht auf eine ruhige Lichtung geführt, und mit jedem weiteren Jahr hatte sich die Atmosphäre noch weiter verschlechtert –, sie schossen auf uns, diese Arschlöcher. Manchmal fragt man sich wirklich, in was für einer Welt wir leben. Man fragt sich, wo das hinführen soll.

»Stell dir vor, eines Tages war ich plötzlich schwanger«, erklärte ich. »Kannst du dir den Horror vorstellen? Ich meine, in diesem Dschungel?«

Willst du wissen, Rita, ob ich abgetrieben hab? Die Antwort ist ja. Ich hatte gerade herausgefunden, daß Franck, mein Mann, mit Männern vögelt, und das habe ich nur schwer ertragen. Franck, mein Mann. Ich erinnere mich noch, als ich den Beweis dafür hatte, bin ich plötzlich umgekippt, ich stand auf und fiel nach ein paar Schritten wieder hin, meine Beine waren wie aus Gummi.

»Deinen Typen kennen wir. Wir wissen, was er macht. Er lungert oft in der Nähe des Pissoirs herum.«

»Vielen Dank. Erzähl mir bitte keine Einzelheiten. Das macht mich heute noch krank. An diesem Tag habe ich aufgehört zu leben. Kannst du das glauben? Aufgehört. Als wär ich mit hundert gegen eine Wand geknallt. Und bei der Gelegenheit war Derek fabelhaft. Absolut fabelhaft. Er hatte gerade erst seinen Frisörsalon eröffnet, und schon rannten ihm die Leute die Bude ein. Er war total geschlaucht. Aber du kennst ja Derek. Mutter Teresa ist nichts dagegen.«

»Ja, man kann sich auf ihn verlassen. Ich selbst habe auch ein paar harte Sachen erlebt. Unter anderem die Sache, von der ich dir eben erzählt habe. Weswegen ich seit einer ganzen Weile nicht mehr vögele. Immer wenn ich es nicht mehr aushielt, bin ich zu Derek gegangen und habe mit ihm darüber gesprochen. Er hat mich wieder auf die Beine gebracht, das muß ich schon sagen. Derek muß wohl irgendwelche magischen Kräfte besitzen. Alle Achtung.«

Das Vertrauen der Leute gewinnen. Nie aus den Augen verlieren, daß man einen Job zu erledigen hat und wegen irgend etwas da ist. Aufgrund des Weins wußte ich nicht mehr recht, weshalb ich da war, doch dann erinnerte ich mich wieder. Ich versuchte die Fährte aufzunehmen, die Franck verfolgte, als er Nachforschungen über Jennifer Brennen angestellt hatte. Ich erinnerte mich wieder.

Die Fotos. Wir waren da, um uns die Fotos anzusehen.

»Laß uns mal die Fotos ansehen«, sagte ich.

Sie setzte sich neben mich. Ganz dicht neben mich. Aber das ging noch an.

»Wenn ich ein paar Tränen vergieße«, seufzte Rita, »wenn ich ein paar Tränen vergieße, dann achte nicht darauf.«

»Okay.«

Sie nahm einen großen Karton und legte ihn auf ihren Schoß. Ihre spitzen Brüste ragten verzweifelt über einen kleinen Haufen durcheinanderliegender Fotos, die zumeist auf Glanzpapier abgezogen waren. Rita und Jennifer Brennen zu allen Jahreszeiten in der Stadt, auf dem Land, auf der Terrasse eines Cafés, am Tag, bei Nacht, auf dem Rasen vor der Uni, in einem Fotoautomaten, am Strand, vor einem Weihnachtsbaum.

»Ich spreche nicht gern von Liebe. Aber das war Liebe. Das kannst du mir glauben.«

»Und wer ist das da? Der Albino?«

»Der da?«

Ich schnappte ihn am folgenden Tag, am späten Nachmittag.

Morgens waren Nathan und ich zu einer Säuberungsaktion in einem besetzten Haus, in dem es von Dealern wimmelte, geradezu gewaltsam herangezogen worden, denn angeblich hatte eine Darmgrippe unsere Reihen dezimiert, und Francis Fenwick, unser Chef, der die Operation sorgsam vorbereitet hatte, fragte uns nicht um unsere Meinung. Nathan und ich waren fuchsteufelswild. Den Job einer Bande von Drückebergern übernehmen zu müssen, hatte lauten Protest bei uns ausgelöst, aber unser Chef Francis Fenwick ist ein Mann mit stählernem Willen, ein harter Bursche mit grauen Schläfen, der eine persönliche Rechnung mit den Typen zu begleichen hat, die seine Tochter beliefern, und das macht ihn halb wahnsinnig. Extrem autoritär, der Bursche.

Wir mußten eine gepanzerte Tür aufbrechen, die Treppen hinaufrennen, hysterische Typen überwältigen, in Brand gesetzte Matratzen löschen, über Dächer hetzen, durch Fenster klettern, die Ware aus ekligen Verstecken herausholen und die Kerle in Fahrzeuge verfrachten. Wir waren wie gerädert. Einer dieser Ärsche hatte mich zu Boden geworfen, und davon tat mir die Schulter weh. Das Frühstück lag mir schwer im Magen. Es kollerte in meinem Magen.

»Macht dein Magen diese Geräusche?« Ich war furchtbar schlecht gelaunt. Ich blickte Nathan an, ohne ihm zu antworten. Wir saßen im Stau.

Ich hatte den Verdacht, daß er jede Nacht ausging oder sonst so was. Ich fand, daß er in letzter Zeit ziemlich müde war. Aber ich hatte im Augenblick alle Hände voll zu tun und konnte der Sache nicht nachgehen. Und außerdem war das nur ein vager Eindruck. Ich war noch nicht in Alarmbereitschaft.

Wir hatten einen Haufen Vernehmungen vor uns, mußten stundenlange Gespräche unter vier Augen mit den übelsten Arschlöchern führen, die einem beim Reden ihre Spucke ins Gesicht sprühten, wenn sie nicht noch unangenehmere Dinge taten, oder die einem ins Ohr schrien, einen von oben herab behandelten und wie am Spieß brüllten, um einen Rechtsanwalt zu bekommen. Ich hielt in der zweiten Reihe vor dem Polizeirevier und gab Nathan ein Zeichen, er könne aussteigen.

Er stieg aus und beugte sich zum Seitenfenster herein, die Augenbrauen zu einem Fragezeichen verzogen.

»Ich will dir nicht auf den Wecker gehen«, sagte ich zu ihm, »ich will dir vor allem nicht mit Geräuschen, die mein Magen macht, auf den Wecker gehen.«

»Hör auf, mich zu nerven. Wir haben bis heute nacht voll zu tun. Hör auf, mich zu nerven, Marie-Jo.«

Ich machte mich aus dem Staub. Meine Schulter tat mir weh, als sei sie von einer sengendheißen Schicht umhüllt. Ich fuhr nach Hause, um mir die Uniform anzuziehen, und hatte Mühe, die Bluse zu wechseln, ich konnte kaum den Arm heben. In meiner Post fand ich eine Stromrechnung über tausenddreihundertfünfundzwanzig Scheißeuro und ein Angebot für ein Abonnement, um zweihundertsechsundfünfzig weitere Kanäle zu empfangen, als Geschenk bekam man dafür ein Paar Hausschuhe und eine Schirmmütze. Ich hatte nicht gespült. An den Tellern klebten glasige Reiskörner in einer eingetrockneten Currysoße, die ein Sonnenstrahl endgültig in Zement verwandelt hatte. Franck hatte den Mülleimer nicht geleert. Ich hatte einen Stapel Bügelwäsche daliegen, der immer höher wurde. Ich hörte Ramon, der sich einen Stock tiefer eine Musik für Degenerierte reinzog. Ich nahm mir kaum die Zeit, mir ein Sandwich zu schmieren.

Ich aß es auf dem Campus auf, im Schatten eines Baums, der seine Blüten verlor. Ein wenig Ruhe. Endlich konnte ich mich setzen. Die Australier hatten mir einen Campingtisch und einen Segeltuchstuhl zur Verfügung gestellt. Sie hatten hinter mir ein Schild aufgestellt. Das war mein Gefechtsstand. Der Treffpunkt der Schwulen und Lesben. Aber zum Glück war gerade nichts los.

Ich war da, um den Albino zu schnappen, aber ich brachte nicht die Kraft auf, mich auf den Gängen herumzutreiben und das Risiko einzugehen, mich von einem Schwulen anquatschen zu lassen, der etwas Furchtbares auf dem Herzen hatte. Ich spülte meine Amphetamintabletten mit anderthalb Liter Mineralwasser *light* herunter und spürte den Geruch des verbrannten Laubs, den Geruch des warmen Grases, den Geruch des Recyclingpapiers meiner Flugblätter, die in der Sonne ausgelegt waren, den Geruch der Steine und Ziegel der Gebäude, die stundenlang unter dem wolkenlosen Himmel aufgeheizt worden waren. Ich schloß die Augen.

»Ich habe das richtige Mittel für dich«, erklärte Rita. »Ich habe genau das richtige Mittel für dich. Ich benutze es schon seit zehn Jahren. Es kommt nur selten vor, daß ich es nicht benutze.«

Fast durchsichtig blau. Wie meine Zahncreme. Auf der Tube war ein lächelnder Mann mit nacktem Oberkörper abgebildet.

»Das benutzen die Profis«, erklärte Rita, während sie meine Schulter mit der Creme einrieb. »Aber was wir machen, ist streng genommen kein griechisch-römisches Ringen. Bei uns ist auch der Einsatz der Beine erlaubt. Das mußt du dir mal irgendwann ansehen. Das könnte dich interessieren.«

Erst war es kalt. Ich war ein wenig verkrampft, als Rita meine Bluse aufknöpfte und auch, als sie mich berührte, ihre Hand meine Haut streichelte und sich um meine Schulter legte. Aber jetzt ging's. Je länger die Massage dauerte, desto entspannter wurde ich. Ich erzählte ihr die Ereignisse des Vormittags.

»Ich bin unglücklich bei dem Gedanken, daß er mich eines Tages unglücklich macht.«

»Und er wird dich unglücklich machen, darauf kannst du dich verlassen. Er ist ein großer Heuchler.«

»Nein, ich würde nicht sagen, daß Nathan ein Heuchler ist. Aber es läuft auf dasselbe hinaus.«

Rita hatte den Eindruck, daß sie den gleichen Fehler begangen hatte: Jennifer Brennen war ein paar Klassen zu gut für sie gewesen. Eine viel zu hübsche Frau, ganz abgesehen davon, daß Bisexuelle nie sehr aufrichtig waren.

»Ich habe es nie geschafft, sie ganz von den Schwänzen abzubringen«, seufzte sie. »Und stell dir vor, das habe ich schon am ersten Tag gemerkt. Da war nichts zu machen. Wenn sie das mal im Kopf haben, ist alles zu spät. Jaja. Das gehört zu den Rätseln, die ich nie geklärt habe. Kannst du mir nicht darüber Auskunft geben?«

Die Turmuhr der Universität schlug fünf, und die Schatten auf dem Rasen wurden allmählich länger, als ich zurückkam. Rita war furchtbar geschwätzig. Ich war in den Genuß einer zweiten Massage gekommen, was durchaus nicht unangenehm gewesen war, und meinem Arm ging es schon viel besser. Auch meine Laune hatte sich gebessert. Rita war im Grunde sehr nett. Wir hatten beschlossen, uns am Abend zu treffen, um gemeinsam mit Derek ins Kino zu gehen.

Überraschend, nicht wahr, diese Beziehung, die sie zu Jennifer Brennen unterhalten hatte. Und ein seltsames Weib, diese Jennifer, wenn man darüber nachdenkt. Ihr Vater muß sich wohl die Haare gerauft und das heulende Elend gekriegt haben. Wenn eine Tochter anfängt, ihren

Vater zu hassen, dann tut das ganz schön weh, das können Sie mir glauben.

Ich sah Franck, der aus seinem Kurs kam, und eine Gruppe von Studenten, die ihm nicht von der Pelle wichen. Er ging mir aus dem Weg. Ich blickte ihm nach, während ich meine Flugblätter verteilte, und dachte, daß er doch ein angenehmes Leben führte. Dann verließ Michel, der Albino, das Gebäude.

Ich schaffte mir kurzerhand einen Typen vom Hals, den irgend jemand auf den Gängen zur Turnhalle in den Hintern gekniffen hatte und der darauf bestand, daß ich einschritt. Ich entfernte mich unter seinen sarkastischen Bemerkungen, da ich fürchtete, den Albino aus den Augen zu verlieren, was angesichts meiner Übung und dem zu beschattenden Objekt, das wie ein weißes Taschentuch in der Finsternis leuchtete, der Gipfel gewesen wäre.

Er betrat einen großen Saal, in dem die Studenten in kleinen Gruppen diskutierten. Dort versammelten sie sich. Dort trafen sie sich, um ihre Aktionen zu planen. Die Straße dem Volk wiederzugeben, die Atommülltransporte zu stoppen, die Bürgersteige zu verbreitern, die Kriege abzuschaffen, die Haare unter den Achseln der Mädchen wachsen zu lassen, Hühner aus Legebatterien zu adoptieren, Marken zu boykottieren, Kondome zu benutzen, den Papst zu verehren oder weiß Gott was sonst noch alles. Das Spektrum war breit gefächert. Viele von ihnen hatten bei der Diskussion den Fuß auf einen Stuhl gestellt. Junge Leute, die bereit waren zu kämpfen. Ich hatte ihnen manchmal zugehört, unter anderem auch in meiner Funktion als Verbindungsoffizier für Schwule und Lesben, die mir als Passierschein diente und mir erlaubte, die Ohren zu spitzen und gewisse Dinge in Erfahrung zu bringen. Zum Beispiel, daß Jennifer Brennen bei ihnen verdammt gut angesehen war. Daß die Kämpfe, die sie gegen ihren Vater ausgefochten hatte, sie in eine Ikone verwandelt hatten und daß ihr Porträt bei der nächsten Demo gezeigt und ihr Tod gerächt werden sollte.

Die nächste Demo. Sie schienen damit nicht zu scherzen. Und die Bullen begannen ebenfalls darüber zu sprechen. Man rechnete mit dem Schlimmsten. Und man tat gut daran, mit dem Schlimmsten zu rechnen, denn jedesmal verlief die Sache noch schlechter als beim vorangegangenen Mal. Man konnte sich also kaum täuschen.

Sie bereiteten sich ernsthaft vor. Sie diskutierten verbissen. Der Albino hörte mal den einen, mal den anderen zu und schielte mit halbgeöffnetem Mund und ziemlich behämmerter Miene nach den Mädels.

Ich wartete, bis er hinausging. Ich folgte ihm auf den Fersen und schickte ihn mit einem Schlag mit der Schulter – Rita hatte sie wieder hingekriegt – in eine Gruppe von Lorbeersträuchern. Ich blickte mich nach links und rechts um, und als ich sah, daß niemand in der Nähe war, glitt ich ebenfalls in das Gebüsch.

Er lag noch auf dem Rücken, auf der schwarzen Erde, seine roten Augen waren weit aufgerissen. »Ein reizbarer Kerl«, hatte Rita erklärt. »Er ist mir auf Schritt und Tritt gefolgt. Ich hätte ihn am liebsten umgebracht.«

Als ich ihm die Hand entgegenstreckte, wich er zurück.

»Der Herr sei mit mir«, flüsterte er mit verzogenem Mund.

»Wie bitte?«

»Der Herr sei mit mir«, sagte er noch einmal.

Ich haute ihm eine runter, dann half ich ihm auf. Eine Taktik, die ich manchmal anwende, wenn ich nicht recht weiß, woran ich bin.

»Michel, mein lieber Michel, wir müssen uns mal ernsthaft unterhalten«, erklärte ich. »Du wirst sehen. Es wird schon alles gut verlaufen.«

Er trug einen Rosenkranz um den Hals – fünfzehnmal zehn Ave-Maria und jedesmal ein Vaterunser vorab. Eine Gesichtshälfte war hellrot gefärbt. Er starrte mich an, als sei ich der Teufel höchstpersönlich.

»Ich bin nur die Frau deines Professors«, beruhigte ich ihn. »So sehe ich gar nicht aus, hm? Was meinst du?«

Er verzog das Gesicht, als er meine Plakette entdeckte, auf der meine Fachrichtung angegeben war: Verteidigerin der Schwulen, Lesben und so weiter. Ein abendfüllendes Programm.

»Mach dir keine Sorgen, Michel. Nicht jedes geschriebene Wort ist ein Evangelium. Es handelt sich um eine Tarnungsmaßnahme. Nicht schlecht als Tarnung, hm, Michel? Da bleibt dir die Spucke weg. Aber sieh mich doch mal an. Sehe ich vielleicht so aus, als würde ich diesen kranken Typen zu Hilfe eilen, mal ganz ehrlich? Da kennst du mich schlecht. Ich kann sie auch nicht ausstehen. Eine Tarnungsmaßnahme. Du weißt, was Tarnung bedeutet, hoffe ich.«

Oje oje, dachte ich. Dieses Rindvieh. Rita hatte es mir lang und breit erklärt, aber ich hatte geglaubt, sie übertreibe. Dieser saublöde Arsch. Ich begriff allmählich, was es hieß, so einen Typen ständig auf der Pelle zu haben. Arme

Rita. In seinem Blick lag etwas Unstetes, Fanatisches. Noch ein religiöser Fanatiker. Denen begegnete man leider immer öfter. Das jagte mir richtig Angst ein. Ich wollte nicht, daß man mir im Schlaf die Kehle durchschnitt.

Ich zeigte auf eine etwas abseits stehende Bank vor einer Mauer, die ganz mit Efeu bewachsen war, dessen Blätter wie frisch gebohnertes Parkett glänzten. Ich setzte mich ganz dicht neben ihn. Er roch nach Waschpulver.

»Hast du nicht irgendwas zu essen? Ich sterbe vor Hunger. Was weiß ich, einen Müsliriegel oder so was.«

Ich hatte nur mein Sandwich im Magen. Ich fühlte mich ziemlich flau. Er wollte wissen, was ich von ihm wollte. Ich klebe ihm noch eine. Ich suchte mit den Augen nach einem Automaten mit irgend etwas Eßbarem, aber es war, als säßen wir mitten in der Pampa. Es tat mir leid, daß wir nicht in der Nähe der Cafeteria waren, wo es einen riesigen Automaten mit Salaten, belegten Broten, Törtchen und allen Schokoladenriegeln gab, die man sich nur vorstellen konnte.

»Warum haben Sie mich geschlagen?« fragte er und wurde unruhig.

Ohne mich ihm zuzuwenden, die Augen ins Leere gerichtet, erwiderte ich, so sei das nun mal. Und nicht anders.

»Dazu haben Sie kein Recht«, kreischte er.

»Ich weiß, daß ich nicht das Recht dazu habe. Dafür kann ich auch nichts.«

Als ich die Abtreibung hatte vornehmen lassen, war ich an Typen wie ihn geraten. Im Krankenhaus ging alles drunter und drüber. Sie hatten sich an die Tische gekettet wie die letzten Arschgeigen. Sie beschimpften uns in den Krankenzimmern, dabei war der Augenblick denkbar schlecht gewählt. Sie schrien unter unseren Fenstern. Sie schickten den Ärzten Todesdrohungen. Sie prophezeiten uns, daß wir in der Hölle landen würden. Alle zusammen. Ich hatte die Sache in ziemlich schlechter Erinnerung. Sie hielten Schilder hoch, auf denen ein Fötus abgebildet war. Diejenigen, die sich in den Räumen angekettet hatten, sangen Kirchenlieder, während jemand losgeschickt wurde, um Kneifzangen zu holen.

»Na gut, komm mit«, sagte ich und stand auf. »Wir können uns ja unterwegs unterhalten, wenn du nichts dagegen hast. Steh auf.«

Er hatte beschlossen, Jennifer Brennen zu retten. Eine Aufgabe. Das arme Mädchen. Als er begriffen hatte, was los war, hatte er sich in den Kampf gestürzt. Er hatte sich zur Aufgabe gemacht, sie zu retten.

»Wolltest du mit ihr ins Bett gehen?«

»Wie bitte? Was? Was sagen Sie da?«

Wir näherten uns allmählich der Cafeteria, die die Studenten anzog wie eine Wasserstelle bei großer Hitze die Tiere. Sie ruhten sich aus. Sie hatten ihren Rucksack vor den Füßen liegen. Es fiel ihnen schwer auseinanderzugehen. Sie zögerten, ihr eingezäuntes Gebiet zu verlassen. Sie sonnten sich. Hingen an ihrem Handy. Schickten eine SMS nach der anderen los. Wackelten mit den Hüften. Tranken Limonade. Ein paar Geizkragen füllten ihre Becher am Brunnen. Ich stellte mich vor dem Sandwichautomaten an. Ich suchte nach Münzen in meinen Taschen, während es allmählich dunkel wurde.

»Gib mir etwas Kleingeld«, bat ich ihn.

Er sah mich verblüfft an.

»Scheiße«, seufzte ich, »nun gib mir schon etwas Kleingeld. Sei ein bißchen mildtätig.«

NATHAN

Ich bin überzeugt, daß die Klone unter uns sind.

Ich glaube, daß die Technik schon seit langem ausgereift ist.

Wolf, mit dem ich darüber gesprochen habe, neigt dazu, mir recht zu geben. Da Wolf für ein paar Tage weg ist, begleite ich Chris zu einer Blutuntersuchung – sie hat sich in den Kopf gesetzt, ihre Immunabwehr testen zu lassen.

Da sie noch unter der Dusche stand, schlug ich eine wissenschaftliche Zeitung auf, man brauchte nur zwischen den Zeilen zu lesen. Das tat ich dann auch.

»Chris, mir ist völlig klar, daß es dieser Welt ziemlich dreckig geht«, erklärte ich, während wir mit heulender Sirene zu dem Institut für Laboratoriumsdiagnostik fuhren, in dem wir früher die für die Eheschließung erforderliche Blutuntersuchung hatten durchführen lassen. »Ich habe nie behauptet, daß euer Kampf unbegründet ist. Glaub das nur nicht. Unterstell mir das bitte nicht. Und noch etwas anderes: Ich hoffe doch, ihr benutzt Kondome, oder? Hm? Chris. Sieh mich an. Ich hoffe, ihr benutzt Kondome.«

Ich lud sie zu einem ordentlichen Frühstück ein, denn sie war ziemlich blaß, als sie das Institut verließ.

»Hör zu. Eine Blutuntersuchung machen zu lassen, bringt überhaupt nichts. Ich verstehe dich nicht. Du ißt nur

Bioprodukte und vögelst ohne Verhütungsmittel mit dem Erstbesten. Du bist echt verrückt geworden. Du steckst voller Widersprüche. Ist dir das eigentlich klar? Und das zu einer Zeit, in der sich alle möglichen Krankheitserreger in Windeseile verbreiten und ganze Kontinente dezimieren. Hm? Du fühlst dich wohl, hoffe ich. Na ja, okay, er macht einen gesunden Eindruck. Zum Glück macht er einen gesunden Eindruck. Aber wer weiß.«

Anschließend begleitete ich sie zu einer Kirche, in der eine buntgemischte Menge und drei Typen, die im Hungerstreik waren, weiß der Teufel worauf warteten und irgendeinem Heiligen Kerzen stifteten.

»Kann ich dich nicht zum Abendessen einladen? Und warum sollte ich dich nicht zum Abendessen einladen können? Wer soll uns daran hindern? Wir sind ja nicht gezwungen, es ihm zu sagen. Warum sollten wir gezwungen sein, es ihm zu sagen? Kannst du etwa nicht tun und lassen, was du willst?«

Später, am Nachmittag, tat ich etwas Lächerliches. Das Schlimmste daran war, daß es mir irrsinnig Spaß machte.

Chris hatte mir gründlich die Laune verdorben. Marie-Jo rief mich vom Campus an. Ich überlegte mir, daß Francis Fenwick mir, wenn ich allein im Büro auftauchte und nichts tat, soviel Arbeit aufhalsen würde, daß ich bald unter Tonnen von Papieren erstickte. Und so trödelte ich in der Stadt. Ich trödelte in der Stadt, bis ich irgendwann feststellte, daß ich vor dem Hochhaus von Paul Brennen parkte. An einem schönen Spätnachmittag. Die Leute machten Einkäufe, die Leute sahen sich die Schaufenster an, die

Leute trugen Taschen und liefen über die Bürgersteige, vor den eleganten Läden warteten Taxis, die Leute nutzten die Gelegenheit, daß gerade mal keine Katastrophe in Aussicht war wie neulich, als es in der Metro einen Alarm nach dem anderen gegeben hatte, oder in dem Monat, als die Mülltonnen nicht mehr geleert wurden, oder als es fast zu einem Konflikt mit China gekommen wäre. Sie nutzten die Gelegenheit, um das zu kaufen, was sie in den düsteren Momenten nicht hatten kaufen können, und gleichzeitig Dinge für später. Es war ein schöner Spätnachmittag. Ich kam manchmal her und parkte vor diesem architektonischen Wunderwerk, in dessen sechsunddreißigstem Stockwerk sich Paul Brennens Büro und eine Terrasse befanden. Ich kam her, um etwas zu dösen. Er sollte spüren, daß die Angelegenheit nicht abgeschlossen war und daß ihm ein verdammter Bulle auf der Spur war. Das war mein ganz persönliches kleines Geheimnis. Ich verrenkte mir lieber den Hals, als ihn aus den Augen zu lassen.

Diese lächerliche Sache hatte ich natürlich nicht geplant. Nein, zum Glück nicht. Ich dachte gerade darüber nach, wie kompliziert es in Zukunft sein würde, mit meiner Frau zu Abend zu essen. Ich war darüber leicht verbittert. Leicht verärgert. Und plötzlich sah ich, wie Paul Brennen mit seinen Leibwächtern aus einer Drehtür herauskam und in seine Limousine stieg.

Ich startete den Motor und fädelte mich direkt vor ihnen in die Fahrzeugschlange ein.

Warum vor ihnen und nicht hinter ihnen? Ich wußte es nicht. Ich hatte nicht die geringste Ahnung. Ich war selbst davon überrascht. Wenn man später auf die Verkettung der

Ereignisse zurückblickt, kann man sich des Gedankens nicht erwehren, daß wir manchmal das Spielzeug höherer Mächte sind, die wir nur erahnen und bewundern können, ohne die geringste Chance zu haben, sie zu verstehen.

Als er auf die rechte Spur wechselte, nahm ich die Sache vorweg, schaltete den Blinker ein und bog geschickt in die nächste Straße ein. Paul Brennen folgte mir, als würde ich seinen Wagen mit Hilfe eines unsichtbaren Seils abschleppen, das er nicht lösen und das nichts zerreißen konnte. So ist das nun mal. So ist das Leben. Und wir werden das Geheimnis nie ergründen.

Es war eine lange, gerade Straße, die zum Fluß führte, eine Geschäftsstraße voller Touristen, Bettler, Taschendiebe und verwirrt dreinblickender Vorstadtbewohner. Eine der beiden Fahrspuren war wegen Straßenarbeiten gesperrt. Wir kamen nur langsam voran, wie in den hintersten Reihen eines Aufmarsches. Ich sah Chris wieder vor mir, die einen regelrechten Zirkus um dieses Essen gemacht hatte, bis sie mir schließlich anbot, schnell im Stehen in der Küche etwas zu essen, vorausgesetzt ich kaufte ein. Das war jämmerlich. Ich fragte mich, ob ich eine Flasche Wein oder Mineralwasser mitbringen sollte. Ganz bestimmt keine Blumen, da sie es ja offensichtlich irrsinnig geil fand, unter vier Augen mit mir zu essen, oder täusche ich mich da?

»Was hast du gemacht? *Du hast deinen Wagen dagelassen?*«

Der Bioreis kochte. Das Biohähnchen war im Backofen. Wolfs Gegenwart war in jedem Molekül des Raums zu spüren, und sein Foto stand auf dem Kühlschrank – lächelnd, einen Arm um die Hüften von Chris gelegt, hatte er sich vor einem völlig abgemähten Maisfeld im rötlichen Schein der Morgendämmerung in Pose gestellt.

»Ich bin ausgestiegen und habe ihnen gesagt, ich hätte eine Panne.«

»Das hätte ich gern gesehen. Ich hätte gern sein Gesicht gesehen.«

»Aber das ist doch total kindisch, findest du nicht?«

»Natürlich. Aber es ist trotzdem witzig.«

»Sie waren völlig eingekeilt. ›Was soll ich denn machen?‹ habe ich zu ihnen gesagt. Paul Brennen hat seine Scheibe heruntergelassen, und ich habe zu ihm gesagt: ›Was soll ich denn bloß machen?‹«

»Hat er dich wiedererkannt?«

»Aber sicher hat er mich wiedererkannt. Aber ganz sicher. ›Rühren Sie nichts an‹, habe ich zu ihnen gesagt. ›Ich hole einen Automechaniker.‹ Ich habe die Türen abgeschlossen und bin weggegangen. Aber wie gesagt, ich schäme mich ein bißchen. So was hätte Wolf bestimmt nicht gemacht.«

»Ich finde, wir sollten nicht über ihn sprechen, wenn er nicht da ist, falls du nichts dagegen hast.«

»Warum denn? Ich habe doch nichts Schlechtes über ihn gesagt.«

»Ich finde das nicht gut. Ich finde es nicht gut, über ihn zu sprechen, wenn er nicht da ist.«

»Und wenn ich Lust habe, mit dir über ihn zu sprechen? Dann kann ich das nicht, meinst du das im Ernst?«

Sie hielt es nicht für nötig, mir zu antworten. Ich holte

das Hähnchen aus dem Backofen, während sie den Tisch deckte. Man hörte das Tickern eines Faxgeräts, das Rattern von Maschinen im Obergeschoß und das alles übertönende Klingeln von Telefonen. Dann erklärte sie ohne Umschweife: »Nathan, wir haben es versucht. Wir haben es monatelang versucht, und das hat nichts gebracht. Also hör jetzt auf damit.«

»Tut mir leid, aber wir haben überhaupt nichts versucht. Wir haben zwar noch zusammengewohnt, aber wir waren getrennt. Und das war eine Dummheit. Das hat uns davon abgehalten, die Situation richtig einzuschätzen. Eine Riesendummheit, das kann ich dir sagen.«

»Ich weiß nicht. Ich weiß wirklich nicht.«

»Doch, das kann ich dir sagen.«

»Du willst mich zum Essen einladen? Gut, einverstanden, dann lad mich zum Essen ein. Wir können ja zusammen ausgehen. Ich bin einverstanden. Aber ich will nicht mehr mit dir darüber reden. Ich will nicht mehr über die Vergangenheit reden. Ist das okay? Wir haben beide genug darunter gelitten. Daher laß uns dafür sorgen, daß das nicht wieder vorkommt.«

Ich war ziemlich betroffen. Ich bereitete eine undefinierbare Soße für den Reis vor, dessen strahlend weiße Farbe mir grausam vorkam, während sie mit José, die die Nase durch die Tür zu stecken versuchte, ein paar Unterlagen austauschte, deren Inhalt ich lieber nicht zur Kenntnis nehmen wollte. Ich sah mich wieder total besoffen im Wohnzimmer. Wir wohnten damals noch in einem kleinen Haus, etwa dreißig Kilometer von der Stadt entfernt, ehe wir in die Wohnung über der von Marc einzogen. Ich war total besoffen und konnte nicht mal den kleinen Finger rühren. Ich hörte den Motor unseres Autos, der nicht anspringen wollte. Es war Winter. Es lagen fünfzig Zentimeter Schnee. Aber das Haus hätte um mich herum in Flammen aufgehen können, ich war nicht imstande mich zu rühren.

Jedenfalls hatte sie José, diese Nervensäge, nicht hereingelassen, wofür ich ihr dankbar war. Ich hatte das Gefühl, daß dadurch wenigstens noch etwas bewahrt wurde. Das hätte man mit Hilfe einer Lupe oder eines euphorisierenden Mittels leicht erkennen können.

Während des Essens versuchte ich sie betrunken zu machen, aber es klappte nicht, der Biowein übte keinerlei Wirkung auf sie aus – ich war so blöd gewesen, nur zwei Flaschen zu kaufen, mit unschlüssiger, verächtlicher Miene. Ich fand das Licht zu hell und wollte es schwächer stellen, aber sie wollte nichts davon wissen.

»Ich weiß nicht mehr, woran ich bin«, erklärte ich.
»Du hast noch nie gewußt, woran du bist.«
»Wolf ist so viel besser als ich. In jeder Hinsicht.«

Sie widersprach mir nicht. Sie stand auf, um den Fernseher einzuschalten, da gleich die Nachrichten kamen. Ich nutzte die Gelegenheit, um zu spülen. Diese Scheißnachrichten. Chris lechzte geradezu danach, als habe sie eine Wüste durchquert. Diese beschissene Quelle. Dieser endlose Strom aus Feuer und Blut, dieser Strom aus Leid und Ungerechtigkeiten, aus Obszönitäten, Feigheit, Dummheit, Lügen und Doppelzüngigkeit. Was für eine Widerstandskraft sie nur besaß. Es hatte einen Zeitpunkt gegeben, zu dem ich mich ihr hätte annähern können. Ich hatte es mir überlegt. Als sie zu Hause ihre Versammlungen abhielt und ich mich in die Küche zurückzog, um eine Kurzgeschichte zu schreiben – um wie ein Ferkel in seinem Trog herumzupatschen –, hatte ich mich manchmal gefragt, ob ich mich nicht zu ihnen setzen sollte, um mich auf der Stelle für die Verteidigung einer geschützten Tierart einzusetzen oder mich in einen gnadenlosen Kampf für unsere Grundrechte zu stürzen. Aber ich hatte es vorgezogen, noch tiefer in den Morast zu sinken. Mir war es lieber, daß sie mich verachtete. Ich wollte, daß sie einen Schritt auf mich zuging. Nicht ich auf sie. Ich wollte sie in meine Finsternis ziehen, wollte, daß sie meine Werte bemerkte. Daß sie zu mir zurückkam, ohne daß ich gezwungen war, mich als Superman zu verkleiden. Aber das war danebengegangen. Der Versuch war kläglich gescheitert.

Wenigstens machte ich niemandem etwas vor. Ich behauptete nicht, ihrer schönen Augen wegen die Welt vorm Untergang bewahren zu wollen. Aber das war ziemlich dürftig.

Ich hatte geglaubt, eine Frau müsse zu Hause bleiben. Ich hatte geglaubt, Chris täte nichts lieber, als auf mich zu warten. Sie fiel mir um den Hals, wenn ich heimkam. Was hätte ich auch anderes denken sollen? Was hätte ich ahnen sollen? Ich hatte von morgens bis abends mit dem Abschaum der Menschheit zu tun und kehrte mit brummendem Schädel in ein sonniges Zuhause zurück. Ich war jung, hatte von nichts eine Ahnung, trank ein, zwei Gläser Alkohol vor dem Schlafengehen, und eines schönen Tages saß ich im Dunkeln. Ich verstand überhaupt nicht mehr, was los war. Ich habe es erst später verstanden. In diesem Augenblick bin ich nicht etwa dabei, in der hübschen kleinen Wohnung von Chris zu spülen. Ich stehe mitten auf einem Trümmerfeld, und der Staub rieselt mir auf die Schultern.

Während ich nachdenklich einen Teller abspüle, spritze ich meine Schuhe naß. So ein banaler Zwischenfall kann einen mit großer Trauer, mit tiefer Verzweiflung erfüllen, wenn man nicht aufpaßt.

»Gibt es hier irgendwo Haushaltspapier?« seufzte ich in dem Augenblick, als Chris zwei Typen die Tür öffnete, die ihren Drucker benutzen wollten.

Sie blieben nicht lange, aber sie erkundigten sich nach Wolf. Wie es Wolf denn gehe. Und wann Wolf zurückkomme. Was er für ein toller Bursche sei, dieser Wolf. Und was für ein kluger Kopf. Und was für ein Teufelskerl. Jemand, den man unbedingt kennen müsse. Ein Typ, mit dem man Seite an Seite kämpfen wolle. Ob ich ihn kennengelernt habe?

Chris machte die Tür hinter den beiden Witzfiguren zu. Ich trocknete die Gläser ab – es war nichts mehr zu trinken da.

»Du sagst ja gar nichts.«
»Was soll ich denn sagen?«
»Es tut mir leid.«
»Das braucht dir nicht leid zu tun. Warum sollte dir das leid tun? Das ist doch kein Problem.«

Obwohl ich persönlich Zitronentorte hasse, hatte ich eine Zitronentorte gekauft, denn sie war ganz versessen darauf. Versessen? Sie hätte sie mir aus der Hand geschleckt. Sie hatte Cidre da. Immerhin noch besser als Limonade. Und sie trug ein schwarzes Spitzenhöschen, das unter ihrem Minirock hervorblitzte. Ich hätte sogar ein Glas kaum genießbares Leitungswasser getrunken. Wenn man das Herz einer Frau verloren hat, bedeutet das, daß man unbedingt, zwangsläufig, notwendigerweise auch auf den Rest verzichten muß? Das ist die Frage. Ein weites Feld.

»Ich dachte, du hättest nichts dafür übrig.«

»Das ist vorbei.«

Wir setzten uns aufs Sofa. Wir schlugen die Beine übereinander. Die Atmosphäre war edel. Ich fragte sie, ob sie im Augenblick nicht zu sehr unter den Mücken leide. Nein, sie könne sich nicht beklagen.

»Na, dann ist ja alles in Ordnung«, erklärte ich.

»Ich bin mit dieser Wohnung wirklich zufrieden.«

»Na, dann ist ja alles in Ordnung«, erklärte ich.

»Wirklich zufrieden.«

»Aber ihr streitet euch trotzdem manchmal, oder? Das hat er mir gesagt.«

»So? Und was genau hat er dir gesagt?«

»Du wärst schlecht gelaunt. Das käme vor.«

»Und was geht dich das an?«

»Das geht mich nichts an, aber ich möchte dir trotzdem einen Rat geben.«

»Ich verzichte auf deinen Rat.«

»Na schön. Wie du willst. Aber komm nicht nachher an, um dich auszuweinen.«

Ich warf einen Blick auf meine Armbanduhr. Es war noch keine zehn. Ich sagte: »Oje oje, es ist schon spät.«

Ich stand auf und zwang mich zu einem Lächeln.

»Setz dich«, sagte sie. »Setz dich. Und was ist das für ein Rat?«

Ich setzte mich wieder. Ich erlaubte mir, sie mit größter Aufmerksamkeit anzustarren, bis sie unruhig wurde.

»Mein Rat? Mach dich nicht über mich lustig. Du brauchst von niemandem einen Rat.«

»Und wenn es doch der Fall sein sollte?«

Ich antwortete nicht. Ich stand auf und schnüffelte in der Küche herum. Ich fand einen Rest Himbeerlikör. Da sie mich geradezu löcherte, erklärte ich ihr, ich hätte jungen Paaren keinen Rat zu erteilen. Sie sollten selbst sehen, wie sie klarkämen. Ich könne ihnen nur eins raten, und das wäre, die Kartons zu behalten. Sie tat, als habe sie nicht verstanden. »Die Kartons«, sagte ich. »Was tut man in Kartons? Wozu dienen Kartons?«

Ich schaffte es, mich ihr eine Weile zu widersetzen, wenn auch nur aufgrund des kleinen Rests Himbeerlikör, den sie angeblich bloß im Hause hatte, den sie, wie sie ausdrücklich sagte, bloß im Hause hatte, um ihre Obstsalate zu verfeinern. »Das weiß ich doch«, entgegnete ich. »Als wüßte ich das nicht. Als hätte ich dir nicht das Rezept dafür gegeben.« Sie wurde richtig pingelig. Gab mir Kontra. Wich keinen Schritt zurück. Ließ nicht locker. Als ich mich auf einen Stuhl setzte, baute sie sich mit verschränkten Armen vor mir auf und stemmte die Beine auf den Boden, so daß sich ihr Minirock wie Stretch spannte und hochrutschte – sehr sexy, wenn auch hart an der Grenze des Erlaubten –, und sah mich mit blitzenden Augen, mit unerbittlichen Augen und bebenden Nasenflügeln an, und alles an ihr schien Streit mit mir zu suchen. Ich beschloß, mich wieder aufs Sofa zu setzen.

Da tauchte José zum zweiten Mal auf, in der Hand einen

riesigen Joint, der wie eine Fackel rauchte. Sie ließ sich neben mich aufs Sofa sacken.

»Na, und du, wie weit bist du mit Jennifer Brennen? Wie weit bist du?«

»Es geht voran.«

»Was trinkst du denn da? Laß mich mal probieren. Puh. Puh. Das ist ja furchtbar süß. Puh. Was ist das denn für'n Zeug? Himbeerlikör? Igitt. Puh. Himbeerlikör? Igitt.«

Sie war seltsamerweise geradezu wie elektrisiert. Ich sagte ihr, sie solle sich keine Sorgen machen. Die Untersuchung käme gut voran, sehr gut sogar. Sie solle sich keine Sorgen machen. Ich beruhigte sie. Dann nutzte ich die Gelegenheit und kaufte ihr für fünfzig Euro Skunk ab.

»Aber trotzdem«, sagte sie, als sie mit der Waage wiederkam. »Trotzdem. Verdammte Scheiße. Wollt ihr diesen Arsch noch lange frei rumlaufen lassen?«

»Hör zu, wir sind ihm auf der Spur, mehr kann ich dir nicht sagen.«

»Ich hab dir doch gesagt. Ich habe an allen Aktionen gegen Nike teilgenommen. Ich bin sogar in dem Film von Michael Moore zu sehen. Na ja. Aber Brennen würde ich gern in der Hölle braten sehen.«

Als José gegangen war, blieb Chris mit übereinandergeschlagenen Beinen und einem Kissen auf dem Schoß neben mir auf dem Sofa sitzen und blickte ins Leere. Ich streichelte ihr den Kopf. Wir waren auf rätselhafte Weise wieder zu guten Freunden geworden.

»Wir werden ja sehen, was daraus wird«, sagte ich mit einem leisen Seufzer. »Versuch das Beste daraus zu machen, was soll ich dir anderes sagen. Wir werden ja sehen.

Aber tue mir einen Gefallen. Geh kein Risiko mehr ein. Hör auf damit. Du mußt versuchen, immer welche dabeizuhaben. Versuch daran zu denken. Und wenn er sich darüber wundert, will ich gern mit ihm sprechen. Das stört mich nicht.«

»Oje oje, geht das schon wieder los. Ich bitte dich. Laß uns das Thema wechseln, okay?«

»Na gut, aber trotzdem. Dieser Typ bringt dich noch an den Rand des Abgrunds. Diese Demo zum Beispiel. Warum muß er dich unbedingt mit dahin schleppen? Wirklich eine tolle Idee. Zu dieser verdammten Demo.«

»Erst mal schleppt er mich nicht mit. Ich gehe ganz allein dahin. Er schleppt mich nicht mit, wenn du es genau wissen willst. Und außerdem vielen Dank. Vielen Dank dafür, daß du mich nicht für fähig hältst, meine eigenen Überzeugungen zu verteidigen, Danke, Nathan. Danke für das Kompliment.«

»Mach weiter so. Spiel die Dumme, spiel die Bekloppte. Mit mir kannst du's ja machen. Nur weiter so.«

»Habe ich nicht recht?«

»Hör zu, verdammt noch mal. Bist du eigentlich blind? Seht ihr denn nicht, daß sich der Wind gedreht hat? Früher habt ihr ihnen richtig Schiß gemacht, aber heute? Hm, heute? Sie haben euch reingelegt. Sie haben euch nach Strich und Faden reingelegt, hörst du? Sie haben den Spieß umgedreht und euch das ganze Elend der Welt aufgehalst, nebenbei gesagt ein äußerst raffinierter Trick, hm, Chris, jetzt schieben sie euch die Sache in die Schuhe, hm, so ist es doch, sie haben euch voll einen reingewürgt, und damit habt ihr nicht gerechnet. Stimmt das etwa nicht? Stimmt das nicht? Wer ist jetzt gegen den Fortschritt, gegen das Wachstum, gegen die Vormachtstellung des Westens? Wer? Wer sind heute die Feinde der Aufklärung, die Gegner des Staats, die Totengräber unseres wirtschaftlichen Erfolgs? Hörst du nicht ihr Hohngelächter? Sie machen heute das Rennen, kann ich dir nur sagen. Und eure Wahrheiten. Eure Wahrheiten fallen überhaupt nicht ins Gewicht angesichts ihrer Lügen, ich hoffe, das ist dir bewußt, hm, Chris, sag mir, daß dir das klar ist. Sobald ihr den Mund aufmacht, schlagen sie euch eure schönen Worte um die Ohren. Sie nehmen euch den Wind aus den Segeln. Das wird zu einem Spiel. Es ist so einfach. Es ist so verdammt einfach, einen Idealisten aufs Kreuz zu legen. Und trotzdem warten sie noch auf eine Gelegenheit, euch endgültig k.o. zu schlagen, und ihr bietet sie ihnen. Was soll das denn, verdammt noch mal? Was soll das? Wollt ihr unbedingt zu Märtyrern werden?«

»Also weißt du. Leider kann ich dir das nicht in fünf Minuten erklären. Leider hat dich das bisher nie interessiert. Das sind Dinge, die du nie mit mir hast teilen wollen. Siehst du. Wir sprechen einfach nicht mehr dieselbe Sprache.«

In diesem Augenblick rief Marc mich an, um mir die Adresse für eine Fete zu geben. Ich hörte Paula neben ihm und Gelächter. Ich warf Chris einen kurzen Blick zu, dann sagte ich, ich käme gleich.

»Amüsier dich gut«, sagte sie zu mir.

»Darauf kannst du dich verlassen«, antwortete ich.

Nachdem Chris und ich in den ersten Monaten, die dem Drama folgten, Feuer gesprüht hatten und unsere Flamme bis zum Himmel aufgelodert war, verzehrte sich die Glut allmählich, bis wir uns regungslos wie Statuen gegenüberstanden, und bald, warum sollte ich mir was vormachen, würde von alledem nur noch ein Häufchen kalter Asche übrigbleiben. Blicken wir den Tatsachen ins Auge. Auch wenn ich noch ganz deutlich ein paar kleine Dinge spürte, die uns beide überraschten – und ich war vermutlich empfänglicher dafür als sie. Ich sah manchmal, wie der Schwimmer untertauchte, meine Angelschnur sich spannte und der Kontakt sich zwischen uns herstellte. Sehr stark und zugleich sehr kurz. So daß ich mich fragte, ob ich nicht geträumt hatte. Ja. Es gab noch ein paar Fäden, die wie durch ein Wunder hielten, und so mancher mochte denken, daß man sie nur zu vereinen brauchte… Ja. Vielleicht. Aber ich glaubte nicht recht daran. Vielleicht ein bißchen Sex, aber mehr auch nicht. Was alles andere anging, sprachen wir nicht mehr dieselbe Sprache. Das hatte nicht ich erfunden.

Ich machte eine seltsame Zeit durch, glauben Sie mir das. Ganz zu schweigen von Marie-Jo und Paula, die mir einige Kopfschmerzen bereiteten. Ganz zu schweigen von meinen literarischen Mißerfolgen – denen ich durch intensives Überarbeiten meiner Notizen abzuhelfen suchte, wie Franck mir geraten hatte. Ich machte eine Zeit durch, die mich ziemlich verunsicherte. Ganz zu schweigen von meiner Arbeit.

Dort war die Atmosphäre inzwischen auf dem Nullpunkt. Und mein Verhältnis zu Francis Fenwick hatte sich nach dem kleinen Streich, den ich Paul Brennen gespielt hatte, deutlich verschlechtert. Die Atmosphäre war höllisch. Es war von Entlassung die Rede gewesen – einmal hatte ich sie eingereicht, ein anderes Mal hatte er mich aufgefordert, sie einzureichen –, furchtbare Drohungen seinerseits – und was mich anging, hätte ich ihm fast gesagt, ich würde seine Tochter verpfeifen, wenn er mir weiterhin auf den Sack ging. Eine gräßliche Atmosphäre, das können Sie sich ja vorstellen. Und als wäre das nicht genug, drohte mir noch etwas anderes: Eine Klage von Paul Brennen wegen Verleumdung. Wegen *Verleumdung*. Die ich mir zwangsläufig einhandeln würde, wenn ich mit meinem Blödsinn weitermachte. Wegen Verleumdung, haben Sie das gehört?

Ich war wie ein Mann, der in die Scheiße getreten ist. Die anderen gingen mir aus dem Weg. Als könnte die Ungnade, in die ich bei meinen Vorgesetzten gefallen war, die anderen anstecken, wenn sie sich mir näherten. Marie-Jo meinte, ich übertreibe die Sache, aber sie war nicht an meiner Stelle. Unterhaltungen verstummten, wenn ich hinzukam, Blicke wichen mir aus, man drehte mir den Rücken zu. Freundschaftliche Beziehungen zu mir waren nicht mehr angesagt. Hinzu kam noch, daß meine Frau eine politische Aktivistin war.

Man fragte sich, ob das nicht der Grund sei, weshalb ich Paul Brennen an den Kragen wollte. Ob ich mich nicht hatte anstecken lassen. Ob ich nicht ein Roter sei, so einer, wie ihre Väter sie gekannt hatten. Irgend so etwas in dieser Richtung. Ein Typ, der die Gesellschaft zerstören wollte – aber wer hätte schon eine Gesellschaft zerstören wollen, von der man nur noch Trümmer sah?

Und da mir Chris und die anderen ebenfalls mißtrauten, war die Sache wirklich perfekt. Wo immer ich hinkam, erwartete mich großer Trost. Ich fühlte mich von allen geliebt.

Ich schickte Marie-Jo los, um mehr über die Demo zu erfahren. Ich blickte ihr nach, während sie in ihrer blauen Kammgarnhose fortging, die auf dem Hintern glänzte, und wurde plötzlich wachsam. Ich habe Ihnen ja schon davon erzählt. Ich habe Ihnen von dem denkwürdigen Picknick erzählt, bei dem ich entdeckte, daß sie dicke Schenkel hatte. Also, es waren nicht nur die Schenkel. Es ließ sich nicht leugnen. Das war nicht weiter schlimm, um es gleich zu sagen, auch nicht wirklich beruhigend. Erwartete mich etwa eine neue Schicksalsprüfung?

Das hatte mir gerade noch gefehlt. Als wäre mein Leben nicht schon kompliziert genug. Nicht verworren genug. Ich nutzte jede Gelegenheit zu einem Tête-à-tête mit Marie-Jo, um dem Schicksal eins auszuwischen, das unserer Beziehung anscheinend nicht wohlgesinnt war. Ich machte es ihr wenigstens einmal am Tag, in Zivilkleidung oder in Uniform – mir war die Uniform lieber, ich bestand darauf, daß sie ihre Bluse und ihre Krawatte anließ und manchmal sogar ihre Schirmmütze aufbehielt. Sie konnte es gar nicht glauben. Sie meinte, es käme vielleicht von der Hitze, dabei hatte ich mich auf einen Kampf eingelassen, der mich verrückt machte. Den ich unter keinen Umständen verlieren wollte.

Bei Pat und Annie Oublanski, die uns zu einer Grillparty im Garten eingeladen hatten. Die darauf warteten, daß wir uns an den Tisch setzten, während Marie-Jo und ich – Marie-Jo hatte versucht, mich davon abzubringen – in ihrer winzig kleinen, lila gestrichenen Toilette, die wie ein Puppenhaus eingerichtet war, fieberhaft vögelten.

Bei Rita, ihrer neuen Freundin, die uns ihre Wohnung zur Verfügung gestellt hatte. Im Hinterzimmer von Dereks Frisörsalon, in dem er seine Tönungsmittel zubereitete und die Handtücher zum Trocknen aufhing – was sich als sehr praktisch herausstellte. Abends in Windeseile auf der Straße. Im Polizeirevier. In meinem oder in ihrem Auto. Bei ihr zu Hause. In Aufzügen. In Treppenhäusern. Als befürchtete ich, sie könne mich verlassen.

Auf der anderen Seite war da Paula, die sich beschwerte, daß sie nichts bekam. Die sich beklagte. Die manchmal, im Glauben, ich schliefe, mitten in der Nacht onanierte, dabei spürte ich genau, wie sich das Laken nach allen Seiten bewegte, hörte, wie sie stöhnte und ihre Finger mit Speichel befeuchtete. In der Frühe schmiegte sie sich schnurrend an mich, und ich lag da und betrachtete die Decke, auf der sich das Morgenlicht Schicht für Schicht ausbreitete, bis es goldgelb wie eine Butterblume war. Sie bereitete das Frühstück zu, wenn ich nicht ins Fitneßcenter ging, sondern meine Gymnastik zu Hause machte, was sie in ausgezeichnete Laune versetzte und mich die Vorzüge erkennen ließ, eine Frau im Hause zu haben. Jemanden, mit dem man ein paar belanglose Worte wechseln konnte, ehe das Chaos des Alltags einen wieder verschlang.

»Du weißt gar nicht, was du an ihr hast«, sagte Marc immer wieder. »Ich versteh dich nicht, ganz ehrlich. Eine bessere als sie kann man gar nicht finden.«

»Wirklich? Meinst du? Aber das ist immerhin eine gewisse Verantwortung, weißt du.«

Schließlich mähte ich den Rasen, und er schnitt die Hecke.

»Du vögelst sie nicht, und trotzdem liegt sie dir zu Füßen, wie machst du das bloß? Das mußt du mir mal erklären. Und wie ist es möglich, daß du lieber die andere vögelst?«

»Marc, du bist vielleicht witzig. Das läßt sich nicht erklären. Du bist witzig. Frage ich dich vielleicht, wie du es machst, um Ève zu vögeln?«

»Das ist doch ganz einfach. Sie überhäuft mich mit Geschenken. Und vergiß nicht, daß ich für sie arbeite.«

»Okay, aber denkst du denn nicht daran, eine Frau zu heiraten und Kinder zu haben? Denn das ist was anderes, glaub mir das. Hör nicht darauf, was die Leute erzählen. Eine Frau zu heiraten, ist ein großes Abenteuer, mein Lieber. Ich spreche aus Erfahrung.«

Abends, wenn uns Ève in ein Restaurant in der Stadt mitnahm, bildeten wir zwei seltsame, schlecht zusammenpassende Paare. Oder wenn wir im ohrenbetäubenden Lärm der Sirenen der Feuerwehr oder der Krankenwagen über die Bürgersteige gingen, die Bettler und die Betrunkenen zurückstießen, ohne auf die Schlägereien zu achten, und über die Trümmer einer Telefonzelle hinwegstiegen, fragte ich mich, wo da etwas falsch gelaufen war.

»So ist das nun mal, jeder für sich«, sagte Ève zu mir, während die beiden anderen an der Bar diskutierten. »Wir leben in einer anderen Zeit, mein Schatz.«

»Und das stört dich nicht? Mehr als das verlangst du nicht? Dann fehlt dir also nichts, Ève? Da hast du aber Glück.«

In unserer Ecke wurde vor allem Koks und Champagner konsumiert. Während Ève über meine Bemerkung nachdachte, machte sie ein paar Straßen fertig, die wir uns sogleich reinzogen. Sie fühlte sich offensichtlich topfit.

»Hör zu, mein Schatz. Ich bin reich, ich bin gesund, und ich verstehe mich gut mit deinem Bruder. Was sollte mir da noch fehlen, hm?«

Mir lief es kalt den Rücken herunter, als ich die Leute ringsumher beobachtete. Wir saßen in verstellbaren Schalensesseln aus Stahl, der Eingang wurde streng bewacht, als DJ fungierte ein tätowiertes Mädchen, um das sich seit zwei Monaten alle Welt riß, ein paar junge Schauspielerinnen waren schon betrunken, die Typen trugen Markenunterhosen, alle tauschten Gehässigkeiten aus und bemühten sich, möglichst viele Leute im Kreis um sich zu versammeln, ohne auf den Gedanken zu verzichten, sich die Pulsadern aufzuschneiden, falls es nötig sein sollte, und die Toiletten waren brechend voll, eine Frau im Abendkleid kroch auf allen vieren durch den Saal, die dominierende Farbe war Schwarz, die Gesichter waren sorgfältig hergerichtet worden, die Typen trugen einen Dreitagebart, machten ihre Fitneßübungen in Palästen, zahlten dafür ein Abonnement von fünftausend Euro und die Frauen für ihre Schönheitspflege noch viel mehr, aber trotz allem, trotz des Eindrucks, sich in einer Traumwelt zu bewegen, in einer Welt, in der die Zukunft im Prinzip keine Schwierigkeiten bereiten dürfte, hämmerte die traurige Wirklichkeit unablässig an die Tür.

Die traurige Wirklichkeit sah so aus: »Aber wie lange kann das noch so weitergehen, Ève?«

Ich hob mein Glas und zwinkerte Paula zu, die mir aus der Ferne durch den Vorhang ihrer Bewunderer eine Kußhand zuwarf – Typen, die sich bei meinem Anblick ängstlich fragten, ob der Beatnikstil wieder in Mode kam, wie sie mir hinterher berichtete.

Als ich meine Aufmerksamkeit wieder Ève zuwandte, hätte ich fast mein Glas fallenlassen. Sie machte ein seltsames Gesicht. Sie war käseweiß geworden. Ihre Lippen waren zusammengekniffen. Garantiert hatte sie in der Menge eine Feindin entdeckt, eine andere Lästerzunge oder eine Frau, die das gleiche Kleid trug wie sie – einen sündhaft teuren Fummel.

»Wie *was* noch so weitergehen kann?« flüsterte sie.

»Aber Ève, deine Gesundheit, dein Reichtum, deine Geschichte mit Marc«, erwiderte ich und beobachtete einen Klon von Britney Spears, der mir zulächelte, den ich aber nicht recht unterbringen konnte. »Ève, du weißt genau, wovon ich spreche.«

Ève war eine alte Freundin. Ihr wollte ich keine Lügenmärchen erzählen. Aber ich dachte gleichzeitig an diese Frau, Britney Spears, und zerbrach mir den Kopf, bei welcher Gelegenheit ich sie wohl kennengelernt haben mochte, ohne die Antwort darauf zu finden. Währenddessen bemühte ich mich, das Gespräch nicht einschlafen zu lassen: »Du glaubst also, daß es dir an nichts fehlt, Ève. Das ist ein Irrtum. Dir fehlt die Macht, die Dinge ewig währen zu lassen.«

Eine Handvoll bunter Bänder flatterte vor dem Belüftungsgitter und bot einen angenehmen Anblick von übernatürlicher Leichtigkeit.

»Ich spreche nicht von heute, sondern von morgen. Wenn du alt und häßlich bist. Dann ziehen wir die Bilanz, du und ich. Und dann sehen wir, ob wir immer noch große Töne spucken.«

Ich begegnete ihrem starren Blick und fragte mich, ob sie verstand, was ich sagte oder ob sie in Gedanken woanders war.

»Denn weißt du, Ève, es genügt nicht zu bemerken, daß wir in einer anderen Zeit leben, und über die Tatsache zu scherzen, daß alles nach dem Motto ›jeder für sich‹ abläuft. Das ist kein Grund zur Freude. Nehmen wir mal ein Beispiel. In ein paar Jahren. Wenn Marc dich wegen einer anderen Frau verläßt, die in seinem Alter ist. Was bleibt dir dann?«

Da konnte sie lange suchen, ich hatte meine Ruhe. Diese Frage hatte ich mir schon tausendmal gestellt, seit das Gespenst der Vierziger auf mich zukam, und besonders seit Chris beschlossen hatte, unserem Abenteuer ein Ende zu setzen – noch jemand, dessen Verblendung mich bestürzte. Aber konnte man eine ernsthafte Frage an einem so denkbar ungeeigneten Ort anschneiden? Ich selbst mußte beim Anblick von so viel Frivolität lächeln und war übrigens bester Laune.

»Glaub bloß nicht, daß du dich mit einem deiner üblichen Scherze aus der Affäre ziehen kannst«, fuhr ich fort, während Ève heftig den Kopf schüttelte und mich wie benommen ansah. »Spiel nicht die Neunmalkluge. Vergiß nicht, daß wir ein gewisses Alter erreicht haben. Wir sollten uns nichts vormachen. Es ist Zeit für uns, der Wirklichkeit ins Auge zu schauen. Bald bleibt uns nichts mehr, das kannst du mir glauben. Was soll also diese Flucht nach vorn? Bald werden wir uns umdrehen und feststellen, daß wir allein auf weiter Flur sind. Kannst du dir das vorstellen? Völlig außer Atem, glänzend vor Schweiß, mit ausgebrannter Lunge und in der Kehle pochendem Herzen suchen wir den Horizont ab und entdecken ringsumher nur eine endlose Wüste. Ich möchte den sehen, der da nicht weiche Eier kriegt!«

Ich merkte, daß ich auf ein Kaugummi getreten war. Ich kratzte die Schuhsohle am Bein des Aluminiumtisches und dann auf dem Teppichboden ab.

»Sieh dir nur Marc an«, fuhr ich fort. »Ein völlig leichtsinniger Kerl. Ich mag ihn schrecklich gern, das weißt du. Ich weiß nicht mehr, wovon ich gesprochen habe, aber ich mag ihn schrecklich gern. Ich hoffe, daß er sich bald entschließt, sein Leben in die Hand zu nehmen. Vielleicht sehen wir ihn eines Tages mit Kindern ankommen. Kindern, die sich an seine Beine klammern.«

Ève sprang auf und rannte in Richtung Toiletten. Ich sah ihr nach und sagte mir, daß sie sich für das Gespräch mit mir nicht sonderlich interessierte. Sie zog es vor, den Kopf in den Sand zu stecken. Sich Höhensonnenbestrahlung zu leisten, um den Schein zu wahren. Ich wunderte mich über sie. Ich war über Ève und ihresgleichen total verblüfft. War es denkbar, ein Hindernis einfach dadurch zu beseitigen, daß man es verleugnete? War das möglich?

Im Grunde hatte ich keine Ahnung. Scheißdreck. Es war nicht unmöglich. Dann kam Paula zu mir zurück.

»Findest du nicht auch, meine Hübsche? Wir haben zwangsläufig eine Geschichte, oder etwa nicht?«

»Nathan, wovon redest du überhaupt?«

»Genau wie wir Arme und Beine haben, weißt du. Hm, das hält uns im Gleichgewicht, stimmt's?«

Später rief mich Marc an. Ich wunderte mich, daß sie schon nach Hause gefahren waren.

»Ja, stell dir vor, wir sind nach Hause gefahren!«

»Na ja, ihr verpaßt nichts. Außer daß ›du weißt schon wer‹ jetzt wider alles Erwarten mit dem argentinischen Bankier geht. Ich schulde dir also zehn Euro.«

»Halt die Fresse. *Halt die Fresse.* Was hast du ihr getan?«

»Marc. Ich höre dich schlecht. Sprich lauter, Alter. *Wem habe ich was getan?*«

»Wem? Was glaubst du wohl? *Ève*, du Arsch. Was hast du ihr über mich erzählt, du Arsch?«

»Überhaupt nichts. Was ist denn das für'n Käse?«

»Halt die Fresse. Daß ich sie demnächst verlasse. Daß sie alt und häßlich wird.«

»Ach so, das.«

»*Ja das.* Komm jetzt her und tröste sie. Sie liegt seit einer Stunde auf dem Bett und schluchzt, kann ich dir nur sagen. Du Idiot. Komm jetzt her und tröste sie. Darf ich mal wissen, was in dich gefahren ist?«

Schon am frühen Morgen breitete sich in Windeseile ein strahlendes Licht am Himmel aus. Der gleiche blaue, blendende, unerbittliche Himmel über London, Berlin, Paris oder Madrid, allen erging es gleich. Schon am frühen Morgen herrschte eine Temperatur von sechsundzwanzig Grad, die rasch anstieg, um in den heißesten Stunden bei gleißender Helle über vierzig Grad zu erreichen.

Ich verkaufte Eis an einem Stand an der Kreuzung. Marie-Jo fegte den Bürgersteig. Wir standen mit unsichtbaren Mikrophonen miteinander in Verbindung. Auf den Dächern hatten sich Scharfschützen versteckt, und in einem Wäschereilieferwagen befand sich ein Trupp von der Bereitschaftspolizei, der uns zu Hilfe kommen sollte, falls wir die Kontrolle über die Situation verlieren sollten.

Der Lieferwagen parkte direkt hinter mir. Typen, mit denen ich nur selten zusammenkam, die in Kasernen lebten und im Ruf standen, brutale Kerle und Psychopathen zu sein. Aber ich unterhielt mich seit einer ganzen Weile mit ihnen durch ein vergittertes Fenster, vor dem sie etwas frische Luft suchten, und ich muß sagen, sie waren eher sympathisch.

Sie erstickten halb da drin. Der Lieferwagen stand in der prallen Sonne. Ich versorgte sie heimlich mit Fruchteis. Die Geschichte in der Bank schien ins Auge zu gehen. Mehrere Kunden und Angestellte waren als Geisel genommen worden, was bedeutete, daß sich die Sache noch stundenlang hinziehen konnte, denn man hatte uns beauftragt, an Ort und Stelle zu bleiben.

Ich unterhielt mich mit einem jungen Beamten, der fast meinen ganzen Vorrat an Pfirsicheis auf geradezu zwanghafte Weise verschlang. Der Schweiß rann ihm über die Stirn und tränkte seinen dünnen Schnurrbart.

»Siehst du«, sagte ich zu Marie-Jo, die zu mir kam und sich die Stirn am Ärmel abwischte, nachdem sie träge ihre Mülltonne auf Rädern vor sich hergeschoben hatte. »Siehst du, dieser junge Offizier hat mir gerade berichtet, daß sie ganz klare Befehle für die Demo bekommen haben. Der

Protestmarsch soll mit allen Mitteln niedergeschlagen werden.«

»So ist es, Madame«, bestätigte der Typ hinter seinem Gitter und betrachtete sein Eis mit zufriedener Miene. »Das kann ich bestätigen. Wir schlagen sie zu Brei.«

»Hörst du das, Marie-Jo, zu Brei. Deutlicher kann man es nicht ausdrücken.«

»So ist es. Wir tun alles, damit ihnen die Lust vergeht, wieder anzufangen. Sie werden eine Überraschung erleben.«

»Eine böse, hoffe ich.«

Schließlich war ich einer von ihnen, oder etwa nicht? Ich stand auf derselben Seite wie er, wie mir scheint. Wir hatten mehr oder weniger den gleichen Chef, wir hatten einen Eid geleistet, wir lochten Leute ein, wir hatten einen genauso abartigen Dienstplan wie sie und wurden hundsmiserabel bezahlt, wir brachten unser Leben in Gefahr, um Ordnung zu schaffen, unsere Frauen schwitzten Blut und Wasser und ließen uns schließlich sitzen, um mit irgendwelchen gewissenlosen Kerlen ein besseres Leben zu führen, man ließ uns in Transportern braten oder setzte uns als Punks verkleidet auf dem Bürgersteig aus, und wissen Sie was? Ich will gar nicht mal von Brüderlichkeit sprechen, aber das wenigste, das man erwarten durfte, war doch wohl eine Art Zusammengehörigkeitsgefühl. Hatten wir nicht einmal das Recht, ein paar Informationen unter Kollegen auszutauschen?

Ich war sauer.

»Und du. Wie sieht's bei dir aus, Marie-Jo? Verdammt noch mal. Muß ich auch dir die Würmer aus der Nase ziehen?«

Wir waren zum Revier zurückgefahren, um uns umzuziehen. Ich hüpfte auf einem Bein und schlüpfte unbeholfen in meine Hose, denn ich war noch immer sehr genervt. Es war acht Uhr abends. Wir hatten vierzehn Stunden ohne Pause vor der Bank verbracht und nur Fruchteis im Magen. Die Geiselnahme hatte mit einem Blutbad geendet, was uns jedesmal deprimierte, denn es war der Beweis für unsere Ohnmacht, für unsere Unfähigkeit, die Witwen und Waisen zu retten, und glauben Sie mir, das Herz des härtesten Bullen wird mit einem Schlag weich, wenn dieses Thema angeschnitten wird – als die Leichen auf Tragbahren herausgebracht wurden, hat die Menge uns ausgebuht.

Eingeklemmt zwischen zwei Reihen Metallschränke brüteten die Straßenfegerin und der Eisverkäufer bei trübem Licht in einem nach Schweiß riechenden Raum völlig abgespannt über den Tag nach, den sie hinter sich hatten.

»Hat es eigentlich was gebracht«, fügte ich hinzu und suchte meinen Kamm in meinem Fach, »daß du dich so lange dort herumgetrieben hast?«

Sie rieb sich die Achselhöhlen mit einem fast durchsichtigen rosafarbenen Deodorantstick ein, einer Neuheit. Die Arme war bleich vor Müdigkeit nach all den Stunden in der prallen Sonne. Ihre Gesichtsmuskeln waren verkrampft. Ihr Haar zerzaust. Die Träger ihres Büstenhalters schnitten ihr in die Schultern, die Gummizüge ihres Slips gruben sich tief ins Fleisch ein.

»Kommst du gut voran?« fragte ich in sanfterem Ton.

Die Überzeugung, daß sie sich umsonst abrackerte und sich darauf versteifte, eine nutzlose Ermittlung durchzuführen, hielt mich nicht davon ab, Mitgefühl zu zeigen, und ich wußte von Rita, daß sie diese Aufgabe sehr ernst nahm.

»Ich habe ein gutes Dutzend von ihnen vernommen«, seufzte sie. »Ich gehe weiter seinen Spuren nach.«

»Eine Scheißarbeit, die du da für den alten Arsch machen mußt.«

»O ja. Wem sagst du das?«

Die Arme war zu bedauern, vor allem seit sich diese Geschichte herumgesprochen hatte. Neulich hatte man ihr eine Girlande aus Kondomen und eine aufgeschraubte Tube Vaseline, die auf ihre Sachen kleckerte, an eine Banderole mit der Aufschrift VERBINDUNGSOFFIZIER FÜR SCHWULE UND LESBEN über ihren Schreibtisch gehängt, und jetzt machte man sich hinter ihrem Rücken über sie lustig – zwei Typen von der Sipo hatte sie bereits eine gescheuert, und als sie mit dem Vertreter der rechtsradikalen Gewerkschaft MUT & EHRE in den Clinch kam, die in unseren Reihen sehr einflußreich ist, hatte man die beiden nur mit Mühe trennen können. Aber Marie-Jo war nun einmal so. Ein Bulldozer, den niemand aufhalten konnte. Eher bereit, sich einer demütigenden Prüfung auszusetzen, anstatt von dem Weg abzuweichen, den sie einzuschlagen beschlossen hatte. Eine schöne Lehre in Selbstverleugnung, die sie uns da gab, das muß ich schon sagen. Typisch Marie-Jo.

Sie hatte noch ein paar Plätzchen mit Rosinen und Nüssen in ihrem Fach. Sie teilte sie bereitwillig mit mir.

»Solange der Faden nicht reißt«, sagte sie. »Solange einer mich zum anderen führt. Ich weiß, daß ich es schaffen werde. Wenn ich sehe, was Franck für ein Gesicht macht. Er weiß, daß ich vorankomme.«

Ich wartete auf sie, während sie sich wieder anzog und die Schuhe zuschnürte, wobei ihr das Blut in den Kopf stieg.

»Dieser kleine schnurrbärtige Arsch«, murmelte ich nachdenklich. »Das kann ich kaum glauben.«

Als wir nach draußen gingen, sprach sie von einem Kalbsbraten, den sie zu Hause hatte. Aber ich hatte den Wunsch, vorher noch bei Wolf vorbeizufahren. Unterwegs hielten wir an, um ein Glas Bier zu trinken. Ich sah sie an und hatte Lust, ihr die Wange zu streicheln. Sie lächelte. Die Hitze, die Müdigkeit, die Sorgen, der Tod von Unschuldigen, all das stimmte einen furchtbar sentimental.

Während Marie-Jo Chris half, Kartons mit Flugblättern zum Kofferraum ihres Autos zu tragen, teilte ich Wolf meine Befürchtungen mit.

»Eine Überraschung, Nathan? Was für eine Überraschung?«

»Was weiß ich. Ich habe nichts Näheres herausgekriegt. Aber das gefällt mir gar nicht. Und dir?«

»Das gefällt mir natürlich auch nicht. Aber das ist ihr Problem, nicht meins.«

»Soso. So siehst du das also. Das ist ihr Problem. Na gut. Auf jeden Fall verbiete ich Chris, dort hinzugehen. Und ich behalte sie im Auge, da kannst du sicher sein. Aber jetzt noch etwas anderes: Du benutzt anscheinend keine Kondome, ist das wahr? Ich glaub, ich träume. Oder willst du mir etwa sagen, das sei ihr Problem? Das bringt dich zum Lachen, wie ich sehe.«

»Nathan. Ich hab nichts gegen dich, aber du gehst mir wirklich auf den Wecker. Ganz ehrlich.«

»Das ist gut möglich. Das ist mir egal. Aber wenn ihr irgend etwas passiert, dann knalle ich dich ab wie einen Hund. Das habe ich dir schon gesagt, aber ich möchte sicher sein, daß du es nicht vergessen hast. Wie einen Hund, Wolf. Wie ein schädliches Tier.«

»Was glaubst du eigentlich? Zweifelst du vielleicht an meinen Gefühlen Chris gegenüber?«

»Hör zu. Diese Frau. Als ich an deiner Stelle war, habe ich sie nicht dazu aufgefordert, an einem Straßenkampf teilzunehmen. Als ich an deiner Stelle war. Ich habe vielmehr die ganze Zeit um sie gezittert.«

»Komm, erzähl doch keinen Scheiß. Ich weiß genau Bescheid. Du hast ihr viel mehr weh getan, als ich es je tun werde. Nathan, sie hat mir alles erzählt. Spar dir die Mühe.«

Da blieb mir die Spucke weg.

Franck nahm gerade ein Bad, als wir eintrafen. Er war bis zu den Schultern mit Schaum bedeckt, hörte mit geschlossenen Augen Charlie Parker und hatte ein seliges Lächeln auf den Lippen.

Marie-Jo schüttelte ihn, damit er ihr den Platz überließ, denn sie war halbtot vor Müdigkeit und mußte dringend ein warmes Bad nehmen, um nicht ohnmächtig zu werden, dann gingen wir in die Küche, um uns um den Braten zu kümmern.

Dort fragte sie mich, ob ich Franck gesehen hätte, wie gelassen er aussehe, wie ruhig und entspannt sein Gesicht sei. Ich erwiderte, er sehe fast wie ein junger Mann aus.

»So ist er schon seit ein paar Tagen. Und weißt du warum? Er behauptet, ich würde uns in Teufels Küche bringen. Wenn ich meine Ermittlungen fortsetze. Kannst du dir das vorstellen?«

Ich legte die Gewürzgürkchen fächerförmig um die Kalbfleischscheiben und schlug vor, eine Mayonnaise zu machen, wenn ich dafür ein Bier oder ein Glas Wein bekäme.

»Die letzten friedlichen Tage, die er noch zu leben hat. Kannst du dir das vorstellen? Und daher hat er beschlossen, sie auszunutzen. Er hat beschlossen, das Leben von der besten Seite zu nehmen. Und weißt du, was das heißt?«

»Nein, Marie-Jo. Tut mir leid, aber ich habe nicht die geringste Ahnung.«

»Das heißt, daß ich bald soweit bin.«

»Drück dich etwas klarer aus.«

»Nathan, das heißt, daß ich dem Ziel ganz nah bin. Und er hat Angst vor dem, was ich in Kürze herausfinde. Was anderes kann das nicht heißen.«

Die Erregung des Bullen kurz bevor er sein Opfer zur Strecke zu bringen glaubt. Das können Sie nicht verstehen. Sie konnte sich kaum noch auf den Beinen halten, aber ihr Blick leuchtete auf, in ihren großen grünen Augen lag ein unglaublicher Glanz. Das war etwas, was uns von den normalen Menschen unterschied. Diese kurzen Augenblicke des Ruhms, dieses Gefühl der Allmacht, das uns in schwindelnde Höhen versetzt. Das war der Grund, weshalb sich noch Männer und Frauen bereitfanden, diese schreckliche, gefährliche, schmutzige, schlecht bezahlte, mißachtete und zumeist sehr enttäuschende Arbeit zu leisten. Für diese kurzen Augenblicke der Gnade, des reinen, unermeßlichen

Vergnügens, mit denen sich kein Glück der Welt vergleichen ließ.

»Dann mal los«, sagte ich zu ihr und packte sie an den Schultern. »Du brauchst nicht auf seine Erlaubnis zu warten. Schließlich sind wir einsame Jäger, nicht wahr? Du Glückspilz. Du schwebst auf einer Wolke, stimmt's?«

Wie viele kannte ich, die so waren wie sie? Bullen, die das im Blut hatten, nie aufgaben und nicht zögerten, auf ihren persönlichen Komfort zu verzichten. Viele waren es nicht.

Ich nahm sie in die Arme. Ich war stolz auf sie. Je schneller sie mit dieser Geschichte fertig war, sagte ich mir, desto schneller konnten wir uns um eine viel ernstere Sache kümmern. »Dann mal los, meine Hübsche«, flüsterte ich ihr ins Ohr. »Verlier keine Zeit.«

Aber sie war k.o. Sie löste sich unter dem Vorwand, es sei zu heiß, mit einem gereizten Seufzer von mir – ich glaube, sie nahm zu viele Amphetamine. Dann ging sie ins Schlafzimmer, um sich hinzulegen, und erklärte, wir sollten nicht auf sie warten.

»Du kennst doch dieses Mädchen«, sagte Franck zu mir. »Diese Rita. Die ich, unter uns gesagt, nicht wahnsinnig sympathisch finde. Sie ist ein bißchen seltsam, nicht wahr? Auf jeden Fall hat sie ihr geraten, aufs Abendessen zu verzichten. Aber ich will mich da nicht einmischen, verstehst du?«

Er dagegen hatte einen Mordsappetit. Mit noch nassem Haar saß er in einem leichten Bademantel, der seine grauen Haare auf der Brust sehen ließ, mit nackten Beinen und nackten Füßen am Tisch und ließ sich den Braten gut schmecken und kippte seinen Wein hinunter, wir leerten schon die zweite Flasche. Da er die ganze Zeit lächelte, fragte ich ihn, ob alles in Ordnung sei.

Er zuckte die Achseln und entgegnete gut gelaunt: »Ich glaube, meine Karriere ist im Eimer. Weißt du, daß wir zum Gespött der ganzen Uni geworden sind? Das müßtest du mal sehen. Das Ergebnis übertrifft all meine Erwartungen.«

»Das hättest du ihr wirklich ersparen können. Du hättest ihr diese unnötige Arbeit ersparen können. Du weißt genau, daß sie letztlich doch das findet, was sie sucht. Du kennst sie ja.«

»Ja, aber denk an die letzte Zigarette vor der Hinrichtung, mein Lieber. Und wir haben recht, weißt du. Das ist wirklich die beste. Denk an die letzte Zigarette vor der Hinrichtung.«

»Franck, was soll das eigentlich, diese ganze Geheimnistuerei? Was steckt dahinter?«

Sein Lächeln verschwand nicht. Es war nicht mehr ganz so strahlend, aber es war noch da. Ohne mir zu antworten, füllte Franck unsere Gläser.

Ich hakte nach: »Gibt es wirklich einen Grund zur Unruhe?«

»O ja, den gibt es. *O ja.*«

»Bedrohen dich irgendwelche Typen? Hör zu, Franck. Ich bin schließlich kein Fahrradhändler. Meinst du nicht, daß ich dir helfen könnte? Daß Marie-Jo und ich dir helfen könnten?«

»Sie hätte mir helfen können, indem sie ihre Nase woandershin gesteckt hätte. Sie hätte helfen können, aber sie hat es nicht getan. Es ist für mich nicht gerade ruhmvoll. Hm, was meinst du?«

»Ich weiß nicht. Versetz dich mal an ihre Stelle. Du bist nicht gerade der ideale Ehemann.«

»Was soll denn das sein, ein idealer Ehemann? Hm, was soll das sein?«

»Ich habe mir gesagt, Franck, vielleicht. Vielleicht gibt es Dinge, über die du mit ihr nicht sprechen willst. Das wäre ja denkbar. Aber über die du mit mir sprechen könntest.«

Er gluckste.

Ich lächelte ihm zu, dann stand ich auf, um zu sehen, wie es mit Marie-Jo stand, während er einen Schuß Olivenöl über die Salatherzen goß und dabei seinen Seelenfrieden wiederfand.

Sie war wie ein Stein auf dem Bett eingeschlafen. Ich betrachtete sie einen Augenblick, dann zog ich ihr die Schuhe aus. Ich stellte auch den kleinen Ventilator ab, der ihr ins Gesicht blies, denn so erkältet man sich. Als ich das Licht löschte, begann sie leise, fast fröhlich zu schnarchen. Da wurde mir bewußt, daß ich noch nie eine Nacht mit ihr verbracht hatte. Nein, wir hatten noch nie in einem Bett geschlafen, sie und ich. Und als ich darüber nachdachte, wunderte ich mich, daß ich das nicht schon früher bemerkt hatte.

Ich setzte mich wieder an meinen Platz und verkündete Franck, daß sie schlafe, woraufhin er den Rest des Bratens aufaß. Anschließend rauchten wir etwas Grass, das Marie-Jo an der Straßenecke bei einem etwas launenhaften Chinesen kaufte, das aber längst nicht so gut war wie das von

José. Im gleichen Stock im gegenüberliegenden Haus rannte ein Mann hinter seiner Frau von einem Zimmer ins andere, und eine Etage tiefer sah ein einzelner Mann mit vorgebeugtem Oberkörper fern. Die Nacht roch nach Akazienblüten und Teer, eine Mischung, die sich in der warmen Luft gemächlich vor dem Fenster im Kreis drehte. Franck wedelte seiner Brust mit einem Fächer Luft zu, und ich goß uns zwei Cognac mit Soda ein. Wir sprachen über Schutzmaßnahmen.

»Schutzmaßnahmen? So ein Quatsch!« sagte er. »Schutzmaßnahmen? *So ein Quatsch!* Nach vierzehn Tagen läßt man sie wieder laufen. Erzähl mir doch keinen Scheiß.«

Die Leute verloren das Vertrauen in uns. Jeden Tag ein bißchen mehr. Ich stellte es immer wieder fest.

Seit zwölfjährige Blagen Banken überfielen, quollen die Gefängnisse über wie das Fleisch überreifer Früchte. Man verlangte von uns, hart durchzugreifen, und daher griffen wir hart durch. Na schön. Aber was machten bloß die Typen am anderen Ende? Was sollte ich Franck darauf antworten? Die Gesellschaft geriet an allen Ecken und Enden aus den Fugen, das ging bis in die Schulen, bis in die Familien. Je mehr man versuchte, sie mit energischen Mitteln wieder in den Griff zu bekommen, um so stärker rötete sich der Himmel – ganz zu schweigen von den Türmen, die einstürzten, von den Brücken, die ins Wanken gerieten, den Typen, die sich inmitten der Menge in die Luft sprengten. Daher verloren die Leute das Vertrauen in uns. Sie glaubten nicht mehr an uns. Wie sollte man ihnen das übelnehmen? Die Welt wurde immer mehr zu einem Dschungel, Kriege drohten vor unserer Tür auszubrechen, unsere schönsten Hoffnungen schwanden dahin, unsere schönsten Hoffnungen auf Wohlstand und Gerechtigkeit schwanden zu Beginn dieses neuen Jahrtausends dahin und ließen über unseren Köpfen einen Schleier der Finsternis heraufziehen, wie sollte man ihnen das daher übelnehmen? Franck blickte mich mit einem zornigen Lächeln an, und ich fand nicht die richtigen Worte, um ihn zu überzeugen. »Es ist schon ein Fortschritt«, hatte Wolf zu mir gesagt, »es ist schon ein Fortschritt, daß dir das Chaos bewußt wird, in das uns einige geführt haben.« Dennoch fand ich nicht die richtigen Worte. Wenn es mal vorkam, daß ich mit Wolf über dieses Thema sprach, hatte ich das Gefühl zusammenzuschrumpfen und war gezwungen, zu ihm aufzublicken.

Ich hatte ernsthafte Minderwertigkeitskomplexe Wolf gegenüber.

»Das Problem ist mir durchaus bewußt, Franck. Ich bin nicht blind. Neulich habe ich noch mit Wolf darüber gesprochen. Wir machen uns über die italienische Justiz lustig, dabei ist unsere eigene kaum besser. Völlig einverstanden.«

Franck meinte, wir hätten nur das, was wir verdienten. Was ihm sowieso inzwischen egal war. Völlig egal.

Nach einem kurzen Schweigen lächelte er ins Leere und sagte, er würde gern noch etwas Grass rauchen. Er bereute im Grunde nichts. Sein Leben war nicht einfach gewesen, aber er hatte sich damit abgefunden.

»Was man sich wirklich aus tiefster Seele wünscht, muß man oft in weiter Ferne suchen. Verstehst du, was ich meine? Aber das geht nicht ohne Schmerzen vonstatten. Sowohl für einen selbst wie für die anderen.«

Er hatte sich aufs Sofa gelegt, den Kopf auf ein Kissen gebettet, und ich saß im Sessel, den Blick auf die Decke gerichtet.

»Warum willst du nicht mit ihr sprechen?« fragte er.

»Sie läßt sich nicht davon abbringen. Niemand kann sie davon abbringen. Vergiß es.«

»Ja. Ich glaube, du hast recht. Es hat keinen Sinn, sich den Kopf zu zerbrechen.«

Man hörte Autos, die mit voll aufgedrehter Stereoanlage die Straße entlangfuhren, und Typen, die im Chor mitgrölten, dann entfernte sich der Lärm, und die Stille wirkte fast freundlich. In der Ferne sah man eine Hochbahn, die zwischen zwei Stationen blockiert war, und in Richtung des Flusses versprühte eine gigantische Leuchtreklame von TELEFUNKEN besorgniserregende Funkengarben, die auf die umliegenden Dächer hinabregneten. Im Norden tauschten ein paar junge Leute auf einem riesigen Bildschirm unvorsichtigerweise ihre Kaugummis untereinander aus, und plötzlich blinkte eine Warnung vor Geschlechtskrankheiten vor ihren Mündern auf.

Solche Abende hatten Franck und ich schon oft verlebt. Wenn Marie-Jo schlafen ging und wir im Wohnzimmer herumhingen, wo ich entdeckte, was eine Bibliothek war – etwa zweitausend Bücher und noch mal so viele im Keller, den er und ich in einwöchiger Arbeit renoviert und gegen Feuchtigkeit geschützt hatten, ehe wir die Bücher in Regale aus galvanisiertem Metall gestellt hatten. Im Verlaufe dieser Abende hatte Franck mein Interesse für Literatur geweckt und mir ein paar Übungen vorgeschlagen, um zu sehen, ob ich fähig war, ein paar Zeilen zu schreiben – was

Monate gedauert hatte und noch immer nicht sehr überzeugend war.

Franck lutschte jungen zwanzigjährigen Typen einen ab, und ich schlief mit seiner Frau, aber wir verstanden uns gut – was eigentlich gar nicht so verwunderlich war. Manchmal sahen wir zu, wie es schneite, oder betrachteten den trüben Regen, die Wolken, die am Himmel vorbeizogen, die Venen an unseren Händen oder die Fotos in irgendwelchen Zeitschriften, und wir führten unzusammenhängende Gespräche, die uns völlig genügten.

»Trotzdem machst du einen Fehler«, sagte ich.

»Hab auf jeden Fall ein wachsames Auge auf sie. Bleib bei ihr. Ich möchte nicht, daß ihr etwas passiert.«

»Ja, das gleiche Problem hab ich mit Chris. Ich weiß, was du empfindest. Man kann nicht so tun, als gingen uns ihre Geschichten nichts an.«

»Sie ersparen uns nichts. O nein. Sie zahlen es uns heim. Als hätten wir eine Schuld zu begleichen.«

»Sie lassen uns büßen, Franck. Sie lassen uns büßen, mein Lieber.«

Ein wenig später kroch Franck auf allen vieren über den Teppich, um ein Glühwürmchen aufzulesen, über dessen Anwesenheit wir uns sehr wunderten, und setzte es dann in einem Blumenkasten ab. Ihm zufolge konnte eine einfache Zeitungsmeldung den Stoff für ein gutes Buch liefern, dafür gäbe es zahlreiche Beispiele.

»Die Größten unter ihnen sind die Romanautoren. Was ich leider nicht bin. Das ist für mich, wie du dir denken kannst, eine furchtbar traurige Feststellung. Aber die Geschichte von Jennifer Brennen. Ich hatte geglaubt, das sei keine schlechte Idee. Das glaube ich im übrigen immer noch. Viele meiner Studenten kannten sie. Sie erzählten mir von ihr, da war genügend Stoff vorhanden, soviel Stoff, wie ich wollte. Wenn du kein Romanautor bist, mußt du dir eben die Brocken zusammensuchen, verstehst du?«

Ich sah ihn wieder im Leichenschauhaus vor mir, wie er sich höchst interessiert über Jennifer Brennens Leiche beugte. Was darauf folgte, war völlig logisch. Das hätten wir vermutlich vorhersehen können. Wenn uns unsere eigenen Belange ein wenig Zeit gelassen hätten – aber das würde schon an ein Wunder grenzen, es sei denn, man hätte kein Privatleben und folglich nicht tausend brandeilige Probleme zu lösen –, hätten Marie-Jo und ich erraten können, daß Franck ein bestimmtes Ziel verfolgte. Und dann hätten wir jetzt nicht in der Klemme gesteckt.

»Glaubst du vielleicht, Schreiben sei eine seriöse Beschäftigung, die nur seriösen Leuten vorbehalten ist? Weißt du, woran man einen schlechten Schriftsteller erkennt? Jemand, der von sich behauptet, ihm sei es bitterernst, bei dem kannst du sicher sein, daß er nichts taugt.«

Dann tauchte Marie-Jo auf, die glaubte, es sei Vormittag.

Marie-jo

Rita besaß unglaubliche Kraft. Sie hob mich buchstäblich vom Boden und schleuderte mich wie eine Blume auf den Teppich, ehe sie sich auf mich warf, um mich auf die eine oder andere Weise festzuhalten – am liebsten mit einem Beingriff um den Hals.

Dabei wog ich fünfzig Pfund mehr als sie.

Anschließend, nach der Dusche, tranken wir einen Möhrensaft.

»Glaub mir das. In ein paar Monaten schlottern dir die Hosen um die Beine.«

Ich war von diesen Worten ganz gerührt. Ich glaubte daran. Vor allem da ich seit einiger Zeit genügend Bewegung hatte mit Nathan, der mich ein- oder zweimal am Tag vögelte, und meiner Arbeit auf dem Campus, die ich auf eigene Faust durchführte, also nach Feierabend, wenn ich mich eigentlich zu Hause hätte ausruhen können.

Rita studierte Soziologie. Nach unserem Training setzte ich sie an der Uni ab und traf sie manchmal abends wieder, wenn sich das Tageslicht rosarot färbte und ich einen kleinen Blödmann wieder laufenließ, der mir ein paar Namen gegeben hatte.

Wir tranken einen Obstsaft oder einen Gemüsesaft, während ich vor Hunger starb, da ich Ritas Rat befolgte und auf mein Abendessen verzichtete. Das machte mich nervös. Das Lokal, in das sie mich mitnahm, war Treffpunkt von Diätfreaks, deren ungläubige Blicke sich auf mich richteten, was mich noch nervöser machte.

Ich hatte die Nase voll. Ich hatte den Eindruck, mich im Kreis zu drehen. Und zwar nicht nur im Hinblick auf meine Ermittlungen. Ich hatte das Gefühl, daß sich sehr bald irgend etwas ereignen würde, aber es ereignete sich nichts. Vielleicht aufgrund der Hitze, die in zähem Strom durch die Stadt floß wie Ahornsirup über einen Pfannkuchen und alles verklebte.

Rita meinte, das sei eine Frage der Hormone. Sie meinte, daß sich eine Frau, die keine beruflichen Sorgen hat und gleichermaßen von morgens bis abends vögelt, glücklich schätzen dürfe. Und wenn es nicht der Fall sei, dann könne es nur an den Hormonen liegen.

Vielleicht. Ich hatte keine Ahnung. Vielleicht waren es auch die Amphetamine, die ich massenweise schluckte, seit ich auf Diät war. Ich hatte keine Ahnung. Ich fühlte mich depressiv, fertig, Schluß!

Das kam auch von den jungen Leuten, die ich befragte. Ein paar von ihnen waren mir aufgefallen. Ich versuchte herauszufinden, was sie Franck über Jennifer Brennen erzählt hatten, aber ich begriff ziemlich schnell, welche Art von Beziehung sie mit meinem Mann unterhielten, und auch wenn ich völlig im Bilde war und mich über nichts mehr wunderte, was ihn betraf, war es jedesmal ein Schlag ins Kontor.

Denn Franck war der einzige Typ, den ich geliebt hatte. Natürlich liebte ich ihn nicht mehr, es war eine alte Geschichte, und ich mußte mich furchtbar anstrengen, um mich daran zu erinnern, wie es gewesen war, aber ich hatte diesen Scheißkerl, diesen blöden Scheißkerl über alles geliebt. Ja, da gab es keinen Zweifel. Und man liebt nur einmal im Leben. Man hat nur einen Schuß im Rohr.

»Und das reicht völlig«, seufzte Rita und streichelte mir die Hand. »Verdammte Scheiße, das reicht wirklich.«

Als wir hinausgingen, hatte sich ein Menschenauflauf vor dem Eingang zur Uni gebildet, neben dem Gitterzaun, der mit seinen in den finsteren Himmel ragenden scharfen Pfeilspitzen den ganzen Campus umgab. Es gab eine Schlägerei. »Toll, eine Schlägerei«, erklärte Rita, und wir beeilten uns, um einen Blick auf die Sache zu werfen – aber wenn man einen Boulevard überqueren will, ohne überfahren zu werden, wenn die Leute völlig genervt von der Arbeit kommen und eine Stinkwut im Bauch haben, wenn man nur einen Fuß auf die Fahrbahn setzen will, ohne erfaßt und in die Luft geschleudert zu werden, muß man verdammt aufpassen, doch das wissen Sie ja selbst.

Und folglich kamen wir zu spät. Völlig außer Atem, noch von den Scheinwerfern geblendet, die auf uns zugerast waren, die Ohren noch voll von dem Gehupe und den Beschimpfungen, tauchten wir in dem Augenblick auf, als die einen wegrannten und die anderen blutüberströmt auf dem Bürgersteig lagen.

Es war inzwischen dunkel geworden. Ich konnte die Gesichter derjenigen, die sich aus dem Staub machten, nicht erkennen, aber die Silhouette eines dieser Typen erinnerte mich vage an jemanden. Nur ein flüchtiger, aber zugleich sehr lebhafter Eindruck. Leider konnte ich weder einen Namen noch ein Gesicht damit verbinden.

Sosehr ich auch nachgrübelte, ich kam einfach nicht drauf. Seit ich wie ein verlorenes Schaf über den Campus irrte, meine Befragungen durchführte und sämtlichen Knallköpfen der näheren Umgebung das Wohlwollen der Polizei und ein offenes Ohr für ihre Belange versprach, ertrank ich geradezu in einer Flut von Gesichtern. Die Stecknadel verlor sich im Heuhaufen. Ja, ich weiß. Dafür werde ich bezahlt. Solche Schwächen sollte ich eigentlich nicht haben. Ein weiterer Beweis dafür, daß ich nicht gerade in Höchstform bin.

Den Typen dagegen, der mit aufgeplatzter Nase auf der Erde lag, den kannte ich: Ich hatte mich eine Stunde zuvor mit ihm unterhalten.

Nichts sonderlich Aufregendes. Genau wie die anderen vor ihm, wie all die, die ich bisher in die Mangel genommen hatte, hatte er Franck zwei oder drei Hinweise gegeben, denen ich meinerseits nachgehen mußte. Ich wurde die Sache allmählich leid. Ich kam voran, ohne wirklich voranzukommen – was mich angesichts meiner eher melancholischen Laune jeden Tag ein bißchen mehr deprimierte. Aber es half alles nichts. Ich mußte durchhalten. Ich hatte mich so sehr in die Sache reingehängt, daß ich mich einfach nicht irren konnte. Ich war felsenfest davon überzeugt. Selbst wenn sich eine Mauer vor mir erhoben hätte, hätte ich nicht haltgemacht. Daran sehen Sie, wie entschlossen ich war. Selbst wenn ich noch in hundert Jahren damit beschäftigt sein sollte.

Es war kein sonderlich anziehender Typ. Ich unterschied auf meiner Liste diejenigen, die Jennifer Brennen geschätzt hatten wegen ihres politischen Engagements, ihrer provozierenden Haltung oder ihres erbitterten Kampfs gegen ihren Vater und jene, die in ihr nur eine geile Sau gesehen hatten – ich hatte im übrigen eine Pornokassette entdeckt, in der sie mit ihrem hübschen Arsch die Hauptrolle spielte, schön rosig und samenverschmiert. Der Typ, der da auf dem Boden lag, hatte Partys bei sich zu Hause veranstaltet. Sie nahm hundert Euros. Eine Pauschale, die durchaus angemessen ist, wie ich finde. Und er nahm fünfzig von denen, die daran interessiert waren, im allgemeinen ein gutes halbes Dutzend. Im Durchschnitt, wenn ich recht verstanden habe.

Trotz allem beugte ich mich über ihn. Ohne mir um diesen Kerl Sorgen zu machen. Ohne viel zu empfinden.

Es war ein kleiner Wichser, der nur das bekommen hatte, was er verdiente, aber ich tat es aus Gewohnheit. Wir beugten uns regelmäßig über Verletzte, über Sterbende, über Leichen, die auf dem Bürgersteig lagen. Man hatte den seltsamen Anblick einer Stadt auf Bodenhöhe, wenn man sich so niederbeugte, um zu sehen, ob sie noch atmeten. Unsereins war es gewohnt, seine Gefühle zu unterdrücken, wenn ein Mensch auf der Erde lag, vor allem wenn man eine Frau war, denn eine Frau, und selbst die schlechteste unter uns, hat eine besondere Beziehung zum Leben. Ich schob die Leute zur Seite, die über uns das Gesicht verzogen. Ich sagte zu dem Typen, ich wünsche ihm, er habe genug Geld beiseitegelegt, um sich eine Nasenoperation leisten zu können, aber er stöhnte zu laut, um mich zu hören, und umklammerte auf seltsame Weise sein Knie.

Auf dem Rückweg erklärte ich Rita, daß man kein Knie einfach mit einem Turnschuh zerschmettern könne.

»Auf jeden Fall«, erwiderte sie, »auf jeden Fall geschieht ihm das recht. Ich an ihrer Stelle hätte ihm die Eier zertreten. Du nicht? Ich kann ihn nicht ausstehen.«

»Hör zu, Rita. Jennifer hat man mit einem Fußtritt den Mund zerfetzt, okay? Mit einem Schuh, der eine metallverstärkte Spitze hat, okay? Ihr sind alle Zähne rausgeschlagen worden.«

Es herrschte dichter Verkehr, wir wurden von einem Lavastrom mitgerissen, der in alle Richtungen durch die Stadt floß und sich ab und zu staute wie das Blut in Adern, die zu Thrombose neigen. Während ich mit den Fingerspitzen aufs Lenkrad trommelte, schweiften meine Gedanken ab, verfolgten alle möglichen Spuren, stellten Theorien auf. Dann machte mich Ritas Schweigen stutzig, und ich wandte ihr den Kopf zu.

»O mein Schatz. O Scheiße«, rief ich. »Entschuldige bitte. Sieh im Handschuhfach nach. Mein Gott. Da müssen Papiertaschentücher sein. Wie kann ich nur. Wie kann ich nur so dämlich sein.«

Ihre Tränen rannen immer stärker übers Gesicht. Aber ich sah, daß sie dagegen ankämpfte.

»Ist ja gut«, fügte ich hinzu. »Nur Mut. Scheiße, wie blöd von mir.«

»Weißt du, sie hat solchen Glanz in mein Leben gebracht. Verdammte Scheiße, ich bin so furchtbar sentimental. Ich schäme mich richtig.«

»Unsere Gefühle, Rita. Wenn es etwas gibt, wofür man sich nicht schämen sollte, dann sind es die Gefühle, glaub mir das. Neulich abends war ein Glühwürmchen auf meinem Balkon. Und da habe ich daran gedacht. Da habe ich mir gesagt, wenn es etwas gibt, das Licht in unser Leben bringt, ein klein wenig Licht, dann das. Dann sind es unsere Gefühle, Rita. Nur dadurch werden wir einigermaßen erträglich. Allein durch unsere Gefühle.«

»Dabei weiß ich das ganz genau«, schluchzte sie. »Das weiß ich genau, das kannst du mir glauben. Leg mal deine Hand auf meinen Bauch. Komm, leg sie mal auf meinen Bauch. Hm? Spürst du, wie warm er ist? Tja meine Liebe, das kommt daher, daß sie in mir lebt. Ganz ohne Scheiß.«

»Hör zu. Kann ich dir mal was sagen?«

»Na klar. Nun sag schon. Worum geht's?«

»Fängst du dann auch nicht wieder an zu heulen?«

»Ich hab geheult wie ein kleines Kind, hast du das gesehen?«

»Also hör zu. Ich will dir was versprechen. Das bringt sie zwar nicht wieder, aber eins kann ich dir versprechen. Die Typen, die das gemacht haben, die kriege ich. Und das tue ich für dich.«

Da wir gerade ein Stück vorankamen, mußte ich etwas auf den Verkehr achten, aber mit einem Auge sah ich, daß Rita erstarrt war und mich mit großen Augen ansah.

»Alles klar?« fragte ich. »Fühlst du dich okay?«

»Besser!«

Es kam gerade eine lange Kurve, die um das Stadion herumführte, dessen Spielfeld in gleißendes Licht getaucht war und von wo wildes Toben zu hören war, ein schmerzliches oder haßerfülltes Gebrüll, das im Grunde eher witzig wirkte.

»Viel besser!« flüsterte sie, wobei sie den Arm auf meine Rückenlehne legte und mir zärtlich den Nacken streichelte.

Das war nett, nicht?

Während ich Rita absetzte, die mich lange angeblickt hatte, ehe sie ausstieg, und sich dann über die armen Mädchen lustig gemacht hatte, die nur auf den Schwanz schwörten, rief Nathan an.

»Wo bist du? Bist du unterwegs?«

»Ich bin auf dem Weg nach Hause.«

»Sollen wir uns nicht irgendwo treffen?«

»Ach, weißt du, ich bin müde. Kann das nicht bis morgen warten?«

Wir hatten es noch am Nachmittag gemacht. Im Stehen vor einer Backsteinwand, die mir den Rücken aufscheuerte, mitten im Unkraut, zwischen zwei alten, total verrosteten Containern. Nathans plötzliche Begierde. Ich hätte mich eigentlich darüber freuen sollen. Statt dessen beunruhigte es mich. Frauen sind manchmal eben etwas komplizierter.

»Ob das nicht bis morgen warten kann? Das mußt du wissen. Natürlich kann das bis morgen warten. Was glaubst du denn! Ich setz dir doch nicht die Pistole auf die Brust.«

»Bist du jetzt sauer?«

»Nein, nein. Warum sollte ich sauer sein? Ich bin mit Wolf zusammen.«

»Ah ja. Und wie sieht's aus?«

»Sie haben beschlossen, den üblichen Weg einzuschlagen. Weißt du, der Typ hat wirklich ein Rad ab. Ich kann ihm noch so oft sagen, daß das eine richtige Mausefalle ist, aber nein. Sie wollen einfach nichts davon wissen. Hm, Wolf? Ich rede mit Wolf, er sitzt neben mir. Ich begleite ihn vielleicht. Er will mich zu einem Vortrag über den Betrug des Internationalen Währungsfonds mitnehmen. Ich weiß noch nicht. Ich muß mal sehen. Bist du sicher, daß sich das lohnt? Ich rede mit Wolf. Er sagt, das könnte mich interessieren. Was meinst du?«

»Ist Chris auch da?«

»Chris ist auch da. Sie läßt dich grüßen. Warte eine Sekunde. Ich rede mit Chris. Ja, ich weiß, daß das Eintritt kostet, na und? Scheiße. Ich rede mit Chris. Sie versucht mich für blöd zu verkaufen. Dabei habe ich ihr für ihre Fete *Necessary Illusions* von Noam Chomsky als DVD geschenkt. Das hat man gern. Du gehst mir auf den Geist, Chris.«

»Für *ihre Fete*?« seufzte ich. »Für *ihre Fete*? Sag mal, du bist wohl nicht mehr ganz dicht.«

»Fängst du jetzt auch noch an? Was ist denn los? Das macht wohl der Vollmond.«

»Und was hast du vor? Gehst du neben ihnen oder gehst du hinter ihnen?«

»Hör zu, darauf kann ich dir jetzt noch keine Antwort geben. Das ist schwer zu sagen. Aber niemand hat mich gezwungen, dich anzurufen. Ich wollte nur hören, wie es dir geht. Und daß jemand, der eben noch mit dir zusammen war, hören will, wie es dir geht, ist doch eher eine nette Geste. Findest du nicht?«

»Na gut. Entschuldige. Aber ich bin müde.«

»Nur daß ich mich, wenn ich müde bin, nicht mit dir anlege. Ich bin nicht unfreundlich zu dir. Siehst du den Unterschied? Nein, Chris, ich rede mit Marie-Jo. Was? Magnesium? Hörst du, du solltest Magnesium nehmen, Marie-Jo.«

»Na schön. Sag ihr, ich danke ihr für ihren Rat.«

»Sie dankt dir für deinen Rat.«

Ich versprach ihm, nichts zu unternehmen, ohne ihn vorher davon zu unterrichten. Jedesmal wenn wir uns trennten, mußte ich ihm jetzt versprechen, nichts ohne seine Zustimmung zu unternehmen. Ich glaub, ich spinne. Franck und er machten sich Sorgen um meine Gesundheit – dabei waren sie es, die mich fertigmachten.

Ich nahm den Weg durchs Stadtzentrum. Die Geschäfte begannen zu schließen, das Alarmsystem einzuschalten und die dunklen Rolladen aus Stahlblech herabzulassen. Die Abgase bildeten am Himmel einen leichten lachsfarbenen Nebel, der in der Abendhitze zu zittern schien. Ich ließ den linken Arm aus dem Fenster hängen, öffnete und schloß die Finger. Ich sah meinen Ehering, der funkelte. Auftauchte und wieder verschwand.

Ich hielt vor dem Laden, in dem Tony Richardsen arbeitete. Das war im Grunde kein Umweg, das war praktisch auf meinem Weg. Und es war noch nicht spät, was bedeutete, daß ich Franck möglicherweise beim Essen antreffen würde, wenn ich gleich nach Hause fuhr, und ich hatte weder Lust, zuzusehen, wie er sich den Magen vollschlug, während ich bis zum nächsten Morgen nicht mal einen Happen essen durfte, noch Lust, ihm Gesellschaft zu leisten. Und ich fühlte mich ziemlich niedergedrückt. Unterwegs hatte ich haltgemacht, da ich ein Hemd gesehen hatte, das mir gefiel, das gleiche, das P J Harvey auf dem Cover ihrer neuen CD trägt, aber sie hatten nicht meine Größe, und außerdem gäbe es diese Größe gar nicht, wie sie mir freundlicherweise erklärten. Und das konnte einem für eine ganze Weile das Lächeln vergehen lassen und einen auf den Gedanken bringen, sich das Leben zu nehmen. Man fühlt sich wirklich *ausgeschlossen*.

Unter diesen Umständen war ein Besuch bei Tony genau das richtige. Ich hatte Lust, ihn zu fragen, ob er das Leben nicht ungerecht fand.

Er war allein, hinten im Laden, und reparierte einen Fernseher unter den Flügelblättern eines Ventilators, der sein rotbraunes Haar durcheinanderwirbelte.

Mit was für einer grimmigen Miene er mich aber empfing!

Er blickte in dem Augenblick auf, als er sich anschickte, im Inneren eines Geräts, das einem Sputnik glich, etwas zu löten, und verzog das Gesicht buchstäblich zu einer Grimasse.

»Das ist schon witzig«, sagte ich, »das Problem, das du mit den Bullen hast. Das wird dir eines Tages noch einen bösen Streich spielen.«

Ich nahm einen Stuhl und setzte mich ihm gegenüber. Bisher hatte ich diesen jungen Kerl gar nicht mal so unsympathisch gefunden. Nur ein bißchen maßlos. Auch wenn ich schon zweiunddreißig war, hatte ich Verständnis für die Jugend. Ich mochte ihre Vitalität. Ihre unbändige Energie. Die alten Leute dagegen ertrug ich im allgemeinen nur mit Mühe. Ihr Gejammer, das Leben, das sie wie einen übelriechenden Kadaver hinter sich herschleppten, ihre düstere Gewißheit, daß sie wenigstens etwas begriffen hatten. Puh.

»Was wollen Sie von mir?«

»Tony, ich dachte, du würdest zu mir sagen ›Was wollen Sie *denn jetzt schon wieder* von mir‹.«

»Ich hab zu tun. Ich stecke mitten in der Arbeit. Sehen Sie das nicht?«

»Hör zu, ich will dich nicht lange stören. Ich wollte dir nur sagen, Tony, daß du mich sehr enttäuscht hast.«

»Das ist mir scheißegal, ob ich Sie enttäuscht habe oder nicht. Wirklich scheißegal. Und ich habe Ihnen nichts zu sagen.«

»Das macht nichts. Ich wollte dich auch gar nichts fragen. Eigentlich müßte ich mir gerade ein Hemd kaufen. Ich hatte nicht vor, hier mit dir zu sitzen, mit dir zu reden, dich anzusehen, die gleiche Luft zu atmen wie du, denn ich finde dich wirklich erbärmlich, so erbärmlich, daß ich nicht mal weiß, warum ich hergekommen bin. Eigentlich müßte ich mir gerade ein Hemd kaufen, das mir gefallen hat, wenn du's genau wissen willst. Aber leider hatten sie meine Größe nicht.«

»Ich ziehe es vor zu schweigen.«

»Rita ist eine Freundin von mir, weißt du das?«

»Diese blöde Ziege?«

Seit einer Woche hatten wir eine neue Ausrüstung: neue kugelsichere Westen, Windjacken aus Goretex, Jagdmesser und elektrische Schlagstöcke. Ich holte meinen Stock hervor und setzte ihm das Ding mitten auf die Brust, so daß er einen Schlag von mehreren tausend Volt erhielt. Ich benutzte es zum ersten Mal. Schrieeek. Tony wurde buchstäblich vom Sitz gerissen, und wenn nicht die Wand dagewesen wäre, die ihn aufhielt, wäre er im Hof gelandet.

Ich untersuchte den Knüppel, um zu sehen, ob nicht irgendwo ein Knopf oder sonst etwas da war, um die Stromstärke zu regeln, aber ich fand nichts. Es war vermutlich das Standardmodell.

Tonys Haar rauchte. Nein, das sage ich nur im Scherz.

»Erst mal«, sagte ich, »ist Rita keine blöde Ziege.«

Ich half ihm, sich aufzurichten und sich wieder auf seinen Platz zu setzen, wobei er völlig benommen das Gesicht verzog.

»Ich weiß, daß das weh tut. Es ist nicht dazu da, um gutzutun. Aber es gibt Schmerzen, Tony, es gibt Schmerzen, die du dir gar nicht vorstellen kannst. Und Rita, du alter Arsch, Rita, die dir haushoch überlegen ist und die du mit soviel Verachtung zu behandeln wagst, die weiß, was Schmerz bedeutet. Die weiß, was Leiden bedeutet. Du dagegen, was weißt du schon davon?«

Ich beobachtete ihn in Ruhe. Wie hatte ich ihm nur die Geschichte von dem Guerillero, der in eine Nutte verliebt war, abnehmen können? Halb Nutte, halb Muse. Die Geschichte von dem Typen, der seine Gefühle unterdrückt und sich für die Sache opfert. Der im Vögeln und Arschficken ein politisches Engagement sieht. Der arme Kerl, was hat er bloß ausstehen müssen.

Nachdem ich mich nun schon eine ganze Weile mit diesem Mädchen beschäftigt hatte und jeden Tag etwas mehr über sie erfuhr, konnte ich mir allmählich eine Vorstellung von ihrer Welt machen. Und das Bild von unserem Freund Tony hatte dabei einen ziemlichen Knacks bekommen. Ich betrachtete ihn eher als eine Art Zuhälter, der eine Entschuldigung suchte. Kein echter Ganove, sondern nur ein fieser Kerl, ein arroganter Kotzbrocken. Ich werde Ihnen sagen, wie ich die Dinge sah: Jennifer Brennen und er hatten gute und schlechte Seiten. Und an jenem Abend sah ich eher seine schlechten Seiten.

»Um noch mal auf Rita zurückzukommen, ich habe den Eindruck, daß ihr sie ganz schön verarscht habt. Ihr habt sie kräftig ausgenutzt. Aber wenn du sie richtig kennen würdest, Tony. Weißt du, ich schließe nicht so schnell mit jemandem Freundschaft. Ich laß mich nicht so leicht reinlegen. Aber Rita ist toll. Ein sehr großzügiges Mädchen. Glaub mir das. Und ungemein anziehend.«

Er litt offensichtlich noch ein bißchen. Und wenn er mich mit Blicken hätte töten können, dann wäre ich nicht mehr da, um mit Ihnen zu reden.

»Du sagst ja gar nichts.«

»Hauen Sie ab. Machen Sie, daß Sie wegkommen.«

»Weißt du, ich halte die Sache eher für ein gemeines Verbrechen. Ich glaube nicht, daß Paul Brennen dahintersteckt.«

»Verdammte Scheiße. Glauben Sie vielleicht, daß *ich* es war?«

»Schrei bitte nicht. Ich bin ziemlich müde. Nein. Ich glaube nicht, daß du es warst. Aber trotzdem. Du dürftest dich ganz schön beschissen fühlen.«

»Soso. Und warum sollte ich mich beschissen fühlen?«

»Warum? Ist es vielleicht ein Grund, stolz zu sein, wenn man seine Geliebte in den Händen von irgendwelchen Typen zurückläßt, mein Lieber? Bereut man es nicht, daß man sie im Stich gelassen hat, wenn man sie erdrosselt auf einem Teppich wiederfindet? Ich glaube schon. Ich glaube schon, Tony. Es sei denn, du bist noch übler, als ich glaube.«

»Ich war nicht da. Ich habe ein Alibi.«

»Ich weiß, daß du ein Alibi hast. Ich beschuldige dich nicht direkt. Ich glaube sogar, daß dieses Mädchen halbverrückt war. Und daß eine ganze Menge Leute davon profitiert hat. Und du als erster.«

»Sind Sie ganz allein darauf gekommen? Muß ich mir das wirklich anhören?«

»Tony, du bist vor zwei Jahren verknackt worden. Als du in die Datenbank irgendeines Unternehmens eingedrungen bist. Was war es noch, eine internationale Handelsbank? Ein pharmazeutischer Konzern? Ich erinnere mich nicht mehr. Ist auch egal. Auf jeden Fall muß ich dir gestehen, daß ich das gar nicht schlecht finde. Das meine ich ganz ehrlich. Ich finde das gar nicht schlecht. Ich bewundere das.«

Er lachte spöttisch. Die Polizei stieg in seiner Achtung. Ich dagegen war seelisch ziemlich angeknackst. Ich machte mir keine Illusionen mehr. Alles ging den Bach hinunter, und nie ging es aufwärts.

»Aber Tony, wie kannst du nur so einen Scheiß über dieses Mädchen erzählen! Und diese Rolle, die du zu spielen versuchst. Das ist wirklich das Letzte. Das wollte ich dir schon lange sagen. Deshalb sitze ich jetzt hier bei dir. Dieses Bild von jemandem, der sich aus allem raushält und angeblich alles für dieses Mädchen getan hat. Was für eine elende Lüge. Wie kannst du nur versuchen, mich so hinters Licht zu führen! Doch, doch, ich meine das ernst.«

Ich blickte ihm ganz tief in die Augen. Es gab immer

wieder Momente, in denen ich solche Anwandlungen hatte. Ich würde sogar sagen, in regelmäßigen Abständen, was mich daran hinderte, Begeisterung für das Leben aufzubringen. Momente, in denen ich nur die negativen Seiten der Leute sah. In denen die Mehrheit meiner Mitmenschen, die große Mehrheit, mich enttäuschte. Das machte mich ganz krank. Ihr kleinkariertes Wesen, ihr schäbiges Verhalten, ihr übler Mundgeruch, ihre Feigheit und was sonst noch alles, ich höre damit auf, sonst muß ich noch kotzen, ich höre damit auf, denn das erinnert mich an meine Depression, als ich in ein finsteres Loch gefallen bin. Oje oje. Bei dem bloßen Gedanken daran läuft's mir noch kalt den Rücken hinunter. Aber wie soll man Enttäuschungen vermeiden, wie soll man dem aus dem Weg gehen, wenn man von dem Augenblick an, da das Tageslicht am Horizont heraufzieht, ständig mit den anderen konfrontiert ist, und sie schon vor der Tür stehen, um Ihnen mit ihren Grimassen und ihren Gemeinheiten auf den Keks zu gehen? Wie sollen unter diesen Umständen die Sonnenstrahlen bis zu Ihnen vordringen?

»Tony. Verstehst du, was ich sage? Verstehst du den Sinn meines Besuchs?«

»Wissen Sie was? Sie sind völlig übergeschnappt.«

»Soso, du meinst, ich sei übergeschnappt. Was glaubst du eigentlich? Glaubst du vielleicht, es macht mir Spaß, Leute wie dich zu treffen? Glaubst du, es ist mir egal, mir von morgens bis abends euern Scheiß anzuhören? Da täuschst du dich, das ist mir nicht egal. Ganz und gar nicht egal. Das geht mir nah, verstehst du? Ich bin gezwungen, mich stundenlang unter die Dusche zu stellen, weil ihr mich fertiggemacht habt. Ich bin völlig am Ende. Und trotzdem strenge ich mich an. Ich strenge mich viel mehr an, als du dir vorstellen kannst.«

Mutlos und überdrüssig blickte ich nach draußen in die Dunkelheit, die von der berühmt-berüchtigten Neonreklame jener Restaurants erhellt wurde, in denen Pommes frites, Gefrierfleisch, weiche Semmeln und kohlensäurehaltige Getränke verkauft wurden.

»Wie ist denn das Zeug nebenan? Ist es eßbar?«

Statt darauf zu antworten, fragte er mich, ob ich ihm noch lange auf den Wecker fallen wolle. Ich machte mir Vorwürfe – wie hatte ich nur an einen Hamburger denken können? Wie konnte ich so schwach sein? Ich verdiente es nicht, daß Rita alles tat, um mich vor einer Katastrophe zu retten – ich wog seit einer Woche 89,2 Kilo und wußte nicht, woher das kam. Einen Hamburger *mit Pommes frites*? Was, Marie-Jo, *keinen Big Mac*?

Ich blickte auf meine Armbanduhr. Dann blickte ich Tony an. Aus seinen Augenhöhlen ergossen sich glühende Lavaströme in meine Richtung. Damit konnte er mich nicht beeindrucken. Ich stand wortlos auf und versetzte ihm mit einer mechanischen Geste einen weiteren elektrischen Schlag. Schrieeek.

Während die Luft noch vom Gepolter der Fernsehröhren dröhnte, die Tony bei seinem Sturz vom Regal gerissen hatte, sagte ich mir beim Hinausgehen, daß ich ihm diese zweite Prüfung hätte ersparen können. Ich sagte mir, daß es mir an Mitgefühl fehlte.

Ich legte die Hand aufs Geländer und ging drei Stufen hinauf. Dann erstarrte ich.

Eine urplötzliche Eingebung. Ein Name und ein Gesicht im gleichen Augenblick, schlagartig wie ein Blitz. Ich hatte das Gefühl, einen Hieb auf den Kopf zu erhalten.

Ramon. Eine abrupte Erkenntnis.

Es gab keinen Zweifel. Er war der Typ, den ich eben nicht gleich erkannt hatte. Ramon, der die Beine in die Hand nahm, nachdem er dieses Rindvieh vor der Uni zusammengeschlagen hatte – und jetzt hatte ich auch eine ziemlich genaue Vorstellung davon, wer mit ihm weggerannt war. Ramon. Verdammt noch mal. Ramon. Mir zitterten die Knie.

Das Treppenhaus war still, leer und seltsam. Ich hatte den Eindruck, als sähe ich die Motive des Läufers zum ersten Mal – Figuren aus einem Labyrinth. Ich glaubte, in der Ferne Glocken läuten zu hören. Dann setzte ich mich wieder in Bewegung und entriß meine neunundachtzig Kilo und ein paar Gequetschte dem Bann der Ungläubigkeit.

Auf dem Absatz vor seiner Tür zögerte ich. Gemischte Gefühle erfüllten mich.

Dann preßte ich das Ohr an die Tür. Biß mir auf die Lippen.

Ich vernahm nichts. Über mir hörte Franck Charlie Parker.

»Was ich tue, ist völlig idiotisch«, sagte ich zu mir, während ich das Schloß knackte. »Das kann mich in ernste Schwierigkeiten bringen. Das ist völlig bescheuert. Oje oje.«

Ich hielt den Atem an und schlich hinein. Bange Sekunden.

Die Wohnung war in Dunkelheit getaucht. Sie war leer. Schwein gehabt.

Meine Gedanken überstürzten sich, meine Sinne waren hellwach. Ich kniff den Hintern zusammen. Ich war schweißüberströmt. Einen Augenblick konzentrierte ich mich auf den muffigen Geruch, der das Halbdunkel erfüllte. Drei Männer, die sich eine Wohnung teilten, das war an der Grenze des Erträglichen. Ich wunderte mich, daß ich das nicht schon früher bemerkt hatte. Lüfteten sie denn nie, diese Idioten?

Ich wischte mir die Stirn mit einem weißen Taschentuch ab, das man anschließend hätte auswringen können. Ich betrachtete es entsetzt. Doch dann steckte ich es so, wie es war, in meine Tasche, gab mir einen Stoß und schlich in Ramons Schlafzimmer.

Im Schein meiner kleinen Taschenlampe, die an meinem Schlüsselbund hing, entdeckte ich T-Shirts, Unterwäsche und Hosen, die verstreut herumlagen. Uninteressant. Ich war wegen der Schuhe hergekommen.

Ich hatte mir die Sache noch nicht offen eingestanden. Wenn man darüber nachdachte, war es sogar so saublöd, daß ich fast weggerannt wäre, als ich vor dem Schrank stand.

Die Schuhe, die ich suchte, konnten gar nicht da sein. Sie steckten natürlich an seinen Füßen und nicht in diesem Schrank, den ich mit klopfendem Herzen öffnete, bereit, ins Leere zu greifen. Es sei denn, ich fand ein weiteres Paar. Ich hätte mich durchaus mit einem ähnlichen Modell begnügt. Darüber hätte ich mich verdammt gefreut. Und besonders darüber, daß meine Dummheit durch das Eingreifen des Himmels belohnt würde.

Und Schuhe gab es unten im Schrank in Hülle und Fülle. Aber ich hatte nicht die Zeit, sie zu untersuchen, denn im gleichen Augenblick ging die Eingangstür auf. Okay. Da hatte ich den Salat.

Ich setzte mich aufs Bett. Ich fühlte mich ganz schön beschissen. Im Wohnzimmer ging das Licht an. Mir wurde ganz anders. Ich hätte mich am liebsten ganz klein gemacht, aber ich hatte mich noch nie so dick und so unübersehbar wie in diesem elenden kleinen Schlafzimmer gefühlt. Ich hatte Mühe, mich gelassen zu geben. Ich biß mir auf den Daumennagel und unterdrückte einen furchtbaren Seufzer.

Ramon war allein. Ein Glücksfall, dessen Bedeutung ich erst hinterher begriff, als ich halbtot die Treppe zu meiner Wohnung hinaufwankte. Ich hatte das Glück, eine Frau zu sein.

Ich senkte den Kopf, als ich ihn kommen hörte. Ich begnügte mich damit, die Arme hinter mich auszustrecken, um mich abzustützen und eine lässigere Haltung einzunehmen, aber ich hob nicht den Blick. Ich hörte, wie er auf der Türschwelle zum Schlafzimmer stehenblieb, während das trübe Licht einer mit einem Schal abgeschirmten Birne ins Zimmer drang und ein paar Winkel erhellte. Ich spürte, wie sein Blick auf mir ruhte, als hätte er mich mit seiner Zunge berührt.

Was machte er? Kein Laut. Keine Frage. Nicht das geringste Zeichen des Erstaunens oder der Wut. Worauf wartete er denn?

»Scheiße«, seufzte ich, um das Eis zu brechen. »Ich fühle mich lächerlich.«

Ich blickte zu ihm auf. Er wirkte nicht verärgert. Er kratzte sich am Kopf und sagte mit einem gequälten Lächeln: »Na so was, da bleibt mir die Spucke weg. Damit hätte ich wirklich nicht gerechnet. Und ich weiß nicht so recht, was ich davon halten soll. Aber da bleibt mir die Spucke weg.«

»Ich weiß auch nicht so recht, was ich davon halten soll. Vielleicht macht das die Hitze. Aber vielleicht brauchst du erst eine schriftliche Aufforderung.«

»Eine Aufforderung *wozu*, Marie-Jo?«

Der Scheißkerl. Er hatte die stärkere Position. Er hatte eine so starke Position, daß ihm schon fast im voraus einer abging. Ich saß in der Falle. In einer Falle, die ich mir selbst gestellt hatte. Mit soviel Geschick, daß ich mich verfluchte.

Aber ich wollte nicht, daß er auf den Gedanken kam, ich hätte seine Wohnung durchsucht. Das hätte bös enden können. Oder aber alles über den Haufen werfen können. Ich hatte noch nicht alle Karten in der Hand. Ich hatte mich da blindlings reingeworfen, und jetzt mußte ich die Sache ausbaden. Nur war nach diesem anstrengenden, in vieler Hinsicht aufreibenden Tag meine Lust, mich von ihm oder sonst irgend jemandem vögeln zu lassen, nicht größer als die, mir einen Zahn ziehen zu lassen.

»Was ist los?« fügte er in beunruhigend freundlichem Ton hinzu. »Juckt dir die Möse?«

»Wie taktvoll du wieder bist, Ramon! Aber gut, nehmen wir mal an, es wäre so etwas Ähnliches.«

Er löste sich vom Türrahmen und ging auf mich zu. Ich senkte die Augen. Ich wollte die Gelegenheit nutzen, um einen Blick auf seine Schuhe zu werfen, aber sie waren schon im Schatten des Betts, und daher wurde meine Erwartung enttäuscht.

»Und wenn es dich packt«, fuhr er fort, »wenn es dich packt, dann brichst du meine Tür auf und machst dir's bei mir gemütlich, um auf mich zu warten. So ist es doch, wenn ich's richtig verstanden habe. Du bist ganz schön unverschämt, würde ich mal sagen.«

»Glaubst du vielleicht, ich hätte Lust, im Treppenhaus zu warten?«

Er streichelte mir den Kopf und sagte grinsend: »Ich komme also nach Haus, und da sitzt ein Bulle bei mir. Dabei ist noch gar nicht Weihnachten.«

Ich verwandelte einen Seufzer in eine lüsterne Bemerkung: »Wir können ja so tun als ob, Ramon.«

Und wie vorherzusehen war, drückte er sofort meinen Kopf an seine Hose. So eine Scheiße. Er hatte schon einen Steifen.

»Du kommst gerade richtig, wie es scheint. Hm, was meinst du dazu? Ich stopf dir gleich alle Löcher. Ich hau ihn dir rein bis zum Knochen, verdammte Scheiße. Das versprech ich dir.«

»Ich kann's gar nicht erwarten.«

Ich knöpfte seine Hose auf. Warum sollte ich länger warten? Ich würde sowieso ein paar sehr unangenehme Momente durchmachen. Warum sollte ich also Ausflüchte suchen? Als erstes blies ich ihm einen.

Drei Stunden später ließ er mich laufen. Ich konnte mich kaum noch auf den Beinen halten. Ich weiß nicht, was er genommen hatte, aber er war nicht mehr zu halten. Er vögelte mich drei Stunden ohne Pause, und es war für jede Geschmacksrichtung etwas dabei. Ich glaubte, ich würde es nicht überleben. Ich watschelte durch die Wohnung wie eine Ente und hielt mich dabei an den Wänden fest. Ich war fix und fertig. Ich wollte in den nächsten sechs Monaten nichts mehr von Sex hören. Was für ein Horrortrip. So eine Sau.

Als ich stöhnend die Treppe hinaufging, spürte ich, wie mir das Zeug die Schenkel hinabrann, ich hatte keine Kraft mehr, alles tat mir weh, meine Öffnungen brannten, meine Brüste waren übel zugerichtet, und dieser Hund hatte mir den Rücken und die Innenseite der Schenkel zerkratzt. Ich hatte gesehen, daß er irgendwas geschluckt hatte, aber was war das? Was hatten sie jetzt schon wieder erfunden? Ein explosives Stärkungsmittel für Pferde? Ich meine, für *Hengste*? Im Augenblick gab es eine ganze Palette von Produkten, die einen die Wände hochgehen ließen wie eine Rakete. Es hatte sogar Tote gegeben. Übermenschliche Verhaltensweisen. Meine Taschen waren vollgestopft mit beschmutzter Unterwäsche, die in Fetzen gerissen war. Ich hatte den Kopf noch voll von unflätigen Worten. Fragen ohne Antwort.

Ich hatte nicht einmal seine Schuhe überprüfen können. Dazu war ich einfach nicht mehr fähig gewesen. Ich hatte nichts anderes mehr im Sinn gehabt, als dieses Schlafzimmer zu verlassen, ehe er mich wieder anfaßte, und hatte mich ruckzuck aus dem Staub gemacht. Aber wenigstens, sagte ich mir, wenigstens hatte ich ihn hinters Licht geführt. Ich hatte es fertiggebracht, die Rolle der unersättlichen geilen Schlampe überzeugend zu spielen. Er schlug mir sogar vor, mir einen Schlüssel zu geben. Und es mir beim nächsten Mal für hundert Euro zu besorgen – einen Tarif, den er seinen besten Kunden vorbehielt. Ich hatte erwidert, ich würde es mir überlegen.

»Schweren Tag hinter dir?« fragte Franck, der die Blumen auf dem Balkon goß.

Ich ging ins Schlafzimmer und weinte. Wenn ich sehr abgespannt bin, breche ich leicht in Tränen aus.

Nathan

Die Bilanzen des Internationalen Währungsfonds waren verheerend. Da saßen wohl vor allem inkompetente, sture Dummköpfe, wie man bei der Überprüfung mehrerer Dossiers feststellen konnte. Nur daß ihre Fehler keine Auswirkungen auf sie selbst hatten, denn sie wurden reichlich bezahlt. Und daß ihre engstirnigen, kurzsichtigen Vorstellungen, ihre verdammten Gegenmittel zu noch größerem Elend auf nationaler Ebene, zu noch größerem Unglück und Verzweiflung für Millionen Menschen führten. Zusammenfassend gesagt.

Wolf hatte während der Debatte das Wort ergriffen, und sein Vortrag war klar, entschieden und unwiderlegbar gewesen. Er hatte viel Beifall geerntet. Er hatte die Zuhörer in seinen Bann geschlagen.

Es war unmöglich, bei dem anschließenden kleinen Umtrunk das Wort an ihn zu richten, denn er war von einer Schar von Fans umgeben, und Chris schien in diesem Augenblick die glücklichste Frau der Welt zu sein. Ich rief

Marie-Jo an, um mit irgend jemandem zu reden, da sich niemand für mich interessierte.

»Wolfs Vortrag war ein Bombenerfolg. Du hast etwas verpaßt.«

»Ich bitte dich. Laß uns morgen darüber sprechen.«

»Warum morgen? Was ist denn los?«

»Ach, nichts.«

»Was soll das heißen, nichts? Weinst du etwa?«

»Nein. Es ist alles in Ordnung.«

»Hör zu, ich komme sofort.«

»Nein, auf keinen Fall. Ich möchte allein sein.«

»Willst du ganz allein Trübsal blasen? Kann ich vielleicht erfahren, worum es geht?«

Ich war wegen des Lärms nach draußen gegangen und setzte mich auf eine Bank in der finsteren Nacht.

»Hör zu, Nathan, ich leg jetzt auf.«

»Nein, warte noch ein bißchen. Was hältst du von einem kleinen Spaziergang? Es täte dir bestimmt gut, ein bißchen zu laufen. Wollen wir wetten?«

Sie legte auf.

Als ich nach Hause kam, entdeckte ich einen neuen Schrank im Schlafzimmer. Paula fragte mich, wie ich ihn fände, und ich antwortete, er gefalle mir gut. Ohne Scheiß.

Marc und Ève kamen, um ihn zu begutachten, und sie gratulierten uns. Marc schien stolz auf mich zu sein.

Paula hatte noch andere Pläne. Sie wartete ungeduldig auf die Vorhänge, die sie bei was weiß ich wem bestellt hatte, in einem Laden, den Ève jedenfalls für den einzig interessanten in der ganzen Stadt hielt. Außerdem war auch noch die Rede von einem Sofa und anderen kleinen Dingen, über die Paula nichts verraten wollte und die nach und nach ihren Platz finden würden.

Da ich nichts sagte, umarmte sie mich.

»Ich bitte dich nur um eins, Paula«, flüsterte ich ihr ins Ohr. »Laß die Finger von dem Bett. Schwör mir das.«

Als Gegenleistung und um ihr zu beweisen, daß ich der Matratze keinerlei gefühlsmäßigen Wert in Hinsicht auf Chris beimaß – ich mußte glucksen, als ich etwas so Verrücktes hörte – belohnte ich sie mit einem Cunnilingus, nachdem die beiden anderen weggegangen waren.

»Na?« fragte ich sie anschließend. »Zufrieden?«

Sie versuchte mehr zu bekommen, bestand darauf unter dem Vorwand, daß der erste Schritt getan sei, aber ich erklärte ihr, daß ich die Dinge etwas anders sähe.

»Tut mir leid, aber für mich ist das kein Geschlechtsverkehr. Du mußt schon entschuldigen.«

Kaum zeigt man sich gutwillig, und schon wird einem vorgeworfen, man sei nicht gutwillig genug. Mit ungewöhnlicher Schärfe brachte Paula wieder zur Sprache, daß ich nicht vögeln wolle.

»Also nein, die Sache wird allmählich absurd. Wie lange soll das denn noch dauern?«

»Wie soll ich das wissen?« entgegnete ich. »Für mich ist das auch nicht einfach.«

»Was habe ich dir denn getan? Was habe ich dir denn getan, daß du mich so quälst?«

»Quälen nennst du das? Dabei gibt es Leute, die nicht mal jemanden haben, mit dem sie reden können. Niemanden, mit dem sie ausgehen können. Niemanden, der morgens neben ihnen aufwacht.«

Schließlich schloß sie sich im Badezimmer ein.

»Hör zu, Paula«, sagte ich durch die Tür zu ihr, während ich die Hände in die Taschen gesteckt hatte und auf meine Schuhspitzen starrte. »Hör zu, Paula, du kennst das Problem. Es hat sich von Anfang an gestellt und stellt sich immer noch, glaub mir das.«

»Ich habe keine Lust, dir zuzuhören. Laß mich in Ruhe.«

»Du mußt meine Entscheidung akzeptieren. Ich habe deine auch akzeptiert. Paula, komm raus. Ich weiß genau, was du da machst, das ist schon das dritte Mal seit Anfang der Woche. Du solltest dich in acht nehmen.«

»Und wer ist schuld daran? Bleibt mir was anderes übrig?«

»Glaubst du etwa, mir mache das Spaß? Glaubst du nicht, mir wäre es auch lieber, ein für allemal zu wissen, woran ich bin? Aber ich bin eben noch nicht so weit. Ich bin noch nicht bereit, wieder mit einer Frau zusammenzuleben. Das geht einfach über meine Kräfte, kannst du dir das nicht vorstellen? Paula, ich habe dir nichts verheimlicht.«

Sie mußte wohl ihre Staubinde zwischen den Zähnen haben, denn sie antwortete nicht.

»Vielleicht sollte ich einen Psychologen aufsuchen. Was hältst du davon? Wenn du einen kennst, bin ich bereit, mit ihm zu sprechen. Ich will ihm gern mein Problem erklären.«

Glauben Sie nicht, ich hätte das nur so dahingesagt. Ich hätte alles darum gegeben, um diese Ungewißheit loszuwerden. Ich träumte davon, ein glückliches Leben zu führen wie der letzte Einfaltspinsel, ich wünschte mir nichts anderes, als mit einer Frau zusammenzuleben. Gemeinsam mit ihr zufrieden lächelnd zuzusehen, wie die Tage und Nächte vorbeigingen. Aber hatte ich das Recht dazu? War ich dazu fähig? Ein Leben mit Paula in aller Öffentlichkeit. Vögeln, Lesen, Ausgehen und bei den Antiquitätenhändlern herumstöbern. Warum war das nur so kompliziert? Warum war das so schmerzhaft?

Sie kam aus dem Bad. Ging direkt ins Schlafzimmer und ließ sich aufs Bett sinken. Sie hatte ihr Höschen nicht wieder angezogen.

»Eins ist sicher«, fuhr ich fort. »Eines Morgens wache ich auf, und dann sind alle Zweifel wie weggeblasen. Und egal was für eine Entscheidung ich dann treffen mag, sie wird für alle die beste sein. Hörst du, Paula, das ist wie bei einer Geburt. Man muß Geduld haben. Seit mich meine Frau verlassen hat, spüre ich, daß ein neuer Mensch in mir heranreift. Doch er ist noch nicht zur Welt gekommen. Noch nicht. Aber du kannst beruhigt sein. Das dauert bestimmt keine neun Monate.«

Sie winkte mich zu sich. Ich legte mich neben sie. Ich drückte sie an mich und wünschte mir wirklich in diesem Augenblick, ich würde ein Zeichen erhalten. Ich wäre glücklich gewesen, ihr verkünden zu können, daß die Würfel gefallen waren und ich sogar bereit war, sie zu heiraten, wenn ihr das Spaß machte. Schluß mit Chris. Schluß mit Marie-Jo. Das hieß soviel, als würde ich mir zwei Kugeln mitten ins Herz schießen. Wenn ich das richtig einschätzte. Eine Aussicht, die mich erschauern ließ. Wer hätte schon an meiner Stelle sein wollen? Ganz zu schweigen von der Arbeit und den Sorgen, die das mit sich brachte.

Am folgenden Morgen traf ich Marie-Jo wieder. Ich war in Form, nachdem ich eine Stunde Gymnastik gemacht und zwei große Gläser Orangensaft getrunken hatte, die Paula mir schweigend zubereitet hatte. Und Marie-Jo, die von ihrem Ringkampftraining mit Rita zurückkam, hatte noch ganz rosige Haut und war viel besser gelaunt als am Vorabend. Wenn auch nicht wahnsinnig fröhlich. Normal. Allerdings war sie seit einigen Tagen nicht mehr ganz so aufgekratzt wie sonst.

Ich lud sie in eine Bar ein, die Paula ausfindig gemacht hatte, im obersten Stockwerk eines Hochhauses. Eine Bar mit gedämpfter High-Tech-Atmosphäre und riesigen, um diese Zeit weit geöffneten Fenstern, durch die eine noch gut erträgliche Wärme hereindrang. Das würde mich einen Haufen Geld kosten. Aber ich wußte, daß ihr das gefallen würde, und Kaffee aus richtigen Tassen zu trinken war doch was anderes als aus Pappbechern. Der Tisch war zu klein, um das reichhaltige Frühstück für zwei Personen aufnehmen zu können. Marie-Jo wurde bleich.

»Willst du mich umbringen?«

»Hast du nichts bemerkt? Deine Laune. Seit du nichts mehr ißt. Ich finde, du bist melancholisch geworden.«

Sie war noch dazu ziemlich nervös. Über die Tränen am Vorabend wollte sie mir kein Wort verraten, aber sie war sehr erregt über eine äußerst wichtige Entdeckung: Ramon trug Schuhe mit metallverstärkter Spitze.

Ich hielt ihr den Korb mit Croissants und Milchbrötchen hin und wartete darauf, daß sie geruhte, die Hände zu befreien, die sie sich zwischen die Beine geklemmt hatte.

»Na schön«, sagte ich, »aber bringt uns das weiter? Ist es vielleicht das einzige Paar, das in der Stadt zu finden ist, hm? Davon gibt es doch Zehntausende, meinst du nicht?«

»Sicher, aber wir brauchen nur auf das richtige Paar zu stoßen. Ich halte dich auf dem laufenden.«

Da ich sie kannte, wunderte ich mich, daß sie noch nicht Ramons Wohnung durchsucht hatte. Sie wäre durchaus dazu fähig gewesen. Aber zum Glück besaß sie noch einen Funken Verstand und zog es vor, mit mir zu sprechen, ehe sie sich auf eine Dummheit einließ, die ihr großen Ärger bereiten konnte. Und was unverantwortliches Verhalten betraf, hatte ich mit Chris schon genug zu tun.

»Na gut. Dann kümmern wir uns darum«, erklärte ich, »da du Wert darauf legst. Das müssen wir klären. Aber unternimm nichts ohne mich. Versprich mir das.«

Voller Zufriedenheit verschlang sie eine kleine Brioche und ließ den Blick liebevoll über die umliegenden Dächer schweifen, die aufgrund der morgendlichen Stunde und des um diese Zeit schräg einfallenden Sonnenlichts in goldenes Licht getaucht waren. Es war unsere Stadt, und wir liebten sie. Wir betrachteten sie immer mit zärtlichen Augen. Ehe man sie uns zerstörte. Nein, das war nur ein Scherz, aber ich wäre 2001 nur ungern New Yorker gewesen. Und ich denke auch an die anderen, die Ähnliches erlebt haben. Man ist heute vor keiner Katastrophe mehr sicher. Alle haben hochfliegende Pläne.

Marie-Jo fragte mich, warum ich sie so ansähe, und ich antwortete, daß ich das nicht wisse.

»Wir lassen uns zu sehr von anderen Dingen in Anspruch nehmen«, sagte sie. »Findest du nicht? Vögeln reicht nicht. Ich spreche von der Zeit, die wir uns gegenseitig gönnen. Vögeln reicht nicht, um uns einander näherzubringen.«

Ich erwiderte lächelnd: »Aber das kann uns auch nicht entfremden.«

»Na, ich weiß nicht. Da bin ich mir nicht so sicher. Es ist fast so, als verberge sich etwas dahinter. Ich wollte damit nur sagen, daß wir zu sehr beschäftigt sind, um uns Gedanken darüber zu machen. Hast du nicht den Eindruck?«

»Um uns Gedanken worüber zu machen? Das Leben ist ohnehin schon kompliziert genug, findest du nicht? Warum willst du es noch schwieriger machen, hm? Das frage ich mich. Weißt du, was die Stärke unserer Beziehung ausmacht, Marie-Jo? Die Tatsache, daß sie einfach und klar ist. O ja. Und das ist unschätzbar, weißt du das? Das heißt, daß wir nur Gutes davon zu erwarten haben. Eine einfache, klare Beziehung. Das ist verdammt selten.«

»Das Problem liegt darin, daß ich dir alles abkaufe. Das wundert mich selbst. Ich kenne niemanden, der so entwaffnend ist wie du, Nathan. Ich weiß nicht, was ich dir sagen soll. Eine Beziehung, die einfach und klar ist, ist übrigens eine seltsame Sache. Man weiß nicht so recht, wozu das dienen soll. Wenn man mal darüber nachdenkt.«

»Wäre es dir lieber, wenn sie kompliziert und undurchsichtig wäre? Fändest du das witziger?«

»Das wäre was anderes. Das wäre nicht die gleiche Sache.«

Frauen. Sie glauben alle, daß wir mit unserem Schicksal

zufrieden sind. Daß wir vor allem nichts daran ändern wollen. Dabei sind wir uns der Abgründe bewußt, was ihnen völlig entgeht. Zumindest, wie schwindelerregend tief und kohlschwarz diese Abgründe sind. Sonst würden sie ein bißchen nachdenken, ehe sie uns kritisieren.

Auf dem Weg erinnerte ich sie daran, wie dreckig es uns ging, als wir uns kennenlernten. Wir waren beide nicht gerade in Höchstform gewesen. Weder für sie noch für mich hatte es damals einen Grund zur Freude gegeben, wie mir schien.

»Selbstverständlich könnte es uns noch besser gehen. Völlig klar. Es gibt immer etwas Besseres. Aber denk mal daran zurück, wie du dich dahingeschleppt hast, wie du über alles nachgebrütet hast, was für ein Gesicht du gemacht hast und wie durcheinander du damals warst. Wirf doch erst mal einen Blick zurück, ehe du dich darüber ausläßt, wie es jetzt um uns steht. Sieh dir den Weg an, den wir zurückgelegt haben. Tu mir den Gefallen.«

Sie reinigte ihre Sonnenbrille.

Wir trafen Wolf und Chris in einer Lagerhalle am Fluß, an einer verlassenen Uferstraße. Ich wollte mich vergewissern, daß alles in Ordnung war.

Es war etwa ein Dutzend Leute da, die eifrig damit beschäftigt waren, Spruchbänder zu nähen, zu beschriften, zu bemalen und auf Stangen zu nageln. Manche liefen mit Stapeln von Flugblättern herum, die sie in einem Lieferwagen verstauten. Wolf erteilte Anweisungen. Er trug Shorts, und man konnte seine langen, vom Laufen gestählten Schenkel sehen. Chris war nicht die einzige. Auch Marie-Jo gefielen sie.

Die Vorbereitungen liefen auf vollen Touren. Chris war mit den anderen im hinteren Teil der Halle. Sie zerschnitten Kartons, um daraus Schutzanzüge anzufertigen. Dann fügten sie die Einzelteile mit Hilfe von breitem Klebeband zusammen, das sie mit den Zähnen zerrissen.

Ich sagte zu Chris: »He, Chris, wo und um wieviel Uhr treffen wir uns morgen?«

Ich half ihr, die Armschützer aus dickem Karton überzustreifen, die sie gerade hergestellt hatte, und holte hinter meinem Rücken einen Motorradhelm hervor, der aus der Zeit stammte, als wir noch jünger gewesen waren, und für den ich den ganzen Keller auf den Kopf gestellt hatte.

»Weißt du noch?«

»Natürlich«, erwiderte sie und senkte den Kopf.

»Das waren noch Zeiten. Aber was soll's. Dann brauche ich mir wenigstens nicht mehr ganz so viele Sorgen zu machen, das ist ja auch schon was. Gut. Okay. Ich habe mir keine Sorgen zu machen. Ich weiß. Wir brauchen nicht auf dieses Thema zurückzukommen. Laß uns bitte nicht soviel Theater darum machen. Du mußt zugeben, daß ich mich bemühe.«

José kam, zog mich am Ärmel zur Seite und sagte: »Komm, sieh dir das an.«

Ein riesiges Spruchband zum Gedenken an Jennifer Brennen. Auf Tafeln angebrachte Porträts von ihr. Eine ganze Kiste voller Abzeichen mit ihrem Bild.

»Meine Idee«, erklärte sie stolz, während sie mir ein Abzeichen ans Hemd steckte. »Und was gibt's bei dir Neues?«

»Paul Brennen hat gedroht, mir einen Prozeß an den

Hals zu hängen. Das sagt schon genug. Und sie tun alles, um meine Ermittlungen zu bremsen. Aber die kennen mich schlecht.«

Das war kein Scherz. Ich hatte tatsächlich Mühe, unwiderlegbare materielle Beweise für Paul Brennens Schuld zusammenzutragen. Die vielen Sorgen, die mir mein Privatleben bescherte, erlaubten mir nicht, mich mit Leib und Seele einer schwierigen, gründlichen Untersuchung zu verschreiben. Und dann Francis Fenwick. Francis Fenwick, den ich ständig auf der Pelle hatte und der mich nicht eine einzige Minute in Ruhe ließ, weil er befürchtete, ich wolle meinen Dickkopf durchsetzen und würde den Zorn des Himmels auslösen.

Es war schwierig, unter diesen Bedingungen voranzukommen. Und ich muß zugeben, daß ich mich für alles andere nur mäßig interessierte, da ich den Schuldigen ja kannte. Aber erweckte ich vielleicht den Eindruck, daß ich deswegen die Arme sinken ließ? Und begingen diejenigen, die das glaubten, nicht einen Irrtum?

»Aber José, meine Stunde naht«, fügte ich hinzu. »Und so mancher hier dürfte bald sein Urteil ändern. Vergiß nicht, was ich dir sage.«

Marie-Jo und Wolf sprachen über mich.

»Was erzählt er da gerade?«

»Ich habe zu Marie-Jo gesagt, daß du die Sache allmählich begreifst.«

»Hm? Tut mir leid, Wolf. Ganz im Gegenteil. Chris und du, ihr bildet das unbegreiflichste Paar, das ich je gesehen habe. Ohne daß ich dich damit verletzen will.«

»Ich habe von unserem politischen Engagement gesprochen. Von den Gründen für unsern Kampf. Und daß du zugegeben hast, daß wir nicht ganz unrecht haben.«

»Du kannst dir ja vorstellen, Wolf, du kannst dir ja vorstellen, daß ich, um Chris zu heiraten, nicht völlig beschränkt sein konnte.«

Wolf gab zu, daß es zwangsläufig zu einer Konfrontation mit den Bullen kommen würde. Er war gegen Mittag zu einer letzten Besprechung mit den anderen Organisatoren gefahren und brachte keine beruhigenden Nachrichten mit. Beim letzten Weltwirtschaftsgipfel der führenden Industriestaaten hatte es 7 Tote und 486 Verletzte gegeben. Und diese Zahlen drohten deutlich überschritten zu werden. Die Polizei hatte angekündigt, daß sie die Zahl der Einsatzkräfte verdoppelte und daß weitere Gebiete innerhalb der Stadt abgeriegelt würden.

»Das ist eine Provokation«, sagte ich. »Reine Provokation.«

Trotz allem leuchtete ein wilder Funke in Wolfs Augen auf.

Ich blickte Chris an, aber was nützte es schon, darüber zu sprechen?

Wir bekamen einen Funkruf. Francis Fenwick höchstpersönlich. Ich sagte ihm, ich sei krank. Er sagte mir, ich solle schnellstens herkommen. Offensichtlich wußte er nicht, welche Art von Beziehung mich mit Marie-Jo verband – er kannte nicht deren geheime, intime Natur – oder aber er war eine Drecksau. Denn wir standen beide vor ihm, als er sagte: »Sag mal, was ist denn mit dir los? Hm? Nach der Kommunistin jetzt eine Drogenabhängige?«

»Entschuldigen Sie, Francis. Ich kann Ihnen nicht recht folgen.«

»Paula Consuelo Cortes-Acari. Sie wohnt doch bei dir, oder?«

»Ja. Oder besser gesagt, sie wohnt einen Stock tiefer.«

Ich bemerkte, daß Marie-Jo die Zähne zusammenbiß und daß sich ihre Augenlider leicht verengt hatten. Francis Fenwick dagegen betrachtete mich mit einer Mischung aus Bewunderung und Abscheu.

»Ich habe nicht gewußt, daß einer meiner Beamten mit einem berühmten Mannequin zusammenlebt«, erklärte er in spöttischem Ton.

»Berühmt ist ein bißchen übertrieben.«

»Auf jeden Fall ist sie die Schwester von Lisa-Laure Cortes-Acari. Deren Mann, wie du weißt, spanischer Botschafter ist. Nein? Wußtest du das etwa nicht?«

»Er weiß eine ganze Menge Dinge, aber über die spricht er nicht«, erklärte Marie-Jo mit metallischer Stimme. »Glauben Sie mir das.«

Ich wandte mich zu ihr um. Sie war ziemlich sauer, aber ich nicht weniger. »Vielen Dank«, sagte ich. »Ich schlafe nicht mit ihr, wenn du es genau wissen willst.«

»So? Und was macht ihr dann?«

Sie war plötzlich totenbleich. An ihrem Blick erkannte ich, daß ich für sie der grausamste Mann der Welt sein mußte. Ein so abgrundschlechter Mann, daß sie am liebsten mein Herz in Stücke geschnitten hätte, um es am Spieß zu braten. Aber anscheinend war ich noch schlimmer als das, denn sie zog es vor, auf dem Absatz kehrtzumachen. Ich rührte keinen Finger.

»Was hat Marie-Jo denn?« fragte Fenwick mit der Miene eines wandelnden Arschlochs.

»Ich glaube, ihr tun die Füße weh, Francis.«

»Was willst du uns da weismachen? Daß du mit einer Frau zusammenlebst, aber daß du nicht mit ihr schläfst? Für wen hältst du uns eigentlich? Für Idioten? Bereitest du eine Zirkusnummer vor?«

Über seine Schulter hinweg sah ich Marie-Jo nach, die durch das Portal ging und sich in einem Meer von zitterndem Licht entfernte, ihre breiten Schultern, ihre massive Silhouette, ihren Gang, der durch die Last der schlechten Nachrichten noch schwerfälliger geworden war. Aber was für schlechte Nachrichten eigentlich? Wenn man die Situation mal objektiv betrachtete. Ich hätte gern gewußt, wo das Problem lag. Sie fuhr mit quietschenden Reifen los.

Mit starren Gesichtszügen und finsterer Miene erklärte ich Francis Fenwick, daß ich von dem Herumschnüffeln in meinem Privatleben allmählich genug hatte. Vor allem, da ich das auch mit ihm machen konnte: Es war nicht schwer, private Dinge ans Licht der Öffentlichkeit zu bringen, ein paar Anomalien aufzuzeigen und Wunden brutal aufzureißen.

»Außerdem war Chris nie eine Kommunistin. Kommen Sie mir nicht mit solchem Quatsch. Chris, Kommunistin? Francis, das nenne ich einen Schlag unter die Gürtellinie. Chris ist nie eine Kommunistin gewesen. Nie im Leben. Wie geht's übrigens Ihrer Tochter?«

Nur damit Sie sich eine Vorstellung von der Atmosphäre machen können. Wir waren etwa gleich groß. Ich spürte, daß er das gleiche dachte wie ich: Eines Tages würden wir unsere Meinungsverschiedenheiten mit bloßen Fäusten regeln. Anders konnte das gar nicht enden, das war unvermeidlich. Wie zwei dumme Bauernlümmel. Aber weder er noch ich wagten es, uns die Folgen vorzustellen, es sei denn mit entsetzter Ungeduld.

Dabei hätten uns unsere Probleme einander näherbringen können.

Die harten Drogen zum Beispiel. Denn Paula war geschnappt worden, während sie das Zeug kaufte, so wie Francis Fenwicks Tochter ein paar Tage zuvor der Polizei in die Hände geraten war, während sie mit ihren Kumpels Crack rauchte.

»Wir sollten zusehen, daß wir keine Scherereien bekommen«, knurrte er. »Nicht daß noch der Botschafter anruft. Verdammte Scheiße, wir müssen ihm einfach zuvorkommen. Hm, sieh zu, daß wir keine Scherereien bekommen, okay?«

»Völlig einverstanden, Francis. Lassen Sie mir ein bißchen Zeit, dann sorg ich dafür, daß sie clean wird.«

»Wie du willst. Sag ihr, sie soll sich bis dahin besser vorsehen. Jag ihr ein bißchen Angst ein.«

»Ich knöpf sie mir vor. Darauf können Sie sich verlassen. Das wird sie so schnell nicht vergessen.«

»Na gut. Dann kümmer dich sofort um sie. Bring sie hier raus. Entschuldige dich in unserem Namen bei ihr. Aber was dich betrifft, kann man wirklich sagen, daß du ein ganz schöner Schürzenjäger bist.«

»Da kennen Sie mich aber schlecht.«

»Aber du lockst sie doch an, oder? Du schläfst nicht mit ihr, und trotzdem ist sie verrückt nach dir. Du willst mir doch wohl nicht sagen, sie sei normal, hm? Dabei brauchtest du nichts dringender als ein ausgeglichenes Leben. Eine Frau und Kinder.«

»Kinder? Da bin ich mir nicht sicher«, erwiderte ich mit heiserer Stimme. »Kinder bringen verdammt viel Ärger mit sich.«

Auch wenn wir uns gegenseitig fertigmachten, ließ sich eine gewisse Zuneigung zwischen uns nicht leugnen. Das haben Sie doch gespürt, oder? Hinter dem rauhen Ton, der zwischen uns herrschte, verbarg sich etwas anderes. Trotzdem pfiff ich auf ihn und seine Ratschläge. Er konnte mich mal. Und seine Meinung über die Frauen, die mich umgaben, war mir scheißegal.

Ich ein Schürzenjäger? Dabei fand ich sie vor meiner Tür, wenn es schon zu spät war, mir Gedanken darüber zu machen. Wie hatten Kerouac und die anderen das bloß gemacht? Wie hatten sie ihre Energie bewahrt? Ich blieb zwischen zwei Stockwerken stehen und holte mein Heft hervor, um mir ein paar Notizen über die Kreuzigung zu machen. Dann befreite ich Paula.

Ich machte ihr draußen auf dem Bürgersteig in der prallen Sonne eine Szene. Mehrere Leute blieben stehen und beobachteten uns mit spöttischem Lächeln oder schleckten ihr italienisches Eis. Ich schrie. Sie antwortete mir schreiend. Ein richtiger Ehekrach mit großen Gesten, vorgetäuschten Abschiedsszenen und wilden Adrenalinstößen.

Dann gelang es mir, sie ins Auto zu verfrachten.

»Ich bin richtig froh«, rief sie. »Ich bin froh. Das kannst du dir gar nicht vorstellen. Ich bin so froh.«

»Ich auch. Sehr froh. Wir sind alle sehr froh«, sagte ich, während ich anfuhr.

»Von Anfang an. Du hättest ihr von Anfang an die Wahrheit sagen sollen.«

»*Was* für eine Wahrheit, Paula? Von *was* für einer Wahrheit sprichst du?«

Sie wäre fast aus dem Auto gesprungen, aber ich beugte mich über ihre Knie, um die Tür zu blockieren.

Ich verbrachte einen Teil der Nacht in Gesellschaft meines Bruders in einer Bar. Einer Bar, in der keine Frauen zugelassen werden, so wie es Bars gibt, in denen keine Männer zugelassen werden – zum Glück gibt es so was. Ich hatte zu ihm gesagt, Marc, hör zu, ich muß mit jemandem reden, und dazu müssen wir irgendwo hingehen, wo wir nicht gestört werden, denn mir geht's dreckig.

Und als er mir gegenübersaß und wir ein paar Gläser getrunken hatten, während der schwarze Himmel von zuckenden Blitzen erleuchtet wurde, fuhr ich fort: »Marc, nimm mein Berufsleben. Nimm mein Liebesleben. Ganz objektiv. Und dann sag mir mal, wo es für mich einen Grund zur Freude gibt. Nach all dem, was ich dir erzählt habe. Zeig mir den geringsten Hoffnungsschimmer. Und fang nicht an, mir Paulas Vorzüge aufzuzählen. Versuch, Paulas Vorzüge mal eine Weile zu vergessen. Denn es geht um mein zukünftiges Leben, und du mußt dabei vor allem an mein Glück denken und nicht an das deiner guten Freundinnen. Selbst wenn du sie toll findest. Also erzähl keinen Scheiß. Denk gut nach. Mich macht das richtig fertig. Ich hänge völlig durch, Marc. Das ist kein Scherz.«

Währenddessen war Paul Brennen immer noch auf freiem Fuß, Chris schlief vermutlich in Wolfs Armen ein, Marie-Jo hätte mich umbringen können und Paula spielte mit dem Feuer.

Und Marc zerbrach sich den Kopf.

»Gib's auf, mein Lieber. Das hat keinen Sinn«, seufzte ich. »Es sieht zappenduster aus.«

Aber er legte mir die Hand auf die Schulter, und mehr verlangte ich gar nicht.

»Einmal im Leben habe ich ein paar Gläser zuviel getrunken. Stell dir das vor.«

Er wandte die Augen ab. Und er hatte allen Grund dazu. Vor diesem Drama war ich sein Idol gewesen. Seither verachtete er die Bullen. Er bekam ein hartes Herz.

»Marc. In einer Geschichte muß die Hauptfigur ein Ziel haben, sonst funktioniert die Sache nicht. Das hat Franck mir erklärt. Aber ich, was habe ich für ein Ziel? Ich sehe die Hindernisse sehr gut, aber ich finde einfach nicht heraus, was mein Ziel ist. Hm, was meinst du dazu? Kommt das daher? Dieses Gefühl, daß die Zukunft für mich auf allen Seiten vernagelt ist?«

Er schüttelte lange den Kopf. Er war es nicht gewohnt, daß ich ihn an meinen Selbstanalysen teilnehmen ließ, und ich spürte, daß ihn der Ernst der Situation belastete. Ich war sein großer Bruder. Ich war alles, was er an Familie besaß. Und eine Familie muß wie ein Felsblock sein, an den man sich klammern kann und nicht wie ein Floß ohne Haltetaue, das von den Elementen hin und her geschaukelt wird. Ich beschloß also, meine Kräfte zu sammeln, ich lächelte ihn an.

»Aber stell dir doch mal vor«, sagte er und strich sich über das Kinn. »Stell dir doch mal vor, daß dein Ziel unerreichbar ist. Wie ist die Sache denn dann? Hm, was sagt Franck dazu? Wenn dein Ziel unmöglich zu erreichen ist?«

»Er meint, daß sich hinter einem unerreichbaren Ziel wohl ein anderes Ziel versteckt. Warum nicht? Hab ich nichts dagegen. Ich stehe allem offen gegenüber. Das vergesse ich manchmal, wegen dieses verdammten Nebels. Dabei steuere ich ein unsichtbares Ziel an.«

Ich zwickte ihn liebevoll in die Schulter und machte zugleich mit einem Blick den Barmann auf unsere leeren Gläser aufmerksam. Dieser Typ hatte auf einer Seite blondes und auf der anderen schwarzes Haar – der Beweis dafür, daß in einer Welt wie dieser, die völlig aus dem Gleis geraten war, alles passieren konnte.

»Weißt du, heute haben sie mich von allen Seiten in die Mangel genommen«, erklärte ich ihm. »Alle drei, das ist schon ein außergewöhnliches Zusammentreffen. Alle drei am selben Tag.«

»Die Vergangenheit, die Gegenwart und die Zukunft. Toll. Die Apokalyptischen Reiter.«

Ich lächelte ihn wieder an und erwiderte: »He, Marc, nun mal langsam. Ich weiß, worauf du hinauswillst. Immer langsam, mein Lieber.«

»Aber Chris ist das unmögliche Ziel, und die andere ist ein Anti-Ziel. Also, was bleibt dir dann?«

»Das werden wir bald wissen. Der vierte Reiter, warum nicht? Das werden wir bald wissen, denn alle Dinge sind ständig im Fluß. Kein Druck kann unbegrenzt zurückgehalten werden. Du wirst schon sehen. Bald wissen wir, woran wir sind. Es kann sogar sein, daß ich letztlich in einem Creative-Writing-Kurs lande und als Nachtwächter in einer Garage arbeite. Alles kann passieren. Alles passiert bereits.«

Ich ließ ihn gehen, denn irgendwo fand eine Fete statt, und er war allmählich unruhig geworden. Wie ein Zuckerkranker, der kein Insulin dabei hat. Als ginge es um Leben und Tod. Aber war das beim politischen Engagement im Grunde nicht genau das gleiche? Hatte all das einen Sinn? Gab es eine Möglichkeit, sich selbst zu entkommen? Sich über die traurige Lage, in der man sich befand, hinwegzusetzen?

Neben mir saßen auf beiden Seiten einsame Männer vor der Theke, die den Kopf hin und her wiegten und auf ihr Glas starrten. Wir brauchten uns nicht zu unterhalten, um uns zu verstehen. Ab und zu gab einer von uns einen leisen Klagelaut von sich. Aber aus Rücksicht, aus Mitleid tat jeder so, als habe er nichts gehört.

Auch ich gab wortlos eine Runde aus, was mit stummer, würdiger Zustimmung aufgenommen wurde. Ich holte mein Heft hervor und notierte mir den Namen und die Adresse dieser Bar, um sie nicht zu vergessen. Und unter das Wort *Kreuzigung*, das mich zu zwei, drei Dingen inspiriert hatte, schrieb ich das Wort *Auferstehung*, das mich zu gar nichts inspirierte.

Dennoch bemühte ich mich, mir das neue Leben vorzustellen, das mich erwartete. Mir die große Umwälzung auszumalen, die mein Dasein ändern würde und von der ich meinem jüngeren Bruder mit großer Begeisterung erzählt hatte. Ich bebte natürlich bei diesem Gedanken. Vor Besorgnis und vor Aufregung. Aber es war unmöglich, ein Gesicht in dem Tumult zu erkennen, in den ich hineingezogen wurde. Unmöglich herauszufinden, wer oder was mich erneut zur Welt brachte. Alles konnte passieren. Alles passierte bereits. Kräftige Klauen umklammerten meinen Schädel und versuchten mich aus dem Schlamassel zu ziehen, einer zähen, klebrigen Masse, über die ich mich noch immer wunderte und deren Herkunft ich zu ergründen suchte, denn Sie können denken, was Sie wollen, und alle möglichen Fehler an mir finden, aber mir eigenhändig das Leben zu vermasseln, nein, das hätte mir eigentlich nicht passieren dürfen. Nein, das hätte ich nicht selbst erfinden oder mir selbst ausdenken können. So verrückt war ich nicht. Oder aber alle waren es. Alle saßen im gleichen Boot.

Ich stand am nächsten Morgen sehr früh auf. Ich wachte nicht in meinem Bett auf, sondern lag zusammengerollt in einer Ecke im Wohnzimmer, was mir schon lange nicht mehr passiert war.

Der Himmel war makellos. Paula stürzte sich auf mich und küßte mich wild auf den Mund. Mit tränenüberströmten Wangen.

»Es ist alles in Ordnung«, beruhigte ich sie. »Alles in Ordnung. Wir haben Sachen gesagt, die wir beide nicht so gemeint haben, stimmt's? Wir müssen natürlich noch mal darüber sprechen. Aber nicht jetzt, Paula. Ich habe jetzt keine Zeit.«

Ich beschränkte meine Gymnastik auf ein paar Lockerungsübungen und blieb lange unter der Dusche, die mich jedoch kaum erfrischte, da die Nacht nicht ausgereicht hatte, um die brütende Hitze des Vortags zu vertreiben. Paula schob den Vorhang mit den durchsichtigen Luftblasen zur Seite, um mich mit starren Augen zu betrachten, aber ich stellte keine Fragen. Wir saßen alle im gleichen Boot, wie es schien.

Es war noch keine acht, als ich bei Marie-Jo klingelte.

Niemand. Totenstille. Es war möglich, daß Franck schon zur Uni gefahren war, aber sie? Können Sie sich das vorstellen? Sie war bestimmt noch stocksauer auf mich, von einer aufrichtigen, wohligen Wut besessen, auf die sie für nichts auf der Welt verzichtet hätte. Ich knirschte mit den Zähnen und rief Rita an.

»Sag ihr, daß sie den miesesten Charakter der Welt hat. Sag ihr wörtlich, was ich dir gesagt habe. Nun mach schon!«

»Nathan, sie ist nicht da.«

»Sag ihr, daß ich die Schnauze voll habe. Gib sie mir.«

»Hast du gehört, was ich dir gesagt habe?«

»Erzähl keinen Scheiß, Rita. Ich meine es ernst.«

Von der Straße rief ich Derek an: »Ja, Derek. Ich weiß, daß sie eifersüchtig ist. Scheißdreck. Wem erzählst du das? Aber ich schlafe nicht mit dieser Frau. Sie wohnt bei mir, aber ich schlafe nicht mit ihr.«

»Okay, Nathan. Okay. Von mir aus. Aber du mußt zugeben, daß du Scheiß machst. Sie dreht fast durch vor Wut. Sie dreht fast durch. Du machst echt Scheiß, Alter.«

»Was, ich mach Scheiß? Wie kommst du darauf? Wann hört mir denn endlich einer zu? Kannst du mir mal sagen, was ich falsch gemacht habe? Okay, Derek, ich bin kein Unschuldslamm. Ich habe nie behauptet, ich sei ein Unschuldslamm. Aber man darf die Sache auch nicht übertreiben, hm. Nicht übertreiben. Die sollen mir erst mal ins Auge sehen, Derek. Ehe sie den ersten Stein werfen, sollen sie mir ins Auge sehen. Das kann ich euch nur raten. Das kannst du ruhig weitersagen.«

»Nie mehr als ein Abenteuer zur gleichen Zeit, mein Lieber. So ist das nun mal. Nur eins. Was sonst passiert, siehst du ja. Glaub nur nicht, daß du cleverer bist als die anderen. Man ist *nie* clever genug. Dafür sind unsere Schultern nicht breit genug. Das sieht man ja an dir.«

»Glaubst du vielleicht, ich hätte auf dich gewartet. Ich hätte darauf gewartet, daß du mir etwas erklärst, was jeder Depp kapiert? Du glaubst doch wohl nicht, daß ich so blöd bin! Was meinst du wohl, warum ich nicht mit Paula vögle? Weil ich völlig pervers bin? Glaubst du das, hm?«

»Hör zu, ich möchte dir nicht weh tun. Gott kann das bezeugen. Aber du mußt schon zugeben, daß das verdammt seltsam ist. Dabei habe ich schon die unglaublichsten Dinge gehört. Geschichten, die du dir nicht mal vorstellen kannst. Du wärst platt.«

»Sie hat mir einen Tisch und ein paar Stühle gekauft. Nur das. Und einen Schrank. Mehr hat sich nicht zwischen uns abgespielt. Scheißdreck. Hörst du, Derek? Ich habe nichts dazugetan, um da hineinzuschlittern. Nachts hat sie mir was vorgelesen. Nichts anderes. Du kennst sie ja. Sie brauchen Kissen und Vorhänge. Was kann ich dafür, Derek? Hm, wenn sie sich was in den Kopf setzen. Was soll man sich groß dagegen wehren. Solange man die Hauptsache bewahrt. Solange man nicht das Unverzeihliche begeht.«

Ehe ich ins Auto stieg, das in der Sonne funkelte wie ein Stern, blickte ich zu Marie-Jos Fenstern auf, was ein unangenehmes Gefühl bei mir auslöste. Trotzdem machte ich mich auf den Weg. Ich hatte einen schweren Tag vor mir. Ich durfte keine Sekunde verlieren. Bei so vielen Sorgen kam es auf eine weitere nicht an.

Die Innenstadt war bereits blockiert. Die Hauptverkehrsstraßen waren gesperrt, und die Ordnungskräfte trafen in Bussen ein, die in langen Schlangen die leeren Boulevards entlangfuhren. Die Schaufenster waren verbarrikadiert. Hubschrauber kreisten am strahlendblauen, wolkenlosen Himmel.

Als ich vor dem Haus von Chris das Auto abstellte, holte ich das Abzeichen mit dem Bild von Jennifer Brennen hervor und steckte es mir an die Brust.

»Marie-Jo ist verschwunden«, sagte ich zu Chris, die ziemlich nervös war.

»So? Was soll das heißen, *verschwunden*?«

Sie schenkte mir eine Tasse Kaffee ein und biß sich dabei zerstreut auf die Lippen. Zum Glück hatte sie mir eine Untertasse gegeben.

»Paß bitte ein bißchen auf«, riet ich ihr. »Ich habe sie gestern nachmittag zuletzt gesehen, und seither habe ich nichts mehr von ihr gehört.«

Sie blickte mich an, ohne mich zu sehen. Dann fragte sie erstaunt: »Von wem hast du nichts mehr gehört?«

Aber Chris war nicht die einzige, die nervös war. Im Treppenhaus herrschte reges Treiben, Türen wurden auf- und zugemacht. Manche begossen sogar ihre Schuhe mit glühend heißem Kaffee.

Wolf dagegen wirkte sehr gelassen. Er hatte mich gefragt, ob ich in Form sei.

Währenddessen machte sich Chris im Schlafzimmer fertig. Wer von uns beiden machte sich Sorgen um sie, was meinen Sie? Wer von uns beiden stand noch mit beiden Beinen fest auf dem Boden?

»Aber haben wir wirklich die Wahl?« hatte er mir neulich abends anvertraut. »Sollen wir vielleicht die Hände in den Schoß legen? Nathan, wir sind nicht da, um den Interessen einer Minderheit zu dienen, die uns bis aufs Blut aussaugt. Tut mir leid, mein Lieber, aber ich mache da nicht mit. So eine Welt möchte ich meinen Kindern nicht hinterlassen.«

»Deinen Kindern, Wolf?« hatte ich hervorgestoßen, während mir eine eisige Faust das Herz zerquetschte. »Was sagst du da?«

»Sieh doch nur, was sie in Argentinien und anderswo gemacht haben. Nimm Afrika südlich der Sahara: Jedesmal wenn ein Dollar reinkommt, gehen fast zwei wieder raus. So funktioniert das. Und dieses Schema, der ungeheure Profit, den einige wenige auf Kosten ganzer Völker machen, das bekämpfe ich bis zu meinem letzten Atemzug.«

»Chris und du, Wolf?« hatte ich mit erstickter Stimme gesagt. »Habt ihr die Absicht, Kinder zu bekommen, Chris und du?«

»Hör zu, was ich sage. Siehst du nicht, wohin das führt, wenn man die Macht Profitjägern oder unfähigen Leuten überläßt? Soll ich dir Einzelheiten schildern? Weißt du, was ich empfinde, wenn ich das sehe? Manche handeln aus Verzweiflung oder aus Wut. Ich handle, weil ich mich schäme.«

»Wolf, du willst mich auf den Arm nehmen, oder? Das ist doch wohl nicht dein Ernst?«

»Ich bin Westeuropäer. Und darum kommt die Scham vor der Wut und der Verzweiflung. Eine unerträgliche Scham. Verstehst du das?«

»Aber ihr kennt euch doch kaum. Scheiße. Erst seit ein paar Monaten. Wie könnt ihr schon wissen, daß ihr welche haben wollt? Scheiße, ich habe nicht mal Lust, darüber zu diskutieren.«

Ich hatte Chris nicht mal darauf angesprochen.

Ich hatte beschlossen, dieses Gespräch zu vergessen.

Es kam mir wieder in den Sinn, als ich beobachtete, wie Chris ihre Arme und Beine mit Wellpappe schützte. Sie saß auf dem Bettrand, und ich wurde von Erinnerungen überwältigt. Es war, als nähme ich ein Bad unter einem Wasserfall, dessen Strahlen mich alle durchbohrten.

Als ich mich näherte, hob sie lächelnd den Kopf. Wenigstens eine Sekunde lang.

Der Mann, auf den sie gewartet hatte, rannte wer weiß wo herum und war vermutlich mit viel wichtigeren Aufgaben beschäftigt. Ich hätte gern gewußt, mit welchen. Ich schnappte mir eine Rolle Klebeband und befestigte sorgfältig die Schoner an allen ihren Gliedern, wobei ich den Beinen, die ich so gern mochte, besondere Aufmerksamkeit widmete. Ohne einen Kommentar abzugeben.

»Ich weiß genau, was du denkst«, erklärte sie.

Ich erwiderte nichts. Ich hatte andere Sorgen.

Bevor es losging, klärte ich noch zwei, drei Punkte mit Wolf. Zum Beispiel, wo wir uns treffen sollten, wenn uns die Polizei angriff, und an welches Krankenhaus wir uns wenden sollten. Er glaubte, ich hätte das im Scherz gesagt, dabei war es mir bitterernst. Ich spürte sogar, wie mich eine gewisse Nervosität überkam, denn ich wußte, wozu die Bullen fähig waren, und ich konnte nicht umhin, an die Überraschung zu denken, die man uns versprochen hatte.

»Zuck nicht die Achseln, Wolf. Das wird ein Massaker. Merk dir, was ich dir sage. Diese Typen sind wüste Kerle. Also zuck bitte nicht die Achseln.«

Die letzten Durchsagen im Radio waren düster. Für Leute, die noch einen Funken Scharfblick besaßen. Als ich die Zahlen hörte, lief es mir kalt den Rücken hinunter: Zweihunderttausend Demonstranten wurden von dreißigtausend Polizisten erwartet, die von Kopf bis Fuß ausgerüstet, das heißt, bis an die Zähne bewaffnet waren.

»Und das ist noch nicht alles«, rief ich in den Raum. »Hört zu. Der Weg, den man uns vorgeschrieben hat, ist die reinste Mausefalle, das könnt ihr mir glauben. Es wird heiß hergehen. Hört gut zu. Versucht nicht, durch die Seitenstraßen abzuhauen, denn da erwarten sie euch. Bleibt immer mitten im Zug. Schützt euern Kopf. Ich stehe allen zur Verfügung, die noch weitere Ratschläge haben wollen. Ihr könnt mir gern noch Fragen stellen. Nutzt die Gelegenheit, Leute. Und jetzt wünsche ich euch viel Glück. Viel Glück allerseits.«

Wolf war der erste, der mir auf die Schultern klopfte.

Chris machte große Augen. Sie kannte mich wirklich schlecht.

Marie-jo

Die Geschichte mit Franck war mir damals auf die Beine geschlagen. Ich konnte mich nicht mehr aufrecht halten. Und wenn ich sage, daß ich mich nicht mehr aufrecht halten konnte, dann meine ich damit, daß ich buchstäblich zusammensackte, daß ich auf den Boden fiel, sobald ich nur einen Schritt zu machen versuchte. Wie ein Sack Kartoffeln – dann kam Franck und schaffte es nicht, mich wieder auf die Beine zu stellen, und ich brach in Tränen aus.

Mit Nathan gelang es mir, die Straße zu überqueren. Meine Beine ließen mich nicht im Stich.

Ich wußte nicht recht, was ich davon halten sollte.

Anscheinend war ich eher wütend als sonst etwas.

Die Geschichte mit Franck hätte mich fast umgebracht. Zu keinem Zeitpunkt hatte ich das Bedürfnis empfunden, die Hand gegen ihn zu erheben – was die Wohnungseinrichtung betrifft, kann ich nicht das gleiche behaupten, obwohl ich mich schon auf dem Weg der Genesung befand –, Nathan dagegen wollte ich an die Gurgel springen. Nicht im Beisein von Francis Fenwick und auch nicht im Beisein anderer, die nur auf dieses Schauspiel warteten. Diese Freude sollte ihnen nicht vergönnt sein.

Ehe ich losfuhr, wischte ich mir über die Augen: Sie waren trocken.

Natürlich atmete ich schwer. Große Schweißränder hatten sich unter meinen Achseln gebildet, und ich wußte nicht, wohin ich fuhr.

Es dauerte eine Weile, ehe mir klar wurde, daß ich unten vor seinem Haus parkte. In der prallen Sonne. Die Seitenfenster waren geschlossen und ich kochte wie ein Krebs.

Aber nicht nur das, außerdem hatte ich noch meine Tage. Ich wünschte mir, man würde mich in Ruhe lassen.

Und was sah ich da oben?

Anstatt die Tür mit der Schulter einzudrücken, wie man es von einer Frau meines Kalibers erwarten könnte, öffnete ich das Schloß sauber mit einem Dietrich – damit diese dumme Ziege nicht von mir sagen konnte, ich benehme mich schlecht.

Als erstes spürte ich diesen Geruch nach Jasmin. Der einer unsichtbaren Mauer glich.

Ich war schon eine ganze Weile nicht mehr bei Nathan gewesen, und seine neue Wohnungseinrichtung verblüffte mich. Dieses Mädchen hatte offensichtlich Geschmack. Und die entsprechenden Mittel – was ich in drei Monaten harter, gefährlicher Maloche verdiente, dürfte sie wohl bei einer einzigen Fotosession kassieren und zwar nur, weil sie einen schönen Hintern hatte, und daher hatte ich ihm nie mehr als eine Uhr schenken können, und nicht mal eine Rolex.

Ich setzte mich aufs Bett, um eine Zigarette zu rauchen. Die Sache war doch ziemlich schmerzhaft, ziemlich brutal. Ich war immerhin sehr verliebt in Nathan, das ließ sich nicht leugnen. Aber vielleicht war ich nicht mehr ganz so dumm wie damals, vielleicht war ich etwas gleichgültiger geworden. Vielleicht stand das, was Franck mir zugefügt hatte, in keinem Verhältnis dazu. Ich weiß es nicht. Ich war damals so jung gewesen. So angeschlagen, als ich ihn geheiratet hatte. Na ja, was soll's. Die Bettlaken brannten mir immerhin unterm Hintern. Und dieser Jasmingeruch, der mich umgab. Dieser unwahrscheinliche Jasmingeruch, der schon seit Urzeiten hier zu herrschen schien und mich zu quälen suchte. Dabei hatte ich mit dem Parfum von Chris nie Schwierigkeiten gehabt.

Sie hatte Glück. Sie konnte ihre Unterwäsche einfach herumliegen lassen oder sie auf die Rückenlehne eines Stuhls werfen, ohne sich Fragen zu stellen. Ohne sich zu schämen. Ohne Schlüpfer zu hinterlassen, die einer Kuh gepaßt hätten – ich steckte meine in die Tasche und war froh, wenn er nichts gesehen hatte. Sie hatte wirklich Glück.

Die Lust, alles zu zerschlagen, flackerte kurz in mir auf. Doch der Drang, schnell abzuhauen, war stärker. Diese Einrichtung wirkte auf mich, als habe er einen Tunnel unter meinen Füßen gegraben. Selbst wenn er nicht mit ihr schlief. Was im übrigen noch zu beweisen war – und was früher oder später auf die eine oder andere Weise geschehen würde. Ich stand auf und drückte meine Zigarette im Spülbecken in der Küche aus. Ich besprühte mir das Gesicht mit Wasser. Die Küche war blitzsauber und tipptopp aufgeräumt. Auf dem Tisch standen Blumen und ein Korb mit appetitlichem Obst, Weintrauben mit einer grünen Schleife, Birnen, deren Stiele mit einem roten Tropfen Siegellack geschützt waren, exotische Früchte in Seidenpapier, Äpfel mit einem goldfarbenen Etikett. Eine wahre Pracht.

Die Geschirrtücher waren sauber. Die Spülschwämme neu. Es sah wirklich so aus, als sei sie eine perfekte Hausfrau.

Und die Lust, sie zu überraschen? Aus dem Wagen zu steigen und mir die beiden vorzuknöpfen, wenn sie das Haus betraten? Ich hatte mich gerade wieder gefaßt und umklammerte noch das Lenkrad, als ich sie kommen sah. Was meinen Sie? Sollte ich auf der Stelle eine Erklärung fordern? Mich unverzüglich in die Schlacht stürzen? Hals über Kopf?

Ich wartete, bis sie im Haus verschwunden waren, ehe ich losfuhr.

Das gemeine an der Sache war, daß er so ein Mädchen durchaus verdiente. Man mochte sie, oder man mochte sie nicht, aber sie war meiner Ansicht nach eher jemand, den man mochte. Sie sah verdammt gut aus. So blöd, daß ich das nicht gemerkt hätte, war ich nun auch wieder nicht. Sie paßte gut zu ihm. Die beiden zusammen zu sehen, lag *in der Natur* der Dinge. In der *natürlichen Ordnung* der Dinge. Wer konnte dagegen an?

Ich wußte nicht so recht, in welchem Zustand ich war. Sehr unglücklich. O ja, das kann man wohl sagen. Aber völlig erledigt? Es war noch zu früh, um das zu sagen. Es gab eine Dunkelzone, die zu erkunden ich nicht den Mut hatte. Ein tiefes schwarzes Loch. Ich bemühte mich, woandershin zu blicken.

Bei Derek bekam ich einen richtigen Wutanfall. Wir gingen nach draußen auf den Bürgersteig, und seine Kundinnen sahen mich durch das Schaufenster an, als sei ihnen so etwas noch nie passiert. Einen Tobsuchtsanfall zu kriegen, weil ein Typ sie betrogen hat. Derek versuchte mich zu beruhigen. Aber das tat mir gut. Ich ging auf und ab und machte meinem Herzen Luft. Ich sprach Passanten an. Sagte zu ihnen, ob ich sie vielleicht um ihre Meinung gefragt habe. Ich drohte einem Typen, der grinsend in einem Mustang saß, mit der Faust. Schließlich nahm Derek mich in die Arme, und ich dachte: ›Mein Gott, Derek, das wurde auch Zeit.‹

Anschließend ging ich in eine Konditorei.

Als ich Rita auf dem Campus suchte, stieß ich auf ein Mädchen, das ich vernehmen wollte, aber ich war mir nicht sicher, ob es der geeignete Augenblick dafür war. Ich zögerte. Ich drehte ihr den Rücken zu. Ich lehnte mich an einen Baum, der wie durch ein Wunder dort stand und mir etwas Schatten spendete, schloß die Augen und zählte bis hundert. An diesem Ort spukte es. Dieser Ort war verflucht, wenn ich nur ein bißchen nachdachte. Aber ich mochte Gitter schon immer gern.

Als ich die Augen wieder öffnete, war sie immer noch da. Eine Blonde mit kleinen Brüsten und Plateauschuhen. Sie hieß Hélène Gribitch. Ich hatte ihren Namen zwei Tage zuvor von einem Chemiestudenten bekommen, der ein paar Partys bei sich zu Hause veranstaltet hatte. Ziemlich heiße Partys, an denen auch Jennifer Brennen teilgenommen hatte.

Wie es schien, hatte Hélène Gribitch nur ein Idol: Catherine Millet. Sie bewunderte Catherine Millet auch als Schriftstellerin, was noch bedenklicher war. Diese Hélène Gribitch, die wie eine Verrückte vögelte.

Ich sagte ihr, was ich von Catherine Millet hielt. Nämlich nicht allzuviel.

»Von mir aus können wir gern über Literatur sprechen, aber alles hat seine Grenzen«, erklärte ich Hélène Gribitch, die mir etwas von farblosem Stil vorgeschwafelt hatte. »Erzähl mir nichts von farblosem Stil, wenn es sich um rosaroten Kitsch handelt. Bist du farbenblind oder was ist mit dir? Läßt du dich in deinem Alter noch reinlegen?«

Wir gingen schließlich in die Cafeteria, wo ich in einem selbstmörderischen Anflug ein Bananensplit bestellte – über das ich mich mit einem verzerrten Lächeln hermachte, während mir die Leute mitleidige Blicke zuwarfen. Unterdessen erzählte mir Hélène Gribitch, zwei Dutzend Typen am selben Abend zu vögeln sei für sie ein Mittel, ihre Weiblichkeit geltend zu machen. Ich spürte, daß ich kurz davor war, einen Sonnenstich zu bekommen.

Dann sprach sie einen Namen aus. Ich hob den Blick und bat sie, den Namen zu wiederholen.

Ramon. »Dieser Typ mit dem seltsamen Pimmel«, hatte sie hinzugesetzt.

»Seltsam, aber gar nicht so unangenehm«, hatte ich erwidert. »Gib's zu.« Wodurch ich ihr Vertrauen gewann.

Vor Aufregung hatte ich die Rechnung bezahlt.

Ramon. Nach so langem Weg. Oh yeah. Gottverdammt noch mal.

»Und ich nehme an, Hélène, du hast meinem Mann von Ramon erzählt?«

»Warum? Durfte ich das nicht?«

Ich legte meine Hand auf Hélènes Arm, damit sie mir nicht entwischte, und schloß die Augen. Ich dachte eine Sekunde nach.

»Und wie hat sich das zwischen Jennifer Brennen und Ramon abgespielt? Wie lief das?«

Das entzückende Lächeln, das Hélène Gribitch in diesem Augenblick auf den Lippen hatte. Das hätte man festhalten müssen.

»Hm, erzähl mir das mal, meine Hübsche.«

»Das lief so lala, würde ich sagen. Er konnte es nicht ab, bezahlen zu müssen, um sie zu vögeln. Das machte ihn wütend. Aber Jennifer tat es nie umsonst. Davon wollte sie nichts wissen. Und das machte Ramon fuchsteufelswild.«

Ich ging schnell pinkeln. Das gleißende Sonnenlicht drückte mir auf die Blase.

Ich gab Hélène meine Visitenkarte, falls sie eines Tages in Schwierigkeiten kommen sollte. Ich hielt ihre Hand eine Weile lächelnd fest. Das brachte sie leicht in Verlegenheit. Ich sah hinter ihr her. Ich empfand fast eine gewisse Zuneigung für sie. Über ihr zogen ein paar rosarote Federwolken am Himmel dahin. Ihre Füße schwebten durch das weiche Gras. Ich fragte mich, was für eine Lust man dabei empfinden konnte, wenn es schon nicht sehr witzig war, mit einem zu vögeln. Ich hätte sie fast zurückgerufen.

Ich setzte mich wieder. Nach so langem Weg. Nach so langer Suche. Und er wohnte einen Stock tiefer. Ich sagte mir: Ruf Nathan an. Und während ich mir das sagte, kam mir wieder in den Sinn, was mit uns beiden los war. Ich hatte es vergessen. Ich fühlte mich wieder hundsmiserabel.

Dann schaute ich nach, ob ich Franck nicht irgendwo entdeckte. Aber der Seminarraum war leer. Sein Anorak hing an der Garderobe, hing wie ein zum Skelett abgemagerter, verlassener Körper trübselig an einem Kleiderhaken. In meiner Verwirrung drückte ich die Lippen gegen die Fensterscheibe. Manchmal bin ich halb verrückt. Auf der anderen Straßenseite brüllte ein Typ in ein Megaphon. Ich glaube, daß es irgendwo brannte. Seit einer Woche versuchten wir eine Bande zu schnappen, die Autos in Brand steckte, um den Leuten auf den Keks zu gehen. Wir vermuteten, daß es sich um Schüler handelte. Blagen, die mit Beefsteaks voller Wachstumshormonen ernährt worden waren. Übrigens vergewaltigten sie ihre Lehrerinnen und verprügelten ihre Lehrer. Entsetzlich.

Als ich schnell auf den Ausgang zuging, kam ich an einem Open-air-Meeting vorbei und entsann mich, daß Nathan mich wegen dieser berüchtigten Demo am frühen Morgen abholen wollte. Als sei das Durcheinander nicht schon groß genug. Jedenfalls unter einem herrlichen Himmel.

Franck lag in der Badewanne. Schläfrig lächelnd. Immer noch überzeugt, daß er seine letzten friedlichen Augenblicke auf dieser Erde verlebte, und entschlossen, sie auszukosten.

Ich setzte mich auf den Rand der Badewanne.

»Franck«, murmelte ich, »es freut mich, daß du da bist.«

Er öffnete die Augen, blickte mich wohlwollend an und fragte: »Soll ich dir den Platz freimachen?«

Nein, ich wollte nicht in die Wanne. Ich wollte ihm nur sagen, daß ich mich freute, daß er da war. Mit den Fingerspitzen strich ich über den Schaum, der auf dem Wasser trieb.

»Franck«, sagte ich. »Es wird nicht so schlimm werden, wie du glaubst.«

»O doch, meine Liebe. O doch. Mach dir keine Illusionen.«

»Bisher vielleicht. Aber jetzt nicht mehr. *Bisher* war es gefährlich.«

Er starrte mich eine ganze Weile an, dann wußte er Bescheid. Er hatte begriffen, daß ich alles entdeckt hatte. Er senkte den Blick.

»Du wußtest eben nicht«, scherzte ich, »du wußtest eben nicht, daß es einen Bullen gibt, in den du Vertrauen haben kannst. Ganz zu schweigen davon, daß ich deine Frau bin. Hm? Ich bin doch deine Frau, oder?«

»Scheiße, Marie-Jo. Hör auf damit. Gib mir ein Handtuch.«

»Denn wenn niemand mehr etwas von mir wissen will, was soll ich dann machen? Ich bin schließlich immer noch deine Frau.«

Ich sah zu, wie er sich in der Badewanne aufrichtete. Ich streckte den Arm nach einem Handtuch aus, aber ich gab es ihm nicht. Ich wollte es selbst machen. Anfangs hatte ich das getan.

»Nanu? Was machst du da?« flüsterte er.

»Was ich da mache? Ich trockne dich ab. Siehst du das nicht?«

Ich hatte den Eindruck, als zittere er. Schon seit Jahren hatte ich ihn nicht mehr angerührt, und auch mir war ganz komisch dabei. Wir mußten wohl einen seltsamen Anblick abgeben.

»Beruhig dich«, sagte ich. »wir sind allein. Und ich habe nicht die Absicht, uns lächerlich zu machen. Mach dir keine Sorgen.«

Ich hatte jedoch nicht den Mut, ihm in die Augen zu blicken. Ich starrte auf einen Punkt mitten auf seiner Brust, wo er ein paar weiße Haare hatte – ich hatte den Eindruck, er entzog sich mir, so gut er konnte.

»Meinst du nicht, das reicht?« fragte er schließlich.

Ich starrte ihn wieder an. Dann gab ich ihm das Handtuch. Anschließend ging ich ins Schlafzimmer und legte mich aufs Bett. Das war immer noch besser, als aus dem Fenster zu springen. Ich verschränkte die Arme im Nacken.

Er kam herein und schnallte den Gürtel seiner Hose zu. Mit besorgter Miene. Nicht hinsichtlich dessen, was ich empfand, das versteht sich. Er stand am Fußende des Betts, zog ein Hemd an und knöpfte es ungeschickt zu. Hinter ihm brach die Dunkelheit an.

»Franck. Du siehst mich an, als verabscheutest du mich. Kannst du mir sagen, warum?«

Er warf mir einen wütenden Blick zu.

»Okay. Laß es«, sagte ich.

Ich richtete mich mit einer Hüftdrehung auf und verließ das Schlafzimmer.

Ich war gerade dabei, Ritas Nummer zu wählen, als er hereinkam.

»Sag mal, du spinnst wohl!« sagte er. »Tust du das extra, Marie-Jo?«

Ich legte auf.

»Was ist denn?« seufzte ich.

Ich versuchte ihm zu erklären, daß mein Leben im Augenblick nicht sehr witzig war, aber er hörte nicht hin. Oder er schnitt mir das Wort ab. Oder sagte zu mir: »Von was für einem Leben sprichst du, du arme Irre? Von den wenigen Stunden, die uns noch bleiben?«

Ramon hatte enorm Eindruck auf ihn gemacht, das können Sie mir glauben. Das hätte ich nicht gedacht. Er wurde käsebleich, wenn er nur seinen Namen aussprach. Er erstarrte und spitzte die Ohren mit gräßlich verzerrtem Gesicht. Er ging auf und ab und zog dabei den Kopf ein. Er sagte immer wieder, daß mir überhaupt nicht klar sei, mit wem wir es zu tun hätten. Mit einem Verrückten. Einem gewalttätigen Sadisten. Einem gemeinen Hund. Und obwohl ich ihm erklärte, daß ich jeden Tag mit solchen Typen zu tun hatte und noch viel Schlimmeren begegnet war, schüttelte er heftig den Kopf, kaute auf seinen Fingernägeln und flehte mich an, ihm zu glauben.

Als ich ihn fragte, was er vorschlüge, ließ er sich in einen Sessel sinken, starrte mit herabhängender Kinnlade durch das offene Fenster auf einen Punkt am Himmel.

»Franck, hör zu. Das ist ganz einfach. Er verbringt die Nacht im Gefängnis und kommt so schnell nicht wieder heraus. Ich bringe ihn ins Gefängnis, Franck. Das ist mein Job. Das ist etwas, was ich jeden Tag tue.«

Er lachte glucksend, schien aber gleichzeitig in Tränen ausbrechen zu wollen.

»Franck. Er hat dich brutal zusammengeschlagen. Das weiß ich. Das hat dir einen Schock versetzt. Das verstehe ich sehr gut. Aber du kannst dich auf mich verlassen. Er ist nicht gefährlicher als die anderen. Du wirst schon sehen. Du wirst dich wundern und über dein Verhalten lachen.«

»Herr Gott noch mal. Ich muß erst mal pissen gehen«, erklärte er.

Als er zurückkam, hatte ich meine Dienstpistole in der Hand. Ich zeigte ihm, wie ich sie Ramon an den Kopf halten würde, noch ehe er Zeit hatte, den Mund aufzumachen.

»Weißt du«, fügte ich hinzu, »er kann so gefährlich sein, wie er will. Er kann der Teufel höchstpersönlich sein. Wenn er den Lauf an der Stirn spürt, kann er nur noch nach seiner Mama rufen. Mehr Freiheit hat er nicht. Oder ich jage ihm eine Kugel in den Kopf. Verlaß dich darauf.«

Ich kniete mich zwischen seinen Beinen hin und ergriff seine Hände.

»Aber das ist nicht das wichtigste«, sagte ich. »Nicht diese Geschichte, Franck. Nein. Das schlimme ist, daß ich nicht mehr weiß, wie es mit mir weitergehen soll. Nicht mehr weiß, wie es mit uns weitergehen soll. Kannst du mir sagen, was da auf uns zukommt? Siehst du wenigstens etwas klarer?«

Er streichelte mir den Kopf und seufzte: »Das würde ich gern. Ich würde dir gern sagen können, daß jeder Tag, der vergeht, etwas mehr Licht bringt, aber wir sind weit davon entfernt. Es ist nicht mal sicher, ob wir die richtige Richtung eingeschlagen haben.«

»Das schlimmste für mich ist der Gedanke, eines Tages allein dazustehen. Das vor allem macht mir angst.«

»Wir dürfen uns nichts vormachen: Die Einsamkeit ist unser aller Los. Ist es nicht so? Da hilft nichts. Da hilft gar nichts, meine arme Marie-Jo.«

Im Grunde war ich ziemlich romantisch. Ich war noch ein kleines Mädchen. Das kleine Mädchen, das ich gewesen war, ehe meine Mutter das Weite suchte und mein Vater sich um mich kümmerte. Auf seine Weise. Und erst recht bevor ich einen Pimmellutscher heiratete, in den ich mich irrsinnig verliebt hatte, was mir die Sache nicht gerade erleichterte.

Mit Mühe stand ich auf und stützte dabei die Hände auf seine Knie, um besser hochzukommen. Was sollte ich sonst tun? Ganz zu schweigen davon, daß mich noch eine Aufgabe erwartete.

Franck knetete seine Finger durch und sagte: »Und wo ist Nathan? Was macht er? Schreibt er etwa ein Sonett?«

»Er wird schon kommen, beruhig dich. Ich brauche ihn dazu nicht.«

Und dann fing er wieder an, legte die Hände auf die Fensterbrüstung, an der meine Blumenschalen hingen und richtete sich an den Himmel, an die Finsternis, die dicht wie durchsichtige Watte war: »Und wozu soll das dienen? Hm? Was nützt uns das?«

»Verdammt noch mal, Franck. Hör auf damit. Was uns das nützt? Man muß doch wenigstens ein paar Dinge bewahren. Findest du nicht, daß die Welt schon verrückt genug ist?«

»Und was ändern wir daran? Was ändern wir daran, das sag mir mal. Wir sinken sowieso immer tiefer, und die Welt mit uns. Wie ein Stein im Schlamm. Und irgendwann geht sie ganz unter, Marie-Jo. Erzähl mir doch keinen Scheiß.«

Er war fast einundzwanzig Jahre älter als ich. Manchmal fühlte ich mich mit zweiunddreißig schon alt, aber so alt nun doch nicht. Nicht auf so entsetzliche Weise.

Ich wollte noch dafür sorgen, daß Mörder ins Gefängnis kamen. Ich stand auf seiten des Lebens. Ich verteidigte noch gewisse Werte. Ganz elementare Dinge. Und ich war entschlossen, mich daran zu halten. Man muß Überzeugungen haben. Positionen, die man verteidigt. Das braucht man einfach. Zumindest glaube ich das.

In dem Augenblick, als ich die Wohnung verlassen wollte, stellte er sich mit ausgebreiteten Armen vor die Tür. Er erklärte, er wolle mich daran hindern, eine große Dummheit zu begehen, aber kaum hatte er den Satz beendet, da legte ich ihm Handschellen an und kettete ihn an den gußeisernen Heizkörper im Flur. Mir blutete das Herz, Nathan und er hatten es mit Füßen getreten, aber seltsamerweise fühlte ich mich in Höchstform. Ich hatte übrigens eben eine Handvoll Amphetamintabletten geschluckt, als er, mir den Rücken zugewandt, vor dem Fenster gejammert und den Himmel angefleht hatte, er möge ihn für seine Sünden strafen und mich zur Vernunft bringen.

»Du mußt mich meine Arbeit tun lassen«, sagte ich nachdrücklich. »Aber bedeutet das, daß du doch noch etwas für mich übrig hast?«

Mit seiner freien Hand ergriff er die meine und drückte sie an seine Wange. Früher hatte er im Winter meine eiskalten Finger angehaucht. Sie haben ihn nicht gekannt. Zu jener Zeit waren meine Freundinnen verrückt nach ihm. Sie waren eifersüchtig auf mich. Er hatte mir das Schlittschuhlaufen beigebracht.

Leck mir die Hand, du alter Arsch, dachte ich.

Dann schlich ich aus der Wohnung. Mit meiner Pistole griffbereit. Ich komme, Ramon.

An der Wand entlang. Stufe für Stufe. Mit angehaltenem Atem. Und leicht durcheinander wegen des Zeichens der

Zuneigung, mit dem mich Franck soeben beehrt hatte, ehe ich mich an die Arbeit machte und mein Leben für eine Gesellschaft aufs Spiel setzte, die brüchig wurde – aber ich hatte keine andere.

Ich war schweißüberströmt, als ich einen Stock tiefer auf dem Treppenabsatz ankam. Meine Hände waren feucht. Ich nahm die Waffe erst in die eine, dann in die andere Hand, um mir beide Hände an den Schenkeln abzuwischen, die ganz steif waren. Anschließend lehnte ich mich neben der Tür an die Wand. Ich hatte eine trockene Kehle. Ich übte diesen Beruf lieber im Winter aus. Da hatte man diese Schwierigkeiten nicht.

Ich hörte keinen Laut aus Ramons Wohnung. Ich ergriff meine Waffe mit beiden Händen und hielt sie auf Schulterhöhe. Mein ganzer Körper war gespannt wie eine Stahlfeder, und alles um mich herum wurde gläsern. Aber die Stille in diesem Treppenhaus war verblüffend. Ein Nachtfalter flatterte sogar ruhig in ansehnlicher Entfernung um die Birne der Deckenleuchte. Ich hätte es letztlich doch lieber gehabt, wenn Nathan dagewesen wäre. Obwohl er mir etwas Schreckliches angetan hatte. Ich verfluchte ihn.

Er würde furchtbar wütend sein. Er würde mir vorwerfen, daß ich allein gehandelt hatte. Aber wer war daran schuld? Das hätte ich gern gewußt. Für wen hielt er mich eigentlich?

Ich klingelte.

Da niemand öffnete, brach ich in Ramons Wohnung ein. Ein Verstoß gegen die elementarsten Vorsichtsregeln. Aber ich war eine betrogene, eine von allen verlassene, eine gedemütigte Frau. War mein Leben noch irgendwie von Bedeutung? Das konnte ich nicht beschwören. Mein katastrophales Leben. Mein gräßliches Aussehen. Verbindungsoffizier für Schwule und Lesben. Was war das schon wert?

Ich zog die Tür hinter mir zu und versuchte mich zu zwingen, ganz bei der Sache zu sein. Ich durfte nicht mehr an Nathan denken, an Franck, an den Sinn eines solchen Lebens, das nur Mißerfolge mit sich brachte, und an diese Pfunde, die an mir hingen und wie Magnete an mir hafteten. Ich hatte die Nase gestrichen voll. Und noch dazu war es stockdunkel, so daß ich mit dem Schienbein gegen den niedrigen Tisch knallte. Ich stieß einen Schwall von Flüchen zwischen den Zähnen aus.

Dann gewöhnten sich meine Augen an die Dunkelheit. Ein blasser Schimmer drang durch die geschlossenen Vorhänge und ließ die Umrisse der Möbel erkennen, unter anderem die eines Sessels, der ungemein einladend wirkte. Ich hatte eine Wahnsinnslust, mich hinzusetzen. Ich hatte die Nase gestrichen voll.

Was hatte ich bloß gemacht? Ich hatte mit einem Mörder gevögelt. Ich mußte mich schon in den Arm kneifen, um es zu glauben. Es hatte mir sogar Spaß gemacht. Und jetzt wunderte ich mich, was mit mir geschah. Wunderte mich, daß ich keinen klaren Gedanken fassen konnte. Daß ich unzufrieden war. Marie-Jo. Du hast sie wohl nicht mehr alle, du Ärmste. Du machst alles verkehrt. Du Ärmste.

»Völlig einverstanden«, knurrte ich und ging auf den Sessel zu. »Ich erwarte nicht, daß man mir dazu gratuliert.«

Ich ließ mich seufzend in das Polster sinken. Genau gegenüber der Tür. Eine strategische Position. Ein bequemer Sessel. Ich beugte mich vor, um mir die Waden zu massieren. Sie waren geschwollen. Abends schwellen sie an. Das habe ich schon seit Jahren. Ein Martyrium, das noch zu allem anderen hinzukommt. Wenn ich das mal so sagen darf. Sie sehen aus wie Pfähle. Sehen aus, als sei ich mit beiden Beinen in ein Wespennest gesprungen.

Ich richtete mich wieder auf und hoffte, daß ich nicht die ganze Nacht hier verbringen mußte. Daß Ramon nicht erst am frühen Morgen heimkam. Dieser Arsch, der sich bezahlen lassen wollte, um mich zu vögeln, und der bezahlt hatte, um Jennifer Brennen zu vögeln. Trotzdem wünschte ich mir, daß mir ab und zu etwas erspart blieb. Das wär mal was anderes.

Und plötzlich hatte ich das Gefühl, als hätte man mir die Kehle durchgeschnitten. Genau das empfindet man, wenn man mit einem Stahlseil erdrosselt wird. Ich hatte das Gefühl, als hätte man mir den Hals entzweigeschnitten und als würde mir der Kopf in den Schoß rollen.

Eine Sekunde später spürte ich einen heftigen Schmerz im Handgelenk, und meine Pistole fiel mir vor die Füße.

Noch ehe es richtig weh tat, erstarrte ich vor Entsetzen.

Ramon lehnte im Flur lässig an der Wand und knipste das Licht an.

Dann kam er näher und baute sich vor mir auf. Er beugte sich vor, um mich aus der Nähe zu betrachten. Er wirkte belustigt.

»Schnür ihr nicht ganz die Luft ab«, sagte er. »Sachte, sachte. Sie ist schon ganz blau angelaufen.«

Bei diesen Worten schlug er mir mit der Faust mitten ins Gesicht. Ich hörte, wie meine Nase krachte. Beim zweiten Schlag zerbrach er mir mehrere Zähne. Ein Schlagring?

Als ich wieder zur Besinnung kam, hatte ich keine Hose mehr an. Keinen Slip. Die Hände waren mir im Rücken gefesselt. Meine Bluse war offen. Man hatte mir die Brüste aus dem Büstenhalter gezerrt. Ich lag auf dem Boden, auf gestampfter Erde. Man hatte mich vergewaltigt. Aber das war nicht das schlimmste. Ich hatte vor allem große Mühe zu atmen.

Ich schien mich in einem Keller zu befinden. Als Ramon sah, daß ich die Augen aufschlug, ergriff er ein Brett und zerschmetterte es auf meinem Kopf.

Ich kam wieder zu mir, als man mich schüttelte. In Wirklichkeit lag ein Typ auf mir und vögelte mich. Ich sah nicht, wer es war. Als er sich zurückzog, kam ein anderer rein. Aber das war nicht das schlimmste, sondern es roch nach Blut. Und nicht etwa, weil ich meine Tage, sondern weil ich einen eingeschlagenen Schädel hatte.

Ich wollte einen der Kerle, die mich vögelten, fragen, ob er wisse, wie spät es sei, aber man hatte mich geknebelt. Ich lag auf einer Art Matratze. Meine Hände waren über dem Kopf ausgestreckt und an der Wand befestigt. Meine Beine waren an Zeltpflöcke festgebunden, die in den Boden gerammt waren. Ab und zu trübte sich meine Sicht. Ich spürte abgebrochene Zahnstücke im Mund. Ich schob sie gegen die Wange, um sie nicht herunterzuschlukken. Dann kam Ramon und verprügelte mich mit einem Stock. Zum Glück zerbrach er ihn schließlich.

Als ich später die Augen öffnete, fragte ich mich, ob ich tot sei. Ich rührte mich nicht, denn ich hatte Angst, daß mir sonst wieder etwas zustoßen könne. Zum Beispiel, daß ich

Ramon nervte, falls er noch in der Nähe war, oder daß ich in tausend Stücke zerbrach. Jetzt hatte ich furchtbare Angst vor ihm. Ich zitterte am ganzen Körper. Und zugleich hatte ich den Eindruck, in einem Topf mit kochendem Wasser zu schwimmen. Und ich hatte nicht nur große Mühe zu atmen, sondern jeder Atemzug war unvorstellbar schmerzhaft.

Ich hörte ein Stöhnen. Ehe ich begriff, daß das Stöhnen von mir stammte. Er hatte mich zu Brei geschlagen. Als er sich wieder über mich beugte, um mich zu fragen, ob ich irgend etwas benötige, bemerkte ich, daß er einen neuen Stock in den Händen hielt. Oder genauer gesagt einen Spazierstock aus knorrigem Holz. Und das erfüllte mich mit solchem Entsetzen, daß ich wieder ohnmächtig wurde.

Und jetzt saß ich in einer Ecke auf dem Boden. Wie ein k. o. geschlagener Boxer im Ring, es fehlte nur der Hocker. Wie ein Sack schmutziger Wäsche oder eine Stoffpuppe in Lebensgröße.

Meine Beine waren waagrecht von mir ausgestreckt. Sie starrten vor Dreck, waren rot gestreift, aufgeplatzt, bläulichrot – meine Beine, die so weiß und weich gewesen waren. Meine Arme baumelten zu beiden Seiten hinab. Mein rechtes Handgelenk war dick geschwollen. Auf einem Auge sah ich nichts mehr. Ich war blutüberströmt. Am ganzen Körper.

Ich begann wieder zu zittern.

Franck war dabei, am anderen Ende des Raums ein Loch im Boden auszuheben. Er wurde dabei von zwei Typen überwacht. Aber das interessierte mich nicht.

Ich hätte mich gern hingelegt. Aber irgend etwas hielt mich an der Kehle zurück, hinderte mich daran, den Kopf von der Wand zu heben. Meine Beine waren eiskalt. Ich versuchte die Arme zu bewegen. Es gelang mir nicht. Und ich hätte gern geweint. Aber ich wußte nicht mehr, wie das ging. Ich war sowieso auf dem Weg ins Jenseits. Ich spürte, daß es nicht mehr lange dauern würde.

Ramon zerrte mich an den Haaren und fand, daß ich nicht sehr frisch wirkte. Um mich zu strafen, schlug er mich mit einem Kohlenschütter. Ich war nicht einmal imstande, die Arme zu heben.

NATHAN

Es war eine riesige Menschenmenge. Einem Gerücht zufolge waren wir dreihunderttausend. Demonstranten, soweit das Auge reichte. Hunderte von Fahnen und Spruchbändern waren unter dem tiefblauen strahlenden Himmel ausgebreitet. Ein schöner Sommermorgen. In jeder Hinsicht. Ich war auf einen Laternenpfahl geklettert, hielt eine Hand schützend über die Augen und fühlte mich für alles offen.

Wie soll ich das sagen? Dieser Menschenauflauf. Tausende von Männern und Frauen. Sie hatten sich mobilisiert.

Ich spürte diesen Energiefluß. Diesen elektrischen Strom.

Es war natürlich für jeden Geschmack etwas dabei. Hunderte von mehr oder weniger wichtigen Organisationen, mit denen man mehr oder weniger einverstanden sein konnte. Aber ihnen war wenigstens eine Sache gemein: Die

Welt, so wie sie gegenwärtig war, gefiel ihnen nicht. Sie waren gekommen, um es deutlich zu machen. Jeder auf seine Weise.

Ich spürte diesen Willen, diesen gemeinsamen Willen, der sich aus unzähligen Einzelinitiativen zusammensetzte. Diesen Willen, nicht alles mit sich geschehen zu lassen. Und das war etwas Positives, fand ich. Auf jeden Fall. Das allein war schon beachtlich.

Ich bedauerte, daß Marie-Jo nicht da war. Um das zu spüren. Um diese Leute zu sehen, die den Kopf nicht hängenließen. Und diese Energie, die sie in Bewegung setzten, diese Haltung angesichts der allgemeinen Passivität, der Eintönigkeit und des überall zu spürenden Durcheinanders, ich weiß nicht, aber allein das war schon ein paar zertrümmerte Schaufenster wert. Und sogar mehr. Das kam mir plötzlich kostbar vor. Egal, was man sonst darüber dachte.

Ich ließ mich von meinem Ausguck hinabgleiten und versuchte Marie-Jo zu erreichen. Ohne Erfolg. Ich verzog verärgert den Mund. Chris sah mich an und fragte in ironischem Ton: »Was ist los mit Marie-Jo? Kriselt es bei euch?«

»Warum? Was geht dich das an?«

In verletzendem Ton.

Aber da ich sie kannte, lenkte ich schnell wieder ein. Das war nicht die richtige Art. Denn trotz des Funkens der Begeisterung, der mich offensichtlich gestreift hatte, verlor ich nicht aus den Augen, daß uns eine harte Prüfung bevorstand. Eine Prüfung, bei der wir besser zusammenhielten, anstatt uns gegenseitig in den Rücken zu fallen. Vor allem, da ich die Absicht hatte, sie im Auge zu behalten und ihren Eifer gegebenenfalls zu dämpfen. Dann würde es immer noch früh genug sein, ein hartes Wort zu sprechen. Ich wollte mich nicht mit einem Handikap in den Kampf begeben.

»Marie-Jo geht's nicht gut«, fügte ich daher hinzu. »Du hast recht. Wir hatten, warum sollte ich dir das verheimlichen, wir hatten ein Kommunikationsproblem. Und seitdem habe ich nichts mehr von ihr gehört.«

»Ein Kommunikationsproblem, was ist denn das?«

»Eine Art Mißverständnis. Eine völlig läppische Geschichte, weißt du. Wegen Paula. Eine idiotische Geschichte.«

Sie starrte mich ganz interessiert an.

»Also gut«, fuhr ich fort, »gut, also Paula wohnt jetzt bei mir. Aber ich schlafe nicht mit ihr.«

»Natürlich nicht.«

»Nein, natürlich nicht, verdammte Scheiße. Ich bin doch nicht verrückt. Ich rühre sie nicht an. Sie macht sich einen Spaß daraus, mir neue Möbel zu besorgen. Hm? Wenn ihr das Spaß macht, mir neue Möbel zu besorgen, warum nicht? Es gibt schließlich ernstere Probleme als das, findest du nicht?«

Der Zug setzte sich endlich in Bewegung. Vor uns lag ein leerer, großer Boulevard, der von schattenspendenden, gleichgültigen Platanen gesäumt war, bereit, uns in Empfang zu nehmen. Alle Autos waren verschwunden. Er wirkte still und lang, der Boulevard. Mit seinen gleichgültigen Platanen. Er wirkte gefährlich still.

Chris lief neben mir. Alles war in bester Ordnung. Wolf lief vor uns. Sehr gut.

»Und dann ist Marie-Jo ausgerastet«, fuhr ich fort. »Sie reimt sich mal wieder irgendwas zusammen.«

»Das kann ich mir gut vorstellen.«

»Weiß der Teufel, was sie sich da zusammenreimt. Ja, weiß der Teufel, was sie gerade ausbrütet. Und das ausgerechnet zu einem Zeitpunkt, wo ich selbst vor großen Umwälzungen stehe. Das ist kein Scherz, Chris. Ich stehe wirklich an einem Scheideweg. Ich bin neugierig, was aus mir wird.«

»Du mußt lernen, dich der Situation anzupassen. Das rate ich dir.«

Ein Typ begann Parolen in ein Megaphon zu brüllen, die sogleich im Chor wiederaufgenommen wurden, während wir auf das Bankenviertel zugingen. Die Seitenstraßen waren schon von der Polizei abgesperrt. Am blauen Himmel summten Hubschrauber, bedrohlich und finster wie Wespen. Ich musterte Chris verstohlen. War sie es? War es Paula? War es Marie-Jo? Oder gab es einen vierten Reiter?

In der letzten Zeit hatten sich die Banken schlecht verhalten. Finanzskandale, Geldwäsche, Steuerparadiese, Geheimkonten, Unterstützung von Militärjunten, kurz gesagt, die Liste war lang. Die Holzzäune, die sie schützten, wurden abgerissen und ihre Scheiben zertrümmert. Wie Marie-Jo oft sagt, man erntet, was man gesät hat.

Wir rannten über die klitschnasse Fahrbahn, um den Wasserwerfern zu entkommen. Das würde den Bäumen guttun.

»Du kannst nicht leugnen, daß noch immer eine starke sexuelle Anziehungskraft zwischen uns besteht«, sagte ich zu Chris. »Behaupte nicht das Gegenteil.«

»Nein, damit bin ich nicht einverstanden.«

»Du darfst diese Anziehungskraft nicht außer Betracht lassen. Du kannst nicht so tun, als gäbe es sie nicht. Das finde ich blöd.«

»Und selbst wenn es sie gäbe, was sollte das ändern?«

»Was das ändern soll? Dann könnte ich endlich aufhören, mich im Kreis zu drehen wie ein Blinder. Dann könnte ich wenigstens ins Auge fassen, etwas wiedergutzumachen.«

Sie blickte mich mit seltsamer Miene an. Die Leute ringsumher brüllten wie die Geisteskranken, aber ich hörte nur die Stille, in die wir plötzlich eingeschlossen waren. Was? Wiedergutmachen? An ihrem Gesichtsausdruck merkte ich, daß das so schnell nicht geschehen würde. Ich spürte, daß sie nicht bereit war, mir die Gelegenheit dazu zu bieten. Wiedergutmachen? Vielleicht war das schlicht unmöglich. Vielleicht verdammen uns manche Taten für immer.

Wolf tänzelte in der ersten Reihe hinter einem eindrucksvollen Spruchband, auf dem gefordert wurde, den ärmsten Ländern die Schulden zu erlassen. Aber trotzdem. Er verließ seinen Posten, um zu uns zu kommen. Darauf möchte ich nur hinweisen. Er behauptete, sein Wasservorrat sei erschöpft. Ich erlaubte mir zu lächeln. Als seien wir dabei, eine Wüste zu durchqueren. Jämmerlich. Als würde ich die Gelegenheit nutzen, um ihm Chris wieder wegzuschnappen. Allerdings weiß natürlich jeder, daß es viel schwieriger ist, eine Frau zu halten, als sie zu erobern. Aber kann ich vielleicht was dafür? Voller Mitgefühl bot ich ihm meine Flasche mit Quellwasser an. »Was mein ist, ist auch dein«, erklärte ich und legte dabei die Hand aufs Herz.

Dann verließ er uns wieder und warf Chris einen letzten Blick zu, den ich als flehend bezeichnen möchte. Richtig rührselig.

»Was hat er nur? Vertraut er dir nicht?«

»Warum das denn? Wie kommst du auf so eine Idee?«

»Vielleicht findest du diese Idee verrückt. Aber vielleicht finden andere sie gar nicht so verrückt. Mehr will ich dazu nicht sagen.«

Sie hob die Achseln um mindestens zwanzig Zentimeter, ehe sie sie wieder fallenließ. Schüttelte grimmig den Kopf und verdrehte dabei die Augen. Der Weg zu ihrem Damaskuserlebnis würde, was uns betraf, wenigstens über China führen.

Wir setzten den Bretterzaun vor Paul Brennens Turm in Brand. Ich nahm ein bißchen daran teil. Die Reaktion von Chris steckte mir noch in der Kehle.

Um meine Anonymität zu wahren (es fehlte mir gerade noch, daß mich jemand erkannte), hatte ich mir einen Seidenschal um den Hals gebunden und ihn bis über die Nase gezogen. Und dahinter schimpfte ich wie ein Rohrspatz: Ich brech zusammen! Nicht zugeben, daß wir sexuell voneinander angezogen werden. Wie konnte sie das nur leugnen? Vielleicht war es das einzige, was uns noch blieb, der einzige greifbare Beweis dafür, daß wir mal ein gemeinsames Leben geführt hatten. So eine Scheiße! So eine verdammte Scheiße! Ich versorgte das lodernde Feuer mit schweren Brettern, die ich mit aller Kraft mitten in die Flammen warf. Man klatschte mir Beifall. Ich rannte doppelt so oft hin und her wie die anderen.

Zahlreiche Porträts von Jennifer Brennen wurden wütend über der Menge geschwenkt, die sich vor dem Turm angesammelt hatte. Wurfgeschosse flogen gegen die Fassade, Brocken von zerschlagenen Telefonzellen und Bushaltestellen, große Schrauben, die von einer Baustelle stammten, Betonpfähle segelten durch die Luft. Das Gebrüll wurde immer lauter und dröhnte in meinen Ohren. Als mir bewußt wurde, was ich tat, änderte ich schlagartig mein Verhalten. Ich wischte mir die Hände an meiner Hose ab und ging zu Chris, die mich wohlwollend betrachtete.

»Du tust mir weh«, sagte ich und zog dabei an meinem Schal. »Du tust mir sehr weh. Wirklich.«

Ihre Miene verhärtete sich, und sie sagte: »Was soll das heißen?«

»Jemandem weh tun. Weißt du nicht, was das heißt? Das heißt, daß du ihm nichts Gutes tust. Das ist alles. Das ist nicht kompliziert. Das brauche ich dir nicht zu erklären.«

José rettete mich aus dieser verflixten Situation – ich kann nichts dafür, Chris gegenüber kann ich mich einfach nicht vernünftig verhalten –, indem sie mich auf eine breite Fensterwand im dritten Stock aufmerksam machte.

»Sieh dir unsern Freund an«, erklärte sie mit verbitterter Stimme. »Paul Brennen höchstpersönlich. Ganz schön unverschämt, dieser alte Arsch.«

Er trug einen hellen Anzug. Er stand am Fenster, hielt die Hände im Rücken, und in gewissem Abstand waren hinter ihm noch andere Männer zu erkennen. Vor seinen Türen brannte ein loderndes Feuer, der Rauch wirbelte in Spiralen in den Himmel. José brüllte mir BRENNEN-MÖRDER ins Ohr, und sie war nicht die einzige. Aus den Tiefen ihres Grabs konnte Jennifer ihre Freunde zählen, und sie waren wirklich zahlreich. Ihrem Vater dürfte das nicht entgangen sein. Er sollte bloß nicht glauben, er käme ungeschoren davon. Auch wenn ihn ein Hubschrauber auf dem Dach erwartete.

Ich blickte auf die Uhr. Ich riet José, ihre Kräfte nicht zu verausgaben, denn wir mußten noch eine Weile laufen, ehe wir unser Ziel erreichten. Einen Kilometer Luftlinie. Die Delegierten der reichsten Länder der Welt. Außer daß die Polizei uns nicht durchlassen würde. Ich hatte es bereits gesagt und wiederholte es noch einmal. Aber was nützte das schon?

Sie griffen uns an. Als ein paar Typen Scheiben zertrümmerten und hohe Schaufenster mit lautem Knall explodierten und den Bürgersteig mit funkelnden Splittern übersäten, die wie aus einem Safe befreite Diamanten bis vor unsere Füße regneten, griffen sie uns im Sturmschritt an. Die Reihe unseres Ordnungsdiensts wurde von einem Polizeikommando durchbrochen. In geschlossener Formation. Leichte Schutzschilde und überdimensionale Schlagstöcke. Sehr überzeugend.

Ich schob Chris vor mir her, und wir begannen zu rennen.

Gut.

Keine Schramme. Ein Stück weiter blieben wir stehen. Zwei, drei Tränengasgranaten erfüllten die sommerliche Luft mit ihrem Duft. Ein wenig gelber Rauch stieg ruhig zum azurblauen Himmel auf. In leichten Spiralen.

Gut. Wir hatten die erste Prüfung überstanden. Leicht. Ein bißchen zu leicht. Ein lächerliches Geplänkel. Und wir waren wie die Kaninchen vor Paul Brennens Augen davongerannt.

»Aber ja, José, ich weiß, was du sagen willst«, erklärte ich unserer Freundin José, die grün vor Ärger war. »Ich weiß, was du empfindest. Aber womit hattest du denn gerechnet? Hattest du Teer und Federn vorbereitet? Hör zu, ich habe dir doch gesagt, daß ich mich um ihn kümmere. Hab ein bißchen Vertrauen zu mir, José.«

Chris wartete, bis sie sich entfernt hatte, um mich in strengem Ton zu fragen: »Was erzählst du ihr da eigentlich? Du hältst dich wohl für besonders schlau!«

»Das war nur ein Bild.«

»Das nennst du ein Bild?«

»Früher strich man den Kerl mit Teer ein und bewarf ihn mit Federn, ehe er aus der Stadt gejagt wurde.«

»Davon spreche ich nicht. Antworte. Was soll das heißen, *ich kümmere mich um Paul Brennen*?«

Ich hatte den Eindruck, als spräche ich seit heute vormittag chinesisch. Was soll das hier heißen und was soll das da heißen? Anscheinend hatte ich nicht nur mit Marie-Jo Kommunikationsprobleme. Bald würde ich ein Megaphon benutzen müssen. Soweit hatten wir uns schon voneinander entfernt.

»Chris, wach auf. Du vergißt, daß Paul Brennen einen Mord auf dem Gewissen hat. Hm, das scheinst du zu vergessen. Also, was meinst du? Ist es etwa nicht meine Aufgabe, mich um ihn zu kümmern, was meinst du? Wofür werde ich wohl bezahlt, was glaubst du?«

»Willst du mich verarschen oder ist das dein Ernst?«

Habe ich Ihnen nicht schon gesagt, daß sie anfangs meine Hand nicht loslassen wollte und mir zutraute, ich könne Berge versetzen? Ich meine doch. Als wir jung verheiratet waren, hätte sie nicht einen Augenblick daran gezweifelt, daß ich mich um ihn kümmern würde. In ihren Augen war mir nichts unmöglich. Ich war bei ihr gut angeschrieben. Während sie mich heute vermutlich nicht einmal dazu fähig hielt, einem Typen mit einem Moped einen Strafzettel zu verpassen. Wie hatte es nur dazu kommen können? Zu einer so negativen Entwicklung?

Wir kamen nur langsam voran. Ab und zu kletterte jemand auf das Dach eines Lieferwagens und hielt eine Rede, die mit Lautsprechern übertragen wurde. Diese gute alte Globalisierung. Die schon seit so vielen Jahren wie ein Krebsgeschwür an uns nagte. Eine Kraftprobe, die sich ewig hinzog – und folglich zu ihrem Vorteil.

Wir überfluteten Plätze, Boulevards. Wir kletterten auf Bäume. Wir schrien aus Leibeskräften, um unserer Wut Luft zu machen. Wir liefen wie aneinandergekettete Sträflinge in der prallen Sonne, und ich wurde allmählich müde. Wir bildeten eine zähe Masse, die jede leere Stelle ausfüllte und sich in eine Form mit harten Rändern ergoß.

Eine Form mit harten Rändern. Ist das klar?

Die Seitenstraßen waren gesperrt. Jedesmal wenn wir an einer vorbeikamen, sahen wir den verbarrikadierten Horizont, den unheilverkündenden Engpaß, düster wie das Blutgerinnsel einer kranken Arterie. Bullen in geschlossenen Reihen, bewaffnet, mit Helmen, in dunkelblauen, fast schwarzen Kampfanzügen. Ihre Schutzschilde aus Plexiglas warfen zitternde Stahlpfeile, scharfe Messer, Blitze zurück. Ihre Schuhe waren blankgeputzt.

»Das gibt Stunk«, vertraute ich Chris an. »Gleich geht's los. Alles läuft wie geplant. Es dauert nicht mehr lange, dann gibt's Stunk.« Aber das wollten sie doch, oder? Die eine wie die andere Seite. Es mußte Blut fließen.

Ich verabredete mich mit Chris vier Straßen weiter. Ich sagte ihr, ich wollte mal sehen, ob es was Neues gäbe. Wir hätten ja unsere Handys, wenn irgendwas passierte.

Ich verließ den Zug und bog in eine Querstraße ein, wobei ich dicht an den Hauswänden entlangging. Ein Niemandsland, das elektrisch geladen zu sein schien. Es war etwa fünf Uhr nachmittags, und die Spannung nahm zu. Wolf, der mehr denn je zu befürchten schien, zu verdursten (aber tun wir dem armen Kerl nicht unrecht: im Zweifelsfall immer zu Gunsten des Angeklagten...), Wolf unterrichtete uns regelmäßig über den Stand der Dinge. Es gebe Zusammenstöße mit der Polizei. Kurze, vereinzelte Aktionen an allen möglichen Stellen des Aufmarsches. Wir sind ganz deiner Meinung, Wolf. Eine tolle Erfindung, diese Walkie-talkies. Sehr gut, Wolf. Vielen Dank für die Auskünfte. Trink und geh wieder auf deinen Platz, *amigo*. Wenn es ihn überkam, küßte er Chris mitten auf den Mund. Tut euch keinen Zwang an, ihr beiden. Warum macht ihr's nicht an einen Baum gelehnt? Kümmert euch nicht um mich.

Ich ging mit meiner Dienstmarke in der Hand auf den Sperrgürtel von Polizisten zu.

»Gebt nicht nach, Kameraden«, rief ich laut, während ich durch die Absperrung ging. »Mut und Ehre.«

Sie sahen seltsam aus. Ich entfernte mich hinter ihre Linien und sann über einen unangenehmen Eindruck nach. Hatte man ihnen Drogen gegeben? Es ging das Gerücht, daß sie immer stärkere Sachen nahmen und daß man ihnen Mittel verabreichte, die speziell für den Einsatz gegen die Revoluzzer dieser Welt entwickelt worden waren, um sie zu Kleinholz zu machen. Das war schon durch die Presse gegangen. Überlebende hatten sich beklagt, daß man sie gebissen, fast in Stücke gerissen hatte. Augenzeugen hatten entsetzt von fürchterlichen Szenen berichtet. Alte Mütterchen. Kinder. Mädchen in Miniröcken.

Die Aufrechterhaltung der Ordnung war zu einem echten Problem geworden. Auch wenn die Bereitschaftspolizei ihren Trieben nachgeben durfte, mit Ecstasy oder anderem Zeug vollgepumpt wurde, im Nahkampf ausgebildet war, von den Behörden gedeckt und durch diverse Vergütungen in natura begünstigt wurde, litt sie unter erheblichem Personalmangel. Das mußte man einfach zugeben.

»Sieh an«, sagte ich mir, »so weit sind sie also schon. Damit war zu rechnen.«

Nachdem ich unauffällig einen Rundgang durch die benachbarten Straßen gemacht und mich dabei als Agent des Nachrichtendienstes ausgegeben hatte, entdeckte ich die Wahrheit. Man sollte öfter wissenschaftliche Zeitschriften lesen. Das ist unerläßlich. Um vorauszusehen, was sie in ihren supergeheimen Labors alles zusammenbrauen. Um zu sehen, wie weit sie sind. Was sie im Schilde führen. Sich für Politik, Wirtschaft und Ökosysteme zu interessieren, reicht nicht. Kerouac zu lesen und wieder zu lesen könnte reichen, aber die Leute begreifen ihn nicht. Daher muß man die Wissenschaft im Auge behalten. Die Wissenschaft, die mit großen Schritten voranschreitet.

›Das ist sie also, die Überraschung‹, dachte ich. ›Na klar. Sie haben nur ein paar Monate Vorsprung. Aber ich kann nicht behaupten, daß mich das überrascht, nein, nicht wirklich. Nein, das überrascht mich nicht. Das mußte ja so kommen. Wir können nicht behaupten, wir wären nicht darüber informiert gewesen.‹

Selbst die Pferde. Eine Unmenge von Pferden. Und eine Unmenge von Männern. Viel zuviele. Ein nachtblaues Meer. Ich hatte noch nie so viele Polizisten in meinem Leben gesehen. Es war schon fast lächerlich.

Die Atmosphäre war geradezu übernatürlich. Ich rief Marie-Jo an, um ihr zu erzählen, was ich ringsherum sah und um ihr zu sagen, sie solle kommen, damit wir unser Mißverständnis aus der Welt schaffen konnten, aber sie hielt es nicht für nötig zu antworten. Ich hinterließ ihr eine Nachricht: »Also, hör zu. Ich habe nicht vor, dir noch stundenlang hinterherzurennen. Tut mir leid. Aber du verpaßt etwas. Du bist selbst schuld, Marie-Jo. Ciao. Amüsier dich gut.«

Um ganz sicher zu sein, stieg ich auf das Dach eines Hochhauses.

Ich war sprachlos. Der Wahnsinn mancher Leute kannte keine Grenzen. Ihr verrückter, hysterischer Wille zur Macht.

Dann ging ich wieder zu Chris. Ich sagte ihr, daß sie uns niedermetzeln würden.

»Nichts zwingt dich hierzubleiben«, erwiderte sie.

Ich ging zu Wolf, um ihn zu informieren.

»Klone, Wolf. Ein ganzes Heer von Klonen. Das ist völlig irre. Sie sehen aus wie du und ich. Sie werden uns alle niedermetzeln. Verstehst du jetzt? Verstehst du, warum ich nicht wollte, daß sie herkommt? Verstehst du, warum ich sie dir nicht einfach so anvertrauen wollte?«

Einen Augenblick nahm sein Gesicht einen verschlossenen Ausdruck an, dann warf er einen stumpfen Blick nach hinten. Aus einiger Entfernung lächelte ihm Chris bis über beide Ohren zu.

Trotz allem klammerte er sich an sein Spruchband und ging weiter. Mit Sorgenfalten auf der Stirn und zusammengebissenen Zähnen. Man sah ihm an, daß es ein harter Schlag war. Aber er ging weiter. Sirenen, Trompeten, Trommeln, ein unglaubliches Getöse zerriß uns fast das Trommelfell.

Er warf mir wieder einen Blick zu. Als sei ich an all dem schuld.

»Klone?« knurrte er. »Klone? Was erzählst du da?«

»Wolf, erwarte nicht von mir, daß ich dich beruhige. Dazu habe ich keine Zeit. Ich gebe dir nur eine Information weiter. Du kannst damit anfangen, was du willst.«

Aufgrund des Gewichts, das plötzlich auf seinen Schultern lastete, schien er auf eine fast normale Größe zusammenzuschrumpfen. Ich beobachtete das Phänomen sehr aufmerksam. Mit etwas Glück würde ich ihn bald um einen halben Kopf überragen. Der Himmel färbte sich rötlich. Wir waren nur noch eine große blinde Herde, die auf einen Abgrund zulief. Wolf verzerrte das Gesicht. Er sann wahrscheinlich auch darüber nach.

»Wenn wir dort hinten ankommen«, erklärte ich, »wenn wir wegen ihres Sperrgürtels nicht mehr weiterkönnen, fallen sie von allen Seiten über uns her. Diese verdammten

Klone, Wolf. Dann schneiden sie uns den Rückweg ab. Spalten den Zug in mehrere Teile auf, was uns erheblich schwächen wird, das weißt du genauso gut wie ich, und anschließend...«

Ich verzichtete darauf, den Satz zu beenden. Wolf gab mir durch einen Blick zu verstehen, daß er mir dafür dankbar war.

Klone oder nicht, was änderte das schon? Jede Epoche hatte ihre Neuheiten. Neue Erfindungen, neue Moden, neue Stars. Warum sollte man daher nicht mit der Zeit gehen? Chris würde sagen, sich *anpassen*. In diesem Punkt war ich mit ihr einig.

Dann richtete sich Wolf wieder zu seiner vollen Größe auf. Damit hatte ich gerechnet. Er war ein echter politischer Aktivist. Während ich nur da war, um mich um eine Frau zu kümmern.

»Kümmere dich um Chris«, sagte er mit verdrossener, schmerzlicher Miene zu mir und durchbohrte mich mit den Augen.

Ich erwiderte, er könne sich auf mich verlassen.

»Außer, daß ich nicht immer dasein werde«, fügte ich hinzu.

Die Dunkelheit brach an, als die Bulldozer die Barrikaden durchbrachen. Ich betrachtete Chris, die gemeinsam mit ein paar anderen mit entzündeten Benzinflaschen nach ihnen warf, und fragte mich, was sie erwartete. Hatte sie endlich ihren Weg gefunden? War das *alles*, was für sie zählte?

Und sie hatte keine Angst. Ich hatte gehofft, der Anblick der ersten Verletzten würde sie ernüchtern, so daß wir uns schnell zurückziehen konnten, aber sie war nicht wegzukriegen. Sie war außer sich vor Wut. Ich sah, wie sie mit einem Halteverbotsschild auf einen berittenen Polizisten einschlug. Ihre Kräfte waren um ein Mehrfaches gestiegen. Das trieb mir fast Tränen in die Augen. Ich war ihrer nicht würdig, das war klar. Im Grunde hatte ich das immer gewußt.

Wir hatten Wolf verloren. Das kommt davon, wenn man in alle Richtungen rennt. Als die Polizei zum Angriff überging, herrschte ein totales Durcheinander. Manchmal nahm ich Chris an der Hand, ehe sie in einer Rauchwolke zu verschwinden drohte, oder ich verlor sie eine Sekunde aus den Augen, während Schläge auf unsere Köpfe einhagelten. Es war nicht leicht zusammenzubleiben. Mir wurde klar, was für einen starken Willen das erforderte.

Sie lieh sich von mir eine Schachtel Streichhölzer, denn ihr Feuerzeug funktionierte nicht mehr.

Die Dunkelheit brach an. Die Abenddämmerung war erfüllt von Detonationen, Donner, Schreien und fernem Getöse. Man hörte das Getrappel der Pferde. Man sah zuckende rötliche Schimmer nicht weit von uns, Schatten, die an den Hauswänden entlangschlichen, die Silhouetten angsteinflößender Fahrzeuge, die in Stellung gingen und alles auf ihrem Weg umrissen – überrollten sie auch Menschen? Dann leuchtete der Himmel hell auf. Die Hubschrauber richteten ihre Scheinwerfer auf die Demonstranten, und die Gesichter wurden weiß wie die Gesichter von Toten. Bis auf die, die schon blutüberströmt waren.

»Chris, ich glaube, jetzt sollten wir aber los«, erklärte ich, während die Polizei durch die Breschen strömte, die die Bulldozer in unsere Barrikaden gerissen hatten.

Ich war nicht der einzige, der auf diesen Gedanken kam. Alle, die noch laufen konnten, rannten weg. Chris zögerte eine Sekunde, aber es war, als wäre ein Deich unter dem Druck eines riesigen Stroms gebrochen. Sie warf mir einen Blick zu, ehe sie losrannte. Sie schien einen lichten Moment zu haben. »Woher kommen die bloß alle?« Das fragten sich die meisten, während sie vor der Lawine flüchteten, die unter ihren Absätzen grollte. Klone, die auf Motorräder geklettert waren, nahmen die Verfolgungsjagd auf. Klone, die auf wiehernden Klonen saßen, deren Nüstern mit weißem Schaum bedeckt waren. Hunderte von Klonen, vielleicht sogar unendlich viele. Manche Kameraden trauten ihren Augen nicht und blieben wie angewurzelt stehen. Scheißklone, wohin man blickte. Eine eindrucksvolle Invasion.

Es folgte ein wahres Gemetzel. Sie machten uns fertig. Ich schützte Chris so gut ich konnte, indem ich mich auf sie legte, wenn es ganz schlimm wurde. Kaum waren wir wieder auf den Beinen, wurden wir schon wieder zu Boden geschleudert. Mit langen Schlagstöcken aus Kevlar. Mit Gewehrkolben. Mit festen Stiefeln. Und sie überhäuften uns mit Schimpfworten, diese Untermenschen, diese bleichen Kopien von Unterscheißern, die unser reines Blut, unser hundertprozentiges Menschenblut vergossen.

Ich stellte mich tot. Ich flüsterte Chris ins Ohr, sich ebenfalls totzustellen. Wir legten uns mit dem Gesicht nach unten flach auf den Bürgersteig. Paare von schwarzen Lederstiefeln glitten an unseren Nasen vorbei. Der Boden dröhnte, grollte wie ferner Donner. Ich mußte an Paul Brennen zurückdenken, der eine Weile zuvor mit verächtlich herabgezogenen Mundwinkeln zugesehen hatte, wie wir das Weite suchten. Ich hatte eine Mordswut auf ihn. Ich haßte ihn jeden Tag mehr. Und dieses arme Mädchen, diese arme Jennifer Brennen, die er eiskalt hatte beseitigen lassen.

Dann rollten wir in den Schatten, unter einen Laternenpfahl mit zerschelltem Schirm, und ein Stück weiter begann schon wieder eine Straßenschlacht. Ich schob Chris ins Innere eines Hauses, dessen Glastür ich mit einem Münztelefon zerschmetterte, das ich in den Trümmern einer Telefonzelle gefunden hatte. Chris sagte keinen Ton.

Gegen zehn Uhr abends ließ ich sie allein. Sie hing mit verzerrter Miene an der Strippe. Wolf war nicht nach Hause gekommen. Sie rief die Krankenhäuser an. Die Krankenhäuser waren überlastet. Sie rief sie erneut an. Sie sagte: »Mademoiselle, o bitte, ich bitte Sie...«, aber das half auch nichts. Sie sagte: »Ein großer, starker Mann mit blondem lockigen Haar.« Sie sagte nicht »sexy«. Sie starb fast vor Besorgnis.

Ich hatte geduscht. Ich hatte mir die Produkte angesehen, die Wolf gehörten, sein Rasiergel für hochempfindliche Haut, sein Shampoo Pétrole Hahn, seine Salbe gegen Hämorrhoiden – Chris benutzte keine, zumindest nach meinem Wissensstand. Ich hatte etwas geronnenes Blut von meinem Schädel gewischt. Mein Schienbein war ziemlich zerschrammt. Eine Schulter tat mir weh. Ich beklagte mich nicht. Kein nennenswerter Gedanke ging mir durch den Kopf.

Nach der Dusche hatte ich nicht gewagt, an den Kühlschrank zu gehen. Chris hätte das vielleicht falsch verstanden. Angesichts der Umstände.

Ich hielt also unterwegs an, um eine Wurst zu essen. Die Polizeifahrzeuge fuhren mit Blaulicht und heulenden Sirenen durch die Stadt. Ich befestigte mein Blaulicht auf dem Dach meines Autos, um in Ruhe essen zu können. Ich hatte Probleme mit dem Übermaß an Ketchup und Senf, die beide auf meiner Hose zu landen drohten.

Ich fühlte mich ziemlich ernüchtert, fast melancholisch. Die Straßen waren unbelebt, wie eingeschlafen in der lauen Luft. Ich versuchte mich darüber zu freuen, daß ich Chris wohlbehalten nach Hause gebracht hatte, aber das war nicht viel anders, als wenn man seinen Schwanz in der Hand hält und nicht weiß, was man damit anfangen soll.

Plötzlich hatte ich Lust, mit Marie-Jo zu vögeln, ihre Arme zu spüren, die mich umfingen, und mich unter ihr erdrücken zu lassen. Ich aß schnell meine Wurst auf. Es war gerade erst elf. Sie brauchte nur einzusehen, daß man eine Frau im Haus haben kann, ohne mit ihr zu schlafen. Was bei mir der Fall war. Wir konnten durchaus nach unten gehen und es im Auto tun. Oder besser noch ins Hotel gehen, während Franck glaubte, wir seien hinter jemandem her. Ich hatte Lust, den Schweiß abzulecken, der über ihre Brüste rann, ihre Schenkel mit der erstaunlich weichen, herrlichen Haut auseinanderzuschieben. Eine plötzliche unwiderstehliche Lust.

Leider war kein Blumenladen mehr geöffnet. Ich kam mit leeren Händen an.

Ich klingelte. Unter der Tür war ein Lichtstrahl zu sehen.

Ich machte mir nicht sogleich Sorgen. Ich pfiff leise zwischen den Zähnen. Dann verstummte ich.

Haben Sie schon mal etwas vom sechsten Sinn gehört? Bei einem Bullen, der diesen Namen verdient? Aber mal ganz ohne Scherz, ich besitze ihn durchaus. Ich spüre es zunächst in den Beinen, dann kriecht es den Rücken herauf, und anschließend spüre ich etwas Kaltes im Nacken, als streiche man mir mit einem Eiswürfel über die Haut. Es leuchtet kein Lichtchen in meinem Schädel auf, wie manche Leute behaupten. Denen mißtraue ich ein bißchen.

Ich legte die Hand auf den Türgriff. Das Treppenhaus war still, bis auf einen Nachtfalter, der gegen die Deckenlampe flog.

Die Tür war offen. So offen, daß ich meine 38er Special herausholte.

Ich machte einen Rundgang durch die ganze Wohnung.

Dann kehrte ich ins Wohnzimmer zurück und setzte mich. Ich empfand eine gewisse Beklemmung.

Ich ließ den Blick durch den Raum schweifen, da ich nicht verstand, was vor sich ging, und plötzlich entdeckte ich das Etui von Marie-Jos Manurhin. Es war leer. Blank poliert. Es grinste mich an.

Dann bemerkte ich die Handschellen, die am Heizkörper im Flur befestigt waren.

Ich stand schließlich auf und ging mit zugeschnürter Kehle auf sie zu, ohne die Augen von ihnen abzuwenden. Ich fühlte mich immer unbehaglicher. Ich stürzte einen Abhang hinunter. Immer schneller.

Ich hockte mich vor den Heizkörper, um etwas zu untersuchen. Mit gerunzelten Brauen und seitlich geneigtem Kopf. Es handelte sich um eine Inschrift, die auf der Innenseite einer Rippe in die Farbe geritzt war, mit dem das

Gußeisen gestrichen war. Man mußte gute Augen haben. Dort stand nur RAMON in winzigen Großbuchstaben. Keine lange Rede.

Zwanzig Sekunden später drückte ich seine Tür ein. Die zweite an diesem Abend – ich sehe noch vor mir, was für ein Gesicht Chris machte, als ich die erste einschlug, das verschlug ihr die Sprache. Ich drückte seine Tür ein, ohne mir viel davon zu versprechen.

Und natürlich war niemand da.

Scheiße.

Verdammte Scheiße.

Es war, als stände ich mitten in der Wüste. Mitten im Wind, der mir ins Gesicht peitschte. In einer rötlichen, finsteren Landschaft mit pulvriger, sengend heißer Erde. Ich ging ans Fenster, um Atem zu holen. Ich biß mir auf die Lippen.

Ich hatte ein ausgesprochen ungutes Vorgefühl. Die Stille begann in meinen Ohren zu pfeifen. Der Nachtfalter flatterte herein und flog durchs Fenster in die Dunkelheit, dem leuchtenden Mond entgegen. Dem Mond mit den dunklen Flächen seiner Krater. Es lag ein Geruch nach Pizza in der Luft. Und in der Ferne sah man den rötlichen Schimmer von Bränden.

Ich überlegte mir, daß es vielleicht am besten sei, mich mit Marc zu besaufen. Um ehrlich zu sein, wußte ich nicht recht, was ich sonst tun konnte. Ich konnte mir noch so sehr das Hirn zermartern. Ich konnte eine Suchmeldung aufgeben. Oder mich auf den Kopf stellen. Oder mich hinsetzen und warten. Oder ein Gebet aufsagen. Was machte das schon für einen Unterschied?

Ich hatte kein Glück mit den Frauen. Auf den Fotos, die an Ramons Wände geheftet waren, hatten sie große Brüste und einen verdammt dicken Hintern, aber ihr Lächeln war seltsam. Ich meine, man wußte nicht, woran man mit ihnen war.

Als ich wegging, kam der Nachtfalter wieder. Er begleitete mich mit einem leisen Brummen durchs Treppenhaus. Er flatterte einen Augenblick um die Deckenleuchten und stieß mehrmals gegen sie, ehe er mir folgte, als sei ich ein Freund. Oder ein appetitliches Weibchen. All das kam mir völlig blöd vor.

Ich ging über die Straße. Stieg in meinen Wagen. Wie ein Roboter. Ehe ich den Zündschlüssel drehte, warf ich noch einen letzten Blick auf das Haus. Mehrere Sekunden lang betrachtete ich es von unten.

Und trotzdem. Meine Sinne waren nach einem so anstrengenden Tag abgestumpft. Mein Körper schmerzte allmählich. Meine Hände waren zerschrammt. Meine Gedanken waren ziemlich wirr.

Und trotzdem. Und trotzdem kehrte ich ins Haus zurück. Fragen Sie mich nicht, warum. Fragen Sie mich gar nichts. Ich weiß darüber nicht mehr als Sie. Wir sind die letzten Wunder der Evolution. Wir kennen nicht das ganze Ausmaß unserer Macht.

Die Treppenbeleuchtung im Eingang war erloschen. Ich knipste sie nicht wieder an. Ich dachte eine Sekunde nach und ging wieder nach draußen. Ich durchsuchte den Kofferraum meines Autos. Ich zog eine kugelsichere Weste an und rüstete mich mit einer Nachtsichtbrille aus – wir hatten gerade die Goggles 500/RV (Restlichtverstärker) bekommen, die man mit einer Infrarot-Einrichtung koppeln konnte, aber meine war in Marie-Jos Wagen geblieben.

Jetzt sah ich alles in Grün. Ein trübseliges, schillerndes Grün. Aber das paßte ausgezeichnet zu meiner allgemeinen Geistesverfassung. Zu meinem existentiellen Elend. Lassen sie uns objektiv bleiben. Eine völlig angemessene grünliche Farbe. Eine verfaulende, schlaffe, feuchte Welt. Erbärmliche Kaskaden, lautlos einstürzende Wände, trübe Schimmer, fahle, gespenstische Gesichter. Mein Element. Glauben Sie mir das.

Also, kurz und gut. Geh, wohin dein Herz dich trägt, wie man so schön sagt. Hier war es eher mein Instinkt. Ich war wie ein Schiff ohne Ruder. Das gebe ich zu. Ich suche keine Entschuldigung. In einem früheren Leben muß ich wohl geviertelt worden sein.

Also, kurz und gut, ich ging wieder über die Straße. Durch die chlorophyllgrüne Nacht.

Der Eingang war still. Das mit tiefem Wasser gefüllte Aquarium, still. Die mit Gras bedeckte Treppe, still. Meine Hose smaragdgrün. Meine Schuhe grün. Eine meergrüne Atmosphäre. Die Härchen auf meinem Arm glichen winzigen Farnrispen. Meine 38er hatte die Farbe eines Kinderspielzeugs. Ich hasse dieses Grün.

Die Hintertür führt auf einen kleinen Hof, wo die Mülltonnen abgestellt werden. Eine Seitentür führt zum Keller.

Alte Keller mit Böden aus gestampfter Erde, ungesunder Luft, Deckengewölben und Wänden, die von Salpeter und der Feuchtigkeit zerfressen sind. Ich kannte sie. Ich hatte eine Woche mit Franck da unten gearbeitet, damit er seine Bücher dort unterbringen konnte. Alte Keller aus vergangenen Zeiten, mit gewundenen Gängen, die mit den Kellern der Nachbarhäuser verbunden sind. Ein richtiges Labyrinth. Ich hatte keine große Lust, da hinunterzugehen.

Trotz der Dunkelheit wirkte der Gang wie ein Tunnel aus Grünpflanzen. Marie-Jo hätte es ohne zu zögern für mich getan. Zumindest bis gestern. Aber wie dem auch sei, ich wollte es unter allen Umständen vermeiden, mir später Vorwürfe machen zu müssen. Es gab schon genug Dinge, die ich mir vorzuwerfen hatte. Es war höchste Zeit, mit dem Blödsinn aufzuhören. Ich wurde bald vierzig. Ich mußte unbedingt das Steuer herumreißen. Mußte unwiderrufliche Entscheidungen treffen. Mußte mich zusammenreißen und die Suppe auslöffeln. Marc mit gutem Beispiel vorangehen. Ich bin alles, was er an Familie besitzt.

Einen Augenblick später war ich unten.

Eine Reihe von Kellern, und anschließend machte der Gang einen Knick. Weitere Keller und dann wieder ein Knick. Oder der Gang verzweigte sich nach links und rechts. Ich blieb stehen, um die Ohren zu spitzen, doch ich hörte nichts, und so bog ich nach links ab. An der nächsten Gabelung bog ich nach rechts ab.

Meine Hartnäckigkeit machte sich bezahlt, denn nachdem ich mehr als zehn Minuten durch diese finsteren unterirdischen Gänge geirrt war, stieß ich auf Marie-Jos Schuhe. Ein Stück weiter fand ich ihre Hose. Zusammengeknüllt auf die Erde geworfen. Ihre Hose. Mit ihrem Gürtel, ihren Schlüsseln, ein paar ringsumher verstreuten persönlichen Dingen, umgekehrten Taschen, ihrem Taschentuch und Münzen, die durch meine Brille wie kleine Seerosen auf dunklem Wasser leuchteten. Das war mies.

Das war wirklich mies, das Ganze. Ein trostloser, übelkeitserregender Anblick. Ich drückte mich an die Wand. Ich spürte, wie mir der Schweiß über Stirn und Schläfen rann. Ein Stein drückte mir genau dort gegen die Rippen, wo ich einen stechenden Schmerz empfand – ein Klon hatte mich mit dem Gewehrkolben geschlagen, während ich unter eine Bank kroch, um meinen Kopf zu schützen, denn er wiederholte immer wieder: »Ich zerschmettere dir den Schädel«, wie eine Schallplatte, die einen Kratzer hat.

Dann hielt ich den Atem an. Verwandelte mich in eine Lauschmaschine. Ich hätte eine Spinne hören können, die ihr Netz webt.

Zu Beginn, nichts. Das Meer. Ein Anthrazitblock ohne irgend etwas am Horizont. Eine undurchdringliche Stille, ein spiegelglattes Meer.

Aber dann kam es ganz langsam. Aus ziemlich weiter Ferne. Ein leises, undefinierbares Geräusch. Es kam vom Ende der Welt.

Halb gebückt folgte ich dem Geräusch. Marie-Jos Hose über der Schulter. Die Ärmste. Meine alte Freundin. Oje oje. Durchhalten, Marie-Jo. Der Horror. Der unsagbare Horror. Ich machte, so schnell ich konnte. Ich lief durch diese Gänge, diese wassergrünen Stollen, die ineinander verschachtelt waren, diese Korridore, die mit Schlick, zerfaserten Algen, fluoreszierenden Moosen und wässriger Spitze bedeckt waren. Ich näherte mich. Blieb stehen. Auf einmal hörte ich ein seltsames Geräusch. Wie das Geräusch einer zersprungenen Glocke. Bim. Bam. Das Geräusch einer gedämpften Glocke. Bim. Bam. Ratlos setzte ich mich wieder in Bewegung.

Und bald entdeckte ich einen Lichtschimmer. In einem Seitengang. Die Glocke läutete nicht mehr. Ich kauerte mich zusammen. Ich schob meine furchtbare, groteske Brille auf die Stirn, um einen Blick in den Gang zu werfen. Eine Birne, die an zwei wie eine Ziehharmonika zusammengequetschten Drähten hing, leuchtete unter dem Gewölbe. Eine keuchende Stimme knurrte: »Diese verdammte Sau.« Oder auch: »Verdammt, diese Sau.« Ich weiß es nicht. Ich weiß es nicht mehr. Und gleich danach rollte etwas über den Boden. Bim bam bum. Es hörte sich an wie ein Blecheimer. Ich hätte nicht an einen Kohlenschütter gedacht, aber jetzt, wo Sie es mir sagen, muß ich Ihnen recht geben. Einer dieser alten Kohlenschütter in Form eines konischen Ofenrohrs, eines dieser alten Dinger, die die Leute früher benutzten, zu der Zeit, als sie noch wie die Tiere lebten und Feuer in ihren Wohnungen machten und an Kohlenmonoxyd erstickten.

»Und du, Idiot, du gräbst weiter, du alter Arsch«, sagte Ramon.

Ich wußte nicht, an wen er sich richtete. Ich sah nur ihn durch einen Spalt in der Bretterwand, ich sah nicht, was auf den beiden Seiten geschah, ich sah nur ihn. Sein blutbeflecktes Hemd. Seine blutbefleckte Hose voller Spritzer. Er schien jedoch nicht verletzt zu sein. Er holte nur tief Atem. Mit zufriedener Miene.

Mit einem kräftigen Fußtritt schlug ich die Tür ein – ich zählte sie inzwischen nicht mehr –, was keinerlei Schwierigkeiten bereitete. Eine alte Sperrholzplatte, die früher mal zu etwas anderem gedient hatte und deren Blechscharniere wie Streichhölzer zerbrachen.

Ich spürte, daß sich links von mir jemand befand. Ich schoß Ramon ins Knie. Das war das Beste, was ich tun konnte. Ehe ich meine Aufmerksamkeit nach links richtete.

Die anderen beiden. Ich hatte schon die Pistole auf sie gerichtet. Ohne Ramon aus den Augen zu lassen, der brüllend zu Boden stürzte. Seine beiden Kumpels. Ich hätte fast auf sie geschossen, um kein Risiko einzugehen. Aber sie standen da wie die Ölgötzen. Sie waren völlig bleich. Sie waren jung.

Dann sah ich Franck. In einem Loch. Wie ein Zombie.

Ich befahl ihnen, sich auf den Bauch zu legen, mit den Händen auf dem Kopf. Wobei ich ihnen auf den besagten Kopf zielte. Und sie begriffen, daß es ein Befehl war, den sie auf der Stelle auszuführen hatten, da sie gemerkt hatten, wie gereizt ich war. Und wahnsinnig vor Wut. Als ich Franck sah. Ein Zombie, der aus seinem Grab kommt. Arg mitgenommen. Die Säue. Als ich Franck sah. Ich kriegte kein Wort heraus. Das verstehen Sie sicher.

Ich packte Ramon an den Haaren und schleifte ihn sofort zu den beiden anderen, wobei ich ihm meine 38er ans Ohr preßte. Irgend etwas im hinteren Teil des Raums zog meinen Blick auf sich, aber ich war zu beschäftigt. Ich hatte es eilig. Ich haute Ramon eine runter, um ihn zu beruhigen. Dabei riß ich ihm die Wange auf.

Früher besaßen Chris und ich eine Parabolantenne, und ich hatte eines Tages einen Dokumentarfilm über Rodeos hereinbekommen. Ich hatte Chris gerufen. Um uns diese Typen anzusehen. Um uns diese verrückten jungen Amerikaner anzusehen. Eine der Aufgaben bestand darin, ein Kalb möglichst schnell zu fesseln. Chris und ich waren völlig fasziniert vor dem Fernseher stehengeblieben. Sie fesselten ein Kalb mit Lichtgeschwindigkeit. Wir trauten kaum unseren Augen.

Ich schaffte es in drei Sekunden. Aber ich war sowieso bereit, ihnen eine Kugel in den Kopf zu schießen. Zugseile mit Kesselhaken. Die Arme auf dem Rücken. Die Handgelenke mörderisch festgezogen. Sie blieben stumm. Ich behandelte sie brutal. Den Druck keine Sekunde nachlassen. Die eigene Angst in Härte verwandeln. Das hatte man uns zur Genüge gepredigt.

Gut. Das war erledigt. Ich stand schnell wieder auf.

Irgend etwas im hinteren Teil des Raums zog meinen Blick auf sich, aber mir fehlte noch der Mut.

Nein. Ich warf einen Blick in den Gang. Ich lauschte.

Als ich mich umdrehte, sah ich, glaube ich, ihre Beine. Für den Bruchteil einer Sekunde. Und ich entdeckte den verbeulten Eimer. Ich ging auf Franck zu.

Er war völlig erschüttert. Völlig fertig. Ohne Kraft und nicht imstande, sich auch nur zu rühren, während ich ihn aus dem Loch zog und zu ihm sagte: »Es ist vorbei, Franck. Es ist vorbei, Franck. Es ist vorbei, Franck«, und er den Schutthaufen hinabrutschte.

Ich sorgte dafür, daß er sich hinsetzte. Trotz seines verschwollenen Gesichts sah ich ihm seine Verblüffung an. Er war schwarz wie ein Kohlenlieferant. So stelle ich sie mir jedenfalls vor. Seine Unterlippe zitterte. Möglicherweise fiel er gleich in Ohnmacht. Ich wagte nicht, ihn zu ohrfeigen. Ich hielt einen Augenblick seine Hand und sagte zu ihm: »Es ist vorbei, Franck. Es ist vorbei, Franck. Es ist vorbei, Franck.«

Dann drehte ich mich langsam auf dem Absatz um. Starrte in den hinteren Teil des Raums.

Mir fehlte noch immer der Mut, aber ich stand trotzdem auf. Eines Tages hatte ich zu Chris hingehen müssen, die mich leichenblaß in ihrem Krankenhausbett erwartete und mich schon damals haßte. Das war weiß Gott auch kein Vergnügen gewesen. Bei jedem Schritt verzerrte ich das Gesicht.

Ich versetzte einem der beiden jungen Kerle einen Tritt ins Gesicht, weil er den Kopf gehoben hatte. Aber ich war gezwungen hinzugehen. Ich sah ihre nackten Beine.

Als ich mich über sie beugte, dachte ich erst, sie sei tot. So übel zugerichtet war sie. Sie war zu Brei geschlagen. Sie war blutrot. Sie hatte kein menschliches Äußeres mehr.

Ich leerte mein Magazin in Ramons Knie. Aber das würde sie mir auch nicht wiederbringen.

Marie-Jo war halbtot, aber sie war nicht tot. Ihr Herz schlug noch. Die Krankenpfleger rannten zum Krankenwagen. Rote und blaue Lichterzungen strichen über die Hauswände. Typen in weißen Kitteln rannten in die eine, Polizisten in die andere Richtung. Jemand hatte einen Karton Tropicana mit eiskaltem Orangensaft für mich aufgetrieben, den ich, an den Kotflügel meines Autos gelehnt, mit geschlossenen Augen langsam austrank. Franck hatte Sauerstoff benötigt, aber ihm ging es einigermaßen. Als man ihn einlud, rief Chris mich an, um mir mitzuteilen, daß Wolf mit einer Wunde am Hinterkopf, die genäht werden mußte, im Krankenhaus sei und daß sie gleich zu ihm hinfahre. Ich freute mich über die gute Nachricht. Ich wollte mehr Orangensaft haben. Ich wollte noch einen Karton. Kurz darauf traf Francis Fenwick höchstpersönlich ein und fragte mich, was denn das für ein Saustall sei. Es versetzt uns eben allen einen verdammten Schock, wenn einer von uns auf der Strecke bleibt. Mir zitterten noch die Knie. Und Francis Fenwick senkte den Kopf.

Später sagte Paula zu mir: »Komm ins Bett. Es ist drei Uhr morgens. Du bist todmüde. Komm ins Bett. Sei nicht blöd.«

Doch anstatt mich ins Bett zu legen, ließ ich mich auf einen Stuhl vor dem offenen Wohnzimmerfenster fallen, legte die Füße auf meinen schönen Tisch und rauchte eine Zigarette nach der anderen. Ich nahm mich zusammen, um nicht hinzugehen und sie zu vögeln. Ich konnte kaum glauben, daß ich in einem solchen Augenblick auf so einen Gedanken kommen konnte, aber er drängte sich mir brutal auf. Er machte mich traurig. Um ihn zu verscheuchen, dachte ich an Paul Brennen.

»Trink nicht den ganzen Orangensaft auf«, fügte sie hinzu. »Behalt noch was für morgen früh übrig.«

Marie-Jo

Jetzt schneit es sogar noch im März. Abartig. Der ganze Garten war weiß. Ich stellte die Heizung höher. »Rex«, sagte ich. »Platz! Du siehst doch, daß man nicht nach draußen gehen kann.« Aber er kratzte weiter an der Haustür.

»Was soll ich machen? Soll ich ihn rauslassen?« rief ich.

Franck behauptete, er habe die Hälfte seines Hörvermögens eingebüßt, aber ich würde eher sagen, daß es neunzig Prozent waren.

Rex legte eine Pfote auf die Armlehne meines Rollstuhls. »Komm schon. Versuch mich umzuwerfen«, schlug ich ihm vor und blickte in seine schwarzen Augen.

Dieser Hund brauchte Bewegung. Er fraß zuviel Fleisch. Im übrigen hatte ich allmählich die Nase voll von diesen Spaziergängen. Ich kannte sie auswendig. Es war das Paradies für Jogger. Aber nicht an diesem Morgen.

Franck kam herunter. Rex strich ihm um die Beine. Er bevorzugte Franck, das war eindeutig. Ich ging mit ihm spazieren, aber er mochte Franck lieber.

»Was sollen wir machen? Sollen wir ihn rauslassen?«

Franck blickte mich liebevoll an und sagte: »Nein, Marie-Jo, wir lassen ihn nicht raus.«

»Aber dieser Hund langweilt sich.«

Er stellte sich hinter mich, um mir die Schultern zu massieren. Einerseits nervte mich das. Anderseits auch wieder nicht. Es entsprach etwa dem, was ich wollte.

»Franck. Wir können es uns doch leisten, eine Geldstrafe zu zahlen.«

»Ja. Aber das ist nicht das Problem. Ich bitte dich.«

Mehrere Tage lang hatten wir blauen Himmel und trockene Kälte gehabt. Die Sonne hatte von morgens bis abends ins Wohnzimmer geschienen. Wenigstens etwas, was ich an diesem Haus schätzte. Drinnen war es schön warm. Ich sagte zu Franck, dessen Verlegenheit ich spürte, daß das Wohnzimmer seinen ganzen Charme verloren hatte. Man soll immer die Wahrheit sagen.

»Das ist vermutlich der letzte Schnee«, erwiderte er. »Es wird bestimmt bald besser.«

Ich wußte nicht, ob es bald besser werden würde. Ich stellte mir schon seit Monaten diese Frage. Und ich hatte immer noch keine Antwort darauf gefunden. Daß wir in der Nähe von Rose Delarue wohnten, bedrückte mich. In diesem grünen Vorort mit Einfamilienhäusern voller Professoren, voller trübseliger, todlangweiliger Hochschullehrer mit spitzem Kinnbärtchen und Kordhosen, und dazu kamen noch ihre hysterischen Frauen und das obligate Picknick im Wald. Aber Franck hatte sich für dieses Viertel begeistert. Er meinte, es sei besser für mich. In Wirklichkeit hätte er einen Rappel bekommen, wenn wir nicht umgezogen wären.

Er zog seinen Anorak an und sagte lächelnd: »Siehst du, es schneit schon nicht mehr. Es klärt sich auf.«

Ich erinnerte ihn daran, daß Nathan gleich vorbeikommen würde, um seine korrigierte Arbeit abzuholen. Franck verlor auch allmählich das Gedächtnis, vielleicht war es auch das Alter. Er fragte sich mit lauter Stimme, wo er bloß mit den Gedanken sei, während Rex immer noch jaulte und wütend an der Tür kratzte. Noch einer, der schwer von Begriff war. Der mit seinem Schicksal unzufrieden war.

Franck holte einen Stapel Papiere aus seiner kleinen Schwulenmappe. Er legte sie auf den Tisch und sagte seufzend: »Na ja. Er macht Fortschritte. Aber das ist auch alles, was man dazu sagen kann. Daß er Fortschritte macht. Aber was das mal geben soll, das weiß ich auch nicht. Das sehen wir in ein paar Jahren. Wenn er durchhält. Hm, denn darauf kommt es schließlich an, nicht wahr? Ja, darauf kommt es an. Wir werden sehen, ob er durchhält.«

Ich blickte nach draußen. Starrte stumpfsinnig in den trostlos grauen Himmel. Und klammerte mich an die Armlehnen meines Rollstuhls.

»Du solltest mal einen Blick darauf werfen«, fügte er hinzu.

»Nein, danke«, sagte ich und beobachtete einen Schwarm Krähen. »Das interessiert mich nicht.«

Er beharrte nicht darauf. Er bemühte sich inzwischen, mich möglichst nicht zu verletzen. Wenn er abends ausging, beschränkte sich das nur noch auf einen Spaziergang durch unser Viertel, wo er seinesgleichen in ihren Gärten begrüßen und sie zu der Farbenpracht und dem bezaubernden Duft ihrer schönen Rosen beglückwünschen konnte – und genau wie Rex gaben sie Pfötchen und legten, umgeben von all dem mit tierischer Sorgfalt gepflegten Schweinkram, ihr nuttenhaftes Gehabe an den Tag. Manchmal besuchte er auch die Delarues, die ständig Pokerabende oder Cluedoturniere veranstalteten. Das war alles. Ich weiß nicht, was das für sein Sexualleben bedeutete. Vielleicht hielt er sich jetzt stärker zurück. Aber vielleicht war es auch nur eine Pause. Aus Rücksicht auf mich. Wie dem auch sei, für mich war es vor allem wichtig, daß ich nicht plötzlich allein dastand. Nur das zählte. Mit allem anderen würde ich vermutlich fertig werden. Vor allem wenn er es vermied, mich zu verletzen.

Er beugte sich zu mir herab, um mich auf den Kopf zu küssen – was ich nicht mag –, und sagte, nachdem er den Himmel gemustert hatte, in scherzhaftem Ton zu mir: »Ja, was sehe ich denn da hinten? Was sehe ich da?«

Ich sah nichts.

»Keine Ahnung. Ich sehe nichts. Platz, Rex.«

»Sieh genau hin. Zwischen diesen beiden Wolken.«

Er sah einen Spalt blauen Himmel. Er hatte gute Augen. Er klopfte mir auf die Schulter. Dann warf er mit verzogenem Gesicht einen Blick auf die Uhr. Als Rex merkte, daß Franck gleich nach draußen gehen würde, rannte er herum wie ein Verrückter. Seine Krallen kratzten über das Parkett, das eine Putzfrau jeden Tag polierte – sie polierte selbst die Chromteile meines Rollstuhls mit einem besonderen Mittel, das nach Gas roch. Er bellte, er jaulte, er ließ die Zunge heraushängen, er wedelte, er flehte uns an, er triefte – mit seibernden Lefzen – aufgrund eines plötzlichen Anflugs von Liebe zu uns.

»Was sollen wir mit ihm machen? Was sollen wir machen, Franck? Sieh ihn dir an.«

»Ich weiß. Aber was sollen wir machen? Wir können nichts machen. Bitte. Platz, Rex. Platz! Du bleibst hier.«
»Aber du gibst ihm auch zuviel Fleisch.«
»Meinst du? Das kann sein. Ja, du hast recht.«
Rex heulte, als er ihn davongehen sah. Er hörte nicht auf zu jammern, während sein Herrchen tiefe Spuren im Schnee hinterließ, ehe er die Windschutzscheibe abkratzte und dabei mit geröteter Nase wie eine kleine Dampfmaschine schnaufte.

Als Paula ankam, döste ich vor mich hin. Ich öffnete die Augen in dem Moment, als sie durch den Vorgarten ging, mit ihren hohen Absätzen winzige Löcher in den Schnee bohrte und den Kragen ihres großen Männermantels enger um den Hals zog, inkognito, mit ihrer dunklen Brille und dem im Wind flatternden Seidenschal – entweder man ist Mannequin, oder man ist es nicht. Aber jedenfalls brachte sie Sonne mit. Die Landschaft hatte sich erhellt. Die Schatten entfernten sich, wogten sanft auf dem Hügel und zerfaserten hinter dem kleinen, spiegelglatten künstlichen See – Rose war Präsidentin des Vereins der Freunde des Sees, und sie hatte mich gebeten, eine Petition zu unterschreiben, die das Ziel verfolgte, die Benutzung von Fahrrädern und das Ballspielen auf dem reizenden Weg, der um den See herumführte, zu untersagen – *wenn du willst, Rose, wenn du meinst, es sei nützlich*, nur damit ich sie los wurde.

Ich drehte meinen Rollstuhl herum und rief Paula zu, die Tür sei offen.

Ich will nicht behaupten, sie sei blöd. Ich mag sie durchaus. Ich behaupte nicht, sie sei blöd, aber ich glaube, sie reagiert immer einen Tick zu spät. Das sieht man auf den Fotos. In den Zeitschriften. Man sieht genau, daß sie einen Tick zu spät reagiert. Sie wirkt immer etwas abwesend. Sie hat diesen berühmten abwesenden Blick. Das ist keine Masche, die sie sich zugelegt hat, sondern so ist sie. Von morgens bis abends.

Nathan hatte mir erzählt, daß sie viel Geschirr kaputtmachte. Es kam vor, daß sie ihr Glas in einem Moment der Unaufmerksamkeit fallen ließ, oder daß man ihr einen Teller reichte und sie die Hand zu spät ausstreckte. Nicht immer natürlich, aber so selten auch wieder nicht.

Sie war zumindest etwas zerstreut. Ich stieß einen Schrei aus: »Paula, verdammte Scheiße. Paß auf.« Denn sie hielt die Tür weit auf. Wieder reagierte sie einen Tick zu spät. Mir wäre lieber gewesen, wenn sie mir einen Teller oder ein Glas zerbrochen hätte. Wie erstarrt sah sie zu, wie Rex Reißaus nahm.

»Das hast du gut gemacht, Paula. Ganz toll.«

»Der Hund. Na so was, er ist einfach abgehauen.«

Ich sah, wie er in gestrecktem Galopp davonschnellte, wie ein schwarzer Pfeil.

»Ist das schlimm?«

Ich war die meiste Zeit ziemlich düster gestimmt. Das war mir bewußt. Aber was sollte ich bloß dagegen tun?

»An sich nicht«, erwiderte ich. »Aber Franck steigt mir aufs Dach.«

Franck würde denken, daß ich einer Laune nachgegeben und mal wieder meinen Kopf durchgesetzt hatte. Wenn Rex nicht wiederkam, würde er stocksauer auf mich sein. Er würde glauben, daß ich allmählich schwachsinnig wurde. Daß mein einziges Vergnügen darin bestand, den Leuten auf den Wecker zu gehen. Wie fast alle, die sich in meiner Situation befinden. Und das wollte ich nicht.

Während Paula ihre Tasche auf dem Tisch ausleerte, beugte ich mich über mein Arzneischränkchen. In einem Strom von goldenem Licht. Antidepressiva, Schmerzmittel, Schlaftabletten, Amphetamine, ein paar Ampullen Morphin und was sonst noch alles dazugehört, säuberlich geordnet. Paula überwachte mich aus den Augenwinkeln. Meinte sie vielleicht, daß ich nicht großzügig genug war, hm? Als könnte sie sich über unser Abkommen beklagen. Manchmal ließ ich sie zappeln, bis sie sich vor Ungeduld fast in die Hose machte. Wenn ich meine Morphinampullen betrachtete und eine zögernde Miene aufsetzte. Ich hörte, wie sie innerlich stöhnte. Ich tat, als könne ich mich nicht entschließen, sie ihr zu geben. Das ließ sie erstarren. Ab und zu war ich gemein zu ihr.

Aber wir verstanden uns gut. Wenn ich nicht in der Sonne einschlief, wartete ich voller Ungeduld auf sie. Und nicht nur wegen dieser Sache, sondern weil ich dann endlich mal ein anderes Gesicht zu sehen bekam, nicht immer nur Rose und Konsorten, deren Visagen ich nicht ausstehen konnte und die mich bis in meine Albträume verfolgten. Es war nicht gerade die Atmosphäre von *Sex and the City*.

»Scheiße«, erklärte ich. »Und was soll ich jetzt machen?«
»Wirklich beschissen, diese Sache. Zum Ausrasten, findest du nicht?«
»Er muß wieder dasein, wenn Franck nach Hause

kommt. Unbedingt. Sonst steigt er mir aufs Dach. Und dann fühle ich mich gedemütigt. Weißt du, was das heißt, sich gedemütigt zu fühlen? Nein, wohl kaum, mit deinem hübschen kleinen Arsch.«

Ich bin zur Zeit furchtbar dick. Wenn das so weitergeht, macht das Herz irgendwann nicht mehr mit. Normalerweise müßte ich diät leben. Rita ist meine Heilgymnastin. Sie massiert mich. Wenn sie mit der Massage fertig ist, kann sie ihr T-Shirt auswringen. Sie verliert Pfunde dabei. Nicht ich. Aber ich nehme die Sache mit philosophischem Gleichmut. Aber nur halbtags. Wenn ich nicht meinen Walkman auf dem Kopf habe.

Wenn Paula neben mir steht, könnte man an ein Remake von Laurel und Hardy denken. Oder an *Die Schöne und das Biest* in einer Trashversion. Aber trotz allem ist sie erstaunlich geschickt, sie ist gewandt und exakt, wenn es sein muß. Und ich bin so fett, daß es ihr die Sache bestimmt nicht erleichtert.

»Worauf wartest du noch?« fragte ich sie.

Sie dachte wohl noch darüber nach, ob sie sich schon mal gedemütigt gefühlt hatte oder nicht. Sie versuchte sich in die Haut einer Dicken zu versetzen, nehme ich an. Sie hatte ihren ganzen Kram auf dem Tisch liegenlassen, dabei hatte ich bereits den Ärmel hochgekrempelt. Aber bestimmt nicht in die Haut einer dicken Drogenabhängigen, die ihre Beine nicht mehr benutzen konnte und von ihrem verrückten Köter genervt wurde, hm, was meinen Sie? Auf jeden Fall hoffte ich das für sie.

Später, als ich mich besser fühlte, unterhielt ich mich mit ihr.

»Das nenne ich nicht gedemütigt zu werden, Paula. Er hat dich nicht gedemütigt. Er hat dich sitzenlassen, aber er hat dich nicht gedemütigt.« Wir hatten die Wahl, entweder darüber oder über die Sexgeschichten zu sprechen, die in der Regenbogenpresse zu finden sind – und die manchmal sehr aufschlußreich sein können. Auch wenn es immer um dasselbe geht. Aber selbst in der Lifestyle-Presse ging es darum. Worüber soll man sich auch sonst unterhalten?

Was Paula anging, so war ihre Wunde noch nicht verheilt. Sie wirkte zwar nicht wie eine im Stich gelassene Frau, aber wenn wir das Thema ansprachen, legte sich noch ein dunkler Schatten über ihr Gesicht. Es hatte ihr weh getan, okay. Sie hatte Mühe, es zu verkraften. Sie hatte die Wohnung behalten. Aber Paulas Selbstmordversuche ließen sich nicht mehr zählen. Sie zählte sie übrigens selbst nicht mehr. Selbstmord lag in ihrer Natur. Sie war sowieso schon sehr blaß.

Ab und zu kam sie in Begleitung eines Typen, aber es war nie derselbe. Er wartete im Auto. Ein bildschöner Typ in einem bildschönen Auto. Dann sagte ich zu ihr, na, da hast du ja mal wieder einen guten Griff getan. Und sie antwortete, daß sie mit Männern nichts mehr am Hut habe. So sieht das aber gar nicht aus, erwiderte ich. Dann warf sie einen Blick auf ihren Verehrer und blieb eiskalt, oder sie suchte nach dem Namen des Typen, oder sie sagte, ach der, na ja, weißt du, und zuckte dann die Achseln.

Anfangs sprachen wir oft über Nathan. Jetzt sprechen wir nicht mehr über ihn. In gegenseitigem Einvernehmen. Wir vermeiden das Thema, so gut es geht.

Man kann eben nicht alles im Leben haben.

Sie legt sich aufs Sofa in die Sonne. Sie hat keine Lust, zur Arbeit zu gehen. Sie erzählt mir, daß Ève und Marc sich die ganze Nacht gestritten haben. Sie hat sie gehört. Aber ich blicke nach draußen und sage zu ihr: »Ich muß unbedingt diesen Hund wiederfinden.« Und schon kriegen wir einen Lachkrampf.

Als ich aus meinem Tran erwache, ist Paula nicht mehr da. Dann bringt man mir mein Mittagessen. Ich frage die Frau: »Haben Sie meinen Hund nicht gesehen?« Ich rufe Rose Delarue an, um ihr mein Problem zu schildern. Sie sagt, daß sie gleich das Fernglas nimmt. Ich warte. Ich betrachte die tropfenden Bäume, ich betrachte die Krähen, ich betrachte den Horizont, ich betrachte die Sonne, ohne die Augen zusammenzukneifen. »Warte«, sagt sie zu mir. »Nein, ich sehe nichts. Tut mir leid, Marie-Jo, ich sehe wirklich nichts. Aber wie hat denn das passieren können?« Ich lege auf. Ich betrachte die Krähen, die hin und her fliegen. Manche bleiben auf den Stromleitungen sitzen. Ich pfeife auf die Präsidentin des Vereins der Freunde des Sees und lege auf.

Am Nachmittag fuhr ich bis zum Bürgersteig und begann Rex zu rufen. Ich schrie lauthals seinen Namen. Wenigstens eine Stunde lang.

Verschreckt kamen die Nachbarn aus dem Haus, um zu sehen, was mit mir los war. Ich sagte ihnen, was los war. Es war ein ausgesprochen ruhiges Viertel. Aber ich war nicht einer dieser kleinen dunkelhäutigen Gauner, gehörte nicht zu diesem Gesindel, sondern ich war die Bekloppte von nebenan, der niemand etwas zu sagen wagte, angesichts des großen Unglücks, das mich heimgesucht hatte. Diese Bande von Arschkriechern. Erzreaktionäre Typen, die ihre Klamotten dem Roten Kreuz gaben und die sich in der Eingangshalle der Kinemathek trafen, um sich abwechselnd das Arschloch zu lecken. Sie wagten nichts zu sagen. Ich wartete nicht, bis sie verschwunden waren, um wieder mit dem Schreien anzufangen. Ich klammerte mich an meine Armlehnen, holte tief Luft und brüllte aus voller Kehle den Namen dieses blöden Hunds, der offensichtlich der einzige war, der mich nicht hörte. Da bekam ich verhaltenen Zorn und strenge Blicke zu spüren, denen ich jedoch trotzig widerstand, aber diese Leute waren zum größten Teil eifrige Kirchgänger und wendeten sich ab, in der Hoffnung, ich würde bald verrecken. Unterdessen versperrte ich den Bürgersteig. Das nervte sie ganz schön. Aber niemand wagte etwas zu sagen. Dafür erweckte ich zu großes Mitleid. Sie schauten lieber weg.

Als ich wieder ins Haus wollte, hatte ich keine Stimme mehr. Ich hatte gerade noch genug Kraft, um kehrtzumachen und durch den Vorgarten zu fahren, der aufgrund von Francks hartnäckigem Bemühen ebenso häßlich geworden war wie die anderen – sie tauschten ihre Geheimtips untereinander aus, schnitten Blumen, während hinter ihnen der Horizont in Flammen stand und Menschenmengen sich überall auf der Welt und auf den Straßen dieser Stadt gegenseitig niedermetzelten, dieser Stadt, die mir, nebenbei gesagt, allmählich fehlte, deren Türme und Hochhäuser man in der Größe von Bauklötzen sehen konnte und deren Straßen ich in alle Richtungen durchkämmt hatte. Im Galopp.

Ich beugte mich hinunter und schaffte es, etwas Schnee aufzuheben, mit dem ich mir das Gesicht einrieb. Mit dem Ergebnis, daß meine Bluse durchnäßt war. Die Sonne schien sehr intensiv, aber ich fühlte mich völlig hilflos, geriet in Panik, so daß ich am ganzen Körper zitterte – außer am Unterleib. Ja, wegen diesem Hund. Ich machte eine verdammt große Geschichte daraus. Ich weinte sogar fünf Minuten.

Bis Nathan kam.

Ich wußte zwar, daß ich ihm nicht mehr gefallen konnte, aber trotzdem trocknete ich mir schnell die Augen, legte noch ein bißchen Puder auf, überprüfte meinen Knoten – den die Frau, die mich jeden Morgen wusch, mehr befummelte als meinen Hintern – und zog die Lippen mit Schwarz nach – Paula beliefert mich mit Kosmetika und Derek kommt zu mir, um mein Haar mit Henna zu färben, zur Zeit schimmert es in einem dunklen Rubinton, den ich nicht schlecht finde. Das bleibt mir noch, wie es scheint. Mir bleibt noch das Gesicht. Meine schönen mandelförmigen grünen Augen, mein schönes Gesicht, das auf einem Trümmerhaufen thront. Wenn ich das sage, erwidert man mir: »Aber nein.«

Manchmal nimmt mich Derek in eine Diskothek mit. Es finden sich immer barmherzige Seelen, die mich mitschleppen. Ich begebe mich mitten auf die Tanzfläche und tanze mit den Armen. Ich strenge mich wie verrückt an, um irgendwelche Typen anzumachen, aber es klappt nie. Trotz meines aparten Gesichts. Neulich habe ich einen Samenstrahl abgekriegt, dann hat mich mein Partner in den Toiletten im Stich gelassen, dabei bat ich ihn gerade um

Papier. Kein Gentleman, wie Sie sehen. Aber das war besser als gar nichts, wenn ich darüber nachdenke. Wenn Derek mich nach Hause bringt, bin ich im allgemeinen besoffen. Ich gebe zu, daß ich mich in den letzten Monaten ein wenig habe gehenlassen. Sie sollten bloß mal diese kaputten Typen sehen, die um mich herumstreichen, das kennen Sie ja, genau wie bei den Mädchen, die an Krücken gehen. Als erstes geben sie mir einen aus. Sie können mir entgegenhalten, daß ich nicht gezwungen bin, darauf einzugehen. Aber hab ich vielleicht gesagt, ich wäre gezwungen? Den Eindruck hab ich nicht.

Seit Nathan seine große Dummheit begangen hatte, hatte er massenhaft Zeit zum Schreiben.

»Na?« fragte ich.

»Na, was?«

»Hat sie gelitten?«

»Ich habe keine Ahnung. Sie wollte nicht, daß ich dableibe. Und ich habe nicht das Recht, sie zu besuchen. Also sprechen wir lieber nicht darüber.«

Wenn ich gesagt habe, daß Nathan massenhaft Zeit zum Schreiben hat, dann nur, weil ich seinem Blick gefolgt war. Seit er den Raum betreten hatte, sah er über meine Schulter hinweg, ohne das Gespräch mit mir zu unterbrechen. Aber ich hatte seinen Stapel Papiere, über dem er seit zwei Monaten brütete, genommen und mich draufgesetzt.

»Na?« fragte er.

»Na, was?«

»Franck hat mir gesagt, ich könne vorbeikommen.«

»Da hat er ganz recht. Du kannst vorbeikommen, wann du willst.«

»Hör zu. Nimm es mir nicht übel. Ich habe in der letzten Zeit furchtbar viel Arbeit gehabt. Édouard hat seine Akne mit Laserstrahlen behandeln lassen, und ich muß die ganze Arbeit allein machen. Daran ist Fenwick schuld, dieser Arsch. Das hat er absichtlich getan. Von morgens bis abends habe ich die Maler auf der Pelle. Ich weiß nicht mehr, wo mir der Kopf steht. Das ganze verdammte Archiv. Mehrere Kilometer. Das ist der Grund. Er meinte wohl, das sei noch nicht genug. Dieser Scheißkerl. Dieser Scheiß-Fenwick.«

»Das brauchst du mir nicht lang und breit zu erklären. Das ist mir schnurz. Ich warte nicht auf dich, um mal aus dem Haus zu kommen. Da kannst du beruhigt sein.«

Ich hatte ihn seit mindestens vierzehn Tagen nicht mehr gesehen. Und nicht mal ein Anruf. Ist das vielleicht eine Art, eine Ex zu behandeln? Hm? Das ist doch wirklich ein Jammer. Eine Schande. Oder etwa nicht? Als wüßte ich nicht selbst, wie das ist. Als würde ich an seiner Stelle nicht das gleiche tun.

Aber ihm geht es auch nicht besonders gut. Ich merke genau, daß er ziemlich down ist. Seit dem Tag, an dem er erfahren hat, daß Chris schwanger ist, ist er völlig down. Ich war gerade aus dem Koma erwacht, als er ankam, um mir den ganzen Kram zu erzählen, dabei schwebte ich noch zwischen Leben und Tod. Er hat allen möglichen Babykram gekauft: Spielzeug, Strampelhöschen, Windeln mit Auslaufschutz. Er ist wirklich durchgedreht, als er erfahren hat, daß ein Kind unterwegs war. Aber ich kenne Chris. Sie läßt sich nicht umstimmen. Da kann er sich ruhig vor ihren Augen erdolchen oder die Pulsadern aufschneiden. Das ändert nichts. Man merkt ihr schon seit ewigen Zeiten an, daß sie ihn nicht mehr liebt. Daß sie beschlossen hat, ihn nicht mehr zu lieben. Doch er ist völlig blind. So was von blind! Nein, Leute, die so blind sind wie er, sind mir noch selten begegnet.

Ich lasse ihn schmoren. Lasse ihn mit seinem schlechten Gewissen allein. Damit kennt er sich ja aus. Und plötzlich spüre ich einen eiskalten Hauch. Meine Stirn legt sich in Falten.

»Nathan. Was für ein Glück, daß du da bist! Das grenzt ja an ein Wunder.«

»Ich besuche dich, sooft ich kann.«

»Du mußt mir unbedingt helfen, Rex wiederzufinden. Nathan, hilf mir, Rex wiederzufinden, ich flehe dich an.«

»Wobei soll ich dir helfen?«

»Er ist abgehauen. Rex ist mir entwischt, hörst du? Du mußt mir unbedingt helfen.«

Das habe ich immer an ihm geschätzt. Er ist hilfsbereit. Kein Problem. Er sagte, er werde die Sache sofort in die Hand nehmen. Das sei kein Grund zur Panik. Das beruhigte mich. Ich wurde gleich entspannter. Das machte mich edelmütig. Ich zog seinen Stapel Papiere unter meinem Hintern hervor und reichte sie ihm.

»Es war zugig«, erklärte ich.

Er setzte sich an den Tisch in die Sonne. Er verzog schon das Gesicht zu einer Grimasse. Er krümmte den Rücken.

Ich rauchte eine Zigarette, während er las. Ich konnte ihm nicht helfen, und er konnte mir nicht helfen. Ich betrachtete meine Fingernägel. Paula hatte sie mir offensichtlich lackiert, während ich weggetreten war. Paula hat ein gutes Herz. Ein blauer Pearl-Lack, makellos aufgetragen, und währenddessen hatte Nathan den Kopf in beide Hände gestützt. Ich stellte ihn mir im Archiv vor. In Gesellschaft von Édouard. Ich stellte ihn mir vor, wie er im Kreis lief wie eine Ratte in ihrem Käfig, während Chris von einem anderen ein Kind bekommen hatte. Ich stellte ihn mir in der Verbannung im Kellergeschoß vor. In Gesellschaft von Édouard. In einem Meer des Grauens, umgeben von Kriminalfällen, Fotos von Mördern und Opfern, in einer Flut von Dokumenten über verpfuschte Existenzen, ausweglose Situationen, tragische Lebenswege, vergebliche Auflehnung, denn mir hätte das nicht gepaßt. Aber ganz und gar nicht. Ich hätte meine Entlassung eingereicht.

Gutmütig, wie ich bin, wartete ich, bis er mit dem Lesen fertig war. Mein kleiner Jack Kerouac des Archivkellers. Doch leider bin ich inzwischen ein Gespenst, das dich nicht mehr erreichen kann.

Er faltete die Blätter und steckte sie mit ausdruckslosem Blick in die Tasche. Ohne Kommentar.

Wie viele von uns sind Schimären nachgejagt? Wie viele haben geglaubt, sie hätten das Zeug dazu? Wie viele Feuerwerkskörper haben unser Leben erhellt, ehe die Finsternis sie wieder verschluckt hat? Wie viele Träume haben sich verwirklicht? Das frage ich Sie.

Einmal pro Woche kommt ein Typ, der mir erklärt, ich müsse kämpfen. Aber ich habe keine Lust zu kämpfen. Ich will nur völlig high sein. Total stoned. Und wenn's geht, schon am frühen Morgen. Wie bitte? Sie haben mich gefragt, folglich gebe ich Ihnen eine Antwort.

Da es immer später wurde, riß ich ihn aus seinen Gedanken.

»Hör zu. Ich kann nicht so tun, als würde ich mich für etwas interessieren, das mich nicht interessiert. Tut mir leid.«

Ich wollte, daß wir den Hund wiederfanden, ehe Franck zurückkam. Und ich sah, daß es immer später wurde. Ich holte meinen Anorak. Ich sagte ihm, ich bräuchte keine Hilfe, um mir den Anorak anzuziehen.

»Du hättest mir nicht das Leben retten sollen«, fügte ich hinzu. »Jetzt komm mir nicht an und beklag dich.«

Er erwiderte, daß ich ihm auf den Sack ginge. Ich lächelte ihn an. Mit meinen falschen Zähnen.

Ich hängte mich an seinen Hals, und er setzte mich ins Auto. Ich wiege so um die fünfundneunzig Kilo, nehme ich an. Das ist gar nicht so einfach, eine richtige Tortur, aber ich nutzte die Gelegenheit, um mich schamlos an ihn zu schmiegen und mein Gedächtnis aufzufrischen, was seinen Geruch und die Stärke seiner Arme betrifft – Dinge, die mir später das Onanieren erleichtern.

Und dann fahren wir los. Der Himmel ist noch blau, färbt sich aber schon lila. Der Schnee schmilzt, fällt von den Bäumen, gleitet von den Dächern, zerfließt auf den Bürgersteigen, und wir fahren im Schrittempo. Wir suchen die Querstraßen ab, durchkämmen methodisch das Viertel. Rex, hu hu, wau wau. Ich bin leicht beklommen. Ich schlucke ein paar Pillen unter dem verdutzten Blick meines ehemaligen Liebhabers, der sich noch auf einiges gefaßt machen darf. Innerhalb weniger Monate ist er düster geworden. Was seinem Charme keinen Abbruch tut.

»Und deine neue Freundin?« frage ich, während wir die Suche auf der anderen Seite des Sees fortsetzen. »Wie geht's deiner neuen Freundin?«

Er muß lachen. Er hält an und steigt aus, um sich einen Hot dog zu kaufen. Ich möchte nichts. Rex hat mir den Appetit verdorben. Und ich bete, daß wir ihn wiederfinden, denn diese Geschichte macht mich wahnsinnig. Ich weiß, was Franck sich denken wird. Mir wird richtig schlecht bei der Vorstellung, was er sich denken wird. Ich wische mir energisch die Tränen ab, die mir schon wieder über die Wangen rinnen. Diese ständigen unbeherrschten Reaktionen. Das erleichtert mir nicht gerade das Leben, das können Sie mir glauben. Aber würde es mir besser gehen, wenn ich nichts einnähme? Kann mir jemand mit Sicherheit sagen, daß es mir nicht schlechter ginge? Das weiß niemand. Und ich erst recht nicht.

Ja, eine Cola will ich wohl. Wenn ihm das Freude macht. Ich nicke und lasse die Scheibe herunter. Ich nehme die Cola entgegen. Wir lächeln uns gegenseitig zu. Er hat gefragt, ob nicht jemand einen großen schwarzen Hund gesehen habe, ein pfeilschnelles Tier mit einem roten Halsband. Die Straße liegt in ziemlich strahlendem Licht und ist erstaunlich ruhig. Nathan bezahlt. Ich betrachte ihn und frage mich, wie er bloß auf die Idee gekommen ist, mit José zu vögeln. Wie ist das möglich?

Während wir wieder losfahren, lachen wir laut über diese abartige Beziehung, über dieses Verhältnis, das zu nichts führen kann, denn José hat nur was für linke Studenten übrig. Und außerdem ist sie Feministin.

»Mich beunruhigt nur eins«, sagt er, »sie spricht davon, daß sie bei mir wohnen will. Das gefällt mir gar nicht.«

»Weißt du, sie sind alle gleich. Laß dir deswegen keine grauen Haare wachsen.«

»Wenn du meine Wohnung sehen würdest. Die ist winzig. Da ist kaum Platz für einen Arbeitstisch.«

Ich sehe in der Ferne einen Hund. Nathan beschleunigt. Dann fahren wir wieder im Schrittempo. Wir fahren eine halbe Stunde im Kreis, dann halten wir am Seeufer.

Nathan holt meinen Rollstuhl aus dem Wagen und ich setze mich wieder hinein. Ich werde immer besorgter. Was für ein bekloppter Hund. Ich rufe ihn. Aber jetzt bleibt uns keine andere Wahl, als um den See zu spazieren.

Ich will nicht, daß er mich schiebt. Das Wetter ist schön, aber es ist nicht sehr warm. Wochentags ist hier nichts los. Das ist schon fast wilde Natur. Wenn ich in Form bin, fahre ich mit Rex einmal ganz um den See. Ich verschwinde in den Büschen. Wir spielen mit Holzstücken. Ich reiße ganze Büschel Gras heraus, um daran zu riechen. Ich spüre Verliebten nach, die im Gestrüpp vögeln.

»Fehle ich dir eigentlich?« frage ich ihn.

»Das weißt du doch genau«, antwortet er.

Wir hören einen Kuckuck. Ein Mückenschwarm funkelt im goldgelben Licht. Wir hetzen hinter einem Hund her, von dem wir noch nicht mal die Schwanzspitze gesehen haben. In der schräg einfallenden Sonne. Polizeihubschrauber fliegen am makellosen Himmel vorbei, in Richtung Stadt. Wir müssen wachsam sein, daß unsere Grundrechte nicht beschnitten werden, wie José immer sagt.

Jedenfalls scheint José besser zu vögeln als Paula, wenn ich richtig verstanden habe.

Was konnte er sonst schon erwarten?

Was erwartet man eigentlich vom Leben? Verfolgt man nur immer einen entlaufenen Hund? Ich zittere. Er sagt zu mir: »Mach deinen Anorak zu.« Ich mache ihn zu. Wenigstens habe ich keine kalten Füße. Wir rufen: »Rex! Rex!« Nathan pfeift nach ihm. Die Kammlinie der Hügel glänzt wie ein Glühfaden. Es liegt etwas in der Luft, was einem kleinen Mädchen Entsetzen einjagen könnte. Wir scheuchen Kaninchen auf.

Ich fange an zu jammern: »Nathan. Du mußt diesen verdammten Hund wiederfinden. *Ich bitte dich. Bitte, bitte. Scheißdreck.*«

Er wirkt niedergeschlagen. Das kommt wohl daher, daß er nicht mehr weiß, wie er mit mir umgehen soll. Er ist nicht der einzige. Ich bin, wie es scheint, sehr launisch geworden. Auch wenn das nicht genau das Wort ist, das man hinter meinem Rücken verwendet.

Wir stehen eine Weile dumm herum, sagen kein Wort und begreifen nichts mehr. Vielleicht haben wir nie etwas begriffen. Zugleich legt sich ein leichter Nebel auf das Ufer. Es sieht so aus, als steige er aus dem Boden auf.

Nathan soll zur Erkundung vorausgehen. Ich schicke ihn los, um ihn nicht mehr neben mir zu haben. Denn jetzt bedrückt mich seine Anwesenheit.

Wegen des hellen Lichts kneife ich die Augen zusammen. Als ich sie wieder öffne, ist er bereits verschwunden.

Ich höre, wie er in der Ferne »Rex« schreit. Eine Entenfamilie gleitet über den spiegelglatten See, und hinter ihnen kräuselt sich das Wasser. Der Himmel ist rosarot. Während ich meinen Rollstuhl vorwärtsbewege, denke ich an Franck, der gleich seinen Unterricht beenden dürfte. Der Schnee knirscht unter meinen Rädern.

Rita ruft mich an, um mir mitzuteilen, daß eine Gruppe

von Demonstranten dabei ist, alles vor ihrer Tür kurz und klein zu schlagen, und daß sie daher möglicherweise etwas später kommen würde, um mich zu massieren. Ich sage ihr, wie fix und fertig ich bin. Sie erwidert, das sei Nathans Fehler, daß ich dabei sei, Mist zu machen, und daß er mich völlig deprimiere. Da kriege ich einen Tobsuchtsanfall. Ich frage mich, wann denn endlich jemand begreift, daß ich diesen Hund *unbedingt* wiederfinden muß.

Ich verstecke mich hinter einem Strauch. Ich denke an Chris, die ihn nicht mehr sehen will. Sie hat sicher recht. Rita ist überzeugt, daß Nathan allen nur Unglück bringt. Sie sagt zu mir, daß eine Lesbe für so was ein besonderes Gespür habe. Ich putze mir die Nase. Ich blicke mich ein wenig um, und als ich diese Zuckerbäckerlandschaft sehe, dieses sanfte Licht, dieses stille, friedliche Ufer, auf dem sich die Spatzen niederlassen, fange ich wieder an zu heulen wie ein Schloßhund. Ich fühle mich richtig elend. Ich rufe Rex mit schluchzender Stimme. Ich ziehe seinen Namen so lang wie ein Kaugummi. Es ist grauenhaft. Zwischen zwei Schluchzern mache ich »buuu, buuuuu«. Es hört sich an, als schnitte man mir die Kehle durch.

Ich stürz mich gleich ins Wasser, ganz bestimmt. Ich höre auf zu weinen. Mir ist kalt. Nathan taucht wieder auf. Er setzt sich auf eine Bank. Er hat die Hände in die Taschen gesteckt, den Kopf eingezogen und mustert den Horizont. Raten Sie mal, an wen er mich erinnert. Ganz zu schweigen davon, daß der andere auch im Suff geendet ist.

»Vielleicht finden wir ihn nicht wieder«, sagt er zu mir. »Vielleicht schaffen wir es nicht. Laß uns den Dingen ins Gesicht sehen.«

»Ich kehre nicht ohne ihn nach Hause zurück. Das kann ich dir gleich sagen.«

Wir vermeiden es, uns anzusehen und denken nach.

»Hör zu«, sagt er zu mir. »Ich würde gern wissen, warum das so wichtig ist.«

Soweit sind wir also. Daß wir uns fragen, was wichtig ist. Dann machen wir uns wieder auf den Weg.

Ich lasse ihn ein Stück vorausgehen. Ich sehe zu, wie er sich entfernt. Ich fahre neben seinen Spuren her. Ich glaube, daß ich in meinem Leben nur Leute kennengelernt habe, die nicht das erreicht haben, was sie wollten, und die sich aufgerieben haben oder dabei sind, es zu tun. Das trifft doch auf die Mehrzahl zu, oder nicht? Es dürfte leichter sein, eine Ente zu sein. Die Entenfamilie setzt zu einer weiten Kurve an und schwimmt dann in die umgekehrte Richtung. Weiß die Ente, die voranschwimmt, wohin sie sich bewegt? Weiß sie, daß sie den anderen die Richtung weist?

Der Weg steigt ein wenig an. Ich ermüde schnell. Werde immer kurzatmiger. Dabei bin ich erst dreiunddreißig. Noch etwas, was mich ängstigt. Ich lege eine Pause ein. Ich muß erst mal zu Atem kommen.

Der See blendet mich. Ich sehe nicht mal mehr das andere Ufer. Ich höre sein Geplätscher. Um diese Uhrzeit krächzen die Krähen. Jetzt fehlen nur noch die Frösche. Für Heuschrecken ist es noch zu früh.

Soll ich oder soll ich nicht? Ich stelle mir die Frage. Im Grunde bin ich froh, daß ich diese Möglichkeit habe. Das erleichtert mich auf einmal. Rex kann ruhig bis nach Timbuktu rennen, ich kann das Spiel jederzeit beenden. Ich kann die Bremse ziehen. Zumindest was mich betrifft.

Ich bin sicher, das Wasser ist eiskalt. Das ist das einzige, was mich zurückhält. Als kleines Mädchen war ich mutiger gewesen. Mein Vater und ich hatten in Flüssen und Gebirgsbächen gebadet, ehe wir uns verfeindet haben.

Dann entschließe ich mich. Ich nehme Anlauf. Ich halte direkt auf den See zu. Ich fahre zwischen zwei Büschen hindurch, ziehe den Kopf ein, halte den Atem an, während ich einen Abhang mit zehn Prozent Gefälle hinabsause, den ich mir noch steiler gewünscht hätte, und dann fliege ich ins Wasser. Ich werde von meinem Rollstuhl gerissen, als wäre er ein Schleudersitz.

Ich bin wie elektrisiert. Sobald ich den Kopf aus dem Wasser strecke, stoße ich einen Schmerzensschrei aus. Das Wasser ringsum ist pechschwarz. Vor ein paar Sekunden war es noch goldgelb. Ich plansche herum und drehe mich auf den Rücken. Meine Beine sinken nach unten. Sie können es kaum erwarten, daß die Sache zu Ende geht.

Und auf einmal weine ich wieder. Gebe unverständliche, wimmernde Worte von mir, während ich mich auf dem Rücken treiben lasse. Ich rudere mit meinen kräftigen Armen, um mich vom Ufer zu entfernen, denn jetzt kann mir niemand mehr helfen, und das schnürt mir das Herz zusammen. Ich sehe, wie meine Beine wieder an die Oberfläche steigen und hinter mir hertreiben wie Schlepptaue. Ich stelle fest, daß ich Hausschuhe anhabe.

Wie lange halte ich das durch? Wie lange dauert es, bis ich untergehe? Bis ich nicht mehr kann. Bis ich erschöpft bin. Aber ich *bin* schon erschöpft. Durch meine Tränen hindurch sehe ich einen gleichgültigen Himmel, der mir trotz seiner Feuerzungen, seiner violetten Tiefen, seiner

Pastelltöne und seiner pulvrigen Klarheit unendlich banal vorkommt. Von lächerlicher Schönheit.

Dann sehe ich, wie Nathan auf einer Anhöhe, die den See überragt, aus dem Gestrüpp auftaucht. Funkelnde Büsche umgeben ihn.

Als er mich entdeckt, schreie ich ihm zu: »Geh weg! Laß mich in Ruhe! Hau ab!«

Aber er schnürt in Windeseile seine Schuhe auf.

Ich bin völlig verzweifelt. Ich will es nicht glauben.

Ich schreie: »Hör auf mit dem Scheiß. Ich hab die Nase voll.«

Und dann fange ich wieder an zu schluchzen. Ich würde mich gern untergehen lassen, aber das würde auch nichts ändern. Ich bin verdammt.

Er zieht die Hose aus, er zieht die Lederjacke aus. Ich spüre, daß sich mein Gesicht zu einer häßlichen Grimasse verzerrt. Ich wimmere.

In dem Augenblick, als er ins Wasser springen will, flüstere ich: »Tu das nicht. Nathan, ich flehe dich an, tu das nicht.«

Er hält inne, als hätte er mich gehört. Er zögert. Ich spüre, wie sein Blick auf mir ruht. Ich mache »buu, buuu«, als wäre ich ein verlorenes Kalb auf einer Weide. Er zögert. Ich flüstere: »Tu das nicht, Nathan. *Mach das nicht noch mal.*«

NATHAN

Nach den Ereignissen des Vortags wachte ich spät auf. Mit schmerzendem Körper und voller abstoßender Bilder im

Kopf. Paula war schon auf, ich hörte sie in der Küche, oder besser gesagt, ich hörte, wie der Kessel pfiff. Ich stand auf, aber sie hatte ihn auf dem Herd vergessen, den ich sogleich abstellte, ehe ich ins Badezimmer ging. Wo sie ein Bad nahm. Allerdings war kein Wasser in der Wanne. Sie öffnete die Augen, als ich den Fuß ins Duschbecken setzte.

»Danke für den Orangensaft«, sagte sie mit belegter Stimme.

Ich drehte den Kaltwasserhahn auf und duschte. Mein Körper war mit blauen Flecken übersät. Au, au. Verdammte Scheiße. Ich benutzte eine Seife für fünfzig Euro, um mich zu waschen, und ein Shampoo, das man nur in Kosmetikläden in der Abteilung Luxusartikel findet. Ich hatte ein langes Regal für ihre Kosmetika anbringen und ihr den kleinen Schrank auf Rollen abtreten müssen. Ich hatte es getan, ohne lange zu diskutieren, ohne zu mucksen.

Nach dem Duschen hüllte ich mich in ein prachtvolles knallrotes Badehandtuch – ihre Handtücher waren weiß, strahlend weiß. Ich musterte mich im Spiegel.

»Entschuldige, daß ich ihn ausgetrunken habe«, erklärte ich. »Aber das wirst du sicher verstehen: Marie-Jo schwebt zwischen Leben und Tod.«

Sie bewegte schlaff den Arm über dem Wannenrand: »Ach du Scheiße«, seufzte sie. »O nein. Scheiße. Oje oje.«

»Ich weiß, daß das keine Entschuldigung ist, aber ich war gestern abend nicht mehr ganz klar im Kopf. Das kannst du dir bestimmt vorstellen. Ich weiß, daß du mich darum gebeten hattest, aber das ist mir entfallen. Ich brauchte einfach Orangensaft. Ich hätte ihn literweise trinken können. Aber sag mal, Paula, arbeitest du heute eigentlich nicht?«

Sie wußte nicht so recht. Ich ging ins Wohnzimmer, um vor dem offenen Fenster meine Gymnastik zu machen. Als ich mich hinausbeugte, konnte ich einen Blick in Marcs Schlafzimmer werfen und sah, daß er gerade mit Ève vögelte. Dabei war es schon fast zwölf. Und dann wirft man mir vor, daß ich mir zu Unrecht Sorgen um ihn mache. Wenn man sieht, wie schnell die Zeit vergeht. Wenn man sieht, wie kurz die Jugend ist. Das sage ich ihm immer wieder. Ich sage: »Okay, sie ist deine Chefin, das weiß ich, aber ist das nicht ein bißchen teuer bezahlt? Ist das nicht ein bißchen too much, sag mal? Meinst du nicht, daß du ein Problem hast? Wenn du mich fragst, hast du eins. Ohne Scheiß. Wenn du mich fragst, hast du ein *ernstes* Problem, glaub mir das.«

Er antwortete mir, daß ich ebenfalls eins hatte, so daß die Diskussion im allgemeinen damit zu Ende war. Ein Glück, daß unsere Eltern nicht mehr lebten, denn wenn sie das gesehen hätten, wären sie ziemlich traurig und ich als der Ältere nicht besonders stolz gewesen. Ihre beiden Jungs so zu sehen, hätte sie nicht gerade erfreut.

Ich warf einen Tannenzapfen gegen sein Fenster.

»Entschuldige, daß ich dich störe, mein Lieber, aber ich muß dir was sagen: Marie-Jo schwebt zwischen Leben und Tod. Und du weißt, daß sie dich trotz allem gern mochte. Du hast sie oft nicht verstanden.«

Ève und ich winkten uns kurz zu, während Marc den Kopf senkte.

»Und sag bloß nicht, wir seien sie endlich los«, fügte ich hinzu. »Versuch was anderes zu sagen.«

Ich ging zu Paula in die Küche. Sie versuchte mir ein

paar total verkohlte Scheiben Toast mit Butter zu bestreichen. Aber ich hatte keinen Hunger. Ich duschte noch einmal. Als ich zurückkam, hockte sie auf einem Stuhl und hatte die Arme um die Knie gelegt.

Ich erzählte ihr von meinem gestrigen Tag, von der Demo und der anschließenden Geschichte mit Marie-Jo, denn sie fand, daß ich mich nicht genug um sie kümmerte, seit ich aufgestanden war.

»Ich versuche nur eine Atempause einzulegen«, erklärte ich ihr. »Das hat nichts mit dir zu tun. Weißt du, ich lege nur mal eine Atempause ein.«

»Du liebst mich nicht.«

»Natürlich liebe ich dich. Das ist nicht das Problem.«

»Und warum vögeln wir dann nicht?«

Ich legte ihr die Hand auf die Schulter und sagte: »Macht dir das so sehr zu schaffen? Sieh mich an. Ich möchte dir etwas sagen. Sieh mich an. Es könnte gut sein, hör zu, sperr die Ohren weit auf, Paula, es könnte gut sein, daß wir sehr bald vögeln, du und ich.«

»Wann?«

»Ich weiß nicht. Ich kann dir kein genaues Datum angeben. Aber *sehr bald*, das bedeutet nicht in sechs Monaten.«

Sie hatte mir einen fast durchsichtigen Kaffee gekocht, der inzwischen lauwarm war. Ich trank ihn trotzdem und ließ dabei meine Hand auf Paulas Schulter liegen, um sie zu kneten und ihr damit zu verstehen zu geben, daß sie die Hoffnung nicht aufgeben solle.

»Ich stehe kurz vor einer großen persönlichen Umwälzung«, fuhr ich fort, wobei ich aus dem Fenster blickte und den Jasminduft einatmete, der von ihr ausging. »Es ist eine

Frage von Tagen oder schlimmstenfalls von ein paar Wochen, würde ich sagen. Ich weiß nicht so genau. Rom wurde auch nicht an einem Tage erbaut.«

Ich belog sie nicht. Die Ereignisse überstürzten sich plötzlich. Ich spürte, daß ich mitgerissen wurde, spürte, daß mich eine starke Strömung fortschwemmte, spürte, daß ich die Kontrolle verloren hatte. Na ja, gut. Nach all diesen quälenden Fragen. Meine Fresse! Aber sobald ich aus diesem gewaltigen Malstrom wiederauftauchen würde, aus diesem reißenden Strudel, würde ich endlich wieder Licht sehen. Dann würde ich mich für die eine oder die andere entscheiden und von diesem Weg nicht wieder abweichen. Meine Augen würden sich öffnen. Alles würde mir endlich sehr leicht vorkommen. Ein normales Leben also. Ich schloß nicht einmal Marie-Jo aus. Dabei lag sie im Koma – mehr hatte man mir nicht sagen wollen –, aber ich schloß sie nicht aus. Wenn mein Schicksal es so wollte.

Ich hörte Radio im Auto, die Hits des Sommers, und akzeptierte im voraus die Lösung, die mir das Schicksal bereithielt. Egal, ob es die eine, die andere oder eine völlig unbekannte sein würde, auf jeden Fall ein für allemal. Mehr verlangte ich nicht. Ich wartete nur noch auf ein Zeichen. Und wie ich noch vor einer Stunde zu Paula gesagt hatte, ließ alles darauf schließen, daß es sehr bald geschehen würde.

Sie nicht zu vögeln, wurde immer schwieriger, insbesondere da wir im selben Bett schliefen. Wenn ich aufwachte, lag ich manchmal eng an sie geschmiegt, bereit, einen weiteren Fehler zu begehen. Manchmal geriet mein Vorsatz ins Wanken. Oder auch wenn sie den Kopf auf meinen Schoß legte, und wir Musik hörten, denn meistens trug sie kein Höschen oder aber supergeile Dinger. Oder auch wenn sie völlig stoned war, und ich in einem unbedachten Moment nur die Beherrschung zu verlieren brauchte, um sie still und heimlich zu vernaschen. Sie war wie ein Damoklesschwert, das über meinem Kopf hing. Ich mußte schnell machen. Mußte flink wie ein Wiesel durch dorniges Unterholz huschen und die Beine in die Hand nehmen, aber ich war zuversichtlich.

The readiness is all, wie Shakespeare sagt. Oder auch: *Laß dich nicht von den Ereignissen des Alltags in Ketten legen. Aber entzieh dich ihnen nie.* Ich hatte noch mehrere solcher sinnigen Sprüche drauf, aber da rief Chris an. Meine liebe Frau.

Sie war in heller Aufregung.

»Wolf ist verschwunden«, verkündete sie mit erstickter Stimme.

»So?«

»Nathan, ich befürchte das Schlimmste.«

»Soll das heißen, daß er dich im Stich gelassen hat?«

Das wäre immerhin eine Möglichkeit gewesen, aber anscheinend war es das nicht. Ich müsse sofort kommen. Ich hielt an, um in Ruhe mit ihr reden zu können und nicht einen Fußgänger umzufahren, der an seinem Handy hing und im Blindflug die Straße überquerte.

»Ist das so eilig? Kann das nicht warten?«

Anscheinend nicht. Sonst sei ich der letzte Dreck und dieses Gespräch das letzte unserer Geschichte.

»Das mag ich so an dir«, sagte ich zu ihr. »Du wirst von keinen Gewissensbissen geplagt.«

Sie war nicht in der Stimmung, um darüber zu reden. Sie machte sich große Sorgen. Sie wußte, wozu die Polizei fähig war. Eine Polizei, die Klone einsetzte, sei zu allem fähig. Eine Polizei, die über den Gesetzen stand. Eine unkontrollierbare Polizei. Eine Polizei, die...

Ich unterbrach sie und sagte zu ihr, daß manche Bullen noch einen Sinn für Gerechtigkeit besäßen und die Rechte ihrer Mitbürger achteten. Daß sie nicht alles durcheinanderschmeißen solle. Ich hatte die Schnauze voll. Ich hatte die Schnauze voll davon, mir anhören zu müssen, wie sie die Polizei von morgens bis abends runtermachte, vor allem seit sie mit Wolf zusammen war. Sie hatte sich seitdem nicht zu ihrem Vorteil verändert. Ich hoffte, daß er endgültig verschwunden war.

»Und wer soll meinen Bericht schreiben? Willst du ihn vielleicht schreiben?«

Na ja, kurz und gut, ich sagte ihr, ich käme sofort, es sei nicht nötig, deswegen einen Aufstand zu machen.

Auf ihren Rat hin kaufte ich mir eine Zeitung. 17 Tote. 471 Verletzte. Ich hatte Schlimmeres erwartet.

Zehn Minuten später lag sie schluchzend an meiner Schulter. Ich hätte sie fast auf den Hals geküßt. Dann setzte ich sie in einen Sessel, hockte mich vor sie hin und hielt ihre Hände, während sie immer noch ein Taschentuch zusammenknüllte.

»Also, nun erzähl mal, was los ist.«

»Er war *nicht* im Krankenhaus. Sie haben mich die ganze Nacht im Krankenhaus warten lassen, aber er war *nicht* im Krankenhaus. Oder aber er war *nicht mehr* im Krankenhaus.«

»Aber das ist ja unglaublich.«

»Nathan, ich habe Angst.«

Sie war ziemlich fertig, das steht fest. Ich brachte ihr ein Glas Wasser. Ich persönlich konnte mich des Gedankens nicht erwehren, daß Wolfs Verschwinden, auch wenn es sich um ein bedauerliches Verschwinden handelte, mir fast natürlich vorkam. Vielleicht war die große Unordnung, die unser Leben durcheinanderzuwirbeln schien, nur das Vorzeichen für das Eintreten einer Ordnung höherer Art. Das würde mich gar nicht wundern.

Aber ganz abgesehen davon, war ihre Angst durchaus berechtigt. Denn wenn Wolf im Krankenhaus gewesen war, wie kam es dann, daß er nicht mehr dort war. Er hatte Chris angerufen, um ihr zu sagen, daß er eine Wunde habe, die genäht werden müsse, und sie hatte ihn nicht gefunden.

»Chris«, sagte ich, »eins muß ich dir sagen. Diese Geschichte gefällt mir überhaupt nicht. Und du weißt, es ist nicht das erste Mal, daß so etwas passiert. Wir sollten nicht so tun, als wüßten wir das nicht. Und ich bin sicher, daß diese Typen Rückendeckung bekommen, wie in Chile, wie in Italien, wie überall. An ihren Händen klebt Blut. Das brauche ich dir wohl nicht zu erklären.«

Sie biß sich auf die Lippen.

»Na ja«, fügte ich hinzu, »wir sollten uns aber trotzdem vergewissern, daß Wolf dir nicht einen bösen Streich gespielt hat. Du mußt schon entschuldigen, aber so was hat es auch schon gegeben.«

Ich spann den Faden nicht weiter. Sie kannte Wolf erst seit ein paar Monaten und lebte erst seit ein paar Wochen mit ihm zusammen, und trotzdem hatte sie schon blindes Vertrauen zu ihm. Insgeheim grinste ich, während sie sich empörte und ihre Wangen rot anliefen. Wolf sei ganz anders. So? Und *wie* sei er denn? Na ja, was soll's. Das war nicht mein Bier.

Ich seufzte und sagte: »Okay. Okay. Okay.«

Ich riet ihr, ein bißchen zu schlafen, bis ich zurück war. Sie wollte mich begleiten, aber ich sagte nein, denn dort, wo ich hinging, mochte man keine Kommunisten.

Ich bat José, ihr eine Schlaftablette zu geben und bei ihr zu bleiben, bis sie einschlief.

Chris nervte uns eine ganze Weile unter dem Vorwand, daß sie sich weigere, chemische Produkte zu schlucken, bis ich sie schließlich vor die Wahl stellte: Entweder du nimmst das Zeug, oder ich rühr mich nicht vom Fleck. Die Straße lag in gleißendem Sonnenlicht, aber die Klappläden waren geschlossen, so daß leuchtende Streifen auf die Wände und die anwesenden Personen fielen, genauer gesagt auf Chris, die ihre Pille mit einer Grimasse und dem Röcheln einer Sterbenden hinunterschluckte, auf José, die sie dazu beglückwünschte und die unter ihrem Morgenmantel, der ihr auf den prallen Hüften schlabberte, splitternackt war, und meine Wenigkeit. Ihr ergebener Diener. Der höchstens ein paar Stunden geschlafen hatte – mit geblähtem Bauch, aufgrund des Orangensafts, und in regelmäßigen Abständen von Sodbrennen geweckt –, und der ebenfalls die Schnauze gestrichen voll hatte, ihr ergebener Diener, der sich gern einen Tag Ruhe irgendwo auf dem Land gegönnt hätte oder zur Not sogar allein in seinem Schlafzimmer, mit guter Musik und einem Kopfhörer auf dem

Schädel, während die Sonne einmal um den ganzen Erdball kreiste.

José gab mir durch ein Zeichen zu verstehen, daß auch sie das Schlimmste befürchtete.

»Wir haben es mit Sadisten zu tun«, konnte sie sich nicht verkneifen zu brummen, was die Atmosphäre noch drückender machte. Vor allem, da es in dem Haus mäuschenstill war, obwohl es vermutlich voller Wunden und Beulen, gebrochener Rippen, schmerzender Kiefer und zerstörter Träume war. Ja ja. So war nun mal die Welt. Es ging immer weiter bergab mit ihr.

»Wegen Typen wie Paul Brennen«, fuhr sie fort, während wir das Schlafzimmer verließen, in dem Chris sich nörgelnd ins Bett begab. »Wegen Dreckskerlen wie diesem Arsch. Diesem Scheiß-Brennen.«

Ich sagte, ich sei gleicher Meinung. Und daß ich ihn auch dafür verantwortlich halte, was Marie-Jo passiert sei. Mit oder ohne Ramon. Ich sagte zu José, daß so ein Typ wie er es nicht verdiente, am Leben zu bleiben. Sie stimmte mir völlig zu. Außerdem wolle sie mir noch sagen, daß sie mich gestern genial gefunden habe, als ich fast ganz allein das große Feuer genährt hatte, das vor seinen Büros angezündet worden war. Ich sei wirklich genial gewesen.

Sie bot mir eine Cola im Halbdunkel an.

Ich hatte schon seit langem bemerkt, daß sie eine gute Figur hatte. Ich konnte mich davon überzeugen, während sie so tat, als blicke sie woandershin. Ich hatte sie aus einem Liegestuhl in der Sonne geholt, und ihre Haut glänzte vom Sonnenöl. Ich mußte über die plumpe Falle, in die sie mich lockte, innerlich lächeln. Als wäre ich so blöd.

»Weißt du, daß du wirklich toll warst?« fügte sie hinzu und kam auf mich zu.

Chris hatte nichts zu diesem Thema gesagt. Dabei hätte ich mich über ein einfaches Wort des Dankes sehr gefreut.

Während José mir die Hand in den Nacken legte und mich auf den Mund küßte.

Soviel hätte ich von Chris nicht verlangt.

José sagte mir, daß ich der erste Bulle sei, den sie küsste, und daß sie immer geglaubt habe, das sei das allerletzte auf der Welt, wozu sie fähig sei.

»Das verstehe ich sehr gut«, pflichtete ich ihr bei.

»Ich war noch keine vierzehn, als mir ein Bulle den Schädel aufgeschlagen hat. Das war in Brixton, südlich von London. Eine heiße Schlacht. Ich glaube sogar, daß ich damals noch Zöpfe trug.«

Ich beobachtete sie kopfnickend und bat sie, ein Auge auf Chris zu haben, bis ich zurück war. Da ich für alles andere keine Worte fand, machte ich eine vage Handbewegung, begleitet von einem freundlichen Lächeln.

Sie antwortete: »Mach dir keine Sorgen. Wir haben Zeit genug.« Endlich mal eine Frau, die es nicht eilig hatte. Das ist ziemlich selten.

Es wurde schon dunkel, als ich feststellen konnte, daß Wolf tatsächlich tot war. Ich war im Leichenschauhaus. Ich habe ihn gesehen. Nachdem man mich den ganzen Nachmittag von einer Stelle zur anderen geschickt, mich mißtrauisch, unwillig, zähneknirschend behandelt, mir Steine in den Weg gelegt hatte und mich immer wieder warten ließ, stand ich nun endlich im Leichenschauhaus.

Ich beugte mich über Wolf – er war staubig und blutverschmiert, als sei er eine Felswand hinabgestürzt, ich übertreibe nicht –, und auf der anderen Seite, mir gegenüber, stand ein Schwarzer in einem weißen Kittel.

Er glaubte, ich sei ein Angehöriger. »Das nennen sie einen Herzstillstand«, sagte er zu mir.

Wolf. Das war ein ziemlicher Schock, um ehrlich zu sein. Das hatte ich nicht gewollt.

»Na sicher, ein Herzstillstand«, fuhr der andere mit spöttischem Grinsen fort. »Eine Grippe war's bestimmt nicht.«

Ich sagte zu ihm, daß er mir nicht zu glauben brauche, aber daß sie jetzt Klone losschickten. »Klone sind schlimmer als wilde Tiere«, versetzte ich mit einer Grimasse.

Das wunderte ihn nicht. Er war sowieso überzeugt, daß die Weißen degeneriert waren.

Er war im Bild über die Razzia, die die Polizei nach der Demo in den Krankenhäusern gemacht hatte.

»Verschonen Sie mich damit«, seufzte ich.

Drei Leichen, unter ihnen auch die von Wolf, waren direkt aus dem Krankenhaus – nach einem kurzen Halt im Kellergeschoß einer Kaserne, wo man ihnen die Flötentöne beigebracht hatte – hergebracht worden. Ich bekam kein Wort heraus und verdrehte die Augen.

»Sie haben Quoten«, erklärte er mir. »Die dürfen sie nicht überschreiten.«

»Nein, diese Geschichte mit den Quoten ist Quatsch.«
»Das ist *kein* Quatsch.«
Wir blickten uns an.

Aber was wußte ich schon darüber? Ich betrachtete Wolfs schönes Gesicht, das übel zugerichtet war, seine Brustmuskeln, die unter seinem blutbefleckten T-Shirt hervorstanden, seine Athletenarme, seine Sportlerbeine, das machte mich ganz krank, ehrlich. Außerdem fehlte ihm ein Schuh, was den Anblick noch grauenhafter machte. Unter der Nase hatte er zwei Streifen aus geronnenem Blut. Was wußte ich schon darüber, ob sie eine Quote festlegten oder nicht? Was konnte uns in dieser Welt noch überraschen?

Als ich das Leichenschauhaus verließ, fühlte ich mich verpflichtet, Francis Fenwick ein Lebenszeichen zu geben, um keinen Ärger zu bekommen. Ich hatte mehrere Nachrichten in meiner Mailbox und war sicher, daß die Hälfte davon von meinem Vorgesetzten stammten – aber ich hatte keine Lust, sie mir anzuhören. Nicht mal Radio wollte ich hören. Ich schluckte meinen Ärger über die Staus hinunter, die die ganze Stadt lahmlegten, nur weil diese beknackten Vorortbanausen wieder alle gleichzeitig nach Hause fuhren, und dann erzählten sie uns noch, wie schön es sei, auf dem Land zu leben und nicht in dieser Scheißstadt. Leider mußte ich das Seitenfenster offenlassen, weil meine Klimaanlage defekt war. Die Luft war verpestet. Die Gesichter glänzten, als hätte man sie abgeleckt. Ich hatte Lust, mir die Nase zuzuhalten. Ich hatte außerdem Lust, mir die Augen und die Ohren zuzuhalten. Aber ich hatte nur zwei Hände.

Ich betrachtete die Fotos und legte sie wieder auf seinen Schreibtisch zurück.

»Ich war da, um sie zu überwachen«, erklärte ich. »Ich mache keine Politik.«

Ich blickte Francis Fenwick fest in die Augen.

»Glauben Sie mir«, fügte ich hinzu. »Ich habe mir nichts vorzuwerfen.«

»Was soll ich bloß mit dir anfangen? Kannst du mir das sagen?«

Er war erstaunlich ruhig. Er trug eine Krawatte in angenehmen Farben und blieb hinter seinem Schreibtisch sitzen, anstatt um mich herumzurennen, wie er es gewöhnlich tat.

»Ich wußte nicht, daß Sie heute Geburtstag haben«, erklärte ich. »Niemand hat mir was gesagt.«

Ich war beim Betreten des Raums auf eine Girlande gestoßen. Alle hatten ein Glas in der Hand. Und noch ehe ich mir eins nehmen und mich hinter den anderen verschanzen konnte, hatte Francis mich schon mit dem Zeigefinger aufgefordert, ihm zu folgen. Er konnte mich nicht mehr ausstehen.

»Na, wie jung sind Sie denn geworden?« fragte ich.

Ohne sich dazu herabzulassen, meine Neugier zu befriedigen, nahm er sich die Fotos wieder vor und betrachtete sie mit schmerzlich verzogener Miene.

»Bist du Kommunist?«

Ich klatschte mir auf die Schenkel und blickte lächelnd an die Decke.

»Antworte«, herrschte er mich an. »Bist du Kommunist?«

Nachdem ich stumm in mich hineingegluckst hatte, wandte ich den Blick von der Decke ab und sah ihn an: »Hören Sie zu, meine Frau ist verrückt, hm, was kann ich dafür?«

Es war verboten zu rauchen, aber ich steckte mir trotzdem eine Zigarette an, während er meine Seele zu ergründen suchte.

»Wissen Sie, was es heißt, eine verrückte Frau zu haben?« fuhr ich fort. »Wissen Sie, was das heißt? Glauben Sie vielleicht, das sei ein Grund, sie im Stich zu lassen? Glauben Sie das? Aber für mich kommt das nicht in Frage, Francis. Tut mir leid, für mich nicht. Das kommt nicht in die Tüte. Ich hätte sie sogar zu einem Aufmarsch von fundamentalistischen Katholiken oder zu einer Versammlung von Skinheads begleitet, wenn sich das ergeben hätte. Das wäre mir scheißegal gewesen, wissen Sie.«

Er hielt mir ein Foto unter die Nase, auf dem ich eine Latte von einer Sitzbank ins Feuer warf und wirklich aussah wie ein entfesselter Radikaler, wie ein wilder Schläger.

»Und was sagst du dazu?« entgegnete er. »Jetzt erzähl mir bloß noch, du wärst nicht daran beteiligt gewesen. Völlig unbeteiligt, hm? Du hältst mich wohl für blöd! Du bist Kommunist, gib's zu.«

Ich seufzte: »Die Kommunisten können mich mal. Hören Sie zu, die können mich mal kreuzweise, die Kommunisten, alle durch die Bank. Reicht Ihnen das?«

Ohne mich aus den Augen zu lassen, zerbrach er mit den Fingern einen Bleistift. Er legte die beiden Stücke auf den Schreibtisch und betrachtete sie eine Weile, wobei er mit der Hand über seine Krawatte strich.

»Was soll ich bloß mit dir anfangen?« sagte er wieder.

»Was ist denn los?«

»Glaubst du vielleicht, du könntest kommen und gehen, wann es dir paßt? Wenn du mal einen Moment Zeit hast? Was glaubst du eigentlich, wo du hier bist?«

»Hören Sie zu. Chris war halbtot vor Angst.«

»Nun mal langsam. Du bist wohl nicht ganz dicht! Was soll das heißen, *Chris war halbtot vor Angst*?«

Manchmal mußte man sich wirklich fragen, ob die Leute, mit denen man täglich zusammen war, ein Mindestmaß an ethischen Werten mit einem teilten. Auf welche Basis sie ihr Dasein gründeten. Welche Prioritäten sie im Leben setzten. Welchen Dingen sie Bedeutung beimaßen. Was für sie wirklich zählte.

Wie sollte ich bei Francis Fenwick Verständnis für irgend etwas wecken? Als er mir mit einem Unterton tiefer Verachtung vorwarf, daß ich mir einen Tag frei genommen hatte, um hinter dem Liebhaber meiner Frau herzurennen, wurde mir klar, daß jede Bemühung nutzlos sein würde.

Auch daß ich mein Magazin in Ramons Knie geleert hatte, konnte er nicht verstehen. Womit war er denn nicht einverstanden? Ich fiel aus allen Wolken. Dabei hätte ich jetzt eigentlich an seinem Krankenhausbett stehen müssen, um ihn zu erstechen. Worin bestand das Problem? Was war denn nicht in Ordnung? Es war mir scheißegal, ob ich das Recht dazu hatte oder nicht.

»Hören Sie zu«, sagte ich zu ihm, »nicht ich bin das Ungeheuer. *Sie* sind das Ungeheuer.« Danach hörte ich nicht einmal mehr, was er mir sagte. Seine Worte gingen mir zum einen Ohr hinein und zum anderen wieder hinaus. Ich hörte keinen Ton. Ich sah nur noch, wie sich sein Gesichtsausdruck ab und zu veränderte, er war der letzte auf der Welt, um den ich mich sorgte. Es wunderte mich nicht, was mit seiner Tochter geschah. Wenn man einen Vater hatte wie ihn, war es nicht abwegig, Crack zu rauchen.

Ehe ich wegging, fragte ich ihn noch, ob ich mich als gefeuert betrachten dürfe. Er entgegnete, das hinge an einem seidenen Faden. Ich sagte, das sei mit allem so. Diesen Faden, fuhr er fort, diesen Faden verdiene ich der Tatsache, daß ich Jennifer Brennens Mörder festgenommen habe.

Ich lachte höhnisch.

»Aber das genügt nicht«, fuhr er fort. »Du machst es dir zu leicht, nimm dich in acht. Zwing mich nicht, dir einen Denkzettel zu verpassen. Ich bin froh, daß der Fall aufgeklärt ist, das paßt mir gut, darauf komme ich nicht mehr zurück, aber ich rate dir, bloß nicht wieder aufzufallen. Das ist ein guter Rat, den ich dir gebe. Jetzt ist Schluß mit dem Scheiß, hörst du? Aus, Sense.«

Sein Büro war geradezu trostlos. Furchtbar unpersönlich. Derartig von erbärmlichen Dingen erfüllt, daß es richtig widerlich roch.

»Ich hoffe, wir haben uns richtig verstanden«, fügte er noch hinzu.

»Wenn Sie fertig sind«, sagte ich, »dann kann ich ja jetzt meiner Frau mitteilen, daß die Polizei ihren Liebhaber getötet hat. Soll ich Chris Ihr Beileid aussprechen?«

»Du mußt schon zugeben, daß du ein total verrücktes Leben führst. Das habe ich dir schon gesagt. Versuch ein bißchen Ordnung hineinzubringen, dann wird alles besser, das wirst du schon sehen. Denn das färbt auf deine Arbeit ab. Du bist mit den Gedanken nicht richtig bei der Sache.«

»Tut mir leid, aber mein Leben ist nicht komplizierter als das anderer Leute.«

Warum diskutierte ich eigentlich noch mit ihm? Um mir anhören zu müssen, daß ich ein ausgezeichneter Polizist geworden wäre, wenn ich nicht meine Ehe in die Brüche hätte gehen lassen, dieses schöne Paar, das wir damals bildeten, Chris und ich, und sie, diese hübsche junge Frau, die nie ihre Nase in die Politik gesteckt hätte, wenn ich die Sache besser im Griff gehabt hätte. Um mir das anzuhören? Daß ich alles vermasselt hatte. Daß ich die Gelegenheit verpaßt hatte, eine Familie zu gründen.

Ich trank ein paar Gläser Champagner, ehe ich nach draußen ging. Der eine oder andere sagte zu mir, daß es echt mies war, was Marie-Jo passiert war. Es war inzwischen Nacht geworden, aber das Herz der Finsternis war noch düsterer. Und es erwartete mich.

Denn Chris wollte ihn sehen, und ich nahm sie ins Leichenschauhaus mit. Sie vergoß stille Tränen, die vermutlich die schlimmsten sind. Ich hatte sie noch nie so weinen sehen. Und als sie ihre Lippen auf Wolfs Lippen drückte, oje oje, da waren der Schwarze und ich ziemlich verdattert. Der Weiße und er waren richtig verlegen.

Und dann brachte ich sie nach Hause zurück, wo sie sich gleich aufs Bett fallen ließ. Sie erstickte ihr Schluchzen in einem Kopfkissen, das Wolfs Kopfkissen sein mußte, der Art nach zu urteilen, wie sie es umklammerte. Ich legte ihr die Hand auf die Schulter, aber das war keine gute Idee. Sie stieß mich zurück. Ich fühlte mich überflüssig auf dem Bett. Ich hatte mich dort hingelegt, ohne mir Gedanken zu machen.

Wir verbrachten eine furchtbare Nacht.

Am frühen Morgen weckte sie mich, um mir zu sagen, ich könne gehen.

Sie wirkte wie ein Gespenst.

Im Verlauf der folgenden Tage wurde mir erst richtig klar, wie sehr sie ihn liebte. Ich war mit einer Untersuchung beschäftigt, die sich um eine Frau und ihre drei Kinder drehte, die bei einem mutwillig gelegten Brand umgekommen waren, und ich suchte ihren Mann, aber ich rief Chris in regelmäßigen Abständen an, um mich zu erkundigen, wie es ihr ging. Sie war nicht sehr gesprächig. Sie entschuldigte sich manchmal sogar dafür, daß sie so unfreundlich zu mir sei, aber sie könne nichts dafür, fügte sie hinzu. Und dann wurde es einen Augenblick still, weil sich ihr die Kehle zuschnürte.

Dabei hatten wir wunderschönes Wetter. Die Leute fuhren in offenen Cabrios durch die Stadt, andere planschten in Wasserbecken. Der Himmel war strahlend blau.

Ich wollte sie ins Schwimmbad mitnehmen, aber sie hatte keine Lust dazu. Manchmal ging ich abends auf eine Fete und leerte mein Glas auf dem Dach eines Hauses, von dem man das letzte Funkeln am Horizont betrachten konnte, und rief sie dann an, um ihr vorzuschlagen, sich uns anzuschließen. Ich sagte ihr, wie sanft und lau die Nacht sei und daß doch nichts Schlimmes dabei sei, wenn sie in ihrer betrüblichen Situation versuchen würde, auf andere Gedanken zu kommen, aber sie wollte nichts davon wissen.

Als Paula zu mir auf die Terrasse kam, fragte sie mich, woran ich dächte. Ich zeigte mit einer vagen Geste auf den Sternenhimmel und hielt dabei mein Handy in der Hand wie einen kleinen toten Vogel. Dann kam Marc hinzu und schlang die Arme um uns beide – er bemühte sich, die Geschichte zwischen Paula und mir zu beschleunigen, seit

Marie-Jo ausgeschieden war und Chris von einer Trauer gequält wurde, die mich bisher nicht in die Poleposition auf dem Weg zu ihrem Herz plaziert hatte.

Wenn Paula ins Haus ging, um mir etwas zu trinken zu holen, blickte er ihr nach und konnte es kaum fassen, daß ich das Glück hatte, mit so einer tollen Frau ein neues Leben zu beginnen.

»Ich behaupte nicht das Gegenteil«, seufzte ich. »Ich behaupte nicht das Gegenteil.«

Dann erfuhr ich, daß Chris schwanger war.

Wolf war seit einer Woche beerdigt, und ich erfahre, daß sie schwanger ist.

Es geschah an einem Abend. Sobald ich mit der Arbeit fertig war, fuhr ich im Krankenhaus vorbei, um mich nach Marie-Jo zu erkundigen, die immer noch zwischen Leben und Tod schwebte. Franck und ich standen hinter der Scheibe und warfen uns traurige Blicke zu. Anschließend machte ich mich auf den Weg, um Paul Brennen nachzuspionieren. Ich wartete, bis er aus seinem Büro kam und folgte ihm bis nach Hause, um mich mit seinen Gewohnheiten vertraut zu machen. Anschließend fuhr ich in die Stadt zurück, kaufte ein paar Dinge ein und brachte sie Chris.

Sie mußte unbedingt etwas essen. Ob sie wollte oder nicht. Ich ertrug ihre düstere Stimmung, ohne einen Ton zu sagen – schließlich hatte ich diese Frau ja schon seit Jahren ertragen, und ihre schlechte Laune berührte mich nicht, wenn ich es beschloß. Nach einem langen Arbeitstag kaufte ich ihr Bioprodukte, obwohl sich vor den Kassen lange Schlangen bildeten, weil die Leute sich erklären ließen, warum es so wichtig war, während des Fastens Spülungen vorzunehmen, wie man freie Radikale jagte oder ob die Behandlung mit DHEA wirklich erfolgversprechend war. Ganz zu schweigen von der manchmal etwas gespannten Atmosphäre, weil Paula fand, ich käme mal wieder spät nach Hause. Sie verstand das nicht. Im Gegensatz zu Marie-Jo, die ganz einfach eifersüchtig auf Chris war, verstand Paula die Sache nicht. Sie sagte zu mir: »Ich verstehe das nicht. Ich verstehe nicht, was dich daran so reizt, den Krankenpfleger für sie zu spielen. Wirklich nicht. Du schuldest ihr gar nichts. Während ich auf dich warte. Während ich mich zu Tode langweile. Ich habe kein Anrecht auf soviel Aufmerksamkeit.«

Übergangszeiten sind immer schwierige Zeiten. Ich senkte den Kopf und ließ alles über mich ergehen. Die Sonne verfolgte ihre Bahn über mir, die Nächte zogen über meinen Kopf hinweg wie fliegende Drachen, dann tauchte die Morgendämmerung auf, und ich schritt ihrem Totenhemd entgegen und trug die Welt auf meinen Schultern, und das, seit tragische Ereignisse Verwirrung in unseren Reihen gestiftet hatten.

Ich sorgte dafür, daß sie etwas aß. An jenem Abend wie an den anderen Abenden. Ich las Zeitung, während ich darauf wartete, daß sie fertig aß, oder ich sah mir CNN an und ermunterte sie ab und zu.

Doch an jenem Abend schiebt sie plötzlich ihren Teller Gemüselasagne zurück und teilt mir mit, daß sie schwanger ist. Und ich breche in Tränen aus.

Dann gratuliere ich ihr und gehe.

Am folgenden Abend komme ich wieder. Ich habe den

Kerl geschnappt, der seine Frau und seine drei Kinder verbrannt hat – aber ich habe mich geweigert, mit ihm zu reden. Ich besuche Marie-Jo, und plötzlich gibt es ein großes Gerenne, denn sie ist aus ihrem Koma aufgewacht. Ich folge Paul Brennen bis zu seinem Haus am Ufer des Flusses, an dessen schwarzem Wasser wir eine Weile entlanggefahren sind. Ich rufe Paula an und frage sie, was sie macht.

Ich fahre zu Chris zurück und frage sie, was sie zu tun gedenkt.

Sie will das Kind behalten. Damit hatte ich gerechnet. Ich sage ihr, daß mir das einleuchtet. Ich teile ihr mit, daß ich mich an den Kosten beteiligen möchte. Sie will das nicht. Ich erwidere, daß mir das nichts ausmache. Ich hole mir ein Glas Wasser. Ich betrachte sie und sage mir: schwanger. Wie ist das möglich? Ich muß wohl Fieber haben. Mir bleibt auch nichts erspart.

Ich habe beschlossen, Paul Brennen am Kilometerstein 28 in den Fluß zu befördern. Ein Sturz aus etwa dreißig Meter Höhe. Ich folge ihm in respektvoller Entfernung mit gestohlenen Autos. Und auf diesen Fahrten, wenn wir die Stadt hinter uns lassen und über die Straße fahren, die sich am Ufer entlangschlängelt, in diesen stillen Momenten, in denen nur ein wahnsinniger Wind in meinen Ohren rauscht, denke ich ausführlich über meine Situation nach.

Dieses Kind ist nicht von mir. Ein harter Schlag. Aber vielleicht ist das der Preis, den ich zu zahlen habe.

Habe ich jetzt noch die Wahl?

Als ich sie wiedersehe, schlage ich ihr vor, Pate zu sein. Sie will das nicht. Das macht mich wahnsinnig. Ich sage zu ihr: »Ich *bin* schon bestraft. Du hast mich bereits Hunderte von Malen bestraft. Reicht dir das nicht?«

Aus diesem Grund bin ich unfreundlich zu José. Ich sage ihr, sie sei nicht mein Typ. Das belustigt sie. Ich sage ihr, daß Sex meine geringste Sorge sei. Das kann sie sich gut vorstellen.

Ich stehle die Autos nur für eine oder zwei Stunden, ich beschädige sie nicht. Ich bediene mich auf dem Parkplatz des Krankenhauses, und manchmal tanke ich sogar auf, ehe ich das Auto wieder abstelle.

Ich nehme nur große Wagen. Manche haben ein Schiebedach.

Diese Besuche bei Marie-Jo machen mich ziemlich madig.

Seit sie ein Auge aufgemacht hat – das andere ist geschlossen und ihre Kinnlade ist vernäht –, nehme ich nur noch Autos mit Schiebedach. Ich brauche frische Luft. Und wenn ich eine Zigarre im Handschuhfach finde, habe ich auch nichts dagegen. Ich muß mich irgendwie abreagieren.

Franck hat mir erzählt, daß sie bestenfalls den Rest ihres Lebens in einem Rollstuhl verbringt, denn ihr Rückenmark hat was abgekriegt.

Ich küßte Marie-Jo auf die Hand und anschließend auf die Stirn.

Franck meinte, daß sie uns nicht hören könne. Noch einer, der ziemlich verloren wirkte. Und an alledem, an all diesem Leid, all diesen Schwierigkeiten, all diesen Abscheulichkeiten, die auf uns eingestürzt waren, war Paul Brennen schuld, ja, auf die eine oder andere Weise, direkt oder indirekt war Paul Brennen daran schuld.

Ich setzte Franck meinen Standpunkt auseinander. Er dachte eine Weile nach und räumte ein, daß ich so gesehen nicht ganz unrecht habe.

Ich richtete es so ein, daß ich mit ihm zu Mittag essen konnte. Er war noch nicht ganz auf dem Damm, und es waren Semesterferien. Dennoch traf ich ihn in seinem Seminarraum, er saß am Pult und war wie immer in ein Buch vertieft.

Ich hatte ihm einen Text gegeben, eine Art Kriminalroman, und diese Wahl beunruhigte mich, hatte mich schon von Anfang an beunruhigt.

»Das nennt man ein Risiko eingehen«, hatte er zu mir gesagt. »Und wenn du nicht bereit bist, ein Risiko einzugehen, dann laß es besser gleich sein. Sonst vergeudest du nur meine Zeit.«

Er hatte immer solche Sprüche drauf. Ich zerbrach mir wirklich den Kopf, um etwas Gutes zustande zu bringen. Denn sobald man mit Franck über Literatur sprach, wurde die Sache ernst.

»Du hast inzwischen begriffen, daß das, was du schreibst, sauschlecht ist. Hundsmiserabel, anders kann man es nicht nennen. Ich dürfte es dir eigentlich nicht sagen, aber das ist ein guter Anfang. Die einzige Art anzufangen. Wenn man begreift, daß man klitzeklein ist, dann hat man einen großen Schritt nach vorn getan. Soweit bist du jetzt. Ich weiß nicht, wie es zu diesem Wunder gekommen ist, aber soweit bist du jetzt. Das heißt noch nicht sehr weit, natürlich. Der Weg, den du zurückgelegt hast, ist sehr, sehr kurz.«

Er blickte mir fest in die Augen. Meistens saßen wir draußen auf einer Bank, trugen eine Sonnenbrille, hatten

Sandwichs und eine Cola dabei, während mehrere Vögel um unsere Füße flatterten und durchs Gras hüpften. Die Gebäude ringsumher, die Bäume, die Fassaden waren lichtüberflutet. Und es war eine ganze Menge Leute da. Auf Fahrrädern, auf Rollschuhen oder auf Skateboards, einige schliefen, andere liebkosten oder verliebten sich, manchen ging es schlecht, andere bereiteten sich darauf vor, ein Ding zu drehen, und wieder andere erhofften sich nur sehnlichst, jemanden kennenzulernen, es waren Leute für jeden Geschmack da. Ich beobachtete sie. Was hielten diese Leute wohl von Kriminalromanen? Franck blickte mir so fest in die Augen, daß ich den harten Glanz seiner Pupillen durch die dunklen Gläser hindurch sehen konnte, verstehen Sie, was ich meine?

»Du bist noch ganz unten«, fuhr er fort. »Und das geht bis in schwindelnde Höhen hinauf, von denen du dir nicht mal eine Vorstellung machen kannst. Du wirst schon sehen. *Vielleicht* wirst du das irgendwann sehen. Ich wünsche es dir. Aber jetzt sag mir mal, *was erzählst du da für einen Stuß?* Das sag mir mal. Was soll das heißen, du hast Schiß? Machst du dir vielleicht Sorgen darüber, was die anderen von dir denken?«

Ich hatte mir nicht den liebevollsten Lehrer ausgesucht.

»Es gibt kein zweitrangiges Genre. Es gibt nur zweitrangige Schriftsteller.« Die alte Sau. Er hatte Generationen von Studenten damit gequält. Die alte Sau. Was sollte man darauf antworten?

»Angst zu haben ist das Schlimmste, was einem Schriftsteller passieren kann. Angst zu haben, bedeutet sich geschlagen zu geben, Nathan.«

Da blieb einem die Spucke weg.

Ich dachte daran zurück, als ich abends Paul Brennen folgte. Ich machte mir die Staus zunutze, um einen Blick auf meine Notizen zu werfen und über das nachzusinnen, was Franck mir gesagt hatte.

Er verbrachte die übrige Zeit an Marie-Jos Krankenbett.

»Wir ziehen demnächst um«, erklärte er mir. »Schon allein, um etwas zu finden, was praktischer ist. Irgend etwas ohne Treppen. Das ist viel praktischer.«

Und im gleichen Augenblick sehe ich, wie Marie-Jos Auge auf mich gerichtet ist, und ich habe wahnsinnige Lust, Paul Brennen auf der Stelle aus dem Verkehr zu ziehen.

Genauso an dem Tag, an dem ich Chris zu Wolfs Grab begleite. Sie hat mich in schroffem Ton gebeten, ein wenig abseits zu bleiben, was mich nicht kränkt. Ich habe genügend Zeit. Ich hasse Paul Brennen aus ganzem Herzen. Auch ich habe Blumen mitgebracht. Ich müßte eigentlich froh darüber sein, daß Wolf jetzt unter der Erde liegt, aber seltsamerweise bin ich es nicht. Das ist ein zu leichter Sieg. Und überhaupt, ist es wirklich ein Sieg? Da bin ich mir nicht sicher. Es ist noch zu früh, um das zu sagen.

»Es ist noch zu früh, Paula. Hab noch ein bißchen Geduld, Herrgott noch mal.« Sie luscht mir ab und zu einen ab. Und ich revanchiere mich entsprechend. Immer schön abwechselnd. Aber mir ist durchaus klar, daß wir nicht ewig so weitermachen können – selbst wenn uns das hilft durchzuhalten. Ich kann mir vorstellen, daß ihre Geduld Grenzen hat.

Mehrmals am Tag habe ich Lust, Paul Brennen umzubringen. Ich habe tausend Gründe dafür. Er hat in allen

Bereichen meines Lebens seine Hand im Spiel. Und nie zu meinem Besten.

Und eines Abends war es dann soweit.

Er verließ sein Büro sehr spät. Ich lauerte ihm schon seit zwei Stunden auf und sprach gerade mit Paula, die mich in einer Galerie am anderen Ende der Stadt auf einer Vernissage erwartete. Ich versuchte sie daran zu erinnern, daß ich Polizeibeamter war und keine festen Dienstzeiten hatte. »Paula, hör zu, daran mußt du dich schon gewöhnen. Und ob wir miteinander vögeln oder nicht, Paula, das ändert auch nichts daran. Das hat nichts damit zu tun. Ich bin Polizist, weißt du. Das ist was anderes, als wäre ich, was weiß ich, bei den Gaswerken beschäftigt.«

Ich merkte ihrer Stimme an, daß sie etwas genommen hatte, und fragte mich, was. Sie sagte mir, das sei meine Schuld. Weil sie sich ohne mich langweile. Ich hörte auch Musik und die Stimmen von einem halb Dutzend Typen, die um sie herumstrichen. »Das hast du davon«, erklärte sie. »Mehr verdienst du nicht.« Ich schluckte es hinunter. Ich biß die Zähne zusammen und schlug mit der Faust gegen die gepolsterte Decke des mit Ledersitzen ausgestatteten großen Mercedes-Coupés, das mir in die Hände gefallen war, aber ich schluckte es hinunter, da ich versuchte, mich an ihre Stelle zu versetzen.

»Hör zu, Paula. Denk daran, daß ich arbeite, während du dich amüsierst. Vergiß das nicht. Mach die Sache nicht noch schlimmer. Hör zu. Wenn ich nicht zu spät fertig bin, hol ich dich ab. Gib mir noch mal die Adresse.«

Ich zeichnete gerade den Plan in mein Heft, als Paul Brennen herauskam. Er wurde von Vincent Bolti begleitet, dem Ganoven, der mir damals den kleinen Finger gebrochen hatte, nachdem ich ihm eine Kugel in die Wade geschossen hatte, Vincent Bolti, der an diesem Abend sein Leibwächter war und einen vorzüglich sitzenden dunklen Anzug trug.

Ich klemmte mir das Handy ans Ohr und machte mich auf dem Sitz ganz klein: »Sag das nicht, Paula, ich bitte dich. Du weißt genau, daß ich Lust auf dich habe. Also sag das nicht. Du weißt doch, daß ich im Augenblick ganz durcheinander bin. Das kann dir auch passieren. Das kann jedem passieren.«

Unterdessen hatte sich Paul Brennen auf dem Vorplatz seines Bürohauses eine Zigarette angezündet. Vincent hielt ihm die Tür auf – ein cremefarbener Audi A8, wenn ich mich nicht irre.

Paul Brennen ließ sich Zeit. Er machte keine Lungenzüge. Er ließ den Blick gleichgültig und in aller Ruhe über seine Umgebung schweifen – Schaufenster von Modeboutiquen, die für die Nacht erleuchtet waren, Frauen, die mit Pfennigabsätzen aus Autos stiegen, mehrfarbige Leuchtreklamen, komische Hunde an der Leine, ein Stück Sternenhimmel. Nach all dem Übel, das er angerichtet hatte. Ich wußte nicht einmal, ob er sich des Übels bewußt war, das er anrichtete.

Es war neun Uhr abends. Ich verhandelte mit Paula. Paul Brennen warf seine Zigarette weg. Ich drehte den Zündschlüssel um. »Sag Marc, er soll sich um seinen eigenen Kram kümmern«, flüsterte ich in den Apparat, wobei ich ausscherte, um auf die Straße zu fahren. »Was Marc dir sagt und was ich dir sage, sind zwei Paar Schuhe. Du kannst mir kein Ultimatum stellen. So geht das nicht, das kannst du mir glauben.«

Sie legt abrupt auf. Ich rufe sie zurück, sage zu ihr: »Fang nicht wieder damit an. Hör bloß auf, mich zu nerven.« Und endlich kommt es zu einem Gespräch unter Erwachsenen. Ich empfände etwas für sie. O ja, ich empfände etwas für sie. So sähe die Sache aus. Und ich sage zu ihr: »Laß mich erst mal etwas Ordnung in mein Leben bringen. Du siehst doch, daß ich mich bemühe. Erinnerst du dich noch daran, daß ich dir gesagt habe, du kämst nicht im richtigen Augenblick? Sieh doch, wie weit wir es trotzdem gebracht haben. Sind wir nicht auf dem richtigen Weg? Sei ehrlich.«

Es herrscht flüssiger Verkehr. Das ist ein gutes Zeichen. Vincent sitzt am Steuer, Paul Brennen auf dem Rücksitz. Ich sehe sein silbergraues Haar.

Sie will wissen, worauf ich warte. Im ersten Augenblick erscheint mir das einfach. Aber als ich es ihr erklären will, ist es alles andere als einfach.

»Könntest du dich nicht etwas vager ausdrücken?« sagt sie zu mir. »Etwas unklarer?«

Als wir die Ringautobahn verlassen und der Stadt den Rücken kehren, sagt sie zu mir, daß sie soeben Catherine Millet gesehen habe.

»Und warum erzählst du mir das?«

Sie erwidert, daß sie genauso enden werde wie Catherine Millet, wenn das so weitergehe. Ich mißverstehe sie. Ich denke: als Schriftstellerin. Daher frage ich sie, ob sie vielleicht glaube, dazu brauche man nur mit den Fingern zu schnippen. Sie berichtigt: Sie meint, jeden Abend mit einer ganzen Fußballmannschaft zu vögeln. Ich frage sie, ob das nicht etwas übertrieben sei.

Nach einer Weile führt die Straße auf dem Steilufer am Fluß entlang. Bis dahin hatte sich keine Gelegenheit ergeben, es waren immer andere Autos in der Nähe. Störende Zeugen. Auch wenn die Leute es im allgemeinen vorzogen, schnell weiterzufahren, um keinen Ärger zu bekommen – niemand hielt mehr nach Einbruch der Dunkelheit mitten auf dem Land an, um seinem Nächsten zu helfen, und letztlich auch nicht mehr in der Stadt, es hatte zu viele böse Überraschungen gegeben.

Doch jetzt ist die Straße leer. Hinter mir ist alles stockdunkel. Ich frage mich, ob diese Nacht nicht die richtige ist. Beim Kilometerstein 24 kreuze ich die Finger. Ich blicke auf meine Uhr und teile Paula mit, daß ich gerade jemanden beschatte, während ich mit ihr spreche, aber wenn alles klappen sollte und die Kabinen an der Mautstelle nicht in Flammen ständen – im Augenblick treiben hier wüste Banden ihr Unwesen, die Feuerwehr hat von morgens bis abends alle Hände voll zu tun –, dann wäre ich in einer knappen Stunde bei ihr. Und ich würde mich echt freuen, wenn ich sie nicht in den Toiletten oder auf der Bahre eines Notdienstwagens wiedersehen würde. Sie weiß genau, wovon ich spreche.

»Du übertreibst«, klagt sie. »Du bist wirklich hart zu mir. Nach allem, was ich mit dir zu ertragen habe.«

Ich werfe einen Blick auf den Fluß, der in der Tiefe glitzert, von spitzen Schatten gesäumt. Bäume. Sie sind noch schwärzer als die Nacht.

»Hör zu. Es kann gut sein, daß wir unterbrochen werden«, sage ich zu ihr. »Mein Kunde scheint in einen Tunnel fahren zu wollen. Aber wie dem auch sei, ich nehme alles zurück, was ich eben gesagt habe. Du bist die tollste Frau, die ich in der letzten Zeit kennengelernt habe. Ich möchte, daß dir das klar ist.«

Sie sagt »hm« und stößt einen tiefen Seufzer aus.

»Und wenn ich sage, *in der letzten Zeit*, dann meine ich damit eine verdammt lange Zeit.«

Ich stelle sie mir neben mir bei einer nächtlichen Spazierfahrt vor, mit ein oder zwei Kindern auf der Rückbank, während der laue Wind an den Scheiben heult – das ist das beste Mittel, um sie einschlafen zu lassen, und Paula hat den Kopf an meiner Schulter liegen. Wenn Chris und Marie-Jo nicht wären, würde ich nicht eine Sekunde zögern. Auch wenn ich ihr einen Entzug spendieren müßte. Auch wenn ich sie an die Hand nehmen müßte, um sie dorthin zu begleiten.

»Paula, hörst du mich? Hallo! Ich höre dich nicht mehr. Paula? Scheiße. Ich bin in einem Tunnel, Paula.« Ich lege auf.

Am Kilometerstein 27 habe ich noch immer freie Bahn. Kein Scheinwerfer am Horizont zu sehen. Ich versuche an Jennifer Brennen zu denken, dieses arme Mädchen, und an Wolf – auch wenn er nur ein indirektes Opfer ist –, um mich in die richtige Stimmung zu versetzen. Ich denke an Marie-Jo. Flüchtig auch an Franck. Und natürlich an Chris. Ich beschleunige etwas, um mich Paul Brennen zu nähern. Wir fahren durch ein kleines Gehölz mit einer Böschung voller Heidekraut, wir fahren an einer Weide entlang, die im Mondlicht silbern schimmert, an einem Maisfeld, an einem Feld mit Sonnenblumen, und dann sehe ich endlich die Kurve, auf die ich gewartet habe. Ohne diese Kurve würde die Straße geradewegs in den Himmel führen.

Da beschleunige ich noch mehr, schere aus und fahre bis auf die Höhe von Paul Brennen vor.

Ich blicke ihn an. Er blickt mich an.

Dann überhole ich ihn und reiße mit einem Ruck das Steuer wieder herum. Bleche knirschen. Der Zusammenstoß ist heftig. Das Ergebnis prompt. Der Audi prallt gegen die Leitplanke, zerfetzt sie, als sei sie aus Pappe, dann stürzt der Wagen in den Abgrund. Seine Karosserie ist aus Aluminium.

Eine Woche später machte ich eine Feststellung: Die Welt war von Paul Brennen befreit, aber davon merkte man nichts. Das muß deutlich gesagt werden. Anscheinend scherten sich die Leute einen Dreck darum.

Das soll nicht heißen, daß ich meine Tat bereue. Und auch nicht, daß ich mir Wunder davon versprach. Aber ich hatte das Gefühl, daß es der Welt, wenn bestimmte Dinge getan werden müssen und schließlich getan sind, bessergehen müsse. Wenigstens müßte man anschließend etwas klarer sehen.

Ich persönlich war erleichtert. Ich war von einer großen Last befreit, trotzdem saß ich jetzt da und stützte den Kopf in die Hände, ohne einen Schritt weitergekommen zu sein.

Ich vermute, daß es Nebelbänke gibt, die genauso lange währen wie ewiger Schnee.

Denn ich war überzeugt, daß die Sache mit Chris angesichts der gegenwärtigen Umstände wieder in Ordnung kommen konnte, aber andererseits überstürzten sich die Dinge mit Paula.

Marie-Jo sagte zu mir: »Was hast du bloß? Hm, stimmt was nicht?«

Mir gegenüber blieb sie immer etwas mißtrauisch. Sie wollte nicht, daß ich sie berührte. Sie stellte mir Fragen in harschem Ton. Ich liebte sie noch genauso wie zuvor, aber das schien ihr nicht klar zu sein. Wie hätte ich eine Frau, die mir bei so vielen Gelegenheiten das Leben gerettet hatte, nicht lieben können?

Sie war blau, grün und gelb verfärbt. Nur wenige Stellen waren noch weiß oder rosa. Die Augen blutunterlaufen. Sie war genäht und gegipst worden und hatte eine Blutübertragung über sich ergehen lassen müssen. Sie hatte mehrere Zähne verloren. Wir brachten ihr Blumen mit, die sie starr anblickte, zu Brei pürierte Nahrungsmittel, die sie mit einem Strohhalm zu sich nahm, und Kreuzworträtsel, die sie wegwarf. Derek ließ ab und zu seinen Salon im Stich, um sie zu besuchen, Rita verbrachte ganze Nachmittage bei ihr, Franck war jeden Abend da. Chris kam manchmal, und sogar Paula.

Ich wußte nicht, was diese beiden sich erzählten, aber sie war nicht dumm. Sie wußte genau, was nicht stimmte. Sie wußte genau, was mich ständig verfolgte. Aber wir sprachen nicht direkt darüber, oder aber ich stritt alles ab.

Ich hatte Angst, ihr weh zu tun.

Als wir mit ihr nach draußen gehen konnten, fuhr ich sie spazieren, lotste sie durch die Straßen, brachte sie an die frische Luft, nahm sie in den Park mit.

Die Ermittlungen hinsichtlich Paul Brennens Tod waren Typen anvertraut worden, die ihre eigene Mutter nicht auf einer Porno-Website oder bei einem Familienabend wiedererkannt hätten, so daß ich von dieser Seite nichts zu befürchten hatte und mich nicht mal einzumischen brauchte, um die Spuren zu verwischen, und alles lief in Ruhe auf einen Tod infolge eines Unfalls hinaus. Ich wunderte mich, wie einfach das Ganze war. Es gab so viele Brüche und Schwachstellen in dem System, so viel Inkompetenz.

»Aber trotzdem mußt du zugeben, daß ich recht hatte«, erklärte sie, während ich sie in einer von Bäumen umgebenen grünen Oase, die von hohen erleuchteten Fassaden überragt wurde, über Stock und Stein schob. »Du hättest zu mir sagen können: ›Marie-Jo, ich muß mich bei dir entschuldigen. Marie-Jo, ich habe mich geirrt und nicht du.‹ Aber darauf warte ich immer noch. Das ist nicht nett von dir. Das ist sogar überhaupt nicht nett.«

Ich hatte gerade bei Chris vor verschlossener Tür gestanden, weil sie offensichtlich übers Wochenende weggefahren war, ohne mich davon zu benachrichtigen, und hatte mir beim Gewichtheben in einem neuen Fitneßcenter, in das Rita mich geschleppt hatte, nachdem sie mir wochenlang die Ohren davon vollgequatscht hatte, eine Muskelzerrung geholt. Aber trotz allem war das Wetter schön. Der Himmel war offensichtlich mitfühlend. Das war das einzige, was uns noch blieb. Kinder spielten Ball, Vögel flatterten durch die Luft. Die Temperatur war angenehmerweise um ein paar Grad gesunken, und die Stadt erhob sich mit bebenden Nüstern in der lauen Luft.

»Ich dachte, das verstände sich von selbst«, erwiderte

ich schließlich, während junge Angestellte ihre Jacken auszogen und sich mit einem Sandwich in der Hand ins Gras legten. »Das versteht sich doch von selbst, oder nicht?«

Es waren auch junge Angestellte in kurzen Röcken, frisch gebügelten Blusen und Sonnenbrillen da. Doch Marie-Jo ließ nicht locker.

»Stört dich das so sehr, mir zu sagen, daß ich recht hatte? Ist das so schwer?«

»Nein, da kennst du mich schlecht.«

»Meinst du? Ich bin mir nicht sicher, dich so schlecht zu kennen.«

Wenn es jemanden gab, der etwas ahnte, dann war das natürlich Marie-Jo. Aber ich hatte keine Lust, darüber zu sprechen.

»Du bist so wahnsinnig dickköpfig«, fügte sie hinzu. »Du bist manchmal so verbohrt. Was du nicht sehen willst, siehst du einfach nicht.«

Ich erwiderte nichts. Während sie die Augen schloß und sich sonnte, rief ich Chris an, um zu hören, wo sie war und geriet an ihre Mailbox. Ich entfernte mich ein paar Schritte von Marie-Jo, um Chris eine Nachricht zu hinterlassen. »Hallo, Chris? Ich bin's. Es ist alles in Ordnung. Sag mal, ich weiß gar nicht, wo du bist. Ich bin mit Marie-Jo zusammen. Ich fahre gleich mit ihr los, um ihre Sachen abzuholen. Ist bei dir alles in Ordnung? Du weißt ja, daß du mich jederzeit erreichen kannst. Das brauche ich dir nicht zu sagen. Okay, es ist Samstagmorgen, 13 Uhr 48. Marie-Jo läßt dich grüßen. Ich habe mir die Waschmaschine angesehen, aber darum kümmere ich mich ein anderes Mal. Wann du willst. *Ever.* Entschuldige, pardon, entschuldige. Ich wollte sagen *over*, nicht *ever*. Ich wollte sagen, daß die Nachricht zu Ende ist. *Over.*« Einen Augenblick fragte ich mich, ob ich mich absichtlich vertan hatte oder nicht. Schwer zu sagen.

Hatte ich nicht bereits angekündigt, daß es zwischen Francis Fenwick und mir zum Knatsch kommen würde?

Ich habe die Sache nicht vom Zaun gebrochen. Ich hatte mich sogar in der letzten Zeit ganz kleingemacht. Ich versuchte nicht aufzufallen. Ich kroch ihm sogar in den Arsch, wenn sich die Gelegenheit bot. Aber ich hatte es mit einem fürchterlich launischen Menschen zu tun. Sie wissen ja, wie das ist, wenn man das Pech hat, einen Chef zu haben, der einen nicht riechen kann. Das kommt ja oft genug vor.

Da sind wir also, Marie-Jo und ich, und packen ihre Sachen zusammen, und plötzlich taucht er auf und verkündet mir, daß ich vors Disziplinargericht gestellt werde, wegen dieser Geschichte mit Ramon, daß ich ihm nicht hätte in die Knie schießen dürfen.

»Hören Sie zu«, sage ich zu ihm. »darüber können wir vielleicht später reden.«

Marie-Jo machte gerade ein paar schlimme Minuten durch. Wir packten ihre Sachen in Kartons. Manche Kollegen legten ihr die Hand auf die Schulter, ein paar Frauen drückten ihr einen Kuß auf die Wangen und verschwanden wieder. Es war hart. Ich sah, wie sie die Zähne zusammenbiß, die Stirn in Falten legte und die Schubladen öffnete, als wären es Gräber, und dann blickte sie mit zusammengekniffenen Lippen ins Leere. Es war verdammt schwer für sie. Man mußte schon Francis Fenwick heißen, um das nicht zu merken.

»Darüber reden wir nicht später«, sagt er zu mir. »Darüber reden wir *jetzt*.«

Was war denn mit ihm los?

»Nein, Francis. Später. Marie-Jo packt gerade ihre Sachen zusammen. Also nicht jetzt. Ein bißchen Taktgefühl darf man doch wohl erwarten, hm?«

Das Wort *Taktgefühl* hat ihm offensichtlich nicht gefallen. Und meine verächtliche Miene vielleicht auch nicht. Ich weiß nicht, ob er mich wegen einer bestimmten Sache im Verdacht hatte – Paula vertat sich so leicht mit den Daten, daß ich ein bombensicheres Alibi hatte. Nein, oder aber es war viel allgemeiner. Er hatte mich *grundsätzlich* wegen allem möglichen im Verdacht. Irgend etwas an mir kam ihm verdächtig vor. Definitiv. Für eine Weile ging die Sache gut, und den Rest der Zeit konnte er mich nicht ausstehen.

Ich ließ ihn stehen und kümmerte mich um Marie-Jo, die ihre Dienstmarke hervorgeholt hatte und sie stumm betrachtete. Der Anblick war ergreifend. Marie-Jo war von einer Wolke winziger leuchtender Staubpartikel umgeben, die in einem kräftigen Sonnenstrahl vor dem Fenster tanzten. Ihre Unterlippe zitterte leicht.

Ich blickte Francis Fenwick an und dachte, wir würden diesen Augenblick der Rührung und der Andacht teilen, aber denkste, er hatte nicht die Absicht, mich so einfach davonkommen zu lassen. Er wirkte sehr angespannt. Als hätte auch er angefangen, Crack zu rauchen.

»Wo warst du, als sie dich gebraucht hätte? Hm, wo hast du dich herumgetrieben?«

Was für ein Schlag unter die Gürtellinie, stellen Sie sich das nur vor! Von unerhörter Brutalität. Ich taumelte auf der Stelle.

»Nein, Francis, ich bitte Sie«, flüsterte Marie-Jo.

»*Nein, Francis*? Was heißt hier *nein, Francis*?« erwiderte er und warf mir einen vernichtenden Blick zu. »Wer ist schuld an der ganzen Sache? Das möchte ich gern wissen. Wer war damit beschäftigt, die halbe Stadt in Brand zu setzen, statt seinen Job zu tun? Ratet mal, wer. Das möchte ich gern wissen.«

Damit verletzte er mich zutiefst. Einen Augenblick hatte ich den Eindruck, als sei alles um mich herum ins Schwanken geraten, während mich eine furchtbare Melancholie überkam und mir das Herz zuschnürte. Einen Augenblick glaubte ich, es sei Nacht geworden.

Marie-Jo senkte den Kopf. Ich legte die Hand unters Kinn, um die Lage zu überdenken.

Unterdessen fuhr Francis Fenwick mit seiner Moralpredigt fort und schnitt ein anderes heikles Thema an, nämlich mein Privatleben, und kritisierte meinen perversen Hang zu abartigen Beziehungen.

»Siehst du, wohin uns das führt?« sagte er zum Schluß und hielt mir wedelnd einen Wisch unter die Nase, der vermutlich meine Vorladung zum Disziplinargericht war. »Siehst du, was du gemacht hast? Siehst du, wohin das führt?«

Wir packten uns gegenseitig am Kragen und prügelten uns, daß die Fetzen flogen. Ich hatte es ja schon angekündigt. Wir warfen Stühle um und wälzten uns unter den Schreibtischen. Ich hätte ihn umbringen können. Trotz meines Muskelrisses, wovon mir die Schulter furchtbar brannte.

Doch ehe die Sache für mich eine dramatische Wendung zu nehmen drohte, schnappte ich mir Marie-Jos Rollstuhl und haute mit ihr ab.

Ich sehe noch, wie ich den Rollstuhl mit einem mulmigen Gefühl im Magen die Treppe zum Bürgersteig hinunterbugsierte, während sich Marie-Jo mutig an die Armlehnen klammerte, ohne ein Wort zu sagen.

Und wie ich bis zur nächsten Kreuzung rannte, ohne eine Atempause einzulegen. Und wie die Fußgänger zur Seite wichen.

»Oje oje. Da hast du aber eine große Dummheit begangen«, seufzte Marie-Jo. »Das wirst du bitter bereuen.«

Wir bogen in eine schattige Straße ein.

»Es ist hart, aus der Polizei auszuscheiden«, sagt sie zu mir.

Ich verziehe den Mund und halte mir die Schulter fest.

»Es ist hart, nicht mehr mit dir zusammenzusein, Nathan. Es ist wirklich hart«, sagt sie zu mir.

Doris Dörrie
im Diogenes Verlag

»Doris Dörrie ist als Erzählerin Spezialistin in diffizilen Angelegenheiten der kleinen Rache und gezielten Ohrfeigen zum Zwecke der Unterstützung des eigenen Selbstwertgefühles. Sie ist eine sehr gute Kurzgeschichten-Schreiberin mit der erforderlichen Prise Selbstironie und mit stilistischer Eleganz.«
Annemarie Stoltenberg/Die Zeit, Hamburg

»Eine der gegenwärtig besten Erzählerinnen in deutscher Sprache.« *Walter Vogl/Die Presse, Wien*

»Es ist vollkommen gleichgültig, ob Sie Doris Dörrie in der Badewanne, im Intercity-Großraumwagen, im Lehnstuhl oder in der Straßenbahn lesen, nur: Lesen Sie sie!« *Deutschlandfunk, Köln*

*Liebe, Schmerz und
das ganze verdammte Zeug*
Vier Geschichten

»Was wollen Sie von mir?«
Erzählungen. Mit Fotos von Helge Weindler

Der Mann meiner Träume
Erzählung

Für immer und ewig
Eine Art Reigen

Love in Germany
Deutsche Paare im Gespräch mit Doris Dörrie. Unter Mitarbeit von Volker Wach. Mit 13 Fotos

Bin ich schön?
Erzählungen

Samsara
Erzählungen

Was machen wir jetzt?
Roman

Happy
Ein Drama

Männer
Eine Dreiecksgeschichte

Das blaue Kleid
Roman

Yael Hedaya
im Diogenes Verlag

Liebe pur
Erzählung. Aus dem
Hebräischen von Ruth Melcer

Nach einer ersten Verabredung bringt der Mann die Frau nach Hause. Dabei läuft den beiden ein herrenloser junger Hund über den Weg. Aber wer von beiden könnte gerade jetzt einen Hund gebrauchen? Der Mann darf »nur auf einen Kaffee« mit zu der Frau, und der Welpe soll wenigstens etwas zu fressen bekommen, bevor beide wieder gehen sollten. Doch der Mann übernachtet bei der Frau, und auch der Hund darf bleiben – und wird zum Seismographen der Beziehung.

»Eine Geschichte von der unerträglichen Leichtigkeit der Liebe.« *Stefana Sabin/Neue Zürcher Zeitung*

Zusammenstöße
Eine Liebesgeschichte
Roman. Deutsch von Ruth Melcer

Eine Frau, ein Mann, ein Problem: Jonathan, alleinerziehender Vater einer zehnjährigen Tochter, und Schira, beide Mitte Vierzig, beide Schriftsteller, beide Single. Sie verlieben sich, scheinen irgendwie füreinander geschaffen, doch eine neue Beziehung anzufangen ist genauso schwierig, wie ein Buch fertig zu schreiben.

»Zusammen mit Autorinnen wie etwa Zeruya Shalev und Judith Katzir gehört Yael Hedaya zur jungen Generation israelischer Schriftstellerinnen, die bei uns als Spezialistinnen für die Erforschung des Privaten gelten.« *Gunhild Kübler/Die Weltwoche, Zürich*

»Eine äußerst begabte Autorin, die man gelesen haben muß.« *Abraham B. Jehoschua*

Jakob Arjouni
im Diogenes Verlag

»Ein großer, phantastischer Schriftsteller, der genau und planvoll und lesbar schreibt.«
Maxim Biller/Tempo, Hamburg

»Seine Virtuosität, sein Humor, sein Gespür für Spannung sind ein Lichtblick in der Literatur jenseits des Rheins, die seit langem in den eisigen Sphären von Peter Handke gefangen ist.« *Actuel, Paris*

»Seine Texte haben Qualität. Sie sind ambitioniert, unaufdringlich-provokativ, höchst politisch.«
Barbara Müller-Vahl/General-Anzeiger, Bonn

»Arjouni weiß als Dramatiker genauso wie als Krimiautor, wie er Spannung erzielt, ohne platt zu wirken.«
Christian Peiseler/Rheinische Post, Düsseldorf

Magic Hoffmann
Roman

Edelmanns Tochter
Theaterstück

Ein Freund
Geschichten

Idioten. Fünf Märchen

Die Kayankaya-Romane:

Happy birthday, Türke!

Mehr Bier

Ein Mann, ein Mord

Kismet

Arnon Grünberg im Diogenes Verlag

Blauer Montag
Roman. Aus dem Niederländischen
von Rainer Kersten

Die provozierende Lebensgeschichte eines jungen Mannes aus jüdischem Elternhaus, der nicht weiß, wem er sich mehr zugehörig fühlen soll: der zweiten Generation der Holocaust-Opfer oder der ›Generation Nix‹. Dessen Schulkarriere ein frühes Ende nimmt, weil er lieber mit Freundin Rosie durch Kneipen und Cafés zieht. Der das Amsterdamer Rotlichtmilieu zu erkunden beginnt, als Rosie ihn verläßt – wie weh diese Trennung tut, wird nirgends ausgesprochen. Und der es bald nur noch in der gekauften Nähe von Prostituierten aushält, sich dem Alkohol hingibt und dem Verfall. Der schließlich im Anzug des verstorbenen Vaters selbst eine Laufbahn als Gigolo antritt.

»Ein glänzender Debütroman.«
Harald Eggebrecht/Süddeutsche Zeitung, München

Statisten
Roman. Deutsch von Rainer Kersten

Die Odyssee dreier junger Menschen auf der Suche nach dem großen Glück – ein »tragischer Slapstick voll Hoffnung und Melancholie« (Welt am Sonntag, Hamburg).

»*Statisten* beschreibt die Generation der Mittzwanziger, das Ringen um Zuspruch, Zukunft und Zugehörigkeit jener, die wir gern als Feiervolk in Permanenz wahrnehmen. Arnon Grünberg stellt diese Diagnose ohne Hoffnung, ohne Verzweiflung. Wohltuend ist, daß er seine ganz illusionsfreie Prosa mit ironischen Versatzstücken anreichert.«
Berliner Morgenpost

Phantomschmerz
Roman. Deutsch von Rainer Kersten

Robert G. Mehlman, Mitte Dreißig, Schriftsteller und Lebemann, steht zwischen drei Frauen und vor dem Bankrott. Galgenhumor ist seine letzte Überlebenschance. Auch dann, wenn er statt Gefühlen nur noch einen Phantomschmerz empfindet...

»Ein Feuerwerk von witzigen Formulierungen. Voller Trouvaillen und Sätzen, die man sich an die Wand pinnen möchte.«
Marja Pruis / De Groene Amsterdammer

»Lebensnah, beißend, humorvoll und rührend. Dieses Buch macht einen krank und richtet einen auf, ja es geht an die Nieren. *Phantomschmerz* ist ein grandios geschriebener Roman.«
Max Pam / De Tijd, Amsterdam

Marek van der Jagt
im Diogenes Verlag

Amour fou
Roman. Aus dem Niederländischen
von Rainer Kersten

Auf der Suche nach der *Amour fou* begegnet der junge Philosophiestudent Marek van der Jagt in seiner Heimatstadt Wien Andrea und Milena. Er hofft, daß die Touristinnen aus Luxemburg ihn in die Geheimnisse der Liebe einweihen. Mareks Bruder Pavel erlebt eine wunderbare Nacht, doch Marek selbst macht eine frustrierende Entdeckung...

»Das ist ein buchstäblich verrückter Roman, virtuos geschrieben. Ein vergnügliches, ein leichtes Lesemuß.«
Alexander Kudascheff/Deutsche Welle, Köln

Monogam
Roman. Deutsch von
Rainer Kersten

Ich war monogam. Wenn auch nicht freiwillig. Außer der Kindergärtnerin begehrte ich viele andere, doch die Wirklichkeit schien mir so feindselig, daß ich ihr lieber aus dem Weg ging. Mein Leben fand anderswo statt...
Wer lesen will, daß Sex allein glücklich macht, liegt mit diesem Buch genauso richtig wie die zarten Seelen, die an die große Liebe glauben, sie aber noch nicht gefunden haben. Und diejenigen, die über allem stehen, dürfen sich über die Schwierigkeiten anderer amüsieren.

»Liebe saukomisch und hochneurotisch: Marek van der Jagt ist die niederländische Antwort auf David Sedaris. Von diesem Autor möchten wir gern mehr lesen!« *Franziska Wolffheim/Brigitte, Hamburg*

»Holland hat einen neuen Kultautor: Marek van der Jagt.« *Rolf Brockschmidt/Der Tagesspiegel, Berlin*